Jessica Koch
Dein Leuchten in mir

Das Buch

Katharina ist Journalistin bei einer angesehenen Tageszeitung und wohnt mit ihrem Mann Andrew und ihrer Tochter in einem hübschen Haus am Stadtrand. Niemand ahnt, wie aufbrausend, kalt und kontrollierend Andrew hinter verschlossenen Türen ist. Trotzdem tut Katharina alles, um ihre kleine Familie zusammenzuhalten und Mia eine glückliche Kindheit zu bieten.

Als eines Tages Jonas in ihr Leben tritt, ist sie bereits am Ende ihrer Kräfte. Jonas mit seiner ganz eigenen, besonderen Geschichte fühlt ihren Schmerz und berührt ihr Herz wie kein anderer Mann vor ihm. Noch nie hat Katharina sich so verstanden gefühlt, aber sie weiß, dass Andrew sie nicht kampflos aufgeben wird …

Die Autorin

Jessica Koch begann bereits in der Schulzeit damit, kürzere Manuskripte zu schreiben, reichte diese aber nie bei Verlagen ein. Anfang 2016 erschien dann schließlich ihr Debütroman »Dem Horizont so nah«. Das Buch belegte wochenlang Platz 1 der Bestsellerlisten und seine Verfilmung kam 2019 europaweit in die Kinos. »Dem Abgrund so nah« und »Dem Ozean so nah« erschienen im Laufe des Jahres 2016 als Teile zwei und drei der »Danny-Trilogie« und waren ebenfalls sehr erfolgreich. Mit ihrem neuen Projekt »Dein Leuchten in mir« zeigt Jessica Koch uns wieder Sichtweisen, die uns sonst verborgen bleiben. Es ist ein Buch voller Hoffnung. Ein Buch, das verborgene Wege zeigt, um sich selbst zu retten. Ein Befreiungsbuch.

JESSICA KOCH

DEIN LEUCHTEN IN MIR

ROMAN

Deutsche Erstveröffentlichung bei
Tinte & Feder, Amazon Media EU S.à r.l.
38, avenue John F. Kennedy, L-1855 Luxembourg
Januar 2024

Umschlaggestaltung: bürosüd° München, www.buerosued.de
Umschlagmotiv: © tomertu © Olena Yakobchuk / Shutterstock
1. Lektorat: Angela Kuepper
2. Lektorat und Korrektorat: VLG Verlag & Agentur, Haar bei München, www.vlg.de
Gedruckt durch:
Amazon Distribution GmbH, Amazonstraße 1, 04347 Leipzig /
Canon Deutschland Business Services GmbH, Ferdinand-Jühlke-Straße 7, 99095 Erfurt /
CPI books GmbH, Birkstraße 10, 25917 Leck

ISBN: 978-2-49671-454-8
e-ISBN: 978-2-49671-455-5

www.tinte-feder.de

Für Alina.

Meine Nachbarin von nebenan. Freundin. Zuhörerin. Seelentrösterin. Mutmacherin. Mitwisserin. Danke!

Die, die das Dunkel nicht fühlen, werden sich nie nach dem Licht umsehen.

– Henry Thomas Buckle –

Prolog

»Ich liebe dich, Katharina«, sagte er, als er seinen braun gebrannten Arm um ihre schmalen Schultern legte. »Ich werde immer auf dich aufpassen.«

Gab es etwas Wichtigeres im Leben, als sicher zu sein? Sich im Schutz eines anderen Menschen geborgen fühlen zu dürfen?

»Ich liebe dich auch«, antwortete sie leise.

»Wir müssen ein Zeichen setzen für unsere unsterbliche Liebe.« Er richtete sich auf und nahm ihre Hand. Dann zog er ein schwarzes Kästchen aus der Tasche und seine Augen, ein warmes, rauchiges Grau, begannen zu leuchten. Sie schnappte überrascht nach Luft und sah ihn erwartungsvoll an, während er ihr einen Ring an den Finger steckte. »Es ist nie zu spät, seinen Traum zu leben. Und genau das möchte ich mit dir tun. Willst du mich heiraten?«

»Ja!« Mehr brachte Katharina nicht heraus. »Ja, das will ich!«

»Das macht mich glücklich. Ich glaube ganz fest, dass uns niemals etwas trennen kann.« Nachdenklich schaute er erst in den Himmel und dann tief in ihre Augen. »Ich werde dafür sorgen, dass nichts uns jemals trennen wird.«

Zufriedenheit machte sich in Katharina breit, als sie sich an ihn schmiegte. »Oh, das klingt so gut!«

Im nächsten Moment wurde seine Stimme hart: »Das gilt übrigens auch für dich, Katharina. Auch du darfst uns nicht trennen. Das bedeutet, du darfst mich niemals verlassen, denn du gehörst jetzt mir.«

Katharina sah ihn an und bemerkte seine versteinerte Miene. Sie gab sich ernsthaft Mühe, so ernst zu schauen, wie er es tat, aber es gelang ihr nicht. Sie musste grinsen. »Ist das etwa eine Drohung?«

»Nein.« Er lächelte wieder. »Wie gesagt, es ist ein Versprechen.«

Plötzlich fühlte sich die Luft an, als hätte man ihr alle Wärme entzogen. Einen Moment lang starrte Katharina ihren Verlobten stumm an. Dann lachte sie laut über seinen Witz.

Kapitel 1

Ich bin zu Hause. Mein Blick wandert über die kleine Wiese neben der Einfahrt, auf der sich bunt die ersten Frühlingsblumen zeigen. Ein weißer Schmetterling glitzert im Sonnenlicht, bevor er hinter der Hausecke verschwindet. Im selben Moment stelle ich den Motor meines Ford Mondeo ab und werfe einen Blick auf die digitale Uhr: Noch eine Stunde, dann muss ich wieder los, um meine Tochter vom Kindergarten abzuholen. Seufzend ziehe ich den Schlüssel aus dem Zündschloss, lasse ihn in meiner abgegriffenen Kunstlederhandtasche verschwinden und steige aus. Es tut gut, mich auszustrecken, nach dem langen Sitzen in der Redaktion. Die Luft ist angenehm warm heute und plötzlich fühle ich mich ungewohnt lebendig. Etwas tief in mir regt sich und ich verspüre den Drang, nach oben zu gehen, meine längst verstaubten Joggingsachen anzuziehen und einfach loszulaufen. Noch bevor sich meine Gedanken zu einem echten Vorhaben manifestieren können, verwerfe ich sie wieder, weil mir siedend heiß einfällt, dass ich wie immer noch Pflichten zu erledigen habe. Deswegen lege ich meine Handtasche an der Hauswand ab und greife seufzend nach dem großen Straßenbesen, der dort lehnt. Langsam ziehe ich ihn hin und her, um die kleinen Kiesel in die Fugen der Pflastersteine zu bekommen, so wie ich es seit Anfang der Woche täglich mache. Das scharrende Geräusch ist monoton und wirkt beruhigend auf mich. Obwohl wir schon seit drei Jahren hier wohnen, ist unsere Einfahrt erst vor Kurzem gepflastert worden. Bisher hat ein Kiesbelag reichen müssen, weil unser gesamtes Geld in wichtigere Dinge des Hausbaus geflossen ist. Nun endlich gibt es hier ein Kopfsteinpflaster und ich beginne es schon fast zu bereuen, denn der Gartenbauer hat mir gesagt, dass ich jeden Tag den übrig gebliebenen feinen Kies in die Ritzen fegen soll, um die Pflastersteine dauerhaft zu fixieren.

Eigentlich hat er gesagt, dass mein Mann das tun soll …

Mit schmerzendem Rücken richte ich mich auf und stemme die Hände in die Hüften. Ich vermeide es, das quietschgelbe Haus anzusehen, mit dem wir zwei Jahre nach der Geburt von Mia unseren sehnlichsten Wunsch erfüllt haben: ein Eigenheim für uns und unsere Kinder. Wir haben seit unserer Hochzeit vor acht Jahren darauf gespart und dafür auf fast alles verzichtet. Jeder Cent, den wir verdienten, floss in unsere eigenen vier Wände und in das Steuerunternehmen meines Mannes …

Ich schließe die Augen und recke mein Gesicht gen Himmel, spüre die Wärme der Sonne auf meinen Wangen und den sanften Wind in den Haaren. Für einen Moment verharre ich so und stelle mir vor, ich befände mich irgendwo am Meer. Ein Meer, das ich noch niemals in meinem Leben gesehen habe. »Irgendwann«, murmle ich vor mich hin. »Irgendwann.«

Mein Tagtraum ist albern und flüchtig, aber ich halte krampfhaft daran fest, allein deswegen, um meine Gedanken von vorhin nicht weiterverfolgen zu müssen. Das Geräusch eines heranfahrenden Geländewagens macht meine Vorstellung endgültig zunichte. Im selben Moment, in dem das Auto in die Einfahrt biegt, öffnet sich das elektrische Garagentor. Ich trete automatisch einen Schritt zur Seite, warte, bis mein Mann sein Auto abgestellt hat und ausgestiegen ist.

»Hey«, rufe ich Andrew zu. »Du bist aber früh zurück. Wie war dein Tag?«

»Geht so«, brummt er, verlässt die Garage und tritt zu mir ins Freie. Er wedelt mit dem Zeigefinger zwischen dem Besen in meiner Hand und dem Kies auf dem Boden hin und her. »Brauchst du noch lange?«

Er macht keine Anstalten, mir etwas von der Arbeit abzunehmen.

»Ich mache noch ein bisschen weiter«, sage ich. »Es lohnt sich für mich ohnehin nicht, ins Haus zu gehen. Ich fahre gleich wieder los.«

»Wohin?«, will er wissen. Seine grauen Augen starren mich abwesend über den Rand seiner Brille hinweg an.

»Mia vom Kindergarten holen«, erkläre ich, als wäre es etwas Besonderes und nicht etwas, das ich täglich mache. »Wenn ich schon mal pünktlich Feierabend habe, dann hole ich sie eben ein bisschen früher ab.«

»Mach das.« Andrew wendet sich von mir ab und geht die steinernen Stufen hinauf in Richtung Haustür.

»Warte kurz«, rufe ich ihm nach, als mir plötzlich noch etwas einfällt. »Du weißt, dass ich am Samstagabend nicht da bin und du Mia hast?«

Sein Gesicht bekommt augenblicklich einen genervten Ausdruck: »Warum sagst du mir das *jetzt* schon? Das sind noch zwei Tage hin, bis dahin hab ich das ohnehin vergessen. Schaffst du es denn nicht, wenigstens ein einziges Mal darauf Rücksicht zu nehmen, dass ich mir nichts merken kann?«

»Trage es dir doch bitte in deinen Kalender ein. Damit du nichts ausmachst an dem Tag.«

Er brummt etwas Unverständliches vor sich hin, zieht sein Handy aus der Gesäßtasche seiner Jeans und tippt darauf herum.

»Kann später werden«, informiere ich ihn. »Weit nach Mitternacht auf jeden Fall.«

»Okay.«

»Ich bin zum Essen eingeladen«, füge ich fast resigniert hinzu. »Geburtstag.«

»Alles klar«, gibt Andrew im Davongehen zurück, ohne von seinem Handy aufzusehen. Vermutlich hat er seinen Termin längst eingetragen und ist bereits in irgendeinen Facebook-Beitrag vertieft. Es hat keinen Zweck, weiter mit ihm zu reden, da er ohnehin nicht mehr zuhört.

Gerade als ich mich wieder den Kieselsteinen auf dem Boden widmen will, kündigt mein Handy eine SMS an. Ein ungutes Gefühl macht sich in mir breit, als ich sehe, dass sie von meiner Freundin Charlotte ist. Nur widerwillig klicke ich die Nachricht an, um den Text zu lesen:

> Kate, es tut mir soooo leid! Ich muss dir für Samstag absagen! Samu hat sich im Kindi einen Magen-Darm-Virus eingefangen, spuckt und hat Fieber. Ich kann ihn so nicht zur Omi geben. Es tut mir leid. Wir holen es nach! Kuss!

Meine Lippen sind so fest zusammengepresst, dass es schmerzt. Es tut mir unheimlich leid für Charly, dass ihr Sohn schon wieder krank ist, weil ich weiß, wie schlecht sie damit klarkommt. Gleichzeitig spüre ich meine eigene Enttäuschung, als ich meine Antwort verfasse:

> Nicht schlimm! Gute Besserung für deinen Zwerg. Bleib du wenigstens gesund.

Ich seufze ein weiteres Mal, als ich den Besen zurück in die Ecke stelle. Die Energie, die ich vorhin noch verspürt habe, ist irgendwie verpufft. Zu der Enttäuschung wegen Charlottes Absage mischt sich die Sorge, dass Mia sich bei

Samu angesteckt haben könnte. Immerhin gehen die beiden in dieselbe Kindergartengruppe und wir haben uns Anfang der Woche auch privat getroffen. Die Aussicht darauf, den Samstag nicht nur ohne Freunde, sondern auch noch mit einem kranken Kind zu Hause zu verbringen, treibt mir die Tränen in die Augen. Schnell wische ich sie weg, da mir meine Sentimentalität noch alberner vorkommt als mein Tagtraum vorhin.

* * *

Eine knappe halbe Stunde später steht mein Auto wieder in der Einfahrt und ich löse die Anschnallgurte des Kindersitzes. In Mias Gruppe sind zwei weitere Kinder krank geworden und an der Eingangstür des Kindergartens hängt ein Warnschild, dass Magen-Darm-Grippe in der Einrichtung ausgebrochen ist. Zu meiner Erleichterung geht es Mia gut und sie zeigt keinerlei Symptome. Trotzdem gehe ich im Kopf meine Termine für Freitag durch und stelle fest, dass sie alle verschiebbar sind. Ich entscheide mich dafür, Mia sicherheitshalber morgen zu Hause zu lassen und meine Arbeit nachts nachzuholen. Diese Flexibilität ist eindeutig der Vorteil, wenn man als selbstständige Journalistin tätig ist. Aber wie bei allem gibt es eben auch hier eine Kehrseite: Ich weiß schon jetzt, dass ich eine anstrengende Nacht haben werde, weil ich anstatt zu schlafen die liegen gebliebene Arbeit erledigen muss. Und sollte Mia tatsächlich krank werden, wird die nächste und übernächste schon bald folgen …

Erneut seufze ich. Irgendwie scheint heute wieder einer jener Tage zu sein, an denen ich aus dem Seufzen nicht herauskomme.

»Geh bitte rein, Mäuschen«, fordere ich meine Tochter auf, die zwar sofort gehorcht, drinnen aber eine gefühlte Ewigkeit braucht, ihre Stiefel auszuziehen und in die Ecke zu werfen. Gut gelaunt hüpft sie zu ihrer Spieleecke im Wohnzimmer und holt ihren Zeichenblock heraus. Ich nutze die Gelegenheit und lasse mich zu Andrew auf die Couch fallen. Er nimmt seinen Kopfhörer ab, schaut von seinem Laptop auf und wirft mir einen skeptischen Blick zu.

»Was ist los?«, will er wissen.

»Was hältst du davon, wenn …«, setze ich an, aber er unterbricht mich sofort.

»Gar nichts, weil ich mitten im Spiel bin«, mault er mich an und will sich den Kopfhörer wieder aufsetzen.

»Warte doch mal«, bitte ich ihn. »Mir kam vorhin, als ich unten in der Sonne stand, eine gute Idee.«

»Welche?«

»Wir beide könnten uns heute Abend zusammensetzen und einen Kurzurlaub am Meer buchen. Ganz spontan. Als Geburtstagsgeschenk für mich.«

»Wieso?« Andrew klingt, als hätte ich eben vorgeschlagen, mit ihm am Wochenende den Keller zu entrümpeln.

»Weil es wichtig für Mia und mich ist, auch mal was anderes zu sehen als immer nur die eigenen vier Wände.«

»Das ist völliger Unsinn. Mit dir ans Meer fahren … Das wird doch eh eine Katastrophe. Da spiel ich lieber am Computer, das entspannt mich mehr. Da muss ich mir nicht dein ewiges Genörgel anhören.«

»Mia muss auch mal etwas Neues kennenlernen. Das hilft ihr, sich zu entfalten.« Mir ist klar, dass Andrew sich nicht umstimmen lassen wird, wenn es um etwas für mich geht, aber möglicherweise wegen seiner geliebten Tochter. Wenn er versteht, dass es für Mia wichtig ist, schafft er es vielleicht, über seinen Schatten zu springen. Für mich macht er das schon lange nicht mehr, umso öfter aber für sein Kind. Deswegen straffe ich die Schultern und wappne mich für einen Kampf – wie ich selten einen ausfechte und noch seltener gewinne. »Wenn du nicht mit mir gehst, dann werde ich zusammen mit Charly und Samu Urlaub machen.«

»Wer sind die beiden?«, fragt er, ohne mich anzusehen. Seine Aufmerksamkeit gehört längst wieder dem Computerspiel. Da kann er sich als Held fühlen.

Im Geiste zähle ich langsam bis zehn und atme tief ein und aus, bevor ich ihm mit ruhiger Stimme antworte: »Meine Freundin Charlotte und ihr Sohn. Mias Kindergartenfreund.«

»Ach so, okay.« Andrew zuckt die Achseln und nickt knapp. »Tu das. Viel Erfolg, dass sie einwilligt und es mehrere Tage mit dir aushält.« Mit einem Handgriff zieht er sich den Kopfhörer zurück auf die Ohren und gibt mir damit zu verstehen, dass die Unterhaltung beendet ist.

Ein schmerzhafter Stich bohrt sich wie ein Messer in mein Herz. Seine Worte verletzen mich und ich frage mich, ob er absichtlich versucht, mich zu verunsichern, damit ich eben nicht mit Charlotte in den Urlaub fahre. Vielleicht will er das, aus welchen Gründen auch immer, nicht …

… so wie Andrew die meisten Dinge einfach nicht will.

Seit wann genau ist das eigentlich so schlimm geworden? Wann hat Andrew angefangen, sich zu verändern?

»Vielleicht überlegst du es dir noch mal«, sage ich, während ich aufstehe. Mir ist klar, dass das nicht passieren wird, aber ich habe das Bedürfnis, dem Gespräch zumindest einen halbwegs positiven Abschluss zu geben.

Andrew antwortet nicht. Er ist wieder vollkommen in seinem Spiel gefangen.

»Mia, komm, wir gehen hoch. Du kannst oben spielen und ich lege Wäsche zusammen. Dein Papa muss noch ein bisschen arbeiten.« Mit einer Handbewegung dirigiere ich meine Tochter vor mir die Treppe hinauf und schließe die Tür hinter uns. Leise seufze ich ein weiteres Mal und versuche, mich damit zu trösten, dass Andrew meinen letzten Satz vermutlich überhaupt nicht mehr gehört hat, und ihn deswegen auch nicht als Provokation auffassen kann. Allerdings sieht er genauso wenig meine Tränen, die stumm meine Wangen hinunterlaufen und lautlos im weichen Stoff meines Sweatpullovers versinken.

Kapitel 2

Im Obergeschoss angekommen, höre ich plötzlich mein Handy klingeln. Kurz habe ich die Hoffnung, es könnte Charlotte sein, die mir sagt, dass Samu wieder gesund ist und wir am Wochenende doch gemeinsam feiern gehen können. Aber die Nummer auf dem Display ist mir fremd. Ich sehe nur, dass es die Vorwahl ist, die wir hier im Ort haben. Kurz überlege ich, den Anruf einfach zu ignorieren oder sogar wegzudrücken. Einzig und allein die Tatsache, dass es die Vorwahl meines Wohnortes ist, bringt mich dazu, dranzugehen.

»Hallo?«, sage ich leise und merke selbst, wie belegt ich klinge. Ich drehe mich kurz vom Handy weg, räuspere mich und versuche, möglichst geräuschlos zu schniefen. Dann nehme ich das Telefon wieder an mein Ohr und lausche der Stille am anderen Ende.

»Ist jemand dran?«, frage ich nach.

»Ähm ja, ich bin dran«, meldet sich eine freundliche Männerstimme. »Aber ich glaube, ich bin falsch verbunden.«

»Wo wollten Sie denn hin?« Es gelingt mir nicht ganz, ein weiteres Schniefen zu unterdrücken.

»Zur Zahnarztpraxis Dilling.« Er klingt nachdenklich. »Da hab ich mich wohl völlig verwählt. Tut mir leid.«

»Ach, da sind Sie nicht der Erste«, sage ich hastig. »Das ist schon zweimal passiert, seit ich hier wohne.«

»Oh. Na ja, jetzt kommt es natürlich drauf an, wie lange Sie schon da wohnen, um zu wissen, ob das viel oder wenig ist.« Er lacht kurz auf. Ein angenehmes und helles Lachen, das nichts Gekünsteltes an sich hat.

Für einen verrückten Moment bin ich versucht, darauf einzugehen und ihm zu sagen, wann wir hier eingezogen sind. Stattdessen versuche ich dann doch, das Gespräch zu beenden: »Die Endziffer der Zahnarztpraxis ist eine Neun. Wir haben eine Acht. Vermutlich einfach danebengetippt. Ist nicht schlimm. Ich wünsche Ihnen noch einen schönen Tag.«

»Ist alles in Ordnung mit Ihnen?«

Die Frage kommt so spontan und mit solch einer Selbstverständlichkeit, dass sie mich in der Bewegung verharren lässt. Verwirrt halte ich mir das Handy vors Gesicht und starre es an.

»Mama?«, ruft Mia, die in ihrem Zimmer auf dem Boden spielt. »Wer ist da am Telefon?«

»Mein Name ist Jonas«, antwortet der Anrufer auf die Frage meiner Tochter, noch bevor ich darauf reagieren kann. Ein zweites Mal nehme ich das Telefon zurück ans Ohr.

»Okay«, sage ich. »Ich muss jetzt hier weitermachen. Ich weiß auch ehrlich gesagt nicht, wie Sie darauf kommen, dass irgendwas nicht in Ordnung sein könnte, aber ich lege jetzt auf.«

»Ich höre das.« Plötzlich spricht er schneller, als wolle er den Satz noch schnell loswerden. »Ich höre, dass Sie weinen.«

Auf eine merkwürdige Weise fühle ich mich ertappt und bloßgestellt, als hätte ich irgendwas Verbotenes getan und müsse mich nun rechtfertigen.

Vor einem Fremden …

»Wer ist das, Mama?«, ruft Mia wieder.

»Falsch verbunden«, gebe ich zurück.

»Dann leg auf und spiel mit mir …«

»Entschuldigung, ich muss zu meiner Tochter.« Es wäre ein Leichtes für mich, einfach den roten Hörer zu drücken und die Verbindung zu trennen, aber ich tue es nicht. Stattdessen setze ich mich neben die großen rosa Kissen auf Mias Bett, betrachte die pastellfarbenen Muster auf der Tapete und warte darauf, dass der Anrufer weiterredet.

»Kann ich Ihnen helfen?«, fragt er leise. »Ich bin ein guter Zuhörer.«

Irgendetwas tief in mir zieht sich zu einem festen Knoten zusammen und löst sich dann wieder. Meine Gedanken überschlagen sich. Das Interesse dieses fremden Menschen steht in einem so krassen Gegensatz zu der Abwehrhaltung meines Ehemannes vor wenigen Minuten, dass ich für wenige Sekunden tatsächlich perplex bin. Ohne zu wissen, warum eigentlich, beginne ich ihm zu antworten: »Es ist wegen meines Geburtstags am Samstag.«

»Was ist passiert?«

Wieder ist die Frage so präzise, dass ich nicht anders kann, als darauf zu antworten. »Meine Freundin hat dafür abgesagt. Ihr Kind ist krank.« Noch während ich rede, merke ich, wie albern und lächerlich das klingt. Wegen so etwas anzufangen zu heulen wie ein trotziges Schulkind … Vermutlich hat der Anrufer an einen plötzlichen Todesfall in der Familie gedacht und wird nun jeden Augenblick laut loslachen.

Aber er lacht nicht. Seine Stimme klingt unverändert freundlich, als er sagt: »Ich verstehe. Ein Tropfen, der ein ohnehin schon volles Fass zum Überlaufen brachte. Richtig?«

Ja!

Jede Faser in meinem Körper rebelliert, meldet sich zu Wort, will antworten und ihm all die Verzweiflung in mir entgegenschreien:

Mein Mann liebt mich nicht mehr! Er spricht kaum mehr mit mir, meidet mich! Ich habe hier alles, was ich brauche, und bin doch völlig allein und irgendwie auch eingesperrt! Die Einsamkeit frisst mich auf!

Es kostet mich alle Anstrengung, die hochkochenden Emotionen runterzudrücken und die brennenden Tränen in meinen Augen wegzublinzeln.

»Richtig«, sage ich nur. »Es ist gerade alles ziemlich viel.«

»Ich habe Zeit.« Am anderen Ende ist ein leises Rascheln zu hören, so als hätte er sich hingesetzt, um es sich gemütlich zu machen.

… um mir zuzuhören.

»Aber ich nicht«, gebe ich viel unwirscher zurück, als es angebracht ist. »Ich muss mich um meine Tochter kümmern.«

Ein Blick zu Mia zeigt mir, dass das eigentlich eine Lüge ist. Sie sitzt ganz friedlich auf dem Boden, hat ihre Stofftiere um sich herum platziert und verfüttert reihum imaginäre Suppe an alle. Es gibt keine Anzeichen dafür, dass sie mich in den nächsten Momenten brauchen wird.

»Ja, ich verstehe«, sagt Jonas gerade. »Ich habe leider noch keine Kinder, aber ich wünsche mir welche.«

Da ich nicht weiß, was ich dazu sagen soll, schweige ich. Wenn seine Erzählung dazu dienen sollte, mich zum Reden zu bringen, so ist sein Plan nicht aufgegangen.

»Wie alt werden Sie am Samstag?«, will er wissen.

»Dreißig.« Meine freie Hand greift automatisch nach einem der Kissen neben mir und zieht es auf meinen Schoß. Zum allerersten Mal fällt mir auf, dass das Stück sehr schlecht verarbeitete Nähte hat, die aussehen, als würden sie jeden Moment platzen.

»Ein runder Geburtstag«, stellt er fest und erkennt noch einiges mehr. »Der oft auch eine Lebensveränderung mit sich bringt. Das sollte auf jeden Fall gefeiert werden.«

»Allerdings.«

Wäre schön, wenn mein Mann das auch so sehen würde …

»Vielleicht mit anderen Freunden?« Sein Vorschlag klingt zögerlich, so als ahne er bereits, sich damit auf dünnes Eis zu begeben.

»Ja, vielleicht«, gebe ich ausweichend zurück, um nicht preiszugeben, wie sehr mein Privatleben die letzten Jahre gelitten hat. Durch meine Arbeit, die Geburt von Mia, den Hausbau und den dadurch erfolgten Umzug in eine kinderlose Gegend, und nicht zuletzt durch meinen introvertierten Ehemann.

»Wissen Sie«, setzt er an und macht für einen Augenblick eine Pause. Mir ist klar, dass er mich in diesem Moment mit meinem Namen angesprochen hätte, wenn er ihn denn wüsste. Da ich aber keine Anstalten mache, ihm meinen Namen zu verraten, spricht er einfach weiter: »Manchmal muss man sich auch selbst einen Wunsch erfüllen. Haben Sie einen?«

»Ja. Ich wollte schon immer mal ans Meer.« Meine Finger spielen mit dem Saum des billigen Kissens und ich muss unwillkürlich lächeln bei dieser Vorstellung.

»Wunderbar!« Er scheint sich darüber zu freuen. »Das ist ein toller Wunsch.«

»Ich habe leider keine Möglichkeit, mir diesen Traum zu erfüllen.«

»Die meisten Menschen haben nicht mal einen Traum«, gibt er zurück. »Es ist so viel wert, ein Ziel zu haben, das man verfolgt. Etwas, von dem man träumt.«

Seine Worte bringen mich zum Nachdenken.

Dieses Haus war mein Traum. Seit vielen Jahren schon …

Obwohl ich es vermeiden wollte, nimmt mich dieses Gespräch gefangen. Vielleicht hat der junge Mann am anderen Ende der Leitung eine Antwort auf die Frage, die ich mir seit geraumer Zeit stelle. »Und was ist, wenn man sich den Traum erfüllt und es sich dann herausstellt, dass er nicht hält, was man sich davon versprochen hat? Dass er einen nicht glücklich macht?« Ich unterbreche mich selbst, erschrocken über meinen Redeschwall, und beiße mir auf die Lippe. Sorgsam beobachte ich Mia. Sie ist noch immer ganz vertieft in ihr Spiel und bekommt nichts von dem Gespräch mit. Trotzdem senke ich meine Stimme, als ich weiterspreche. »Was macht man dann?«

»Loslassen«, antwortet er, ohne nachzudenken. »Loslassen und weitergehen.«

»Den Traum zurücklassen?«

»Auf jeden Fall, ja. Wenn es nicht das ist, was dich glücklich macht, dann geh weiter. Am besten, ohne dich umzusehen.«

Mir fällt auf, dass er auf einmal »du« sagt, aber ich bin mir nicht sicher, ob er damit mich direkt anspricht oder es eine allgemeine Aussage sein soll. Deswegen ignoriere ich es und stelle ihm auch noch jene Frage, die mir am meisten auf der Seele brennt: »Was ist, wenn man sein ganzes Leben lang davon geträumt hat und das Gefühl hat, dass einfach nichts mehr bleibt, wenn der Traum platzt? Lässt man trotzdem los?« Eine Frage, die ich nicht mal meiner besten Freundin Charly gestellt habe. Aus Angst, die Antwort dadurch real werden zu lassen. Zu präsent, um sie jemals wieder loszuwerden. Und jetzt spreche ich sie laut aus und bekomme vielleicht eine Antwort. Von einem fremden Mann.

»Was ist denn die Alternative? Festhalten, obwohl es einem nicht guttut?« Er zögert kurz, dann spricht er weiter: »Wenn der Traum zu schwer oder zu unbequem wird, zu sehr schmerzt, dann tut loslassen weniger weh als krampfhaft festhalten. Lass los, fühle die Erleichterung und gehe weiter.«

Das Bild zweier Hände kommt mir in den Sinn. Hände, die sich verbissen umeinander schließen, aneinander reißen und sich gegenseitig verletzen. Plötzlich lässt einer los … und beide Hände sind frei …

»Wie alt sind Sie?« Ich muss es wissen. Der Typ, der sich als Jonas vorgestellt hat, klingt akustisch, als wäre er 25, aber das, was er sagt, hört sich nach einem alten, weisen Mann an.

»Ich bin 33.« Er fragt nicht, warum ich das wissen will, und rügt mich nicht für meine Neugier, sondern antwortet mit der gleichen Selbstverständlichkeit, mit der er seine Fragen an mich gerichtet hat.

»Ich danke Ihnen, Jonas«, sage ich aufrichtig. »Sie haben mir sehr geholfen.«

Schnell drücke ich auf den roten Hörer und trenne die Verbindung. Für einen Moment sitze ich einfach nur da, lausche meinem wild klopfenden Herzen und starre auf das Handy in meiner Hand.

Warum hab ich einfach aufgelegt?

»Bist du fertig mit Telefonieren, Mama?« Mia legt ihre Puppe in den Stubenwagen und setzt sich zu mir aufs Bett.

»Ja, ich bin fertig.«

»Ihr habt voll lange geredet. Warum denn?«

»Keine Ahnung.« Mit einer schnellen Handbewegung werfe ich das Telefon neben mich auf das Bett. »Ist doch egal, jetzt hab ich Zeit für dich. Sollen wir spielen?«

»Ja«, ruft sie und setzt sich zurück auf den Boden. »Meine Püppi hat Bauchweh, kannst du sie operieren?«

»Mache ich«, verspreche ich und schiele zu meinem Handy, als würde es jeden Moment wieder klingeln. Während ich versuche, mich auf das Spiel mit meiner Tochter zu konzentrieren, frage ich mich, was zum Teufel das gerade war und warum ein fremder Mensch mich so lange in ein Gespräch verwickeln konnte.

Kapitel 3

Jonas

Ohne Vorwarnung ist die Leitung unterbrochen. Für einen Augenblick hält Jonas das Telefon stumm in der Hand und schüttelt unmerklich den Kopf. Dann tastet er nach dem Wohnzimmertisch, der vor ihm steht, und legt sein Handy darauf. Kurz fällt ihm ein, dass er sich eigentlich seinen jährlichen Kontrolltermin bei dem neuen Zahnarzt im Ort hat machen wollen, aber dann wandern seine Gedanken zurück zu der Frau, die er stattdessen in der Leitung gehabt hat.

Eine Acht als Endziffer …

Jonas geht die Telefonnummer im Kopf durch, ertappt sich dabei, dass er sie in seinem Gedächtnis abspeichert. Es frustriert ihn, dass die Frau einfach aufgelegt hat. Gerne hätte er sie weiter in ein Gespräch verwickelt. Gleich zu Anfang hörte er die Verletzlichkeit heraus, die sie in sich trug und die ihn an seine eigene erinnerte. Beim ersten Schniefen von ihr, als ihm auffiel, dass sie weinte, wurde er dann richtig hellhörig. Aber das war nicht der Grund, warum er nachgefragt hat und sie zum Reden bringen wollte. Ein spontaner Impuls brachte ihn dazu. Irgendetwas in ihrer Stimme hat ihn berührt und aufmerksam werden lassen. Eine gut versteckte Trauer, vielleicht sogar eine

Art Verzweiflung, die tief in ihr drin eingesperrt war und darum kämpfte, freigelassen zu werden. Vielleicht liegt es daran, dass Jonas eine besondere Begabung hat, ganz genau zuzuhören und jene Nuancen zu erkennen, die den meisten anderen Menschen verborgen bleiben. Möglicherweise ist es auch einfach ein Zufall gewesen. Was es auch war, einmal erkannt, ist es schwer für Jonas, so etwas zu ignorieren. Meistens, wenn ihm Menschen mit einer Art Trauer oder Schmerz begegnen, spricht er sie mehr oder weniger darauf an oder bietet so wie heute an, einfach zuzuhören. Manche nehmen es an und reden sich ihren Kummer von der Seele, manche reagieren unwirsch und wieder andere, so wie die Frau heute, würden gerne erzählen, finden aber keinen Anfang oder trauen sich nicht. Die Hemmschwelle ist einfach zu hoch.

Mit geschlossenen Augen lässt sich Jonas für einen Moment zurück auf die Couch sinken, in Gedanken ganz bei der Frau, mit der er eben gesprochen hat. Was könnte ihr Schmerz sein? Vermutlich das, was bei fast allen Menschen im Vordergrund steht: Ängste und Sorgen, überarbeitet und überfordert vom Leben und dadurch unzufrieden, und nicht in der Lage, allein aus einem Teufelskreis hinauszukommen.

Er seufzt tief. Es ist schon erstaunlich, wie oft es so was gibt, wie sehr Menschen mit ihrem Schicksal und ihrem Leben hadern und es nicht schaffen, ihre Lage zu ändern oder Frieden damit zu schließen. Ohne weiter darüber nachzudenken beugt er sich vor, angelt mit den Fingern nach dem Handy auf dem Tisch und speichert die Nummer, die er vorhin aus Versehen gewählt hat, in sein Telefon ein. Erst dann unternimmt er einen weiteren Versuch, bei der Zahnarztpraxis anzurufen und sich einen Termin geben zu lassen.

Kapitel 4

Am nächsten Morgen klingelt mein Wecker nicht, und trotzdem wache ich zur gewohnten Zeit auf. Ein Blick neben mich zeigt mir, dass Andrew noch schläft. Ich ignoriere das dumpfe Gefühl im Bauch, das sich wie jeden Morgen nach dem Aufwachen in mir breit macht. Es ist lange her, dass ich mit einer unbeschwerten Leichtigkeit aufgewacht bin. Obwohl ich diesen Zustand schmerzlich vermisse, gelingt es mir nicht, ihn zurückzuholen. Entschlossen mache ich die Augen wieder zu, versuche krampfhaft, mich an meinen Traum von eben zu erinnern und diesen wieder heraufzubeschwören. Es sind nur Bruchstücke davon, die mir noch im Kopf herumschwirren. Zwar kann ich nicht mehr sagen, worum es eigentlich ging, aber ich weiß noch, dass es angenehm gewesen ist, zu träumen. Gerade als ich im Begriff bin, wieder einzudösen, höre ich, dass Mia ruft. Ein leises »Mama«, aus dem Zimmer gegenüber und ich bin hellwach. Während Andrew tief und fest schläft, schlage ich die Bettdecke zurück und tapse im Dunkeln ins Kinderzimmer.

»Schlaf doch noch ein bisschen«, flüstere ich meiner Tochter zu und lege mich leise zu ihr ins Bett. Sofort kuschelt sie sich dicht an mich. Ich spüre ihre seidenweiche Wange an meiner, ihre kastanienbraunen Haare kitzeln meine Nase. Vorsichtig lege ich meinen Arm um sie und ziehe sie noch enger an mich heran. Mein ungutes Gefühl von eben macht einer tiefen, unerschütterlichen Liebe Platz. Eine Liebe, die seit Mias Geburt tief verwurzelt in meinem Herzen ist und deren Intensität ich niemals für möglich gehalten hätte.

»Muss ich heute nicht in den Kindergarten?«, fragt Mia leise.

»Heute bleibst du bei mir.«

»Juchu, ich darf daheimbleiben!«, ruft sie, ohne nach den Hintergründen zu fragen. Dass es so ist, wie es ist, das ist ihr genug.

Ich drücke Mia einen Kuss auf die Stirn und schließe noch mal für einen Moment die Augen. Vor der Kinderzimmertür höre ich schwere Schritte, die mir sagen, dass Andrew mittlerweile aufgestanden und auf dem Weg in die Küche ist. Insgeheim frage ich mich, ob er nicht gesehen hat, dass es im Kinderzimmer noch dunkel ist. Er weiß nichts davon, dass ich Mia heute nicht in den Kindergarten bringen möchte, und offensichtlich bemerkt er auch nicht, dass wir noch nicht aufgestanden sind. Hätte ich einfach nur verschlafen, würde ich heute viel zu spät in die Redaktion kommen …

Es dauert nur wenige Minuten, bis Mia neben mir zu wach ist, um noch länger liegen zu bleiben. Leise steht sie auf, zieht ihre Kleidung an, die ich ihr immer auf den kleinen Hocker vor ihrem Bett lege, und schleicht sich ebenfalls nach unten in die Küche, vermutlich um nach etwas Essbarem zu suchen. Noch in meinem Schlafanzug folge ich ihr. Mia sitzt bereits mit ihrem Papa am Esstisch, als ich die Küche betrete.

»Guten Morgen«, trällere ich gespielt fröhlich in den Raum.

»Morgen«, brummt Andrew zurück. Er hebt nur kurz den Blick, dann konzentriert er sich wieder auf das Handy vor seiner Nase. Wut flammt in mir auf. Dass Andrew kein Interesse an einem Gespräch mit mir hat, das habe ich mittlerweile verstanden. Aber dass er sich mittlerweile auch lieber seinem Handy zuwendet als seiner Tochter, das ist für mich nicht akzeptabel.

»Willst du nicht wissen, wieso Mia zu Hause ist?«, frage ich mit zusammengebissenen Zähnen. Kaum habe ich es ausgesprochen, weiß ich, dass es besser gewesen wäre, ich hätte den Gedanken runtergeschluckt. Aber ich habe schon so viel geschluckt in den letzten Jahren, dass ich immer häufiger das Gefühl habe, daran zu ersticken, wenn ich es nicht ausspucke. »Sie könnte ja krank sein«, füge ich etwas versöhnlicher dazu.

»Warum ist sie zu Hause?« Andrew starrt weiterhin auf sein Display. Seine Worte zeigen weder ehrliches Interesse noch den Hauch eines schlechten Gewissens, dass er nicht von allein darauf kam, diese Frage zu stellen.

»Im Kindergarten geht die Magen-Darm-Grippe rum«, antworte ich bemüht ruhig. Ich kann es mir nicht verkneifen, weiter nachzuhaken. »Ist dir nicht aufgefallen, dass Mia da ist?«

»Hab mir nichts dabei gedacht. Kann doch sein, du bringst sie später«, brummt er.

»Nein.« Scharf ziehe ich die Luft ein. »Der Kindergarten macht nämlich um halb neun zu. Wie schon seit zwei Jahren.«

Würdest du dich ein bisschen für uns interessieren, dann wüsstest du das!

Ein Vorwurf, der seit langer Zeit über uns schwebt wie ein Damoklesschwert und der Andrew auch unausgesprochen zur Weißglut bringt.

»Musst du schon morgens anfangen, mich zu provozieren«, schnauzt er mich an, schiebt seinen Küchenstuhl übertrieben heftig zurück, sodass ein lautes Quietschen ertönt. Mit ein paar hastigen Handgriffen schaufelt er Wurst und Käse auf seinen Teller. »Ich frühstücke im Büro weiter und will nicht gestört werden!«

»Ich habe um elf Uhr eine wichtige Telefonkonferenz«, sage ich schnell, bevor Andrew nach oben in sein Büro verschwindet. »Kannst du bitte eine halbe Stunde auf Mia aufpassen?«

Er hält mitten in der Bewegung inne und starrt mich an, als hätte ich ihm erzählt, dass ich in fünf Minuten mit einer selbst gebauten Rakete zum Jupiter fliege. Seine Augenbrauen ziehen sich so eng zusammen, dass sie sich in der Mitte berühren.

»Ich muss arbeiten, Kate«, sagt er betont langsam, als wolle er ganz sicher gehen, dass ich seine Worte auch wirklich verstehe. Fast warte ich darauf, dass er seine Aussage mit Gebärdensprache unterlegt.

»Ich weiß«, gebe ich zurück. »Ich muss auch arbeiten. Deswegen frage ich ja …«

»Was bitte kann *ich* dafür, wenn du Mia nicht in den Kindergarten bringst?« Er schaut mich immer noch an, als hätte ich den Verstand verloren. »Das war deine Entscheidung. Dann kannst du doch nicht von *mir* verlangen, dass ich sie ausbade, oder?«

»Magen-Darm-Grippe im Kindergarten!« Ich presse die Lippen aufeinander, bis es schmerzt.

»Ja, das hab ich verstanden! Dann finde eine Lösung für deine Entscheidung. Du bist alt genug!« Er nimmt seinen vollgepackten Teller in die eine und seinen Tee in die andere Hand und wendet sich von mir ab. Kurz bevor er das Wohnzimmer verlässt, wirft er mir noch mal einen nachdrücklichen Blick zu und betont jedes einzelne Wort: *»Ich muss arbeiten!«*

Fast perplex schaue ich ihm hinterher, wie er die Treppe nach oben in sein Büro geht. Ich seufze tief. Mia kaut gedankenverloren an einem Stück Brot herum, das Andrew wohl von seinem Frühstück liegen gelassen hat. Inständig hoffe ich, dass sie nichts von dem Inhalt dieses Gespräches wahrgenommen hat.

»Wenn wir fertig sind mit Frühstücken, dann gehen wir eine Runde Laufrad fahren«, sage ich im Plauderton, während ich Butter auf eine Scheibe Brot schmiere und Honig drauf fließen lasse. »Anschließend darfst du ein bisschen fernsehen, damit Mama in Ruhe telefonieren kann.«

»Jaa, ich darf fernsehen«, jubelt sie. »Ich will ›PAW Patrol‹ schauen.«

»Erst musst du frühstücken.« Aus dem »wir« ist ein »du« geworden. Ich selbst möchte nichts mehr essen, mir ist der Appetit wieder einmal gründlich vergangen.

Deswegen schiebe ich das Honigbrot auf einem bunten Brettchen über den Tisch zu Mia und schaue meine Tochter freundlich an, während sich meine nackten Zehen so krampfhaft aufrollen, dass sie zu schmerzen beginnen. Ich überspiele es mit einem breiten Grinsen und einer fröhlichen Melodie, die ich vor mich hin summe. Nichts an mir soll die Wut und die Enttäuschung in mir verraten, die mich von innen zu zerreißen drohen, damit sie nicht auf meine sensible Tochter überspringen. Ich weiß nur zu gut, wie schnell Mia sich davon anstecken und hinunterziehen lässt. Die Erfahrung hat gezeigt, dass sie solche Situationen viel besser vergessen kann, wenn ich sie nicht thematisiere und aktiv mit positiver Energie dagegensteuere.

Kapitel 5

Der Abend zieht sich endlos. Schon den ganzen Tag verging die Zeit quälend langsam. Nun, wo Mia endlich schläft und ich froh bin, am PC zu sitzen und meine angestaute Arbeit erledigen zu können, stelle ich fest, dass die Zeit sich weiterhin so zäh hinzieht wie Kaugummi. Obwohl ich genügend zu tun habe, komme ich nicht voran, kann mich irgendwie aber auch nicht dazu überwinden, einfach ins Bett zu gehen und alles für den kommenden Montag liegen zu lassen. Es sind noch einige E-Mails zu schreiben und eine Handvoll Texte zu verfassen, aber das könnte ich alles morgen Abend im Homeoffice erledigen, sobald Mia im Bett ist. Trotzdem schaffe ich es nicht, meinen Laptop herunterzufahren. Ich bin mir nicht sicher, ob mein Pflichtgefühl mich wach hält und dazu drängt, wenigstens noch ein paar Kleinigkeiten zu erledigen, oder ob es das unterbewusste Warten auf Mitternacht ist.

Mein Blick fällt auf die eingeblendete digitale Uhrzeit am unteren Bildschirmrand. Noch eine knappe halbe Stunde …

»Was erwartest du, Kate?«, frage ich mich leise selbst. »Eine Überraschungsparty, bei der alle deine Freunde hinter der Couch hervorspringen, Konfetti werfen und in bunte Tröten pusten?« Leise lache ich in mich hinein. Ein freudloses, fast trauriges

Lachen. Ich bin mir nicht sicher, was mich mehr schockiert, die Tatsache, dass ich mit mir selbst spreche, oder die Erkenntnis, dass ich meine Freunde mittlerweile an einer Hand abzählen könnte. So viele Freundschaften und Kontakte sind eingeschlafen über die Jahre, in denen ich meine Selbstständigkeit aufgebaut habe. Sobald Mia abends im Bett war und schlief, bin ich an meinen Laptop gehastet und habe die halbe Nacht gearbeitet, um irgendwie das hinzubekommen, was ich tagsüber nicht geschafft hatte, weil ich rund um die Uhr für Mia da war. Es war mir wichtig, gesund zu kochen und mein Haus sauber zu haben, Zeit mit Mia zu verbringen und trotzdem meinen Job nicht aufzugeben. Die Erfahrung lehrte mich leider, dass man nur berufstätig und Vollblutmama sein kann, wenn man komplett auf seine Freizeit verzichtet. Und so saß ich oft bis in die Morgenstunden vor meinem Computer und schlief dann völlig erschöpft ein, um am nächsten Tag wieder für mein Kind da zu sein. Viel zu spät bemerkte ich, dass dafür alles andere auf der Strecke blieb.

Ein leises Klopfen am Türrahmen lässt mich zusammenzucken. Für einen absurden Augenblick hoffe ich, es könnte Charlotte sein. Meine verrückte und liebenswerte Freundin Charly, die für jede Dummheit zu haben ist und mit der man jederzeit Pferde stehlen gehen könnte.

Hastig wirble ich auf meinem Drehstuhl herum und blicke in Andrews stahlgraue Augen. Er ist bereits im Schlafanzug, trägt keine Brille mehr und lächelt mich süffisant an.

»Warum so schreckhaft?«, will er wissen. »Bei was hab ich dich denn erwischt?«

»Bei nichts.« Mit einem hörbaren Ausatmen entweicht all meine freudige Erwartung aus mir heraus.

»Sah aber anders aus.« Andrew mustert mich kurz, dann fällt sein Blick auf meinen Bildschirm und er scannt mit den Augen die geöffneten Tabs ab.

Auch ich mustere ihn. Während er nach etwas sucht, das er mir vorwerfen kann, halte ich Ausschau nach schönen Dingen: nach einem Blumenstrauß hinter seinem Rücken, einer Flasche Wein oder einem eingewickelten Päckchen. Ich entdecke nichts.

»Was ist los?«, frage ich ihn schließlich.

»Wollte dir nur Bescheid sagen, dass ich schlafen gehe«, grummelt er.

»Jetzt schon? Morgen ist doch Samstag.« Es ist ungewöhnlich für Andrew, dass er am Wochenende so früh schlafen geht. Meistens sitzt er bis spätnachts vor seinem Rechner, liest Nachrichten aus aller Welt, schaut sich Konstruktionsvideos auf YouTube an, die angeblich wichtig für seine Arbeit sind, oder vertieft sich in sein Online-Computerspiel.

»Ich fühle mich nicht gut«, erklärt er. »Magenschmerzen. Hoffentlich habe ich nicht diesen Virus aus dem Kindergarten.«

»Ja, das wäre blöd ...« Mit zusammengekniffenen Lippen nicke ich verständnisvoll und schlucke mal wieder den Rest meines Satzes hinunter.

... wo ich doch morgen Geburtstag hab.

Ich spreche es absichtlich nicht aus. Irgendein kindischer und trotziger Teil in mir will ihn nicht daran erinnern, und sei es nur, um zu prüfen, ob er es vergessen hat.

»Das wäre echt blöd«, bestätigt er. Ein kleiner Funke Freude leuchtet in mir auf, wird aber sofort wieder zunichtegemacht, als Andrew weiterredet. »Sonntagabend bin ich mit meinen Jungs zum Kegeln verabredet. Wäre ärgerlich, wenn ich das verpassen würde.«

»Total. Ich drücke dir die Daumen, dass du gesund bleibst.« Ich drehe mich bereits wieder zum Bildschirm, um die angefangene E-Mail an meine Redaktion zu Ende zu schreiben. »Ich wünsche dir eine gute Nacht.«

»Ach ja, eins noch«, sagt er. »Wegen morgen.«

Mein Herz klopft. Ein schlechtes Gewissen macht sich in mir breit. Wie konnte ich nur denken, dass mein eigener Mann meinen dreißigsten Geburtstag vergessen könnte?

»Ja?«, frage ich erwartungsvoll.

»Bitte wecke mich morgen früh nicht. Egal wie früh Mia aufsteht, lass mich schlafen. Wie gesagt, ich bin krank und ich muss unbedingt fit sein am Sonntag.«

Mein Mund steht offen, als Andrew sich umdreht und leise die Treppe hinaufschlurft. Wortlos wende ich mich wieder meinem Bildschirm zu und starre auf die Uhrzeit am unteren Rand: noch zwanzig Minuten bis zu meinem Geburtstag.

Wie erwartet passiert nichts. Fünf Minuten nach Mitternacht sitze ich noch immer da, schaue auf die Uhr am PC und lausche auf Schritte aus dem oberen Stockwerk. Mir ist längst klar, dass Andrew nicht noch mal aufstehen und zu mir nach unten kommen wird, und dennoch kann ich nicht aufhören, darauf zu warten. Natürlich weiß ich, dass es albern und kindisch ist. Vielleicht muss man das sein, wenn man die Zwanziger verlässt und fortan eine Drei bei der Altersangabe vorne stehen hat. Es fühlt sich komisch an, als würde ich einen wunderbaren, jungen Lebensabschnitt hinter mir lassen müssen. Die letzten zehn Jahre waren, rückblickend gesehen, die besten, die ich hatte. Viele Freiheiten und ganz viele Freunde, mit denen ich von Party zu Party gezogen bin, der Auszug aus meinem Elternhaus, meine Hochzeit und natürlich Mias Geburt und von da an jeder neue Tag gemeinsam mit meiner Tochter.

Jetzt folgt ein neuer Lebensabschnitt, der genauso gut wird!

Ich schaffe es nicht, meinem eigenen Gedanken zu glauben. Alleine die Tatsache, dass ich meinen Geburtstag völlig allein zu Hause verbringe, obwohl ich eigentlich ein geselliger Partymensch bin, lässt mich daran zweifeln. Seufzend schüttele ich den Kopf, als könnte ich damit meine gefühlte Negativität vertreiben, und schließe die geöffneten Tabs an meinem PC. Kurz überlege ich, ob ich Andrew wecken soll, wenn ich nun zu ihm ins Bett gehe, aber seine Worte von vorhin halten mich davon ab. Gerade als mein Bildschirm dunkel wird und ich meine Computermaus zur Seite schiebe, piepst mein Handy in die Stille hinein. Obwohl ich die ganze Zeit darauf gewartet habe, lässt mich das Geräusch nun doch überrascht aufhorchen.

Charly!

Noch bevor ich auf das Display schauen kann, weiß ich, dass es Charlotte ist. Wer sonst sollte mir mitten in der Nacht schreiben? Sofort bessert sich meine Laune.

Wir werden unseren Abend einfach nachholen! Und dann richtig feiern gehen!

Diese Gedanken trösten mich, noch bevor ich Charlottes Worte gelesen habe.

Im selben Moment, als ich nach meinem Handy greife, piepst es erneut. Verwundert blicke ich auf die Nachrichten. Die erste ist wie erwartet von Charlotte, die zweite von einer fremden Nummer, die ich nicht kenne. Neugierig tippe ich drauf und lese:

Happy Birthday, liebes Geburtstagskind!

Ich wünsche dir alles erdenklich Gute zu deinem 30. Geburtstag! Auch wenn er anders ist, als du es dir gewünscht hast … Lass den Kopf nicht hängen!

Ich möchte dir gerne ein Zitat mit auf den Weg geben, das mir sehr geholfen hat und das ich für deine Situation sehr passend finde:

»Wer nicht loslassen kann, der riskiert, mit dem unterzugehen, was er festhält.«

Ich spreche aus Erfahrung. Nur wer es schafft loszulassen, der wird frei sein.

Feier schön!

Grüße, Jonas

Ich muss keine Sekunde überlegen. Sofort kann ich diesen Namen zuordnen.

Jonas.

Eine Gänsehaut läuft mir den Rücken hinunter, ohne dass ich sagen kann, warum. Irgendwas in seinen Worten rührt mich. Ob es der treffende Spruch ist oder allein die Tatsache, dass ein Wildfremder an mich gedacht hat und mir solche warmen Worte schenkt, kann ich nicht sagen. Vermutlich ist es auch egal. Ich will ihm antworten, entscheide mich aber, damit bis zum nächsten Morgen zu warten. Irgendwie will ich ihm nicht die Bestätigung liefern, dass ich einsam und fast verzweifelt am Handy hänge und auf Geburtstagswünsche warte. Stattdessen öffne ich die Nachricht von Charly. Während ich leise die Treppe hinaufschleiche, lese ich ihre langen Zeilen, in denen sie mir sagt, wie wichtig ich ihr bin und wie lieb sie mich hat. Auch ihre Worte sind Balsam für meine Seele. Ich lese sie ein zweites Mal, während ich meine Zähne putze. Der letzte Absatz zaubert ein Lächeln auf mein Gesicht:

Nächstes Wochenende holen wir alles nach! Notfalls verkaufen wir die Kinder auf dem Wochenmarkt, dann hübschen wir uns auf, begießen deinen Geburtstag und schlagen wie in *Hangover* so richtig über die Stränge!

Das wird super, Kate! Ich verspreche es dir!

Ich grinse noch immer, als ich mich im Dunkeln ins Schlafzimmer schleiche, mich ins Bett lege und in die Schwärze schaue, bis ich einschlafe.

* * *

Am nächsten Morgen ist Mia früh wach. Bereits bevor die Sonne aufgeht, ruft sie mich in ihr Zimmer und wir schauen gemeinsam in ihrem Bett Bücher an. Erst als sie gegen halb neun so langsam Hunger verspürt, gehe ich mit ihr hinunter in die Küche. Ich habe keine Lust, ein großartiges Frühstück zu zaubern, an diesem Tag, an dem ich mir ein Frühstück ans Bett gewünscht hätte, also stelle ich nur eine Schale Müsli mit Milch und ein paar Stücke frisches Obst für Mia hin. Während sie isst, nutze ich die Gelegenheit, mein Handy anzumachen und Jonas zu antworten. Ich lese seine Nachricht ein weiteres Mal durch. Plötzlich frage ich mich, ob er recht hat und gerade genau das passieren wird, was da steht.

Gehe ich hier unter?

Kurz denke ich drüber nach, ob ich ihm etwas Tiefsinniges zurückschreiben soll. Aber mir fällt nichts ein und irgendwie habe ich das Gefühl, dass nichts, was ich sage, seiner Nachricht nur annähernd gerecht werden könnte. Deswegen entschließe ich mich zu einem simplen »Danke«.

Aus einem Impuls heraus schreibe ich meinen Namen drunter. Irgendwie hat es etwas Verbindendes, fast schon Freundschaftliches, dass ich ihm verrate, wie ich heiße. Eine Weile starre ich auf mein Display, warte, ob die Haken hinter meiner Nachricht blau werden und damit anzeigen, dass der Empfänger sie gelesen hat, aber das ist nicht der Fall.

Also lege ich das Handy weg, lausche ein letztes Mal hinauf in den oberen Stock und überlege, ob ich warte, bis Andrew aufsteht, entscheide mich aber dagegen. Immer wieder spuken mir Jonas’ geschriebene Worte im Kopf herum. Dazu sehe ich ganz deutlich das Bild einer krampfhaft geschlossenen Faust, die so fest klammert, dass es wehtut. Dann öffnet sie sich und der Schmerz lässt nach.

Loslassen …

Plötzlich beschließe ich, genau das zu tun. Loslassen.

Soll Andrew das ganze Wochenende im Bett verbringen, wenn er mag. Ich werde mir davon nicht die Laune verderben lassen und mir mit meiner Tochter einen schönen Tag machen.

Aus einer spontanen Idee heraus nehme ich mein Handy und poste in unsere Kindergartengruppe einen kurzen Text hinein, dass ich mit Mia zum Abenteuer-Indoorspielplatz fahre und hoffe, jemanden aus der Gruppe dort zu treffen.

Dann stelle ich mein Telefon auf Flugmodus, klebe eine kurze Notiz für Andrew an den Kühlschrank und fange an, ein paar Apfelschnitze für ein Vesper zu schnippeln. Die Frischhaltebox stopfe ich zusammen mit einer Thermoskanne Tee und ein paar Wechselklamotten für Mia in meinen Rucksack und rufe sie dann zu mir, um ihr meine Überraschung zu verkünden.

Kapitel 6

Andrew

Irgendwann am späten Vormittag wird Andrew durch ein unbestimmtes Geräusch draußen aus dem Schlaf gerissen. Im Halbschlaf tastet er sich ins Bad, stellt die Dusche an und lässt das warme Wasser über sich laufen. Es dauert etliche Minuten, bis er wach genug ist, um sich anzuziehen und hinunter ins untere Geschoss zu gehen. Die Stille im Haus fällt ihm auf und mit einem schweifenden Blick durch die Räume stellt er fest, dass er allein ist. Ein leichtes Lächeln huscht über seinen Mundwinkel im Anbetracht dessen, dass er mit etwas Glück die nächsten Stunden tun und lassen kann, was er will.

Andrew geht zum Kaffeeautomaten, klemmt eine Plastikkapsel in die Halterung und drückt auf »Start«. Während die braune Brühe in seine Tasse läuft, fällt ihm siedend heiß ein, dass er noch neue Müllmarken auf der Poststelle besorgen muss. Prüfend schaut er in die Schublade unter der Küchenanrichte: Wie bereits vermutet, hat Kate nicht daran gedacht, sie zu besorgen.

Oder sie ist wie selbstverständlich davon ausgegangen, dass ich das mache.

Dieser Gedanke macht ihn wütend. Dennoch beschließt er, das rasch zu erledigen, bevor er sich mit dem Kaffee in sein Büro verzieht, um sich an den PC zu setzen. Denn wenn er das heute nicht erledigt, wird es nie was werden. Kate wird es wie immer vergessen oder als nicht wichtig empfinden. Fast unmerklich schüttelt Andrew den Kopf. Für ihn ist das manchmal schwer zu begreifen, dass Kate offenbar nicht versteht, was sie an ihm hat, und wie verloren sie ohne jemanden wie ihn wäre, der alles am Laufen hält.

Erst als Andrew seinen riesigen Wagen aus der Garage manövriert, stellt er fest, dass Kates Auto weg ist. Bestimmt ist sie mit Mia zur Oma gefahren und dürfte vermutlich erst in zwei Stunden wieder zurück sein.

Zwei freie Stunden!

Andrew beschließt, sich zu beeilen, parkt direkt vor dem Eingang der Post und fällt in den Laufschritt.

»Guten Morgen«, ruft eine freundliche Stimme hinter ihm. Schnell dreht er sich um und erblickt seine Nachbarin.

»Hey«, gibt er zurück und setzt sein schönstes Lächeln auf. Fieberhaft sucht er tief in seiner Erinnerung nach dem Namen dieser Frau, die schon seit sie das Haus haben neben ihnen wohnt. Trotz aller Bemühungen fällt er ihm nicht ein und er redet deswegen einfach ohne Anrede weiter: »Wie geht es dir?« Für einen Moment ist er versucht, auch noch nach ihren Kindern zu fragen, ist sich dann aber nicht mehr sicher, ob sie überhaupt welche hat. Deswegen verzichtet er auch darauf und konzentriert sich auf das Wesentliche. Seine Nachbarin hat einen ganzen Stapel Briefe in der Hand, die ihr hinunterzurutschen drohen.

»Lass mich dir helfen«, ruft er, macht einen großen Schritt nach vorne und nimmt ihr die Briefe ab.

»Oh, wie lieb von dir!« Ein Strahlen breitet sich auf ihrem Gesicht aus und sie wirkt sehr dankbar für seine Hilfe.

»Ach, nicht der Rede wert, das mach ich doch gerne!«, gibt Andrew grinsend zurück. Er mustert sie weiterhin und für einen kurzen Moment glaubt er, einen Hauch Verwunderung bei ihr zu sehen.

Bestimmt hat Kate schlecht über mich geredet.

Der Einfall kommt aus dem Nichts und Andrew macht sich nicht die Mühe, zu prüfen, ob er denn stimmt. Gut möglich, dass Kate wieder ihr Gift über ihn versprüht hat. Andrew spürt sofort eine Art Enttäuschung, doch er lässt sich nichts anmerken. Im Gegenteil. Seine Motivation zur Freundlichkeit hat neuen Aufwind bekommen. Er wird es nicht auf sich sitzen lassen, dass die Nachbarin schlecht von ihm denkt. Sie soll sehen, wie er wirklich ist. Schlimm genug, dass seine eigene Frau nicht dazu in der Lage ist, das zu erkennen und wertzuschätzen. Umso wichtiger ist es, nun klarzustellen, dass das natürlich ein Versagen ihrerseits ist und keinesfalls an ihm liegt.

»Ich trage es dir zum Schalter«, sagt er sanft und lächelt wieder. »Ich muss ohnehin Müllmarken kaufen. Bin gerade am Haushaltmachen, damit Kate alles sauber vorfindet, wenn sie zurückkommt, und sich darüber freuen kann.«

»Ja, darüber würde ich mich auch freuen. Wo ist Kate denn? Genießt sie ihren Geburtstag?«

Ach, der ist heute?

»Ja, sie macht sich einen schönen Tag und lässt es sich gut gehen!« Andrew klemmt sich die Briefe unter den Arm, um seiner Nachbarin die Türe zur Poststation zu öffnen.

»Das freut mich für Kate, sie wirkt immer so furchtbar gestresst!«

»Ach wirklich?«, erwidert Andrew gespielt überrascht. Er hat nicht vor, auf diesen Zug aufzuspringen, und entscheidet sich für eine gut platzierte Bemerkung. »Das wundert mich jetzt. Sie legt immer so viel Wert auf ihre Auszeit. Abends geht sie ausgiebig baden und liest in ihren Romanen, während ich Mia ins Bett bringe.«

»Wie toll!« Ein Anflug von Neid huscht über das Gesicht der Nachbarin, als Andrew ihre Briefe auf den Tresen legt. »Da könnte sich mein Mann mal eine Scheibe davon abschneiden.«

»Das könnte er allerdings!« Für einen winzigen Moment hält Andrew ihren Blick fest, dann lächelt er verführerisch. »Er sollte dich auf jeden Fall verwöhnen.«

»Ja«, sagt sie lahm, während sie förmlich an seinen Lippen hängt. »Sag ihm das mal.«

»Mach ich. Aber jetzt muss ich weiter.« Andrew zwinkert ihr zu und geht dann einen Schalter weiter, um seine Besorgung zu erledigen. »Hab noch viel zu tun, bis meine Frau kommt. Ich wünsche dir einen schönen Tag, meine Liebe!«

Das Grinsen auf seinem Gesicht erstirbt im selben Moment, als er ihr den Rücken zudreht. Ein warmes Gefühl des Triumphes macht sich in ihm breit. Es tat gut, endlich mal etwas Bewunderung zu erfahren. Andrew schließt kurz die Augen und lässt dann die angestaute Luft aus seinem Brustkorb entweichen.

»So viel Zeit verschwendet«, sagt er zu sich selbst. »Ich könnte längst am PC sitzen. Nun aber schnell.«

Kapitel 7

Es ist bereits spät am Abend, als Mia und ich müde und erschöpft, aber rundum zufrieden die Haustüre aufschließen, um ins Haus zu treten. Schon beim Heranfahren ist mir aufgefallen, dass in jedem Zimmer das Licht brennt.

Es ist weit später geworden, als ich geplant habe. Ganz kurzfristig kamen noch zwei weitere Familien in den Abenteuerspielplatz, Spielkameraden für Mia und befreundete Mütter für mich zum Reden.

Den Flugmodus an meinem Handy hatte ich schnell wieder ausgeschaltet, aber in der Halle dort gibt es sowieso keinen Empfang. Für mich ist das nicht tragisch, Andrew ruft mich sowieso nie an. Umso verwunderter bin ich nun, dass er bereits im Hausflur steht und mich böse anschaut. Er trägt Jogginghose und einen alten Sweatpullover und sieht aus, als hätte er das Haus heute noch nicht verlassen.

»Wo warst du?«, will er wissen.

»Lass uns doch erst einmal reinkommen«, sage ich und stolpere fast über Andrews Straßenschuhe, die mitten im Flur auf dem Boden liegen. Ich schiebe Mia vor mir ins Wohnzimmer. Aus dem Augenwinkel registriere ich, dass sich in unserer offenen Küche das Geschirr stapelt und hier auf dem Tisch aufgerissene Kekspackungen, Joghurtdeckel und benutzte Löffel, leere Coladosen und Andrews Kamm liegen. Ich verkneife mir einen Kommentar.

»Du kannst doch nicht einfach verschwinden, ohne Bescheid zu sagen«, schnauzt er mich an. »Kannst dir doch denken, dass ich mir Sorgen mache, oder nicht?«

»Du hast mich gebeten, dich nicht zu wecken, deswegen hab ich einen Zettel am Kühlschrank hinterlassen«, erkläre ich ruhig. Ich will diesen Streit schlichten, noch bevor er sich entfacht. Mia hat heute so einen schönen Tag gehabt und ich möchte nicht, dass sie mitbekommt, wie wir uns deswegen zanken.

»An den Kühlschrank?«, wiederholt er verächtlich. »Da hab ich ihn nicht gesehen. Warum legst du ihn nicht wie *normale* Menschen auf den Tisch?«

»Du wirst gerade gemein«, sage ich. Es war schon immer ein Problem von Andrew, dass er ausfallend wird, wenn er in einen emotionalen Ausnahmezustand kommt. Wir haben daher vereinbart, dass ich ihm das aufzeige, wenn es wieder so weit ist, damit er sich zügeln kann. Meistens hat das ganz gut funktioniert, aber heute schlägt es ins Gegenteil um. Seine Augenbrauen ziehen sich so eng zusammen, dass sie sich in der Mitte berühren, und sein Blick wird schlagartig kalt. Wütend.

»Ich hab jedes Recht, gemein zu dir zu sein«, brüllt er mich an. »Wenn *du* dich so egoistisch verhältst!«

»Es reicht«, bestimme ich. »Wir diskutieren das nicht vor Mia aus.« Ich drehe mich zu meiner Tochter um und helfe ihr aus dem linken Schuh heraus, mit dem sie gerade verzweifelt kämpft. Ihr Gesicht ist angespannt und in ihren Augen glitzern Tränen.

»Es ist alles gut«, flüstere ich ihr zu. »Papa hat sich nur Sorgen gemacht. Geh hoch in dein Zimmer, ich komme gleich nach.« Sie nickt, schließt kurz ihre Ärmchen um meinen Hals und drückt mir einen Kuss auf die Wange. Dann geht sie die Treppe hoch und verschwindet im Obergeschoss.

»Sie kann ruhig mitbekommen, dass dein Verhalten scheiße war«, herrscht Andrew mich an. »Da brauchst du sie nicht wegzuschicken! Mia soll ruhig wissen, wer von uns ständig Mist baut.«

Fassungslos starre ich ihn an. Eine Art Entsetzen macht sich in meinem Bauch breit, als ich Andrews verhärtetes Gesicht mustere und nach irgendetwas Vertrautem suche. Ich entdecke nichts.

»Was ist nur los mit dir?« Ich kann nicht anders, als den Kopf zu schütteln.

»Mit mir? Du bist doch schuld, dass ich mich so aufregen muss!«

»Ich? Du schreist doch rum!«

»Weil *du* mich dazu bringst!« Die Adern seitlich an seinem Hals treten deutlich sichtbar hervor und pulsieren. Er schaut mich durch seine Brillengläser hindurch herablassend an. Seine grauen Augen wirken wie Steine.

Waren sie schon immer so kalt und voller Zorn?

»Wo zur Hölle ist der Mann, den ich geheiratet habe?« Die Frage steht auf einmal im Raum. Sie entspringt aus den Tiefen meines Herzens wie ein wildes Tier aus einem Käfig, dessen Tür jemand versehentlich nur angelehnt hat. Einmal freigelassen, wird es sich als unmöglich erweisen, es wieder einzusperren. Denn nun steht es mit seiner gesamten Präsenz da, allgegenwärtig, allumfassend, und verkörpert jene Frage, die ich nun wiederhole: »Wo ist der Mann, den ich einst geliebt habe?«

»Den hast du getötet!«, schmettert er mir entgegen. Falls er in sich nach jener Person sucht, die er einst gewesen ist, so wird auch er nicht fündig werden. »Den gibt es nicht mehr.«

»Ich merke es«, sage ich leise zu mir selbst, denn Andrew will es nicht hören.

»Mama?«, ruft Mia von oben und ich verabschiede mich von meinem Besuch in mir selbst und kehre zurück in die Außenwelt.

Andrew hat sich von mir abgewandt, während ich das Wohnzimmer verlasse, im Flur meine Schuhe von den Füßen streife und sie ins Regal räume. Fast zeitgleich hebe ich die von Andrew auf und stelle sie daneben.

»Bitte räume in Zukunft deine Sachen auf«, rufe ich ihm zu. »Mia darf ihre Schuhe auch nicht einfach in den Flur werfen.«

»Das war ich nicht!«, gibt er wütend zurück.

»Ist klar.« Ich kann nicht anders, als die Augen zu verdrehen. In letzter Zeit habe ich immer öfter das Gefühl, alleinerziehend mit zwei Kindern zu sein. »Die sind von allein da hingeflogen!«

»Wahrscheinlich hast *du* sie da hingeworfen!«, brüllt Andrew aus dem Wohnzimmer. »Damit du was zum Meckern hast, weil du genau weißt, das ist das Einzige, was du kannst.«

»Du könntest auch einfach sagen, dass es nicht wieder vorkommt und …«, setze ich an, aber er unterbricht mich.

»Sorg besser *du* dafür, dass es nicht wieder vorkommt«, sagt er kalt. »Du hast sie schließlich hingeworfen!«

Glaubt er das wirklich?

Für einen Moment stutze ich, unsicher, ob ich antworten soll oder ob es klüger ist, zu schweigen.

Es hat doch ohnehin keinen Sinn …

»Mama, wo bleibst du denn?«, ruft Mia wieder. Ein weiteres Mal kann ich sie nicht ignorieren.

»Ich komme!«

Auf dem Weg zur Treppe werfe ich noch einen Blick ins Wohnzimmer zu Andrew, der auf der Couch sitzt und mit der Nase am Display seines Handys klebt.

»Übrigens, falls du es vergessen hast«, sage ich spitz zu ihm. »Ich habe heute Geburtstag. Ich bin dreißig Jahre alt geworden. Happy Birthday to me.«

»Habs nicht vergessen«, grunzt er. »Aber es gibt Wichtigeres und wenn du nicht da bist, dann hast du halt Pech. Selbst schuld.«

Selbst schuld …

Das scheint sein neuer Lieblingsspruch zu werden und seine Ausrede für alles. Der einfachste Weg, immer jemand anderen für alles verantwortlich zu machen.

Im Geiste zeige ich ihm den Mittelfinger, begleitet von ganz viel Wut. Dann fallen mir plötzlich Jonas' Worte ein.

Loslassen …

Meine imaginäre Faust, die sich eben für jene Geste zusammengeballt hat, öffnet sich wieder. Alles in mir wird weich.

Wie gut Loslassen tut…

Es erstaunt mich selbst, wie viel Einfluss die Worte eines Fremden auf mich haben und wie sehr sie es vermögen, mir zu helfen.

* * *

Es ist am späten Sonntagabend, als ich das erste Mal seit unserem Streit wieder mit Andrew spreche.

Er ist beim Kegelabend gewesen und kommt nun zur Haustür rein, werkelt ein wenig im Flur herum und kommt schließlich zu mir ins Wohnzimmer.

»Hallo«, sagt er, setzt sich neben mich auf die Couch und legt seinen Arm über meine Schulter. Normalerweise hätte ich mein Gesicht gegen seine Hand gelehnt und mich an ihn geschmiegt, aber dieses Bedürfnis gibt es nicht mehr. Alles in mir verkrampft sich. Abwartend starre ich ihn an.

»Hast du mir nichts zu sagen«, hake ich nach.

»Es tut mir leid wegen gestern«, murmelt er. Sein Blick zeigt keine Reue, als er mich anschaut. »Ich wollte nicht rumschreien. Aber du hast mich mit deinem Verhalten dazu gebracht.«

»Aha«, mache ich. Mehr bringe ich nicht heraus. Ich versuche zu ordnen, was Andrew mir da eben gesagt hat.

»Was ist?«, knurrt er. »Ich habe mich doch entschuldigt.«

»Wenn ich ehrlich bin, klingt es eher wie ein Vorwurf.«

»Du bist viel zu empfindlich.« Genervt schnalzt er mit der Zunge und rutscht ein Stück von mir weg. »Oder du suchst wieder Streit. Wie immer eben. Keine Ahnung, was du schon wieder für ein Problem hast.«

»Ich habe kein Problem.« Ich atme auf, erleichtert über die körperliche Distanz, die er zwischen uns schafft. Sie fühlt sich gut an. Richtig. Dann gebe ich mir einen Ruck. »Tut mir auch leid. Ich will nicht schon wieder streiten.«

Irgendetwas tief in mir registriert, dass ich mich eben entschuldigt habe, ohne zu wissen, wofür eigentlich.

»Ich hab dir etwas mitgebracht«, sagt Andrew plötzlich. Ein Grinsen breitet sich über sein Gesicht aus.

»Oh, echt?« Es überrascht mich wirklich. Damit habe ich nicht mehr gerechnet.

»Aber klar. Verspätetes Geburtstagsgeschenk quasi. Soll ich es holen? Ist noch im Auto.«

»Ja, auf jeden Fall.«

Andrew steht auf und geht runter in die Garage an sein Auto. Ich ertappe mich dabei, wie in meinem Kopf sämtliche Möglichkeiten durchgespielt werden, was es sein könnte.

Vielleicht das Paar Schuhe, von dem ich schon seit Wochen rede? Oder ein großer Strauß Blumen, den er im Auto versteckt gehalten hat?

Eine gute Flasche Wein, mit der wir es uns heute Abend noch gemütlich machen? In meinem Bauch regt sich etwas. Vorfreude.

Diese gemeinsame Zeit wird uns bestimmt helfen, die Kluft zwischen uns zu überwinden und wieder näher zusammenzukommen.

Möglicherweise ist es aber auch etwas ganz anderes. Etwas Kreatives oder so. Ein Gutschein für einen Wellnesstag oder ein Besuch in einem Massagesalon. Wenn Andrew mir zugehört hat, dann weiß er, wie erschöpft ich bin durch meine Mehrfachbelastung mit Kind und Job und Haushalt. Täglich komme ich an meine Grenzen und muss dringend etwas tun, um meine Akkus wieder aufzuladen.

Aber im Grunde ist es völlig egal, was er mir schenkt. Hauptsache, er hat an mich gedacht und möchte mir eine Freude machen.

Ich schiebe all die Gedanken zur Seite, als ich Andrew ins Wohnzimmer kommen höre, und recke meinen Hals. Er trägt etwas in den Händen, das aussieht wie ein Karton mit einem schwarzen Tuch darüber.

Es sind die Schuhe!

Dann ertönt ein leises Tschilpen.

Ein Stich fährt mir in die Magengrube.

»Was ist das?«, will ich wissen.

»Vögel«, sagt er und zieht ruckartig das Tuch weg. Ein weißer und ein gelber Wellensittich sitzen völlig erschrocken in einem viel zu kleinen Käfig, auf einer einzelnen Stange.

Für einen Moment starre ich die Tiere nur an, unfähig, etwas zu sagen. In meinem Bauch bildet sich ein dicker Klumpen. Noch nie, seit ich mit Andrew zusammen bin, hab ich jemals etwas angedeutet, dass ich Vögel haben möchte, und auch Mia hat nie etwas Derartiges gesagt.

»Wo hast du die her?«, will ich wissen, bemüht, mir nichts anmerken zu lassen.

»Vorhin beim Kegeln gewonnen.« Andrews Grinsen wird breiter und eine Spur überheblich. »Die können mir alle nicht das Wasser reichen.«

Meine Fingernägel graben sich tief in meine Handflächen. Ganz unbemerkt hab ich sie wieder zu Fäusten geballt: »Und dann schenkst du sie *mir*?«

»Klar. Freust du dich?«

Nein!

Alles in mir rebelliert.

»Andrew«, setze ich an, bemüht, ihn nicht anzumeckern. »Ich bin wirklich randvoll mit Arbeit. Ich schaffe den Spagat zwischen Mia und Job kaum, der Haushalt hält mich genug auf Trab. Ich will keine Vögel, die mir noch zusätzliche Arbeit und Dreck machen …«

Die Freundlichkeit in seinem Gesicht erstirbt. Er lässt den Käfig sinken und schüttelt fast unmerklich den Kopf: »Du bist so unglaublich mies. Nur am Motzen, eine ständig unzufriedene, nörgelnde Gans. Warum zur Hölle bist du so?«

»Wie – *so*?« Angestrengt versuche ich, seine Worte zu sortieren, und starre ihn verwirrt an. In seinem Gesicht blitzt Hass auf.

»Du bist absolut undankbar. Ich habe etwas gewonnen und schenke es dir, aber von dir kommt keinerlei Dank. Was stimmt nicht mit dir? Andere Frauen würden sich einfach freuen.«

Ich schnaube durch die Nase. »Das glaube ich nicht!«

Wer freut sich schon über ein weitergeschenktes Geschenk?

»Ich gebe es auf«, seufzt Andrew und stellt den Käfig auf den Wohnzimmertisch. »Es ist halt unmöglich, dir eine Freude zu machen. Komplett hoffnungslos. Ich hab leider die falsche Frau geheiratet. Du bist chronisch negativ. Vielleicht freut sich Mia drüber.«

»Das heißt, die Vögel bleiben da?« Ich ignoriere seine Anschuldigungen, obwohl mir natürlich sehr wohl auffällt, was er da versucht. Mir ein schlechtes Gewissen zu machen, mir die Schuld zuzuweisen, weil ich nicht die von ihm gewünschte

Reaktion zeige. Ob ihm das selbst wohl auch auffällt? Oder macht er das unbewusst?

»Natürlich bleiben die Vögel da«, bestimmt Andrew. »Nur dass *du* dich nicht drüber freuen kannst, bedeutet ja nicht, dass sie anderen keine Freude machen.«

»Aha«, mache ich wieder. »Und wer kümmert sich darum?«

»Ist das jetzt wirklich deine größte Sorge? Musst du schon wieder Probleme schaffen, wo es keine gibt?«

Ich seufze tief.

Bleib ruhig, bleib ruhig, bleib ruhig …

Wie ein Mantra sage ich es stumm vor mich hin.

»Also gut«, willige ich ein. »Sehen wir es als Familienprojekt und machen es gemeinsam.«

Andrew runzelt die Stirn und zieht wortlos eine Augenbraue hoch.

»Wer füttert sie?«, will ich wissen.

»Das ist doch wirklich keine Arbeit!« Andrew schaut mich fast abfällig an. »Komm, also Vögel füttern, das kriegst doch sogar du hin, oder?«

»Der Käfig ist aber zu klein«, werfe ich ein, ohne mich von seinen Worten provozieren zu lassen. »Wenn wir sie behalten wollen, brauchen sie einen deutlich größeren Käfig.«

»Dann kannst du ja deinen guten Willen zeigen und einen besorgen!« Er zieht seinen Pullover aus und wirft ihn auf die Couch. »Ich geh schlafen. Gute Nacht.«

»Gute Nacht«, murmle ich seufzend. Ich ignoriere die Wut in meinem Bauch und frage mich, ob es reicht, wenn ich die Vögel morgen füttere und wo ich das nötige Futter herbekomme.

Kapitel 8

Mit einer ruckartigen Bewegung schlage ich die Fahrertür meines Wagens zu. Für einen Moment recke ich mein Gesicht gen Himmel und schließe die Augen. Andrew taucht in meiner Erinnerung auf. So, wie er früher war, als ich ihn kennen und lieben gelernt habe. Fürsorglich, selbstbewusst und stark, bereit zu kämpfen, wenn es darauf ankommt. Dass dieser Kampf sich längst nur noch gegen mich richtet und es für ihn nur noch darum geht, meine Bewunderung und Anerkennung zu bekommen, wird mir immer mehr bewusst. Andrew ist offenbar bereit, mein Selbstwertgefühl zu opfern, um seines nicht zu verlieren, auch wenn dieses Verhalten ihn seine Ehe kosten wird. Immer mehr beginne ich zu begreifen, dass nichts und niemand meinen Mann von damals zurückholen kann, auch wenn ich nicht verstehe, warum das so ist. Ich spüre nur jeden Tag aufs Neue, dass das Miteinander mit ihm zur Qual wird.

Eigentlich ist die Sache klar. Schon seit heute Nacht, in der ich den Großteil der Zeit damit verbracht habe, die Leuchtziffern auf meiner Nachttischuhr zu beobachten, ist mein Entschluss gefasst. So kann es nicht weitergehen. Ich werde ein klärendes Gespräch mit Andrew einfordern und wenn er nicht bereit ist, sich zu ändern, werde ich mich von ihm trennen müssen.

Mein Blick fällt auf das kanarienvogelgelbe Haus, in dem so viel Zeit, Herzblut und Liebe steckt. Es verlassen zu müssen und den Traum von einer heilen Welt und Familie aufzugeben, treibt mir die Tränen in die Augen. Ich blinzle gegen die Sonne und lasse es zu, dass die Tränen mir die Wangen hinunterlaufen. Wenn es wirklich stimmt, dass Tränen die Seele reinigen, dann kann das, was ich hier mache, nicht schaden.

»Kate, huhu«, ruft es hinter mir und ich drehe mich um. Alina, meine Nachbarin, kommt gerade aus ihrer Einfahrt und zieht ihre Biotonne an mir vorbei. »Herzlichen Glückwunsch nachträglich zum Geburtstag!«

»Danke schön!« Ich öffne den Kofferraum, um meine Einkäufe hervorzuholen, vor allem aber, um mein Gesicht vor ihr zu verstecken. Aber Alina kommt zu mir herüber, stellt sich neben mich, damit sie mich umarmen und mir gratulieren kann.

Sofort erkennt sie meine Tränen. »Was ist los?«, will sie wissen.

»Es ist wegen Andrew«, sage ich, noch bevor ich über meine Worte nachdenken kann. »Wir sind nur noch am Streiten.« Noch nie habe ich mit irgendwem über meine Eheprobleme gesprochen und ich hatte auch nicht vor, es jemals zu tun. Nicht einmal mit Charly, denn ich weiß, wenn ich ihr das alles sage, wird es immer ein Thema zwischen uns sein, sich nie wieder verdrängen lassen. Aber jetzt ist es raus und irgendwie fühlt es sich gut an.

»Wieso das denn?« Alinas Blick huscht rüber zu ihrer Mülltonne, fast so, als bereue sie es bereits, nicht bei ihr geblieben zu sein.

»Ich weiß nicht«, murmele ich nachdenklich. »Irgendwie fühle ich mich mit allem allein gelassen.«

»Was?« Alinas Augen werden groß. Vorsichtig legt sie ihre Hand auf meinen Ellbogen. »Kate, sei mir nicht böse, aber kann es sein, dass du zu viel von ihm verlangst?«

»Findest du?« Verwirrt starre ich sie an und frage mich, wie sie auf diesen Gedanken kommt. Denn obwohl wir befreundet sind und uns gelegentlich treffen und plaudern, haben wir nie groß darüber gesprochen, wie es bei uns zu Hause abläuft.

»Na ja«, setzt Alina an. »Sagen wir es mal so: Mein Mann käme nicht auf die Idee, das Haus zu putzen, damit ich mich freue, wenn ich abends nach Hause komme.«

»Und meiner macht das?« Ich versuche, meine Gedanken zu sortieren und herauszufinden, was sie meint.

»Offensichtlich schon. Es ist auch nicht selbstverständlich, dass er *jeden* Abend eure Tochter ins Bett bringt. Ganz ehrlich, Kate, ich finde das toll von ihm.«

»Ach ja, ist das so?«, frage ich und drücke meinen Einkaufskorb fest an mich, als müsse ich mich vor irgendwas schützen. Ich starre auf das Vogelfutter und überlege krampfhaft, wann Andrew Mia das letzte Mal zu Bett gebracht hat. Es war, als ich mit Grippe flachlag, vor über drei Jahren. »Wie auch immer. Was soll ich machen, wenn er nicht mehr liebevoll und aufmerksam zu mir ist? Nicht mehr interessiert an unserer Ehe.«

»Das kann ich nicht beurteilen«, sagt Alina. »Ich versuche doch nur zu helfen und kann dir nur sagen, wie ich das sehe. Und ich denke, du musst einfach lernen, Abstriche zu machen.«

»Ich weiß, dass du nur helfen willst. Danke.« In mir verhärtet sich etwas. Ich kann förmlich spüren, wie sich alles verkrampft. Das Gleiche, was der Einkaufskorb vor meiner Brust macht, tut in meinem Inneren ein imaginärer Schutzschild vor meinem Herzen.

»Magst du auf einen Kaffee zu mir rüberkommen?«, bietet Alina an. Zögernd schüttele ich den Kopf. Bei der Vorstellung, etwas in meinem zugeschnürten Magen zu bekommen, wird mir übel. Ich komme auch nicht dagegen an, mich von Alina unverstanden zu fühlen. Es verletzt mich, dass sie so selbstverständlich

Andrew glaubt, und meine Sichtweise offenbar nicht einmal sehen will.

»Nein, danke«, lehne ich ab. »Ich hab Mia eben in den Kindergarten gebracht und musste noch schnell einkaufen. Ich muss dringend arbeiten, bevor ich sie wieder abhole.«

»Dann hab einen schönen Tag!« Wie zufällig schaut sie in meinen Korb. »Seit wann habt ihr denn Vögel?«

»Hab ich zum Geburtstag bekommen.« Meine Stimme ist monoton und verrät gerade dadurch vielleicht meine Enttäuschung. »Von Andrew.«

»Oh!«, macht sie und scheint überhaupt nichts zu merken. »Aber warum wünschst du dir denn auch noch Haustiere, wenn du immer so gestresst bist?«

»Es war eine spontane Aktion von ihm. Ein Familienprojekt sozusagen.«

»Ach so. Was für eine schöne Idee! Dann ganz viel Spaß damit!«

»Danke«, sage ich wieder und beiße mir auf die Lippen. Mein Bauch schmerzt, als ich die Treppe hinaufgehe und die Haustüre aufschließe. Drinnen angekommen stelle ich den Einkauf ab, ziehe mein Handy aus der Tasche und scrolle durch meine Nachrichten. Ich habe Jonas' Telefonnummer nicht eingespeichert, weil ich nicht davon ausging, sie noch mal zu brauchen. Deswegen muss ich in den Nachrichten suchen und werde sofort fündig.

Ohne Anrede schreibe ich los. Ich merke selbst, dass es eine Art Ventil für mich ist, meine Emotionen loszulassen, und nicht wirklich dazu dient, Kontakt aufzunehmen. Obwohl ich zugeben muss, dass ich gerne eine Antwort auf meine Frage hätte:

Dein Tipp mit dem Loslassen klingt so einfach, aber was macht man, wenn es nicht funktioniert und alles auf einen einbricht?

Mir ist klar, wie jämmerlich der Text klingt und dass Jonas ihn vermutlich genervt ignorieren wird. Ich schließe die Augen und reibe mir die Schläfen, um das laute Tschilpen der Vögel auszublenden und mich zu sammeln. Dann beginne ich, den Einkaufskorb auszuräumen.

* * *

Es ist kurz vor Mittag, als mein Handy klingelt. Zuerst ignoriere ich es, weil ich gerade mitten in meinen Artikel über die Doppelbelastung berufstätiger Mütter vertieft bin. Ich habe so viel von mir selbst in jeden einzelnen Satz gesteckt, dass ich in diesem Projekt regelrecht aufgehe. In jedem meiner Texte steckt ganz viel Herzblut, in diesem aber steckt ein Stück meiner Seele, und es fällt mir immer schwer, mich davon zu lösen. Dann aber fällt mir siedend heiß ein, dass es auch der Kindergarten sein könnte. Die Sorge um Mia reißt mich aus dem Schreiben heraus und ich blicke mich suchend nach meinem Handy um. Ich finde es in der hinteren Ecke meines Schreibtisches und gehe dran, ohne vorher auf die Nummer auf dem Display zu achten.

»Katharina Benz«, melde ich mich.

»Hallo, Kate. Hier ist Jonas.«

Für einen Augenblick bin ich verwirrt, weil er mich beim Spitznamen nennt, bis mir einfällt, dass ich ihm diesen unter meine Nachricht geschrieben habe.

»Ähm, hey«, gebe ich zurück. »Was kann ich für dich tun?« Kaum hab ich den Satz ausgesprochen, wird mir bewusst, wie unglaublich dumm er klingt. Schließlich habe *ich* ihn angeschrieben und etwas gefragt.

Das fällt auch ihm auf, und für den Bruchteil einer Sekunde wirft es ihn aus der Bahn. Aber sofort hat Jonas sich wieder gefangen und er lacht auf.

»Oh, da gäbe es so einiges«, sagt er freundlich. »Aber eigentlich hatte ich doch vor, etwas für dich zu tun.«

»Was denn?«, hake ich nach.

»Zuhören. Wie soll ich deine Nachricht verstehen? Bitte erzähl mir, was passiert ist.«

»Ernsthaft? Soll ich wirklich? Es ist so viel.«

»Das macht nichts!« Jonas' Worte klingen so ehrlich und aufrichtig, dass ich tatsächlich geneigt bin, ihm alles zu erzählen, obwohl ich mich gleichzeitig frage, was ich hier eigentlich mache.

»Ich habe vorhin meine Nachbarin auf der Straße getroffen«, setze ich an, während ich zur Kaffeemaschine gehe, um mir eine Tasse Kaffee zu machen. Unschlüssig darüber, was genau ich ihm eigentlich erzählen will und wie viel.

Und warum …

»Seid ihr Freundinnen?«, fragt er mich und bringt mich dadurch automatisch zum Weiterreden.

»Nicht unbedingt die besten, aber miteinander befreundet sind wir schon irgendwie.« Ich überlege kurz und gebe mir schließlich einen Ruck. »Ich hab versucht, ihr zu erzählen, dass ich unglücklich in meiner Ehe bin und mit dem Gedanken spiele, mich zu trennen.«

»Unterstützt sie dich dabei?«

Seine Worte machen etwas mit mir. Jonas stellt meine Entscheidung nicht infrage, will nicht wissen, warum oder wer daran Schuld hat, sondern möchte, dass man mich dabei »unterstützt«.

Wieso habe ich keine Freunde wie ihn?

»Nein«, antworte ich ihm. »Sie hat mir durch die Blume zu verstehen gegeben, wie toll mein Mann ist und warum es dumm wäre, ihn zu verlassen.«

»Das macht nichts«, sagt er und reagiert damit wieder völlig anders, als ich erwartet habe. Weder zeigt er Überraschung noch zeigt er Unverständnis für die Nachbarin. »Es ist nicht wichtig, was andere denken. Sondern wie es dir geht. Mach nur das, was für dich richtig ist.«

»Da gibt es ein Problem. Deswegen war die Erfahrung mit meiner Nachbarin so schlimm, weil es *immer* so ist«, murmle ich zerknirscht und hoffe, ihm damit nicht auf die Nerven zu gehen. Nervös drehe ich meinen Kugelschreiber in den Fingern umher: »*Alle* mögen ihn. Sie lieben ihn, finden ihn großartig und beneiden mich um ihn. Und er ist immer zu allen charmant und nett …«

»… nur zu dir nicht«, vollendet Jonas meinen Satz.

Eine Gänsehaut kriecht mir über den Rücken, weil er etwas erkannt hat, vor dem mein Umfeld die Augen verschließt.

»Ja«, gebe ich zu. »Ich fühle mich so unverstanden. Und ehrlich gesagt, weiß ich überhaupt nicht, wie ich meiner Nachbarin zukünftig begegnen soll.«

»Mit Liebe«, antwortet er. »Man muss grundsätzlich jedem mit Liebe begegnen.«

»Aber eben das kann ich nicht mehr, weil ich wirklich enttäuscht von ihr bin.«

»Du kannst es nicht, weil du dein Herz verschlossen hast. Um dich vor Verletzungen zu schützen. Aber in Wirklichkeit schützt du dich damit nicht, sondern du schließt dich nur selbst ein.« Er holt hörbar Luft. »So klappt das nicht mit dem Loslassen.«

»Warum nicht?«

»Weil sich alles in dir verhärtet und verschließt. Deswegen bist du auch so erschöpft und ausgelaugt. Du befindest dich im Kampfmodus, stehst dir selbst im Weg, blockierst deine Energiezentren.«

Nachdenklich knabbere ich auf dem Ende meines Kugelschreibers herum. Das Gespräch geht in eine Richtung, mit der ich nicht viel anfangen kann. Jonas scheint das zu merken, denn er wartet kurz, vielleicht um mir Zeit zu geben, mich auf das Thema einzustellen, und erst dann redet er weiter:

»Versuch, dein Herz zu öffnen. Alles, was kommt, fließt durch dich hindurch. Lass los, was dir nicht guttut. Es bleibt nichts Negatives an dir hängen, du lässt alles los und kannst jedem mit Liebe begegnen, weil dein Herz offen ist. Du musst spüren, wie es sich öffnet. Für dich, für alle anderen und für das Leben. Dann schaffst du es auch, alte Träume loszulassen und neue Dinge zu empfangen.«

Mein Blick geht zu den Wellensittichen, die im Wohnzimmer in ihrem viel zu kleinen Käfig sitzen und leise vor sich hin zwitschern. Siedend heiß fällt mir ein, dass ich dringend etwas Größeres für sie besorgen muss. Ich kann förmlich spüren, wie sich alles in mir zusammenzieht.

»Und wie, bitte, öffne ich mein Herz?«, will ich wissen.

Käfig bestellen, notiere ich auf meine heutige To-do-Liste, die vor mir auf dem Schreibtisch liegt.

»Du darfst es nicht zusperren!«, erklärt Jonas mir. »Das ist alles, was du tun musst. Es nicht zuschließen! Bleibe offen. Für andere und für das Leben.«

»Ich mache das automatisch mit dem Verschließen«, gebe ich leise zu. »Um mich selbst zu schützen.« Erneut kriecht mir eine Gänsehaut den Rücken hinunter. Meine Worte gehen mit einem unangenehmen Gefühl einher. Untertrieben gesagt. Schlagartig überkommt mich das Bedürfnis, mich irgendwo in einem tiefen Loch zu vergraben oder mich zumindest irgendwo zu verstecken.

Warum ist es eigentlich so verdammt schwer, ehrlich zu sein?

»Es ist kein Schutz«, korrigiert er mich. Seine Stimme klingt entschlossen. »Es ist ein Einsperren. Du sperrst dich selbst in dir ein und nimmst dir alle Möglichkeiten. Das ist, wie wenn du dich in ein Zimmer ohne soziale Kontakte einschließt, um nicht von anderen Menschen verletzt zu werden.«

»Würde funktionieren«, gebe ich schnippisch zurück. Bilder von Mia in einem engen, fensterlosen Zimmer tauchen vor meinem geistigen Auge auf. Ich versuche, sie abzuschütteln, und rede schnell weiter: »Wenn niemand reinkommt, kann mir nichts passieren, oder?«

»Definiere ›nichts passieren‹. Du stirbst dann einfach an Einsamkeit«, sagt Jonas trocken. »Mit etwas Glück auch erst an Altersschwäche, allerdings ohne vorher jemals die Welt gesehen zu haben. Ist es das wert? Bevor du jetzt Ja sagst, denk noch mal gründlich drüber nach, was dir dabei alles weggenommen wird.«

»So kann nur jemand reden, der sein Leben auf der Sonnenseite verbringt.« Schnell beiße ich mir auf die Lippe, als ich merke, wie abwertend das klingen könnte.

Aber Jonas lässt sich nicht aus der Ruhe bringen. Mit vollkommen ruhiger Stimme sagt er: »Auch ich habe meine Geschichte, Kate.«

Schweigend presse ich die Lippen aufeinander. Unfähig, ihm zu erwidern, dass ich seine Geschichte gerne hören würde …

… dass ich gerne weiter mit ihm reden würde.

Aber ich traue mich nicht. Stattdessen antworte ich: »Es tut mir leid, ich wollte dir nicht zu nahe treten.«

»Bist du nicht. Das kannst du nicht. Niemand kann das.«

Wieder wirkt alles so vertraut zwischen uns, als würden wir uns schon ewig kennen, und vielleicht sogar so, als würden wir uns mögen.

»Ich danke dir, Jonas«, sage ich schnell. »Ich werde versuchen, das, was du gesagt hast, irgendwie umzusetzen.«

»Viel Erfolg!« Es ist nichts Schnippisches in seiner Stimme, er meint es absolut ehrlich. »Wenn es nicht klappt oder du noch mal reden willst, ruf mich jederzeit an.«

»Danke.« Ohne ein weiteres Wort lege ich auf. Weil ich mir plötzlich unheimlich blöd vorkomme. Wegen dem, was ich gesagt habe, und noch viel mehr wegen dem, was ich gedacht habe.

Doch kaum ist die Leitung unterbrochen, bereue ich es. Eine seltsame Stille entsteht. Eine Stille, die auch durch das Tschilpen der Vögel nicht durchbrochen werden kann.

Denn nicht die Stille ist das Problem, sondern die Leere. Eine Leere, die mit Jonas' Schweigen entstanden ist.

Fast verwirrt starre ich aus dem Fenster vor meinem Schreibtisch. Meine Augen fixieren den Nussbaum, der ganz hinten im Eck unseres großen Gartens steht. Andrew hat ihn gepflanzt, als wir unser Haus gebaut haben. Es war eines der wenigen handwerklichen Projekte, die er jemals umgesetzt hat. Aber es war ihm wichtig, alle drei Dinge zu tun, die für ihn zu einem erfüllten Leben gehören: ein Haus bauen, einen Baum pflanzen und ein Kind zeugen. All das hat Andrew gemacht. Er hat sein Soll erfüllt und nun ist er fertig mit seiner Bucketliste. Abgehakt und erledigt. Vergessen und vorbei.

Die Äste des Nussbaumes stehen mittlerweile wild nach allen Seiten ab und gehören dringend geschnitten. Auch die Hecke ist zu hoch und gehört gestutzt, das Gartentor geölt …

Vergessen und vorbei.

Wenn es für mich doch auch so einfach wäre. Aber das ist es nicht.

All diese Gedanken gehen mir durch den Kopf und drehen sich im Kreis, während ich den Baum fixiere, ohne ihn wirklich zu sehen.

Plötzlich steht das Gedankenkarussell still. Blockiert von einer Frage, die wie aus heiterem Himmel fällt und sich in meinem Gehirn verhakt:

Kann man jemanden schmerzlich vermissen, ohne ihn überhaupt jemals gesehen zu haben?

Ungläubig schüttele ich den Kopf, bemüht, diesen Gedanken und das damit verbundene Gefühl loszulassen, und versuche, mich wieder auf meine Arbeit zu konzentrieren.

Kapitel 9

Der neue Käfig kommt am frühen Freitagvormittag mit dem DHL-Boten. Natürlich hab ich es wieder supergut gemeint und gleich eine Voliere gekauft. Mit fast einem Meter Höhe werden die Wellensittiche genug Platz haben, auch mal von einer Stange zur anderen zu fliegen. Mia ist begeistert gewesen, als ich den Käfig gemeinsam mit ihr ausgesucht habe.

»Das wird Fussel und Fiepser gefallen«, hat sie immer wieder gesagt. Wenigstens Mia ist über die Vögel erfreut und hat sie gleich in ihr Herz geschlossen. Fussel und Fiepser, so hat sie die beiden genannt. Zu meinem Leidwesen muss ich feststellen, dass beide ihrem Namen – und dem ihres Partners – alle Ehre machen. Sie fusseln und fiepsen. Mindestens dreimal am Tag packe ich den Staubsauger aus, um zu verhindern, dass die Federn und Körner bis in meine offene Küche oder auf Mias Spielteppich fliegen. Wie ich die Tiere jemals handzahm bekommen soll, erschließt sich mir auch noch nicht. Und vorher traue ich mich nicht, sie aus dem Käfig zu lassen, aus Sorge, sie anschließend nicht wieder reinzubekommen. Umso wichtiger ist, dass sie einen großen Käfig bekommen, der nun in Einzelteilen vor mir auf dem Wohnzimmerboden liegt.

Ich seufze. Dinge nach Anleitung zusammenzubauen war noch nie meine Stärke. Ich habe schon Probleme damit, diese richtig zu lesen.

Jonas könnte das bestimmt gut …

Ich verwerfe diesen albernen Gedanken und fange an, die Teile im ganzen Wohnzimmer auszubreiten und zu sortieren. Es wird weit mehr Zeit in Anspruch nehmen, als ich gehofft habe.

Heute ist eine gute Gelegenheit, das zu machen, weil Mia nach dem Kindergarten mit zu einer Freundin geht und erst zum Abendessen nach Hause kommt.

Wobei mein Plan eigentlich ist, dass ich bis spätestens halb zwölf Uhr fertig bin, um bis heute Abend noch einiges an Arbeit wegschaffen zu können.

Als Andrew um zehn zur Frühstückspause von seinem Büro in die Küche kommt, wird mir bewusst, dass ich das nicht schaffen werde. Meine Nerven sind bereits zum Zerreißen gespannt und ich überlege mir ernsthaft, einfach die Terrassentüre zu öffnen und Fussel und Fiepser in die Freiheit zu entlassen. Eigentlich hätte ich heute so viel zu tun und nun muss ich mich wieder mit allem möglichen Zeug aufhalten, das ich überhaupt nicht machen will. Wenn ich gewusst hätte, wie viel Arbeit das ist, hätte ich den langen Weg ins nächste Zoofachgeschäft auf mich genommen und einen der teuren, schon fertig zusammengebauten Käfige genommen.

»Was wird das?«, fragt Andrew, während der Kaffee aus unserem Kaffeeautomaten in seine Tasse läuft.

»Ein Käfig«, antworte ich mürrisch und verkneife mir einen bissigen Kommentar.

Andrew wedelt mit der Hand von einem Karton zum anderen: »Das räumst du aber alles wieder auf, ja?«

»*Ich* räume auf, ja«, maule ich.

»Ist ja nicht selbstverständlich bei dir.« Mit stoischer Ruhe rührt er Zucker in seinen Kaffee, während er mich beobachtet.

»Deswegen muss man das leider immer wieder sagen. Nicht, dass wie immer alles an mir hängen bleibt.«

Wut macht sich in mir breit.

Loslassen, loslassen!

Es nützt nichts. Mein Drang, etwas auf Andrews Aussage zu erwidern, ist stärker. »Nicht, dass es an dir hängen bleibt? An dir?«, höhne ich ungläubig. »Wer baut hier denn gerade den Käfig auf?«

»Du«, sagt er mit selbstverständlicher Kälte. Er hört nicht auf, in seiner Tasse zu rühren: »Und das ist auch richtig so, denn *du* hast den Käfig ja auch gekauft. Warum sollte ich das dann machen?«

»Ich habe den Käfig aber sicher nicht für mich gekauft.« Meine Hand klammert sich fester um den Griff des Schraubenziehers. Ich versuche, nicht weiter auf Andrews Worte einzugehen.

»Natürlich hast du den Käfig für dich gekauft«, setzt er nach. »Du hast ihn gekauft, weil du ihn haben wolltest.«

Loslassen! … Versuche, es durch dich hindurchfließen zu lassen!

»Andrew«, sage ich langsam und so ruhig wie möglich. »Ich habe den Käfig doch für deine Vögel gekauft.«

»Es sind deine Vögel! Also musst du dich auch drum kümmern.«

Das ist der Moment, in dem mein Geduldsfaden reißt. Meine Stimme klingt plötzlich hysterisch und ich brülle ihn an: »Aber ich wollte doch überhaupt keine Vögel!«

Sofort bereue ich, dass ich so die Nerven verloren habe. Für eine Sekunde befürchte ich, dass er völlig ausrastet und zurückschreit, aber er tut etwas viel Schlimmeres:

Betont langsam dreht er sich zu mir um und schüttelt den Kopf. Dann baut er sich förmlich vor mir auf, strafft seine Schultern und schaut zu mir herab. Seine steingrauen Augen zeigen keine Regung, als er sagt: »Natürlich wolltest du die

Vögel. Aber war ja klar, dass du jetzt wieder auf ahnungslos machst, nur um Streit zu suchen.«

»Was?«, antworte ich verwirrt. »Ist das dein Ernst? Ich wusste doch überhaupt nichts davon!«

Plötzlich kommt Bewegung in seine Mimik. Seine Mundwinkel zucken, die Augenbrauen ziehen sich zusammen und sein Blick wird stechend.

»Wir haben darüber gesprochen, Kate!« Andrew spricht betont deutlich. »Weißt du das etwa nicht mehr?«

»Hör auf«, sage ich. Meine Stimme bricht. »Du weißt doch genau, dass es nicht so war!«

Erneut strafft Andrew die Schultern. Noch ein bisschen mehr als vorhin. Er wirkt bedrohlich. Er grinst und zieht dabei seine Oberlippe nach hinten. Die freigelegten Zähne lassen es wie ein Fletschen wirken. Mir läuft es eiskalt den Rücken hinunter, als er seine Frage von eben ganz langsam wiederholt: »Weißt du das etwa nicht mehr, Katharina?«

Ich hole tief Luft und es klingt jämmerlich, fast wie ein Japsen, während ich zu meinen Worten kontinuierlich den Kopf schüttle. »Ständig verdrehst du die Realität. Ständig! Seit Jahren! Ich kann das nicht mehr!«

»*Ich* verdrehe die Realität?« Jetzt schreit Andrew ebenfalls. »Lass die dummen Lügen. Nur weil du streitsüchtig bist, musst du nicht versuchen, mir die Schuld zu geben!«

Das ist zu viel.

Meine Nerven reißen. Wie Saiten auf einer Gitarre, die zu stark angezogen werden. Sie springen mit heftiger Wucht entzwei, hinterlassen eine unerträgliche Vibration und ein Gefühl, das kaum aushaltbar ist. Instinktiv gehen meine Hände an meinen Kopf, pressen sich gegen die Schläfen, versuchen verzweifelt zusammenzuhalten, was eben kaputt gegangen ist. Das Vibrieren wird immer stärker, kriecht von meinen Nervenenden im Kopf bis ins Herz und bringt es zum Stolpern.

Panisch schnappe ich nach Luft und unterdrücke den Impuls, mich ganz auf den Boden sinken zu lassen. Verwirrt starre ich Andrew an, während ich versuche zu begreifen, was mit meinem Körper passiert.

»Lass dieses Schauspiel«, raunzt er mich an. Er beugt sich nicht zu mir herunter, streckt mir nicht die Hand hin, um mir aufzuhelfen, sondern dreht sich weg. Ich registriere es und achte nicht auf ihn. Siedend heiß wird mir klar, dass ich kurz vor einem Nervenzusammenbruch bin. Ich muss hier raus, und zwar schnell! Hastig springe ich auf. Ich trete sockig auf eins der Käfigteile, die überall um mich herum auf dem Boden liegen. Die Spitze eines Metallteils sticht in meine Fußsohle und ein heller Schmerz jagt mir bis in das Knie hinauf. Ohne weiter darauf zu achten, haste ich in den Flur, schlüpfe in meine Turnschuhe, reiße meinen Autoschlüssel vom Haken und stürme zur Haustüre hinaus. Es gelingt mir nicht, sie ordentlich hinter mir zu schließen, aber es ist mir egal. Immer zwei Stufen auf einmal nehmend, renne ich die Treppe hinunter, entriegle mein Auto und lasse mich hinters Lenkrad fallen. Meine Finger zittern und ich brauche mehrere Anläufe, bis ich es geschafft habe, den Schlüssel ins Zündschloss zu stecken und den Motor zu starten. Irgendwo in einem hinteren Winkel meines Verstandes ist mir bewusst, dass ich in diesem Zustand nicht Auto fahren sollte. Fast wünsche ich mir, dass Andrew mir hinterherläuft, die Autotür öffnet und mich anfleht, nicht fortzufahren, sondern ins Haus zu kommen und mich bei einer heißen Tasse Tee zu beruhigen. Hektisch geht mein Blick von der Einfahrt die Treppe hinauf bis zur Haustür und als ich nichts entdecke, lege ich den Rückwärtsgang ein und fahre los. Langsam lenke ich meinen Wagen aus dem Ort hinaus auf die breite, leere Landstraße und beschleunige. Die Tachonadel schießt auf die 80 zu und meine Finger krallen sich ans Lenkrad. Mein Kopf vibriert noch immer und mein Puls rast …

Wo willst du hin, Kate?

»Weg, einfach weg!«, antworte ich der Stimme in meinem Kopf. »Überall ist es besser als da, wo ich herkomme.«

Was mache ich hier eigentlich?

»Du läufst weg, Kate. Du haust ab wie ein kleines Kind.«

Plötzlich fühlt es sich wie eine Flucht an. Bis eben fühlte es sich so an, als wäre aus der Situation zu gehen meine einzige Möglichkeit, um sie nicht zum Eskalieren zu bringen. Nun frage ich mich, ob das hier nicht einem Weglaufen gleichkommt.

Eine Flucht vor IHM …

Meine Gedanken überschlagen sich, rotieren wild in meinem Kopf und verwirren sich zu einem riesigen Knäuel, das sich nicht mehr auseinanderdröseln lässt.

Ich zwinge mich, tief in den Bauch zu atmen. Für eine Sekunde schließe ich die Augen dabei. Siedend heiß fällt mir ein, dass ich nicht weiß, ob ich mein Handy eingesteckt habe … Was, wenn Andrew versucht, mich zu erreichen?

Oder jemand vom Kindergarten anruft wegen Mia?

Reflexartig schnellt meine Hand an die Seitentasche meiner Leggings. Im selben Augenblick, in dem ich das Lenkrad loslasse, verliere ich die Kontrolle. Nur einen Sekundenbruchteil gerät der Wagen ins Schleudern. Doch auf einmal geht alles ganz schnell. Ich bremse, meine Finger umklammern das Lenkrad, das ich abrupt zur Seite reiße. Ein lautes Quietschen ertönt, ein Hupen hinter mir. Mehr nehme ich nicht wahr. Wenige Sekunden später kommt mein Wagen auf einem Grünstreifen zum Stehen.

Zitternd atme ich aus. Die Nervenschmerzen sind verschwunden, abgelöst durch meinen dröhnenden Herzschlag, der bis in meinen Kopf hämmert. Es dauert einige Atemzüge, erst dann schaffe ich es, auszusteigen. Meine Beine fühlen sich an, als würden sie in Treibsand versinken, als ich sie auf den Boden setze und wie in Trance um mein Auto herumgehe. Ich zwinge mich, tief und regelmäßig zu atmen und die Lage rational zu betrachten. Äußerlich ist kein Schaden zu erkennen, aber mein Wagen steht direkt neben der Landstraße in der Wiese. Tiefe Furchen markieren die Stelle, an der ich hineingefahren bin. Die Vorderräder sind tief in Matsch eingegraben. Schlagartig wird mir bewusst, dass ich aus eigenem Antrieb da nicht wieder herauskommen werde. Seufzend schaue ich mich um. Das Auto, das vorhin gehupt hat, ist längst davongefahren und außer Sichtweite. Ein weiteres Mal geht meine Hand an meine Seitentasche und ich atme erleichtert auf, als ich den harten Gegenstand fühle. Wenigstens kann ich den Pannendienst rufen, wenn ich tatsächlich nicht herauskommen sollte.

Obwohl ich bereits weiß, dass es aussichtslos ist, steige ich wieder in meinen Wagen, lege den ersten Gang ein und gebe vorsichtig Gas. Sofort drehen die Reifen durch und Matsch spritzt seitlich an die Fenster.

»Warum passiert so ein Mist immer mir?«, fluche ich und schlage wütend gegen das Lenkrad.

Weil du einfach davongefahren bist wie eine Blöde.

Ich muss mich sehr zusammenreißen, um meine innere Stimme nicht anzuschreien, dass sie die Schnauze halten soll. Bis mir klar wird, dass es nicht meine Stimme ist, die diese Worte sagt. Es sind die Worte von Andrew, die ich offenbar verinnerlicht habe. Im Grunde ist es immer er, wenn etwas in mir so lieblos zu mir selbst spricht.

Diese Erkenntnis hilft mir, mich dagegen zu wehren.

»Halt's Maul, Andrew!«, knurre ich. Fast empfinde ich so was wie Stolz, dass ich es geschafft habe, seinem Einfluss auf mich Paroli zu bieten.

Ein weiteres Mal gebe ich Gas und wieder drehen die Reifen mit einem sausenden Geräusch durch. Obwohl ich bereits merke, dass die Räder nicht greifen, trete ich das Pedal ganz nach unten. Schweiß bricht mir aus. Eine einzelne

Haarsträhne rutscht mir in die Stirn und bleibt dort kleben. Genervt versuche ich, sie nach oben zu pusten, aber es gelingt nicht. Deswegen versuche ich, sie loszuwerden, indem ich meinen Kopf schwungvoll in den Nacken werfe. Auch das hat nicht den gewünschten Erfolg. Ich spüre, wie sich das Band meines Pferdeschwanzes löst. Offen fallen mir die Haare ins Gesicht. Plötzlich bereue ich es, dass ich sie mir habe abschneiden lassen. Seit sie nur noch knapp schulterlang sind, hält kein Zopfband mehr richtig.

»Mann!«, schreie ich gegen die Windschutzscheibe. Meine Augen füllen sich mit Tränen.

Seit wann bin ich eigentlich so dünnhäutig?

Fast erschrocken stelle ich fest, dass ich kaum mehr belastbar bin, dass jede noch so kleine Aufregung reicht, mich aus der Bahn zu werfen.

»Du musst dringend etwas an deiner Situation ändern, Kate!« Wieder spreche ich laut zu mir selbst und stelle den Motor ab. »Wenn du es nicht machst, wird es auch kein anderer tun.«

Entschlossen straffe ich die Schultern und steige ein weiteres Mal aus, um mir anzusehen, wie viel Schaden meine erfolglosen Versuche angerichtet haben.

»Geht«, stelle ich fest. Außer dass mein Wagen aussieht wie eine Sau, die sich im Dreck gesuhlt hat, sind die Reifen nur wenig tiefer versunken als vorhin. Ich knabbere auf meiner Unterlippe herum und überlege krampfhaft, was ich nun tun soll. Andrew anrufen kommt nicht infrage. Ich habe aber auch keine Lust, ewig auf den Pannendienst zu warten und am Ende noch Andrew bitten zu müssen, Mia abzuholen, weil es bei mir zu spät wird.

Mein Blick geht suchend über die Straße, aber es ist weit und breit kein Auto zu sehen.

»Verdammt!«, knurre ich. »Wo ist der Prinz auf dem weißen Gaul, wenn man ihn mal braucht?«

In Filmen taucht an dieser Stelle doch immer der heimliche Verehrer wie aus dem Nichts auf, zaubert ein Wagenkreuz oder sonstiges Gerät hervor und hilft der Frau aus der Patsche. Unwillkürlich muss ich lächeln, als mir bewusst wird, dass ich genau so eine Szene schon einmal in einem Roman gelesen habe. Ein Mädchen hat mitten in der Nacht im Wald eine Autopanne und kommt nicht weiter. Auf einmal taucht ein Typ auf, hilft ihr und die beiden verlieben sich ineinander und werden ein Paar.

Im normalen Leben gibt's das nicht …

Trotz dieses Wissens ertappe ich mich dabei, dass ich mich frage, wer denn bei mir auftauchen würde, wenn ich die Protagonistin in einem Buch wäre.

Jonas.

Der Gedanke schlägt in mein Gehirn ein wie ein Blitz in einen Baum. Einmal getroffen, ist nichts mehr so, wie es davor war.

Mir ist vollkommen bewusst, dass es albern ist, und dennoch blicke ich die Straße hinunter und halte Ausschau nach Jonas' Wagen. Bestimmt fährt er einen großen, teuren Pick-up, mit dem er meinen Kleinwagen mühelos aus dem Schlamm ziehen kann. In meinem Kopf läuft bereits ein Film ab. Innerhalb weniger Sekunden bekommt Jonas von meiner Fantasie ein Bild zugewiesen: Er ist groß und muskulös, breitschultrig und trainiert. Dunkle, kurze Haare, ein markantes Gesicht mit Dreitagebart und wachen, klugen Augen, so dunkel wie Opale.

Im Geiste hält er mit seinem schwarzen Wagen vor mir und reicht mir seine große, gepflegte Hand. Eine Hand, an der ich sofort sehen kann, dass Jonas körperliche Arbeit gewöhnt ist und im Zweifel auch ordentlich zupacken kann.

In diesem Augenblick fällt mir ein, dass ich seinen wahren Beruf nicht kenne, vielleicht niemals erfahren werde. Diese Erkenntnis reißt mich aus meinem Tagtraum. Ich weiß nicht, ob ich Jonas jemals treffen werde, aber plötzlich wird mir klar, dass ich mir genau das sehnlich wünsche. Und sei es nur, um mein Fantasiebild mit der Wirklichkeit abzugleichen …

»Reiß dich zusammen, Kate!«, ermahne ich mich laut. Wann genau hab ich eigentlich angefangen, ganze Monologe mit mir selbst zu halten?

Energisch schüttele ich den Kopf, um die letzten Fetzen meines Tagtraumes loszuwerden. Jonas wird nicht kommen und mir helfen und ich werde einen Teufel tun und ihn anrufen, um ihn darum zu bitten.

»Hilf dir selbst, sonst hilft dir keiner!«

Ich spucke mir imaginär in die Hände, um sie gleich darauf an den Oberschenkeln meiner Jeans abzuwischen.

Dann ziehe ich den lockeren Gummi aus meinen Haaren, binde mir den Pferdeschwanz neu und öffne die hintere Wagentür. Kurz entschlossen nehme ich beide Fußmatten heraus, die vor den Rücksitzen liegen, und trete damit vors Auto. In der Hocke platziere ich die Fußmatten so nah an den Vorderrädern wie nur möglich. Mit der Hand schiebe ich den Schlamm beiseite und stecke die Ränder der Matten unter das Reifenprofil.

Langsam richte ich mich auf, drücke meinen schmerzenden Rücken durch und begutachte mein Werk.

»Das könnte funktionieren«, murmele ich vor mich hin. Gerade als ich im Begriff bin, wieder in den Wagen zu steigen, sehe ich eine blaue Limousine an den Straßenrand fahren.

Jonas …

»Na endlich!«, sage ich und grinse albern. »Ist ja auch Zeit geworden!«

Das blaue Auto hält auf Höhe von mir an und zwei junge Männer steigen aus.

»Hey!«, ruft der Beifahrer mir freundlich zu. »Brauchst du Hilfe?«

»Ich versuche gerade, mir selbst zu helfen«, erkläre ich und klemme mir eine Haarsträhne hinters Ohr, die sich bei meiner Werkelei aus dem Gummi gelöst hat.

Auch der Fahrer ist ausgestiegen, bückt sich unters Auto und reckt mir dann den ausgestreckten Daumen entgegen.

»Gute Idee«, meint er anerkennend. »Das könnte funktionieren.«

»Ja«, antworte ich und trete verlegen von einem Fuß auf den anderen, während ich verstohlen die beiden Typen beobachte. Sie sind höchstens zwanzig Jahre alt, mehr Jungs als Männer und hoch motiviert, mir zu helfen. Ich bin mir nicht sicher, ob ich erleichtert, enttäuscht oder euphorisch über ihre Anwesenheit sein soll.

»Setzen Sie sich hinters Steuer und geben Sie Gas«, fordert der Fahrer mich auf und schnippt seine Zigarettenkippe ins Gebüsch. »Wir schieben.«

Ich nicke den beiden kurz zu, lasse mich zum x-ten Mal an diesem Tag hinter das Steuer fallen und entscheide mich dafür, Erleichterung zu empfinden.

Und Dankbarkeit …

Der Motor springt an, ich lasse meine Scheibe herunter und gebe leicht Gas. Sofort merke ich, dass die Räder nicht ins Leere greifen, sondern Halt finden. Vorsichtig trete ich das Pedal weiter durch, höre die anfeuernden Rufe der beiden jungen Männer und plötzlich befindet sich mein Wagen wieder am Straßenrand.

Mit laufendem Motor beuge ich mich aus dem weit geöffneten Fenster.

»Vielen Dank!«, rufe ich den beiden zu und winke. Kurz überlege ich, ob ich jedem der beiden einen Geldschein in die Hand drücke, finde es dann aber vielleicht doch nicht angemessen. Die Entscheidung wird mir abgenommen, weil die Jungs gleich wieder in ihr Auto einsteigen und mit lauter Musik davonbrausen. Ich atme noch einmal tief durch, stelle erleichtert fest, dass ich noch genug Zeit habe Mia rechtzeitig vom Kindergarten abzuholen. Ich hole die beiden Fußmatten von der Wiese und mache mich nachdenklich auf den Heimweg.

Kapitel 10

Leise schließe ich die Kinderzimmertür und bleibe unschlüssig im Flur stehen.

Für einen Moment mache ich die Augen zu und lasse diesen turbulenten und verrückten Tag Revue passieren. Ich habe Andrew nichts von meiner Autopanne erzählt und im Anschluss wie selbstverständlich Mia abgeholt. Mit ihr gemeinsam bin ich in die Waschanlage gefahren und sie hat mir sogar geholfen, die Automatten zu säubern. Am Abend habe ich dann schließlich die Voliere fertig aufgebaut und die beiden Wellensittiche mit festlicher Zelebration und viel Geduld in ihr neues Zuhause gesetzt. Ein Lächeln huscht über meine Mundwinkel, als ich mich daran erinnere, wie Mias Augen dabei gestrahlt haben, und auch, weil ich es geschafft habe, trotz allem meinen Artikel rechtzeitig fertigzuschreiben.

Automatisch geht meine Hand an den Bund meiner Jogginghose, in dem mein Handy steckt.

Ich ziehe es heraus und suche Jonas' Nummer. Kurz überlege ich, ob ich mich draußen auf die Terrasse setze und ihn anrufe. Es ist ein Impuls, der den Tiefen meines Herzens entspringt. Eine Weile stehe ich einfach da, drehe das Handy in meinen Fingern und überlege hin und her, ob ich ihm nicht doch lieber eine Nachricht schreibe und was genau ich ihm eigentlich sagen will.

Hey, Jonas! Ich werde mich scheiden lassen! Du darfst mich am Wochenende zum Essen einladen!

Fast muss ich lachen darüber, als ich merke, wie armselig das klingt. Wie eine verzweifelte Jungfer, die sich jedem an den Hals wirft, der ihren Weg kreuzt. Mitten in meinen Überlegungen lasse ich das Handy wieder sinken.

Ganz tief in meinem Bauch spüre ich ein Ziehen. Es kommt von allen Seiten, geht zur Mitte hin und verfestigt sich zu einem bitteren Klumpen. Es ist erschreckend, festzustellen, wie gerne ich mit Jonas gesprochen hätte, aber mir fällt einfach kein guter Grund ein, ihn anzurufen.

Seufzend blicke ich auf Andrews geschlossene Bürotür. Jetzt wäre eine gute Gelegenheit, anzuklopfen und ihm zu sagen, dass ich mit ihm ein ernstes Gespräch führen möchte. Dass ich die Beziehung beenden werde, wenn er nicht bereit ist, an sich zu arbeiten. Ich muss ihm ja nicht sofort sagen, dass ich das emotional längst getan habe.

Gerade als ich meinen Arm hebe und mit den Fingerknöcheln gegen das Holz klopfen möchte, klingelt mein Handy. Erschrocken zucke ich zusammen und stehe wie paralysiert da. Es dauert endlose Sekunden, bis ich es schaffe, mich zu rühren und auf das Display zu schauen.

Charlotte …

Die Anspannung in mir ist schlagartig weg.

»Geh doch ran«, ruft Andrew aus dem Büro. »Oder stehst du extra vor der Tür, um mich zu nerven?«

Hauptsächlich um Mia nicht zu wecken, verschwinde ich im Schlafzimmer, schließe die Tür hinter mir und nehme den Anruf entgegen.

»Charly«, hauche ich. »Was ist los?«

»Schläft Mia?« Charlys Stimme klingt euphorisch. Auch sie redet ohne Begrüßung einfach los. Etwas, das bei uns vollkommen normal geworden ist und keineswegs als Unfreundlichkeit zu verstehen ist. Im Gegenteil.

»Ja«, antworte ich. »Warum fragst du?«

»Weil ich dich in zwanzig Minuten abhole«, sagt sie. »Dann gehen wir zusammen was trinken.«

Erst jetzt höre ich, dass sie bereits im Auto sitzt. Der Motor läuft und im Hintergrund dudelt leise Musik. Wahrscheinlich ist sie bereits auf dem Weg zu mir …

Ein Lächeln breitet sich auf meinem Gesicht aus. Charly ist immer so spontan und zudem stets gut gelaunt und voller Lebensfreude. Lauter Eigenschaften, die ich sehr an ihr schätze und auch zutiefst bewundere, weil sie mir selbst teilweise abhandengekommen sind.

»Du bist echt ein verrücktes Huhn!«, sage ich so leise, als müssten wir unser Vorhaben irgendwie geheim halten.

»Heißt das ja?«, will sie wissen.

»Von mir aus jederzeit«, gebe ich zurück. »Aber du weißt doch, dass ich das mit Andrew abklären muss.«

»Dann mach das, hopp, hopp!«, fordert sie mich auf. »Ich bin gleich bei dir.«

Noch bevor ich ihr antworten kann, ist die Verbindung bereits unterbrochen. Etwas ratlos starre ich erst auf mein Telefon und dann auf die geschlossene Schlafzimmertür.

»Gutes Timing, Charly«, murmle ich vor mich hin. Hätte sie eine halbe Stunde später angerufen, hätte ich das Gespräch mit Andrew bereits geführt gehabt und er wäre mit Sicherheit nicht mehr auf meine Bitte eingegangen. So habe ich eine gute Chance. Immerhin schläft Mia bereits und Andrew hat keine Arbeit mehr mit ihr. Zum zweiten Mal an diesem Abend hebe ich die Hand, um an Andrews Tür zu klopfen. Zuerst vorsichtig und leise, da Andrew aber nicht reagiert ein wenig stärker.

»Was ist?«, brüllt er drinnen. Er klingt genervt, wie eigentlich immer, wenn ich ihn störe.

»Ich wollte nur sagen, dass ich heute Abend noch weggehe.«

»Dann mach das. Musst dich doch bei mir nicht abmelden.«

»Prima.« Ich verkneife mir jeden weiteren Kommentar, der mir auf der Zunge liegt. »Mia schläft. Ich gehe dann. Ich werde abgeholt.«

Es folgt eine kurze Pause, in der ich mich frage, warum wir uns eigentlich durch eine geschlossene Tür unterhalten. Gerade als ich mich abwenden will, um mich fertig zu machen, höre ich Andrew fragen: »Von wem?«

»Charly.«

»Kenne ich den?«

Im ersten Augenblick vermute ich, dass ich mich schlichtweg verhört habe. Kurz darauf glaube ich an einen Scherz von ihm. Dann erst dämmert es mir, dass Andrew offenbar wirklich nicht mehr weiß, wer Charly ist. Ich beginne zu frieren und ein merkwürdiges Gefühl der Leere breitet sich in mir aus.

»Charly ist meine beste Freundin«, rufe ich mit einer Stimme, die nicht zu mir zu gehören scheint.

»Okay«, gibt Andrew zurück, als wäre ihm diese Information vollkommen neu.

»Bitte mach deine Türe auf, falls Mia aufwacht«, rufe ich laut, wohlwissend, dass, wenn meine Tochter einmal eingeschlafen ist, sie in der Regel erst am nächsten Morgen wieder aufwacht. »Sonst hörst du sie vielleicht nicht.«

»Ich höre sie.«

Ohne ein weiteres Wort löse ich mich von der Türe, gehe ins Badezimmer und schlüpfe wieder in meine Klamotten, die ich vorher bereits ausgezogen habe. Immerhin habe ich mich noch nicht abgeschminkt und ich beschließe, dass ich gehen kann, ohne mein Make-up zu erneuern. Deswegen beschränke ich mich darauf, meine Haare zu kämmen und ein bisschen

Parfum aufzulegen. Mit meinen Pumps in der Hand schleiche ich mich die Treppe hinunter, nehme meine Sweatjacke und meine Tasche vom Haken und schlüpfe durch die Haustüre nach draußen. Vor der Einfahrt steht bereits Charlys weißes Coupé und ich falle in einen schnellen Laufschritt. Kühle Nachtluft schlägt mir entgegen und mit einem Mal fühle ich mich unglaublich frei.

* * *

Die bunten Lichter, die von der rotierenden Lampe auf uns strahlen, werden immer heller und leuchten greller. Vielleicht ist es auch nur mein Alkoholspiegel, der etwas ansteigt und alles schöner wirken lässt. Außer Charlys Lächeln. Denn es ist unmöglich, dieses noch schöner zu machen. Ihr offenes und fröhliches Lachen ist auch ohne Rauschmittel perfekt. In diesem Augenblick, in dem ich Charly so liebevoll betrachte, wird mir klar, dass ich ihr ganz viel verdanke. Sie ist einer der Gründe, warum ich es geschafft habe, den ganzen Mist mit Andrew so lange auszuhalten. Weil sie so viel Gutes und so viel positive Energie in mein Leben bringt. Und genau dadurch wird mir nun auch klar, dass ich nicht länger gewillt bin, diese Freude von einer toxischen Person überschatten zu lassen. Nie wieder will ich mich so fühlen wie an jenem Tag, als meine Nerven wehtaten und ich mich selbst verloren habe. Charly ist mein Anker und sie wird mir dabei helfen, dass das nicht wieder passiert. Fast liebevoll gleitet mein Blick über meine Freundin.

Charly hat sich für den heutigen Abend ihre langen rabenschwarzen Haare zu zwei Zöpfen geflochten, was ihr in Kombination mit den hohen Wangenknochen und den dunklen, mandelförmigen Augen ein exotisches, fast indianisches Aussehen verleiht.

Wie Pocahontas' große Schwester, denke ich lächelnd.

Wie immer, wenn ich Charly betrachte, wird mir warm ums Herz und ich spüre eine tiefe Verbundenheit zu ihr. Heute allerdings mischt sich ein Anflug von Neid dazu. Ich würde vieles darum geben, so eine hautenge Jeans wie sie tragen zu können. Mit einem fransigen, breiten Ledergürtel um die schmalen Hüften geschnallt und einem knallroten, bauchfreien Top. Seit Mias Geburt kann ich von solchen Klamotten nur noch träumen. Trotz all meiner Bemühungen habe ich es nicht geschafft, wieder zur selben Figur zu gelangen wie vor meiner Schwangerschaft. Meine Hüften sind deutlich breiter geworden und dabei ist es geblieben. Genauso wie mein Hintern und meine Oberschenkel um einiges üppiger sind als früher und um meinen Bauch ein lästiger Rettungsring geblieben ist. Mittlerweile kann ich mich so annehmen, wie ich eben bin, denn ich weiß, dass nicht das Aussehen darüber entscheidet, ob andere mich mögen oder eben nicht.

Kurz seufze ich und zupfe an dem Bund meines Pullovers, um dafür zu sorgen, dass dieser locker fällt. Sofort errät Charly meine Gedanken.

»Kate«, sagt sie mit ihrer honigsüßen Stimme, die nun leicht vorwurfsvoll klingt. Sie nimmt mir den Saum meines Pullovers aus den Fingern und streicht ihn liebevoll glatt. »Du siehst wundervoll aus. Wirklich.«

»Na ja«, erwidere ich und trete verlegen von einem Pumps auf den anderen.

»Doch, das tust du!«, bestätigt sie. Fast zärtlich fährt sie mir mit ihren Fingerkuppen über die Wange. »Die meisten Frauen würden töten für so ein makelloses Gesicht. Und außerdem«, sie zwinkert mir neckisch zu, »stehen die meisten Männer auf Rundungen. Ich wäre froh, wenn ich welche hätte.«

»Danke«, zische ich ihr zu und schlürfe mit dem Strohhalm den Rest in meinem Glas aus. Kurz überlege ich, ob ich ihr jetzt sofort von Jonas erzählen soll.

Ich beschließe, mit der Tür ins Haus zufallen: »Sag mal, Charly … Du bist doch so schlau und weißt vieles. Ist es möglich, jemanden zu vermissen, den man überhaupt nicht persönlich kennt?«

Sie schaut mich nachdenklich an. Bei Charly kann ich sicher sein, dass sie meine Fragen ernst nimmt, egal welcher Art sie sind.

»Du meinst Sehnsucht, oder?«, vermutet sie. »Du sehnst dich nach einer Person, die deiner Fantasie entsprungen ist?«

»Nein«, korrigiere ich sie. Wobei, wenn ich wirklich für einen Moment ehrlich zu mir selbst bin, dann trifft dieses Wort vielleicht sogar den Nagel auf den Kopf. »Es ist ein realer Mensch. Ich habe schon mit ihm gesprochen. Am Telefon.«

»Hm«, macht sie. »Aber dann kennst du ihn ja. Natürlich kannst du ihn dann vermissen. Wieso denkst du denn, dass das nicht möglich wäre?«

»Weil ich ihn nie getroffen habe …«

Warum eigentlich nicht?

Diese Frage scheint auch Charly in den Sinn zu kommen. Sie legt den Kopf schief und schaut mich eine Weile nachdenklich an.

»Ist es zwischen dir und Andrew mal wieder schlimm?«, will sie wissen. Natürlich gehen meiner Freundin die richtigen Gedanken durch den Kopf.

»Ja, das könnte man durchaus so sagen. Wenn diese Aussage dafür ausreicht. Schlimmer als schlimm trifft es wohl am ehesten.« Mir ist unwohl, als ich ihr diese Antwort gebe. Nervös ziehe ich den geringelten Papierstrohhalm aus dem Glas und zerdrücke ihn zwischen den Fingern. »Wir werden uns trennen. Im Prinzip haben wir das sogar längst getan.«

Ein kurzes Schweigen entsteht. Charly kennt Andrew nicht besonders gut und die beiden waren nie miteinander befreundet, jedoch fand sie ihn von Anfang an nett und aufmerksam.

Es hat einige Zeit gedauert, bis Andrews Fassade bröckelte und Charly einen Blick dahinter werfen konnte. Erst nach und nach begann sie, unsere Schwierigkeiten erst zu erahnen und schließlich zu verstehen. Mein Herz hämmert hart gegen meine Brust, als ich auf eine Reaktion von ihr warte.

»Und jetzt hast du einen anderen kennengelernt?«

»Na ja, nicht wirklich. Wir haben durch Zufall mal länger miteinander telefoniert. Gesehen habe ich ihn nie.«

»Hast du dich in ihn verliebt?« Charlys Frage kommt überraschend für mich.

»Natürlich nicht«, sage ich schnell. »Wie bereits gesagt, ich habe ihn nie gesehen.«

»Was hat das denn damit zu tun?« Sie greift über den Tisch und nimmt mir den zermatschten Strohhalm weg. Hingebungsvoll faltet sie ihn zusammen und wirft ihn in mein leeres Glas. »Man muss doch jemanden nicht sehen, um sich zu verlieben.«

»Nein?« Verwundert schaue ich meine Freundin an. »Ist das nicht so eine Art Grundvoraussetzung dafür?«

»Nein«, antwortet sie und scheint sich ihrer Sache sicher zu sein. »Es gibt genügend andere Sinne, die ausreichend sind, um sich zu verlieben. Mittlerweile weiß man, dass der Geruch dabei eine viel wichtigere Rolle spielt als die Optik. Und wer weiß, vielleicht reicht manchmal die Stimme sogar schon aus.«

»Ich habe mich nicht verliebt …«

»Aber du hast Sehnsucht nach ihm«, unterbricht Charly mich. Sie zwinkert mir neckisch zu. »Entschuldige, ich meinte natürlich, du vermisst ihn. Wo auch immer der Unterschied sein mag.«

»Denkst du, dass ich mich mit ihm treffen sollte?« Die Frage ist mir rausgerutscht, ohne dass ich groß darüber nachdenken konnte.

Noch bevor sie mir antworten kann, kommen zwei Herren in Anzügen an unseren Tisch. Einer von ihnen lächelt Charly freundlich an.

»Hallo, Häuptlingstochter!«, grüßt er. »Dürfen mein Kumpel und ich dir und deiner Freundin einen Drink ausgeben und euch etwas Gesellschaft leisten?«

Charly wirft mir einen Blick zu, den ich kurz erwidere. Ohne ein Wort zu sprechen und ohne jedes Handzeichen haben wir uns binnen weniger Sekunden verständigt.

»Klar«, willigt Charly ein und deutet auf die leeren Stühle uns gegenüber. »Besorgt uns was Alkoholisches und setzt euch zu uns. Wir können einen Drink vertragen.«

Kapitel 11

Es ist spät geworden. Der Abend ist unerwartet nett und unterhaltsam gewesen und Charly und ich sind in Gesellschaft der jungen Männer geblieben. Ich habe irgendwann aufgehört, die Cocktails zu zählen, die uns die beiden ausgegeben haben. Langsam merke ich, dass es mir schwummerig im Kopf wird und sich immer wieder Gedanken an Mia in meinen Kopf schleichen.

Unauffällig werfe ich Charly einen Blick zu. Sie ist völlig ins Gespräch mit einem der Männer vertieft und sieht es nicht. Deswegen stupse ich sie unter dem Tisch mit der Fußspitze an.

Zeit, nach Hause zu gehen …

Charly versteht sofort und sie reagiert prompt. Lächelnd steht sie auf: »So Jungs, es ist Zeit für uns, nach Hause zu gehen. Danke, für den netten Abend.«

Die beiden Männer stehen ebenfalls auf.

»Sollen wir euch nach Hause fahren?«, bietet einer an. »Wir könnten dann noch mit zu euch gehen …«

»Lieber nicht, vielen Dank«, lehne ich ab. »Außerdem habt ihr doch Alkohol getrunken und könnt überhaupt nicht fahren.« Erst als ich diesen Satz ausspreche, fällt mir ein, dass

Charly und ich ebenfalls angetrunken sind und auf keinen Fall selbst fahren können.

»Wir nehmen ein Taxi«, entscheidet Charly, die offenbar den gleichen Gedanken wie ich hatte. Wir ignorieren die langen Gesichter der beiden Typen und sehen zu, dass wir davonkommen. Als wir auf dem Weg zum Ausgang sind, stelle ich schließlich laut jene Frage, die mir seit ein paar Minuten im Kopf herumgeht. »Und was machen wir mit deinem Auto?«

Gemeinsam gehen wir die steinerne Treppe vor der Bar hinunter. Ich muss kichern, als ich feststelle, dass wir uns beide am Geländer festhalten müssen, um nicht das Gleichgewicht zu verlieren.

»Wir lassen mein Auto stehen und ich hole es morgen zusammen mit meinem Bruder«, beschließt Charly. Sie fingert in ihrer Handtasche herum und zieht wenige Augenblicke später ihr Portemonnaie heraus. Kaum hat sie es geöffnet, verfinstert sich ihre Miene. So wie Charly mich jederzeit versteht, bin ich auch in der Lage, ihre Gedanken zu erraten.

»Ich zahle das Taxi. Wirklich kein Problem«, sage ich und bleibe mitten auf dem Gehsteig stehen, um sie anschauen zu können.

»Nein, ich habe eine bessere Idee.« Ihre dunklen Augen strahlen euphorisch. »Wir rufen diesen Mann an, von dem du erzählt hast. Der soll uns abholen!«

»Jonas?«, frage ich verwirrt.

»Keine Ahnung, wie er heißt, das hast du mir noch nicht gesagt!« Charly lallt. Mir ist überhaupt nicht aufgefallen, seit wann sie so betrunken ist, dass sie nicht mehr vernünftig reden kann. »Nur, dass du Sehnsucht nach ihm hast.«

»Ja«, gebe ich zurück. Während der Alkohol bei meiner Freundin die Zunge löst, bewirkt er bei mir, dass ich mich in mich zurückziehe und wortkarg werde. Am liebsten würde ich mich jetzt zu Hause in mein Bett legen und die nächsten zehn Stunden schlafen.

Was wegen Mia nicht möglich sein wird …

»Lass ihn uns anrufen«, fordert Charly mich auf. »Ich möchte ihn auch kennenlernen und wissen, wer dein Herz erobert hat.«

»Ich weiß nicht«, gebe ich unsicher zurück. Meine bleierne Müdigkeit wird abgelöst von dem albernen Wunsch, Jonas endlich persönlich kennenzulernen. Allerdings ist der Grund dafür wohl eher nicht der beste und in nüchternem Zustand wäre mir das sofort klar gewesen, so aber beginne ich ernsthaft darüber nachzudenken.

»Der Vorteil ist, er kann nicht Nein sagen.« Meine Freundin schaut mich wissend an. Ihre Wangen sind gerötet vom Alkohol und sie muss sich an der Straßenlaterne hinter ihr festhalten, um nicht das Gleichgewicht zu verlieren.

»Ich weiß nicht …«, wiederhole ich. In meinem Kopf dreht sich plötzlich alles und ich blicke mich nach etwas um, an dem auch ich mich festhalten kann. Da ich nichts finde, lasse ich mich auf den Boden sinken und setze mich auf den Bordstein.

»Schau mal«, setzt Charly an. »Wenn du ihn einfach so anrufst und nach einem Date fragst, kann er Nein sagen. Aber so eben nicht.«

»Und warum nicht?«

»Kate!« Charlys Stimme klingt übertrieben empört. Aufgebracht wedelt sie mit den Händen zwischen sich und mir hin und her. »Weil wir in einer Notsituation sind, natürlich! Zwei arme Mädels brauchen Hilfe! Natürlich kommt er!«

Ich muss lauthals lachen. Nicht wegen ihres übertriebenen Gestikulierens und der gespielten Überzeugung, sondern wegen der Ironie, die mir eben klar wird: Zum zweiten Mal an diesem Tag befinde ich mich in einer Situation, in der ich Hilfe brauche.

»Was für eine seltsame Logik«, stelle ich, noch immer lachend, fest.

»Ruf ihn schon an!«

Wer weiß, vielleicht ist es ein Wink des Schicksals. Eine zweite Chance, nachdem ich die erste ungenutzt habe verstreichen lassen.

Vermutlich geben dieser Gedanke und die lockere und heitere Stimmung den Auslöser, dass ich mein Handy aus der Tasche ziehe. Bevor ich weiter drüber nachdenken kann, suche ich Jonas' Nummer in der Wiederwahlliste und drücke auf den grünen Hörer. Sofort wird die Verbindung aufgebaut und es gibt kein Zurück mehr, weil ich meine Nummer bei jedem Anruf anzeigen lasse.

»Mach den Lautsprecher an!«, zischt Charly mir zu und ich komme ihrer Aufforderung nach. Bereits nach dem dritten Freizeichen nimmt Jonas ab.

»Hallo, Kate«, meldet er sich so freundlich, wie ich es von ihm kenne.

Er hat meine Nummer gespeichert …

Ich versuche, nicht zu lachen, obwohl Charly begeistert vor mir auf und ab springt und mir zwei erhobene Daumen entgegenstreckt.

Jonas scheint sofort zu spüren, dass irgendwas anders ist als sonst.

»Ist alles in Ordnung mit dir?«, will er wissen.

Charly schüttelt so heftig den Kopf, dass ihr die Zöpfe um die Ohren fliegen. Vermutlich um mir zu signalisieren, was ich antworten soll.

»Ja … ähm, nein«, korrigiere ich mich.

»Was ist denn los?« Jonas ist schlagartig ernst geworden. »Ist etwas passiert? Kann ich irgendwie helfen?«

»Ja«, antworte ich vor allem deswegen, weil Charly bereits wieder heftig nickt.

»Okay. Was kann ich denn für dich tun?«

Ohne weiter darüber nachzudenken, platze ich mit meinem Anliegen heraus: »Kannst du mich abholen?«

Das Schweigen dauert nur wenige Sekunden, fühlt sich für mich aber an wie eine Ewigkeit und ist nicht zu ertragen.

»Oder besser gesagt, uns«, füge ich kleinlaut hinzu.

»Wer ist uns?« Jonas klingt anders. Nicht mehr fröhlich und unbeschwert wie sonst, auch nicht mehr ernst, so wie eben. So wie jetzt, habe ich ihn noch nie gehört. Fieberhaft überlege ich, wie man seine Stimmung am besten beschreiben könnte.

Frustriert …

»Meine Freundin und mich«, sage ich schnell, damit die Pause nach seiner Frage nicht noch länger wird. »Wir sitzen hier ohne Auto fest. Holst du uns?«

»Nein.« Seine Antwort kommt kurz, pfeilschnell und trifft mich mitten in den Magen. Es fühlt sich an wie ein Schlag.

Nein …

»Hat er gerade wirklich Nein gesagt?«, flüstert Charly und sieht mich entgeistert an. Sie faltet die Hände wie zum Beten zusammen und setzt ihren Rehblick auf.

Er würde nie Nein sagen, wenn er sehen könnte, wie wunderschön Charly ist …

Schnell verjage ich diesen Gedanken, der uns nicht weiterbringt und unerwünscht in meinem Kopf ist.

»Okay«, sage ich stattdessen nur und sehe, wie meine Freundin die Augen verdreht, weil ich so schnell aufgebe.

»Wo genau seid ihr?«, hakt Jonas nach. Er scheint sich wieder gefangen zu haben, denn nun klingt er wieder so freundlich und offen wie immer. »Ich kann euch ein Taxi schicken, aber abholen werde ich euch nicht.«

»Nein, vielen Dank! Das Taxi können wir uns auch selbst rufen.« Es ist mein erster Impuls, so zu reagieren. Nicht, weil ich beleidigt oder gekränkt bin, sondern weil ich mir plötzlich unglaublich lächerlich vorkomme und so schnell wie möglich dieses peinliche Gespräch beenden will.

»Sicher?«, hakt er nach. Er holt hörbar Luft und kurz glaube ich, dass er noch was sagen möchte, verstummt dann aber.

»Ja, ganz sicher. Mach dir keine Umstände. Danke. Tschüss.« Mitten im letzten Wort unterbreche ich die Leitung. Mein Satz klang viel schroffer, als er eigentlich gemeint war. Tief im Magen, dort, wo mich seine Absage getroffen hat, schmerzt sie noch immer. Schlagartig bin ich nüchtern. Enttäuscht schaue ich mein Handy an.

Enttäuschung … viel schlimmer als gekränkt sein.

»Wie konnte das passieren?« Charly lässt sich neben mich auf den Bordstein sinken.

»Er hat Nein gesagt«, flüstere ich. Noch immer starre ich mein Telefon an, so als erwarte ich, dass es jeden Moment klingelt und Jonas mir sagt, dass er jetzt losfährt.

»Das hab ich gehört«, knurrt Charly genervt. »Aber warum?«

»Weil er mich nicht abholen will.«

»So ein Unsinn!« Wieder schüttelt sie heftig den Kopf. »Es muss eine andere Ursache haben.«

»Ach ja? Welche denn?«

Sie knabbert nachdenklich an ihrer Lippe herum und verzieht dabei das Gesicht zu einer schiefen Fratze. Mit dem Finger klopft sie immer wieder gegen ihre Nasenspitze und reibt daran. Auf eine verquere und fast witzige Weise erinnert sie mich plötzlich an Wickie, dem Wikingerjungen mit den starken Männern. Der Held meiner Kindheit denkt auf ähnliche Weise nach, wie es gerade meine beste Freundin tut.

»Uns!«, ruft Charly plötzlich laut. »Daran liegt es! Er hat erst Nein gesagt, als du von ›uns‹ gesprochen hast!«

»Was?« Ich schüttle meine Erinnerungen an die Zeichentrickserie von früher ab.

»Ja!«, bestätigt sie. »Vielleicht hat er gedacht, dass wir eine ganze Gruppe sind. Dich allein hätte er bestimmt abgeholt.«

»Glaubst du?«

»Ich bin mir sehr sicher!«

»Und warum nicht mehrere?«, hake ich nach.

»Das ist die Frage.« Sie verzieht ihre sinnlichen Lippen erst in die eine, dann in die andere Richtung. »Vielleicht hat er Angst.«

»Vor uns?«

»Oder vor den betrunkenen Typen, die wir vielleicht im Schlepptau haben.« Charly knufft mir liebevoll gegen die Schulter. »Du hast es versaut. Du hättest sagen müssen, dass wir nur zu zweit sind. Zwei wunderschöne, hilflose Mädels. Dann wäre er gekommen.«

»Sollen wir uns jetzt ein Taxi rufen?« Mir wird langsam kalt und wieder übermannt mich die Sehnsucht nach Mia.

»So ein Feigling!«, schimpft Charly vor sich hin. »Was hast du dir denn da für ein Mimöschen geangelt?«

Nachdenklich zucke ich die Schulter. »Vielleicht hat er auch einfach keinen Führerschein und kann deswegen nicht kommen. Könnte doch auch sein, oder?«

»Ach, Kate.« Charly wirft mir einen Blick zu, als zweifle sie an meinem Verstand »Das glaubst du doch selbst nicht. Wer hat heutzutage denn keinen Führerschein?«

»Dann hat er eben kein Auto«, füge ich fast trotzig hinzu. »Oder es ist kaputt.« Irgendwie gefällt mir der Gedanke, dass es am fehlenden Fahrzeug liegt. Das ist der Grund, dass er nicht kommt. Es liegt nicht an mir.

»Und es ist ihm peinlich, das zuzugeben«, ergänzt Charly. »Weil du sonst wüsstest, dass er kein Geld für die Werkstatt hat.«

»Genau, weil dann müsste er nämlich auch verraten, warum er kein Geld hat. Weil er nämlich arbeitslos ist.«

»Klingt nach einem echten Traummann!«

Wir lachen beide. Erst zaghaft, und auf einmal wird ein heftiger Lachanfall daraus, der es schafft, alle negativen Gefühle zu beseitigen. Nur dieser kleine dumpfe Schmerz in meinem Magen bleibt.

»Ob wir die Wahrheit wohl jemals erfahren werden?«, frage ich zwischen Lachen und Luftholen.

»Du wirst sie mit Sicherheit sogar sehr bald erfahren.« Charly deutet mit dem Kinn auf mein Handy, das ich immer noch in den Fingern halte. »Und jetzt ruf uns ein Taxi. Bevor wir hier versteinern. Oder verhungern. Oder was auch immer.«

»Mach ich.« Mit steifen Fingern google ich die Nummer der nächsten Taxizentrale, während ich insgeheim hoffe, dass wir mit unseren Vermutungen über ein kaputtes Auto richtigliegen.

* * *

Andrew schläft längst, als ich nach Hause komme. Bei Mia im Zimmer ist wie erwartet alles ruhig. Schnell ziehe ich meinen Pyjama an und schleiche mich dann barfuß in ihr Zimmer, um zu schauen, ob auch wirklich alles in Ordnung ist. Mia schläft tief und fest, ihr großes Plüscheinhorn im Arm, die dunklen Haare liegen aufgefächert auf dem Kissen.

»Meine kleine Zaubermaus«, flüstere ich tonlos und berühre vorsichtig, fast ehrfurchtsvoll ihre makellose Wange. Heiße, beinahe schmerzliche Liebe durchströmt mich. Es fällt mir schwer, mich vom Anblick meiner Tochter zu lösen, und wenn die Größe des Bettes es zulassen würde, dann würde ich mich zu ihr legen und bei ihr schlafen. Nichts in mir zieht mich hinüber zu Andrew ins Schlafzimmer. Mein Herz ist hier, und für einen verrückten Augenblick erwäge ich, auf dem Boden bei Mia im Zimmer zu schlafen.

Im selben Augenblick vibriert mein Telefon. Schnell husche ich zur Tür hinaus, die Treppe hinunter und ziehe dabei mein Handy aus der Tasche, um den Anruf entgegenzunehmen.

Niemand außer Charly würde mich nachts um diese Uhrzeit anrufen. Mein Herz hämmert heftig, als ich den Anruf entgegennehme. »Ist alles in Ordnung bei dir?«

»Das wollte ich dich gerade fragen!«

Mein Gehirn braucht ein paar Sekunden, um zu realisieren, dass nicht meine Freundin am Telefon ist.

»Jonas«, stelle ich fest.

»Ja«, bestätigt er. »Seid ihr gut nach Hause gekommen?«

»Wir haben uns ein Taxi gerufen«, erkläre ich und setze mich auf die unterste Treppenstufe. »Es tut mir leid, dass wir dich belästigt haben. Das war zugegebenermaßen eine ganz dumme Idee von uns. Keine Ahnung, was uns da geritten hat.«

»Nein, schon gut«, sagt er hastig und verwirrt mich damit noch mehr. »Du kannst mich jederzeit anrufen. Immer. Und wenn ich helfen kann, dann helfe ich.«

Und du konntest uns nicht abholen, weil …?

»Das ist lieb, vielen Dank.« Ich ziehe meine nackten Zehen dicht an meinen Körper heran, damit sie nicht noch kälter werden. »Wie bereits gesagt, es war blöd, dich mitten in der Nacht mit so was zu belästigen …«

… obwohl wir uns nicht einmal kennen!

»Ich hätte euch geholt, wenn ich gekonnt hätte!«

»Oh echt?«, mache ich verwundert.

»Selbstverständlich!«, bestätigt er. »Aber ich konnte nicht.«

In dem Moment wird mir klar, wie albern die Idee mit dem kaputten Auto war. Vielleicht ist er arbeiten. Oder er hatte einfach keine Zeit, weil er von Frau und Kindern zu Hause gebraucht wird …

Der letzte Gedanke versetzt mir einen merkwürdigen Stich in die Magengegend. Dann erst fällt mir wieder ein, dass er bereits erzählt hat, dass er keine Kinder hat, sich aber welche wünscht.

»Ist doch in Ordnung!«, sage ich lahm. Mein Satz kommt viel zu spät und deswegen glaubt er meinen Worten nicht.

»Ich *konnte* wirklich nicht, Kate.« Jonas verleiht seiner Aussage einen merkwürdigen Nachdruck, so als wolle er mich von der Schwere seiner Bedeutung überzeugen. Kurz überlege ich, ob das eine Aufforderung sein könnte, nach dem Grund dafür zu fragen. Aber irgendwie kommt es mir falsch und aufdringlich vor, ihn etwas so Persönliches zu fragen. Wieder dauert mein Schweigen zu lange und deswegen redet Jonas weiter.

»Das bedeutet aber nicht, dass wir uns nicht treffen können«, wirft er ein. »Wenn das deine eigentliche Intention war, dann können wir das machen.«

Ich spüre, wie mir Hitze in den Kopf schießt, und bin froh, dass Jonas mich jetzt nicht sehen kann. Er hätte an meinen feuerroten Wangen sofort erkannt, dass er einen Volltreffer gelandet hat.

»Okay«, sage ich extra gedehnt, um nichts von dem Aufruhr in meinem Inneren preiszugeben.

»Möchtest du?«, hakt er nach.

»Ich würde dich gerne persönlich kennenlernen«, gebe ich zu. »Vielleicht können wir ja mal zusammen was essen gehen?«

»Wenn es dir nichts ausmacht, würde ich vorschlagen, dass wir uns zuerst draußen irgendwo treffen. Und dort eine Runde spazieren gehen oder so.«

Irgendwo im entferntesten Winkel meines Gehirns geht eine Alarmglocke an. Nicht schrill oder laut, sondern lediglich ein Lämpchen, das schwach orange aufleuchtet und mahnend vor sich hin blinkt.

Wird man nicht stets davor gewarnt, man solle sich mit Fremden nicht an abgelegenen Orten treffen, sondern lieber an öffentlichen, gut besuchten Plätzen?

»Oh, warum denn das?« Ich versuche, mir nichts anmerken zu lassen. »Gehst du nicht gerne essen?«

»Doch. Aber mein Vorschlag wäre einfacher für mich.«

Ich höre aus seiner Stimme heraus, dass es ihm nicht leichtfällt, das zu sagen. Schlagartig wird mir klar, dass er gegen irgendetwas kämpft.

Auch ich habe meine Geschichte, Kate …

Ein Satz, den Jonas am Telefon zu mir gesagt hat, dem ich aber nie besondere Bedeutung beimaß.

»Gut, dann gehen wir spazieren«, willige ich ein. »Sag mir wann und wo und ich werde da sein.«

»Danke«, gibt er zurück und es klingt sehr ehrlich. Und irgendwie auch erleichtert. »Was hältst du von Sonntagnachmittag um 16 Uhr? Im Sonnenpark? Gleich am Eingang, links an dem großen Wasserspiel?«

Meine Gedanken überschlagen sich. Obwohl sich mein konsumierter Alkohol schon vor einer Weile in Luft aufgelöst hat, fällt es mir schwer, zu planen.

In Windeseile überlege ich, ob Charly am Sonntag Zeit hat und auf Mia aufpassen kann …

»Das müsste gehen«, sage ich langsam. »Ich hoffe, dass meine Freundin auf meine Tochter aufpassen kann.«

»Du kannst sie gerne mitbringen«, bietet er mir an. Im Zweifelsfall würde ich das natürlich durchaus machen, aber viel lieber würde ich mich mit ihm allein treffen, um unbefangen und entspannt zu sein.

Mal ganz davon abgesehen, dass Mia es Andrew erzählen könnte …

»Ich bekomme das schon irgendwie hin«, wiegle ich ab. »Sag mir lieber, wie ich dich erkennen soll.«

»Hm«, macht er und scheint für einen Moment nachzudenken. Er macht keine Anstalten, sich zu beschreiben, und fragt auch mich nicht nach meinem Aussehen.

»Ich hab eine Idee«, rufe ich. Noch bevor ich meinen Einfall ausgesprochen habe, muss ich schon lachen. »Wir nehmen den Klassiker. Ich besorge mir eine rote Rose und halte sie in der Hand und du suchst mich.«

Jonas stimmt in mein heiteres Lachen nicht ein. Die Luft um mich herum wird plötzlich eisig und ich höre die Wanduhr in der Küche ticken. Mich überkommt schlagartig das Gefühl, etwas Falsches gesagt zu haben.

»Vielleicht suchst lieber du mich«, beschließt er. Seine Stimme verrät nichts, trotzdem bleibt dieses ungute Gefühl, gerade ganz gehörig in ein Fettnäpfchen getreten zu sein. Aber im Grunde hat er natürlich recht. Eine rote Rose wäre für unser Treffen nicht angemessen, da wir uns ja nicht daten, sondern es uns ja um Freundschaft geht.

»Okay, dann suche ich dich.« Langsam strecke ich meine Beine aus, weil sie beginnen einzuschlafen. Da nehme ich dann doch lieber die kalten Zehen in Kauf. »Kannst du mir sagen, wie ich dich erkenne?«

»Ich bin der Typ, der schweigend auf der Parkbank sitzt und Löcher in die Luft starrt.«

Unwillkürlich muss ich lächeln. »Schön. Und dein Aussehen? Beschreib dich doch mal.«

»Du wirst mich erkennen«, sagt er leise, aber dennoch voller Zuversicht. »Wenn du mich siehst, wirst du wissen, dass ich es bin. Und dann wird dir alles klar werden.«

»Okay.« Ich ziehe dieses eine Wort unnötig in die Länge, weil ich nachdenke dabei.

»Okay. Gute Nacht, Kate.«

Es klackt kurz, als die Leitung unterbrochen wird. Gefolgt von einer anhaltenden Stille. Ich sitze noch immer auf der untersten Treppe im Flur und lausche dem Ticken der Küchenuhr. Mit jeder akustisch hörbaren Sekunde wird mir klarer, dass der Jonas am Telefon nicht der Mann ist, den ich mir in meinem Tagtraum ausgemalt habe, als ich auf einen Retter in der Not gewartet habe.

Introvertiert und schüchtern, anstatt selbstbewusst und stolz …

Zeitgleich mit dieser Erkenntnis folgt mit jedem Schlag des Sekundenzeigers das Wissen, dass mir das vollkommen egal ist.

Egal ob schüchtern oder selbstbewusst, Held oder Randfigur, attraktiv oder ein Quasimodo … All das spielt keine Rolle. Jonas ist hilfsbereit und kann zuhören. Sein Interesse an anderen Menschen, und auch an mir, scheint ehrlich zu sein, und allein das reicht mir, dass ich ihn unbedingt kennenlernen will.

Kapitel 12

Mia sitzt auf dem Boden, spielt halbherzig mit ihren Puppen und schaut immer wieder ungeduldig aus dem Fenster.

»Wann kommt denn Samu endlich?«, will sie wissen.

»Sie müssten in den nächsten Minuten da sein«, vertröste ich sie, während ich die Wimpern von meinem linken Auge sorgfältig nachtusche. Mia ist es nicht gewohnt, so lange zu warten, aber mir war es wichtig, genug Zeit zu haben, mich zurechtzumachen, um dann schon fertig zu sein. Deswegen hab ich Samus Besuch bereits vor einer Stunde angekündigt, bevor ich mich unter die Dusche stellte.

»Du gehst dann mit Charly und Samu mit«, erkläre ich zum gefühlt hundertsten Mal. »Und ich hole dich irgendwann heute Abend wieder ab.«

»Das weiß ich doch, Mama«, sagt Mia genervt. »Ich bin doch nicht doof. Auch wenn du manchmal so tust, als wäre ich es.«

Ich verkneife mir ein Schmunzeln. Für ihre sechs Jahre ist Mia oft ganz schön altklug. Mit den Fingern fahre ich durch meine schulterlangen Haare. Sie glänzen im Sonnenlicht, das durch das schräge Dachfenster ins Badezimmer fällt. Meine Haare sind eins der wenigen Dinge, die ich uneingeschränkt an mir mag. Früher sind sie einmal hüftlang gewesen, aber im ersten Jahr nach Mias Geburt hab ich sie mir radikal abschneiden lassen. Zum einen aus Zeitmangel und zum anderen, weil es einfach praktischer ist. Kürzere Haare sind viel schneller gewaschen, wenn man wieder einmal Babybrei oder ausgespuckte Milch drin kleben hat.

»So kannst du gehen«, sage ich zu mir selbst und nicke meinem Spiegelbild anerkennend zu. Die marineblaue Bluse, die ich trage, kaschiert perfekt meinen Bauch und ist kurz genug, um meinen Hintern in hautenger Jeans hervorragend zur Geltung zu bringen. Beim Auftragen des Make-ups habe ich für meine Verhältnisse nicht gespart, trotzdem bin ich nur dezent geschminkt. Einzig der blaue Lidschatten, passend zur Bluse, verrät sofort, dass etwas nachgeholfen wurde.

»Du hast dich aber schön bunt angemalt«, ruft Mia staunend, als ich aus dem Bad komme.

»Danke«, erwidere ich und mache eine Handbewegung zur Treppe, um ihr zu bedeuten, dass sie vor mir hinuntergehen soll. Mia schnappt sich ihre Puppe und kommt meiner Aufforderung sofort nach. Sie setzt sich auf ihren Hintern und rutscht die Holzstufen hinunter.

»Wir gehen zu Charly«, rufe ich Andrew durch die geschlossene Bürotür zu. In letzter Zeit ist das die einzige Form von Kommunikation, die bei uns stattfindet. »Kann spät werden heute Abend. Wir essen auswärts.«

Zugegeben, es ist Wortklauberei, aber es ist eindeutig keine Lüge.

»Okay, bis später. Viel Spaß«, kommt durch die Tür als Antwort zurück.

Überrascht bleibt Mia auf der Treppe sitzen und schaut mich mit ihren großen, dunklen Augen an. »Ich dachte, du gehst nicht mit?«, fragt sie verwundert. »Jetzt doch?«

»Nein«, zische ich. Erneut wedle ich mit den Händen, um sie die Treppe hinunterzuscheuchen. Dieses Mal deutlich energischer als vorhin. »Ich gehe nicht mit.« Ich bin froh, dass Mia nicht weiter nachfragt, sondern gut gelaunt weiter die Treppe runterrutscht. Erleichtert atme ich auf. Es wäre unmöglich gewesen, Mia anzulügen. Das habe ich noch nie getan. Allerdings wäre es auch zu umständlich, ihr die Wahrheit zu erklären.

Bevor ich noch länger darüber nachdenken kann, höre ich, wie Charlys Wagen vor der Tür zum Stehen kommt, und ich eile gemeinsam mit meiner Tochter hinaus. Schnell öffne ich die hintere Türe, verfrachte Mia hinein und gebe ihr einen dicken Kuss auf die Wange: »Bis später, mein Schatz!«

»Tschüss, Mami!«

Charly wirft mir über den Rückspiegel einen vielsagenden Blick zu. Sie formt Daumen und Zeigefinger zu einem O, legt sich dieses Zeichen an die Lippen und drückt einen hörbaren Kuss darauf.

»Traumfrau«, sagt sie. »Deinem Jonas werden die Augen ausfallen, wenn er dich sieht!« Dann wendet sie sich meiner Tochter zu und begrüßt sie lächelnd. Ich drücke die Autotür zu und winke, während Charly davonfährt. Sofort setze ich mich in mein eigenes Auto und fahre ebenfalls aus der Einfahrt.

Traumfrau hat sie gesagt …

Dieses eine Wort von meiner besten Freundin gibt mir so viel Mut und bedeutet mir so unendlich viel.

* * *

Der Sonnenpark ist viel voller, als ich erwartet habe. Bereits vom Parkplatz aus, der sich auf einer kleinen Anhöhe befindet, kann ich die vielen Menschen sehen, die sich dort tummeln. Ich lasse meinen Autoschlüssel hinten in das Fach meiner Handtasche gleiten und prüfe noch, ob er sich tatsächlich sicher im Inneren befindet, bevor ich den Reißverschluss zuziehe. Automatisch geht meine Hand auch an das Seitenfach, um zu checken, ob ich auch Handy und Geldbeutel dabeihabe. Erst als ich diese Routine abgeschlossen habe, hänge ich meine Tasche um und gehe die Anhöhe hinunter. Schon nach wenigen Schritten komme ich ins Schwitzen. Es ist ein ungewöhnlich heißer Frühlingstag heute und sosehr ich mich heute Morgen über die Sonne gefreut habe, so sehr wünsche ich mir jetzt dicke Wolken am Himmel. Ich hebe meine Arme ein wenig an, damit die Luft an meinen Achseln besser zirkuliert und keine feuchten Flecken auf meine Bluse kommen. Geduldig klemme ich zum wiederholten Mal meine störrische Haarsträhne hinters Ohr. Obwohl ich noch ein Stück vom Eingang und dem sich dort befindenden Wasserspiel entfernt bin, schweift mein Blick bereits suchend in die Ferne. Zu meiner Linken geht ein junger Mann in kurzen Hosen und Sportjacke quer über die Rasenfläche. Er hat dunkle Haare, etwas lockig, wenn ich es von hier aus richtig erkennen kann, und eine sportliche Figur. Sofort schlägt mein Herz höher. Ich spüre, wie sich mein Schritt genauso wie mein Puls beschleunigt. Fast automatisch gehe ich in seine Richtung.

Das muss er sein!

Der junge Mann vor mir bleibt stehen und blickt sich suchend um. Mein Herz schlägt bis zum Hals. Er ist zu weit weg, um seine Gesichtszüge erkennen zu können, und dennoch finde ich ihn bereits jetzt anziehend. Für einen verrückten Moment überlege ich, ob ich einfach laut seinen Namen rufen soll …

Plötzlich hebt er seine Hand. Ich hebe meine ebenfalls, um ihm zu winken. Dann lasse ich sie verstohlen wieder sinken …

Er klopft sich freudig auf den Oberschenkel. Ein großer, heller Hund läuft zu ihm hin und wedelt freudig mit dem Schwanz. Der Mann hat nun das gefunden, wonach er suchte.

Ganz offensichtlich bin das nicht ich gewesen.

Er nimmt seinen Hund in Empfang, dreht sich wieder um und geht zielstrebig weiter. Wie in den Boden gewurzelt bleibe ich stehen.

Wie kann man nur so doof sein wie ich?

Gerade war mir noch unheimlich warm, jetzt läuft mir ein Schauer über den Rücken. Ich schüttele mich, so wie es vermutlich auch der Hund des schönen Fremden hin und wieder tut, und setze meinen Weg fort. Davon werde ich mich nicht unterkriegen lassen. Zielstrebig gehe ich weiter zum Eingang des Parks. Mit jedem Schritt finde ich meinen Irrtum lustiger, und als ich schließlich im Sonnenpark angelangt bin, kann ich schon fast darüber lachen.

»Auf ein Neues!«, sage ich vergnügt zu mir selbst, als ich auf Höhe des großen Wasserspiels stehen bleibe. Mein Blick huscht von einer Parkbank zur nächsten. So weit mein Sichtfeld reicht, sind alle leer. Ich straffe die Schultern, greife meine Handtasche fester und beschließe, zu den restlichen Bänken auf der anderen Seite zu gehen. Das ist die einzige Möglichkeit, die Jonas noch gemeint haben könnte.

Vielleicht bin ich auch noch zu früh dran.

Kurz überlege ich, auf meinem Handy nach der Uhrzeit zu schauen, entscheide mich aber dagegen. Ich traue mich nicht, nach unten zu meiner Handtasche zu gucken, sondern möchte ohne Unterbrechung meine Umgebung im Auge behalten. Bis ich mein Handy wieder in der Tasche verstaut hätte, könnte er mich sehen und ansprechen, obwohl ich noch gar nicht vorbereitet bin …

Er weiß doch gar nicht, wie du aussiehst!

Schlagartig fällt mir wieder ein, dass Jonas nicht ein einziges Mal danach gefragt hat. Selbst wenn er an mir vorbeilaufen würde, er könnte mich nicht erkennen.

Ich muss ihn finden …

Zielstrebig gehe ich zur Parkbank genau gegenüber dem Wasserspiel. Sofort sehe ich, dass dort jemand sitzt. Er hat mir den Rücken zugekehrt und außer einer grauen Sweatjacke und blonden Haaren kann ich nicht viel erkennen.

Blond …

Ich ertappe mich dabei, wie mein Gehirn in Lichtgeschwindigkeit mein Fantasybild von Jonas korrigiert und in die Realität umwandelt.

Gleichzeitig werden meine Bewegungen langsamer und vorsichtiger, so als hätte ich Angst, ihn irgendwie zu erschrecken. Mein Herz beginnt wieder heftig zu klopfen. Mich ärgert es, dass ich nicht von der anderen Seite gekommen bin. Dann hätte er mich schon von Weitem gesehen und er hätte den ersten Schritt machen können. Im wahrsten Sinne des Wortes. Mit Sicherheit wäre er dann aufgestanden und auf mich zugekommen, hätte die Ansprache übernommen und es leichter für mich gemacht. So bleibt dieser Teil an mir hängen.

Ich möchte ihm nicht von hinten auf die Schulter klopfen. Zu groß ist meine Sorge, dass ich mich wieder in der Person irre. Deswegen gehe ich in weitem Abstand um ihn herum. Fast schon in Zeitlupe, in der wilden Hoffnung, er könnte mich entdecken und wissen, dass ich es bin. Mittlerweile stehe ich fast frontal vor ihm, gut fünf Meter von ihm entfernt. Obwohl er eine dunkle Sonnenbrille trägt, bin ich mir sicher, dass sein Blick in den Himmel geht. Genau wie er es gesagt hat. Die Gläser verdecken einen Teil seines Gesichtes. Alles, was ich sehen kann, ist die Kinnpartie, die schmal, feingliedrig und gut rasiert aussieht. Seine Haare sind etwas länger und fallen ihm in die Stirn. Die graue Sweatjacke hat er offen, darunter trägt er ein schwarzes Shirt zu einer dunkelblauen Jeans. Reglos sitzt er da, den Kopf leicht in den Nacken gelegt, und wartet auf mich.

Jonas!

Es gibt keinen Zweifel, dass er es ist. Mit untrüglicher Sicherheit weiß ich, dass das der Mann ist, mit dem ich so intensiv am Telefon gesprochen habe. Fast euphorisch hebe ich die Hand und winke, aber er reagiert nicht. Deswegen gebe ich mir einen Ruck und gehe zu ihm. Lächelnd setze ich mich neben ihn auf die Parkbank. Mein Blick fällt auf einen weißen, Lineal-ähnlichen Gegenstand, den er in der Hand hält. Ich bin lediglich für den Bruchteil einer Sekunde davon abgelenkt, aber Jonas nützt die Gelegenheit, nun doch den Anfang zu machen.

»Hallo, Kate«, sagt er leise. »Schön, dass du da bist.«

Sofort erkenne ich seine Stimme und meine Intuition von eben ist bestätigt. Mein Herz macht einen heftigen Sprung.

»Hallo«, gebe ich nervös zurück. Im selben Moment löst sich mein Blick von dem seltsamen Ding in seinen Fingern und huscht wieder hoch in sein Gesicht. Verwundert stutze ich. Zwar kann ich seine Augen wegen der Sonnenbrille nicht sehen, aber ich bin mir dennoch sicher, dass er mich nicht anschaut, sondern offenbar irgendwas über meinem Kopf zu fixieren scheint. Reflexartig drehe ich mich um, aber hinter mir ist nichts. Erst als ich mir wirklich sicher bin, dass da tatsächlich nichts ist, schaffe ich es wieder, mich ihm zuzuwenden. Es entsteht ein peinlicher Moment des Schweigens, der mir endlos vorkommt.

»Hast du mich gleich gefunden?«, will er wissen. Noch immer sitzt er reglos da und ich unterdrücke den Drang, mich ein weiteres Mal umzusehen.

»Ja, eigentlich schon«, gebe ich zurück. »Ich war zuerst auf der anderen Seite, dachte mir dann aber recht schnell, dass du diese Bank hier meinst.«

»Ich wusste nicht, wie ich es besser beschreiben soll, tut mir leid.«

»Aber das macht doch nichts«, erwidere ich schnell. Verstohlen beobachte ich ihn, während ich rede. Lange, schlanke

Finger, die locker um das weiße Ding liegen. Ein makelloses, hübsches Gesicht, zumindest der Teil, den ich sehen kann. Eine entspannte, aber vollkommen reglose Körperhaltung in weiten Klamotten, die es mir nicht ermöglichen, seine Figur einzuschätzen. Und weil ich nicht mehr von ihm entdecken kann, bleibt das diffuse Gefühl, irgendetwas nicht zu sehen …

Nicht zu sehen …

»Wie geht es dir, Kate? Was macht die Situation zu Hause?«, fragt Jonas. Er hat seinen Kopf zwar in meine Richtung gedreht, aber irgendwie hab ich nicht das Gefühl, dass er mich anschaut. Es macht mich nervös und ich wünsche mir, dass er die Sonnenbrille abnimmt, damit ich sehen kann, wohin sein Blick geht.

Bestimmt hat er Probleme mit den Augen …

»Mir geht es gut«, antworte ich ihm und versuche, mich auf den Inhalt des Gespräches zu konzentrieren. Seltsamerweise schaffe ich es nicht, auf seine Frage zu antworten. All die Dinge, die ich ihm am Telefon erzählen wollte, sind plötzlich weg. Wie ausradiert. Seine Anwesenheit macht mich nervös. Irgendwie hab ich mir ein Treffen einfacher vorgestellt.

Jonas scheint zu spüren, wie aufgeregt ich bin. Er lächelt mich freundlich an. »Sollen wir vielleicht ein Stück gehen? Bis das Eis zwischen uns gebrochen ist?«

»Ja, sehr gerne!« Erleichtert atme ich aus und will gerade aufstehen. Jonas braucht noch einen Moment. Er hantiert mit dem Stock in seiner Hand, so als wolle er ihn aufklappen.

Mit einem Mal wird mir alles klar. Alles ergibt plötzlich Sinn. Am liebsten hätte ich mir mit der Hand gegen die Stirn geschlagen.

Wenn du mich siehst, wird dir alles klar werden.

Darum nimmt er seine Sonnenbrille nicht ab und genau das ist auch der Grund, warum er mich nicht abholen *konnte.*

Hörbar schnappe ich nach Luft und überlege fieberhaft, wie ich meine Erkenntnis nun in Worte fassen soll.

Wieder lächelt Jonas mich an und nimmt mir die Entscheidung ab.

»Jetzt hast du es gemerkt«, stellt er trocken fest. Sein Lächeln ist offen und freundlich. »Du darfst es gerne aussprechen.«

»Du bist blind.« Es sind nur drei Worte und dennoch jagen sie mir einen eisigen Schauer über den Rücken.

»Ja«, bestätigt er. »Es tut mir leid, dass ich es dir nicht am Telefon gesagt habe.«

In meinem Kopf herrscht Chaos. Meine Gedanken stolpern übereinander und verknoten sich zu einem einzigen, unübersichtlichen Bündel, während ich beobachte, wie Jonas seinen Blindenstock ausklappt und aufsteht. Ich strecke meine Hand aus, um ihm zu helfen, ihn zu führen, ziehe sie dann aber doch zurück. Mit erstaunlicher Sicherheit läuft er los, über die Wiese. Er findet den Weg, der durch den Park führt, und folgt ihm. Ich gehe ihm hinterher und schließe zu ihm auf.

Er hat es mir nicht gesagt, weil es keine Rolle spielt!

Eine Erkenntnis wie ein Sonnenaufgang. Langsam, schleichend und unumkehrbar. Und so wie die Sonne den Tag erhellt, so erhellt dieses Wissen mein Herz.

»Weißt du, Kate«, sagt er, während wir langsam nebeneinanderher gehen, er immer der Spitze des Stocks folgend. »Es war mir nicht klar, dass du dich mit mir treffen wolltest. Fürs Zuhören am Telefon brauche ich nicht sehen zu können.«

»Um dich mit mir zu treffen, musst du auch nicht sehen können!« Plötzlich fühle ich mich unheimlich erleichtert, fast euphorisch. Das seltsame Gefühl von vorhin ist verschwunden. »Ich verstehe, dass du es nicht extra dazugesagt hast. Wieso auch? Ich würde ja auch nicht auf die Idee kommen, zu erwähnen, dass ich laufen kann.«

»Ja, vielleicht ist das so.«

Ich merke, dass es ihm unangenehm ist, mir nichts gesagt zu haben, und versuche, ihm deutlich zu machen, dass er deswegen kein schlechtes Gewissen zu haben braucht. »Es ist für dich einfach etwas vollkommen Normales.«

»Es ist aber nichts Normales«, widerspricht er mir. Seine Stimme hat einen leicht zerknirschten Unterton. »Und es ist mir vollkommen bewusst, dass ich es hätte sagen *müssen*! Aber am Anfang war es unwichtig und unbedeutend und dann hab ich irgendwie die Kurve nicht mehr gekriegt und …« Er macht eine kurze Pause und fährt dann deutlich leiser fort: »Irgendwie hab ich es nicht mehr hingekriegt, es dir zu sagen, es tut mir leid.«

»Das ist doch völlig in Ordnung und es spielt überhaupt keine Rolle für mich!«

»Okay«, macht er und schweigt. Unverhohlen schaue ich ihn an, in dem Wissen, dass er es nicht sehen kann. Jonas hat die Lippen fest zusammengepresst und wirkt verdrossen. Mir wird klar, dass er meinen Satz völlig falsch aufgefasst haben könnte. Als Gleichgültigkeit und Desinteresse, anstatt der Akzeptanz, die ich ihm damit eigentlich vermitteln wollte. Gerade als ich überlege, wie ich das am besten klarstellen kann, hat Jonas sich schon wieder gefangen. Es hat nur wenige Sekunden gedauert und schon lächelt er wieder. Er streckt mir seinen Arm hin.

»Magst du dich bei mir einhaken? Dann kann ich mich an dir orientieren.«

»Natürlich.« Hastig hänge ich meine Handtasche auf meine andere Schulter und strecke meinen Arm unter seinem durch. Für Jonas vermutlich völlig selbstverständlich, mit fremden Menschen auf diese Art und Weise spazieren zu gehen. Mich hingegen bringt diese plötzliche Nähe völlig aus dem Takt. Ich weiß überhaupt nicht, wo ich meine Hand platzieren soll, und entscheide mich dafür, sie einfach auf seinen Unterarm zu legen. Trotz der Sweatjacke fühle ich trainierte Muskeln, fühle seine Nähe und kann ihn riechen. Ein Hauch von Duschgel, gemischt mit dem frischen Geruch seiner Kleidung und dem individuellen Geruch eines jedes Menschen. Ich neige mich ein Stück zu ihm, wieder in dem Wissen, dass er es nicht sehen kann, und atme tief ein.

Er lacht leise in sich hinein und ich frage mich, wie viel er erahnen kann von dem, was ich tue.

»Merkst du es?«, fragt er mich unvermittelt. Ich spüre, wie mir das Blut in die Wangen schießt, als hätte er mich bei etwas ertappt.

»Nein, was soll ich denn merken?«

»Es ist weg.«

»Was ist weg?« Suchend schaue ich mich um. Jonas hält noch immer den Blindenstock in der Hand und lässt ihn kontinuierlich vor sich hin und her schwenken. Es befindet sich nichts in unserem Weg, ich bin mir aber auch sehr sicher, dass Jonas das nicht gemeint hat.

»Das Eis«, erklärt er mir geduldig. »Das Eis zwischen uns ist weg.«

Ich fühle in mich hinein. Suche die Anspannung von vorhin, taste nach den verknoteten Gedanken in meinem Kopf. Nichts davon kann ich finden. Mein Herz macht einen freudigen Sprung.

»Du hast recht«, sage ich erstaunt. Für einen Moment recke ich mein Gesicht der Sonne entgegen, fühle ihre warmen Strahlen auf den geschlossenen Lidern. Ich fühle mich gut. Frei.

Dann richte ich meinen Blick wieder auf den Weg vor uns. Schließlich bin ich diejenige, die führt.

Was für ein Vertrauensbeweis!

Langsam gehe ich den Weg entlang, ziehe Jonas sanft um eine Kurve und freue mich darüber, dass er meinen Bewegungen folgt.

»Erzähl mir, Kate, was bei euch zu Hause los ist«, fordert er mich auf »Wie haben sich die Dinge entwickelt?«

»Ich werde mich von meinem Mann trennen.« Der Satz kommt wie aus der Pistole geschossen. Schnell und hart. Ich bin froh, dass ich ihn losgeworden bin. So vieles wollte ich Jonas dazu erzählen. Wollte über Andrew schimpfen und habe mich auf Beistand und eine stützende Meinung von jemandem gefreut. Aber das alles scheint mir jetzt völlig unbedeutend, wie aus einer vergangenen Zeit. Ich kann mich nicht mehr daran erinnern, wann ich das letzte Mal so sehr im Hier und Jetzt gelebt habe wie in ebendiesem Moment. Normalerweise bin ich immer am Denken, Planen und Hadern. Heute nicht. Mein Kopf ist leer und mein Herz ist leicht. Alles, was ich tue, ist gehen. Ich gehe und atme, führe den Menschen an meiner Seite und betrachte die Gänseblümchen, die durch das dichte Gras lugen, und die Entenfamilie, die um den Teich watschelt.

Jonas fragt nicht weiter. Er weiß längst, dass ich nicht mehr reden will. Seine tiefen und regelmäßigen Atemzüge helfen mir, mich zu entspannen und wohlzufühlen.

»Darf ich dich etwas Persönliches fragen?«, sage ich zögernd in die Stille, die nicht wirklich still ist. Um uns herum zwitschern die Vögel, reden und lachen die Menschen und am Wasser quakt eine Ente. Nur die Schmetterlinge tanzen lautlos durch die Luft und ein paar irgendwo tief in meinem Bauch.

»Natürlich«, antwortet Jonas. »Frag mich nur.«

»Bist du von Geburt an blind? Oder konntest du früher sehen?«

»Nein, ich bin so geboren.«

»Bist du komplett blind? Oder kannst du zumindest Umrisse oder so was erkennen?«

»Ich bin komplett blind. Hell und dunkel, das kann ich unterscheiden, aber das ist es dann auch schon.«

»Verstehe.« Kurz überlege ich mir, ob ich ihn fragen soll, wieso das so ist, entscheide mich aber dagegen, denn auch das spielt keine Rolle. Er ist eben, wie er ist. »Das heißt, du weißt nicht, wie Farben aussehen? Rot zum Beispiel?«

»Blutrot? Feuerrot? Rot vor Zorn? Rostrot? Schmutzig rot? Fuchsrot? Menschen, die rot werden?«

»Oh«, mache ich überrascht. »Du hast also eine Vorstellung davon?«

»Eine? Dutzende!«, sagt Jonas lächelnd. »Das Rotlicht in einem Kommandostand bei Alarm stelle ich mir definitiv anders vor als etwa ein rotes Herz. Aber ich fürchte, es gibt keine Möglichkeit, meine und deine Vorstellungswelt mit Worten zu verbinden.«

»Ja, leider nicht.« Fast unwillkürlich greife ich seinen Arm fester, als wolle ich so diese Verbindung schaffen, die uns mit Worten offenbar nicht möglich ist. »Man kann ja leider nicht in den Kopf des anderen sehen.«

»Leider oder Gott sei Dank.« Jonas sagt nichts dazu, dass ich meine Berührung verstärkt habe, obwohl er es ganz sicher registriert hat. »Wer möchte sich schon in seine Gedanken schauen lassen?«

»Ich sicher nicht.« Unwillkürlich muss ich lachen bei der Vorstellung, Jonas hätte vorhin meine wild durcheinanderstolpernden Gedanken beobachten können.

»Aber weißt du was?«, fragt er mich in meinen Lachanfall hinein.

»Hm?«, mache ich und räuspere mich, um wieder klar sprechen zu können.

»Viel wichtiger als jemandem in den Kopf zu schauen ist es doch, sein Herz zu sehen, nicht wahr?«

Die unbeschwerte Heiterkeit macht einem warmen Gefühl in meinem Bauch Platz. »Oh ja, da hast du recht!«, bestätige ich seine Worte.

»Und genau das kann ich«, fügt Jonas flüsternd hinzu. »Obwohl ich blind bin. Oder vielleicht sogar gerade deswegen.«

Ich nicke. Jonas kann es nicht sehen, aber ich weiß, dass er es spürt. Schweigend gehen wir weiter, drehen die zweite Runde durch den Sonnenpark.

Es könnte seltsam sein, was wir hier tun. Aber das ist es nicht. Für Jonas und mich ist es in diesem Moment völlig normal, dass wir hier schweigend Seite an Seite spazieren gehen und uns unglaublich wohl fühlen dabei, obwohl wir uns nicht kennen.

Kapitel 13

Nach der dritten Runde, die wir im Park im Kreis gelaufen sind, höre ich auf, sie zu zählen. Ich spüre, wie meine Schultern sich ganz allmählich entspannen. Meine Muskeln werden weicher und irgendwo tief in mir löst sich ein Klumpen, von dem ich bis eben nicht einmal wusste, dass er überhaupt da ist.

»Wie schön«, sagt Jonas leise. »Dass du dich etwas entspannen kannst.«

Ich spare mir die Frage, woher er das weiß.

»Es ist so schwer«, gebe ich zu. »Meistens bin ich voller Stress.«

»Das ist ja auch kein Wunder.« Jonas geht etwas langsamer, während er spricht. »Du lebst in einer toxischen Beziehung, in der es ständig Streit und Ärger gibt, und du absorbierst das alles, um deine Tochter davor zu beschützen.«

»Das stimmt«, antworte ich knapp. Fieberhaft versuche ich, mich an jeden einzelnen Satz unserer Dialoge zu erinnern, um zu rekonstruieren, wie viel genau ich ihm erzählt habe und was er instinktiv weiß.

»Deswegen bist du so blockiert. Du musst loslassen und dich öffnen.«

Ein leichter Wind streift mein Gesicht und verheißt, dass es bald kühler wird. Der Abend kündigt sich an. Ich weiß es, ohne auf die Uhr gesehen zu haben. »Klingt einfach«, sage ich und versuche, die tickende Zeit wieder zu vergessen. »Aber wie mache ich das?«

Jonas bleibt unvermittelt stehen und bremst mich damit aus. Er tastet sich mit seinem Stock zwei Meter in die Wiese hinein und zieht mich dabei mit sich, so schnell, dass ich kaum wahrnehmen kann, was er tut. Vorsichtig löst er seinen Arm aus meinem und tritt einen halben Schritt von mir zurück. Bei jedem anderen Menschen wäre ich davon ausgegangen, dass mein Gegenüber mich anschauen will. Aber bei Jonas warte ich einfach nur mit klopfendem Herzen ab, was er vorhat. Für einen winzigen Augenblick überlege ich, ob ich ihn bitten soll, die Sonnenbrille abzunehmen. Ich würde so gerne seine Augen sehen.

Langsam streckt Jonas beide Arme nach mir aus. Ich verharre reglos, bis seine Fingerspitzen meine nackten Oberarme berühren und seine Hände sich auf meine Haut legen. Eine wohlige Wärme entsteht dort, wo er mich berührt, und breitet sich in meinem ganzen Körper aus.

»Schließ die Augen«, fordert Jonas mich auf. Ich zögere. Dann fällt mir ein, dass es ihm die ganze Zeit so geht, dass er mich nicht sehen kann. Fast krampfhaft kneife ich die Lider zu und warte ab.

»Hast du es gemacht?«, vergewissert er sich.

»Ja.«

»Spürst du die Stellen, an der meine Hände auf dir liegen?«

Oh ja und wie!

»Ja.« Irgendwo tief in meinem Bauch kribbelt es. Vielleicht sind es jene Schmetterlinge, die vorhin schon nicht nur in der Luft herumgeflattert sind.

»Dann konzentriere dich auf die Wärme.« Jonas spricht leise, fast ehrfurchtsvoll. »Stell dir vor, diese Wärme besteht aus weißem Licht und gelangt in jede Zelle deines Körpers. Alles füllt sich mit diesem Licht, dieser Wärme. Jede Anspannung wird dadurch verdrängt.«

Still stehe ich da und versuche, nur das zu tun, was er gesagt hat. Nicht daran zu denken, dass wir mitten in einem Park stehen, wo jeder uns sehen könnte. Am liebsten würde ich ihm sagen, dass ich an so was überhaupt nicht glaube und mich deswegen nicht drauf einlassen kann.

»In den Bauch atmen«, korrigiert mich Jonas. »Ganz tief in den Bauch. Und bei jedem Ausatmen lässt du los. Stell dir vor, wie sich dein Herz öffnet, spüre die Weite und die Leichtigkeit, die dadurch entstehen, und lass los.«

Irgendetwas geschieht in mir. Mein Brustkorb fühlt sich geweitet an, wie wenn ich plötzlich mehr Luft bekommen würde als noch vor ein paar Minuten. Mir wird warm ums Herz.

»Gut«, lobt Jonas mich. »Und jetzt stell dir vor, jemand sagt etwas Böses zu dir. Okay? Du musst mir nicht sagen, wer oder was diese Person sagt. Nur vorstellen. Hast du?«

Ich nicke. Andrews Worte formen sich in meinem Kopf zu einem Satz.

Du bist schuld!

Ob Jonas auch an Andrew gedacht hat?

»Lass es durch dich hindurchfließen. Es kann nirgendwo in dir anhaften. Dein Herz ist geöffnet und voller Liebe. Alles Negative fließt einfach durch dich hindurch.«

In mir vibriert es. Ich kann die Wärme förmlich spüren. Sie gibt mir eine Energie, die ich längst verloren glaubte. Mit einem Mal will ich nichts mehr, als die Anschuldigung von Andrew loswerden.

»Wo fließt es hin?«, frage ich ihn drängend. »Gib mir ein Bild.«

»Völlig egal. In die Atmosphäre. In die Luft!« Seine Hände rutschen an meinen Armen hinunter, bis sie meine Hände berühren. »In mich.«

»Und was machst du damit?«, will ich wissen. Meine Finger brennen, als Jonas sie fest drückt.

»Wir lassen es gemeinsam los. Bis nichts mehr da ist, nur die Wärme. Die müssen wir spüren, wie ein Leuchten, das aus unserem Inneren heraus kommt.«

Ich nicke wieder. Längst habe ich vergessen, wo wir uns befinden. Zeit und Raum spielen keine Rolle mehr. Nichts hat mehr Bedeutung als diese wohltuende Wärme, die wir gemeinsam überall spüren.

Wie ein Leuchten in uns …

Plötzlich lässt er meine Hände los. Ein Gefühl, als würde ich fallen …

»Gut«, sagt er wieder. »Und das machst du jetzt jeden Tag. So oft du magst, so viel du kannst.«

Jonas greift nach seinem Blindenstock, den er sich zwischen die Knie geklemmt hat, und hält mir wieder seinen Arm hin. Ich hake mich ein und führe ihn zurück auf den Weg.

»Danke«, flüstere ich. Zum einen, weil ich echte Dankbarkeit empfinde, aber zum anderen auch, weil ich nicht weiß, was ich sonst sagen soll.

»Mach das so lange, bis deine positive Energie zurück ist«, fordert Jonas mich auf. »Jene Energie, die nicht vom Essen oder Schlafen kommt.«

»Wo kommt sie her?«

»Aus dir selbst.« Er klopft sich mit der freien Hand auf die Brust. »Aus deinem Herzen. Wir alle haben diese Energie in uns. Wir sind nur oft zu blockiert, als dass sie fließen könnte.«

Ein paar Meter gehe ich schweigend neben ihm her und spüre den herannahenden Abend. Einzig das Wissen, dass ich mich gleich auf den Heimweg machen muss, befähigt mich dazu, ihn das zu fragen, was mir auf der Zunge brennt.

»Woher hast du alle diese Weisheiten?«, frage ich leise und verkneife mir zu sagen, dass es fast etwas suspekt wirkt. »Du bist doch kein Esoteriker oder so, oder?«

Unverhohlen schaue ich ihm ins Gesicht, versuche, trotz der Sonnenbrille jede noch so kleine Regung zu erkennen. Mein Herz schlägt so laut gegen meine Brust, dass ich mir absolut sicher bin, dass er es hören kann. Die Sekunden, bis er antwortet, kommen mir endlos vor. Nicht, weil die Antwort so entscheidend ist, sondern weil irgendwas an seiner Nähe mir den Atem raubt.

»Nein, ich bin kein Esoteriker«, sagt er schließlich. »Und es sind auch keine Weisheiten, die ich erzähle, sondern meine persönlichen Erfahrungen.«

»Wie kann ich das verstehen?«

»Auch ich habe lange Zeit mit etwas gekämpft.« Er atmet tief ein, bevor er weiterspricht. »Ich glaubte, wenn ich mich nur fest genug daran klammerte, dann hätte ich das wiederbekommen können. Aber so war es nicht.«

»Sondern?« Fragend schaue ich ihn an. »Was ist stattdessen passiert?«

»Ich habe mich daran verbrannt. Und zwar ganz böse. Bis ich verstanden habe, dass nur Loslassen Erleichterung bringt. Das wollte ich dir durch meine Worte mit auf den Weg geben.«

»Ich danke dir.« Irgendwas an seinen Worten gefällt mir nicht. Sie klingen viel zu sehr nach Trennung.

Können wir uns noch mal miteinander verabreden?

Ich schaffe es nicht, diese Frage auszusprechen.

»Ich muss langsam zurück«, sage ich stattdessen. »Ich muss meine Tochter von meiner Freundin abholen.«

»Bring sie doch gerne das nächste Mal mit«, schlägt er vor.

Mein Herz macht einen kleinen Sprung, weil ich mich in doppelter Hinsicht freue. Zum einen, weil er meine Tochter kennenlernen will, und zum anderen, weil es vielleicht bedeutet, dass *wir* uns wiedersehen!

Wenn er es ernst meint …

»Ich laufe jetzt dann hoch, zu dem Parkplatz.« Ich muss ihm sagen, wenn ich die Richtung ändere, schließlich kann ich nicht wie selbstverständlich zu meinem Auto laufen und ihn dorthin mitführen.

»Wenn du magst, begleite ich dich noch.«

»Ja, sehr gerne!« Fast wäre mir die Frage herausgerutscht, ob er auch mit dem Auto gekommen ist. Mir fällt auf, dass es vor allem solche Kleinigkeiten sind, die mich daran erinnern, dass er blind ist. Ansonsten könnte ich diesen Umstand völlig vergessen. »Wie bist du denn hergekommen?«

»Mit dem Bus«, antwortet er knapp. »Sobald du am Auto bist, gehe ich zur Bushaltestelle und fahre auch zurück.«

»Woher weißt du, welchen Bus du nehmen musst?«

Jonas lächelt. »Ich weiß, um welche Uhrzeit er kommt. Außerdem kann ich doch den Fahrer fragen, ob das der Bus ist, den ich brauche, oder?«

»Stimmt, hast recht. Doofe Frage.« Die Röte schießt mir in die Wangen, als ich merke, wie dumm meine Frage war.

»Alles gut«, beruhigt er mich. »Du kannst mich alles fragen. Mir ist es viel lieber, du fragst, als dass du vielleicht was Falsches denkst. Also frag mich ruhig, wenn du etwas wissen willst, okay?«

Wann treffen wir uns wieder?

»Ja, okay!«, antworte ich ihm. Mir fällt auf, wie gut die Antwort zu den Gedanken in meinem Kopf passen würde, und ich wünschte, Jonas würde das Gleiche sagen. Aber er schweigt, bis wir auf dem Parkplatz sind.

»Wir sind da.«

»Bei deinem Auto?«

»Ja.« Plötzlich bin ich mir unsicher. Wie orientiert man sich, wenn man blind ist? Findet er zur Bushaltestelle? Trete ich ihm zu nahe, wenn ich ihn frage, ob ich ihn nach Hause bringen soll?

Vorsichtig ziehe ich meinen Arm weg. Es fühlt sich komisch an. Ich kann nicht einfach wegfahren und ihn stehen lassen.

»Kommst du klar?«, will ich wissen. Zögernd streife ich meine Tasche von der Schulter und krame nach meinem Schlüssel.

»Ich bin doch auch allein hergekommen. Die Bushaltestelle ist gleich um die Ecke. Ich kenne mich hier aus.«

»Verstehe.« Ich beiße mir auf die Lippe. Meine Finger legen sich um den Schlüsselbund. »Und wenn du hier zum ersten Mal wärst? Würdest du dann trotzdem wieder nach Hause finden?«

»Theoretisch könnte ich von fast überall irgendwie nach Hause finden mit verschiedenen Hilfsmitteln, mit viel Fluchen und viel Zeit«, erklärt Jonas, ohne sich von der Stelle zu rühren. »Ich mache es aber nicht, weil ich einfach nicht bereit dazu bin, mir diesen Stress anzutun. Ausflüge mit mir starten und enden immer ausnahmslos an einem der Orte, die innerhalb meiner Orientierungskarte liegen. Ausnahmen mache ich nur in Extremfällen.«

»Die da wären?«

»Hm, keine Ahnung.« Jonas zieht die Nase kraus, so als müsste er angestrengt überlegen. »Irgendjemand liegt im Sterben oder so.«

»Alles klar.« Entschlossen lasse ich meinen Autoschlüssel zurück in die Tasche gleiten, schließe den Reißverschluss und schiebe den Riemen zurück auf meine Schulter. Dann nehme ich wie selbstverständlich wieder seinen Arm.

»Was machst du?«, fragt er mich verwirrt, als ich mit ihm zusammen losgehe.

»Dich zur Bushaltestelle bringen.«

»Oh!«, sagt er überrascht. Ich bin mir sicher, einen Hauch Freude bei ihm zu spüren.

»Und mit dir zusammen warten, bis der Bus kommt.« Ein Lächeln schleicht sich auf mein Gesicht. »Nicht, dass du mir noch verloren gehst.«

»Wäre ja schade«, ergänzt er und lächelt ebenfalls.

»Ja, das wäre es«, bestätige ich, als ich ihn über die Ampel führe. Mein Blick gleitet in den dunkler werdenden Himmel. Über mir zieht ein Bussard mit weit ausgespannten Flügeln hinweg und das Lächeln auf meinen Lippen wandert in mein Herz. Zum ersten Mal seit langer Zeit habe ich das Gefühl, genau das Richtige zu tun. Irgendwas in mir ist in diesem Moment zu neuem Leben erwacht und springt voller Freude in meinem Bauch auf und ab. Es tut gut, zu spüren, dass Andrew es nicht geschafft hat, alles Schöne zu zerstören, sondern dass es davon in dieser Welt noch ganz viel für mich gibt, das nur darauf wartet, von mir entdeckt und gelebt zu werden.

Kapitel 14

Der leere Pizzakarton steht geöffnet auf dem Couchtisch, als ich mit Mia nach Hause komme. Mein Herz ist so voller Wärme und ich fühle mich so entspannt, dass mich das nicht aus der Ruhe bringen kann. Wortlos fege ich mit der Hand sämtliche Krümel von Tisch und Couch in den Karton und schließe ihn. Nachdem ich den Karton im Altpapier entsorgt habe, schraube ich den Deckel auf die halb volle Colaflasche und räume das benutzte Glas in die Spülmaschine.

»Komm, Mia, wir machen dich gleich bettfertig«, sage ich zu meiner Tochter und gehe mit ihr in den oberen Stock. Sie hat bereits bei Charly gegessen, Nudeln mit Tomatensoße, ihr Lieblingsessen. Eine Welle von Dankbarkeit rollt durch mich hindurch, als ich an meine Freundin denke. Nicht nur, weil sie auf Mia aufgepasst und für sie gekocht hat. Sondern vor allem, weil sie mich versteht. Ohne Worte und ohne lange Erklärungen. Als Charly mir die Türe geöffnet hat, war ihr sofort klar, dass mein Treffen mit Jonas gut gelaufen war. Sie lächelte mich breit an und nickte mir zu. Eine kleine Geste und dennoch für mich so enorm wichtig. Denn es bedeutet, jemanden an der Seite zu haben, der mich unterstützt bei dem, was ich mache. Gerade das kann ich in meiner aktuellen Situation mehr als gut gebrauchen, denn ich ahne bereits, dass mir noch ein harter Kampf mit Andrew bevorsteht …

»Mäuschen, komm, Zähne putzen«, sage ich zu Mia, gebe Zahncreme auf die Zahnbürste und reiche sie meiner Tochter. Mit meiner nächsten Bewegung stelle ich Andrews Deo zurück in den Schrank, seine Zahnbürste in den Becher und werfe seine schmutzigen Socken in den Dreckwäschebehälter, der in der Ecke unseres Badezimmers steht.

Während sich Mia die Zähne putzt, kämme ich ihr die Haare. Ich ziehe ihr den Schlafanzug an und bringe sie schließlich in ihr Bett, um ihr noch eine Geschichte vorzulesen. Fast im selben Moment, als ich das Buch zuklappe, kommt Andrew ins Zimmer. Er würdigt mich keines Blickes, sondern wendet sich seiner Tochter zu.

»Schlaf schön, mein Mädchen«, flüstert er ihr ins Ohr und gibt ihr einen dicken Kuss auf die Wange. »Ich hoffe, du hattest einen schönen Tag. Ich hab dich sehr vermisst heute.«

»Ich dich auch«, erwidert Mia, schlingt kurz ihre Arme um ihn und lässt sich dann zurück aufs Kissen fallen. »Aber Mama hat mich erst so spät abgeholt.«

»Aha«, macht er. Sein Blick trifft mich. Er ist kalt wie Eis und fühlt sich an, als würde er mich durchbohren. »Wo war die Mama denn?«

»Weiß ich nicht«, sagt Mia und rollt sich ein.

»Wir reden draußen!«, bestimme ich und zeige mit dem Zeigefinger zur Tür.

»Du hast mir gar nichts zu sagen!«, blafft er mich an. »Ich rede, wo ich will.«

»Aber nicht vor meiner Tochter!« Mein Herzschlag beschleunigt sich vor Wut. Ich stehe auf, streiche noch einmal liebevoll mit den Fingern über Mias Wange und verlasse das Kinderzimmer. Wie ich es beabsichtigt habe, folgt Andrew mir nach draußen. Leise schließe ich die Kinderzimmertüre und gehe mit gestrafften Schultern ins Schlafzimmer. Dort setze ich mich auf das Bett und warte, ob Mia mich noch mal ruft und mich zum Einschlafen braucht oder ob Andrew mich weiter anmeckert. Nichts dergleichen geschieht. Andrew verzieht sich ins Büro und setzt sich an seinen PC, offenbar hat er gerade ein wichtiges Spiel laufen, und Mia scheint einfach einzuschlafen. Gerade als ich ins Bad gehen will, um mich ebenfalls bettfertig zu machen, piepst mein Handy. Sofort öffne ich die Nachricht:

> Kate, ich danke dir für den schönen Nachmittag. Hast du Lust, mich kommenden Samstag zu begleiten? Ich gehe auf einen Poetry-Slam-Abend.

Ich habe keine Ahnung, was ein Poetry-Slam-Abend ist. Noch nie in meinem Leben habe ich davon gehört. Allerdings stelle ich im selben Moment fest, dass es mir vollkommen gleichgültig ist. Wohin Jonas mich einlädt, ist Nebensache. Vermutlich würde ich auch mit ihm zum Steineklopfen in ein Bergwerk gehen. Oder in eine Kohlemine …

Sofort schreibe ich meine Antwort. Ich will ihn nicht warten lassen. Zwischen uns beiden ist kein Platz für irgendwelche Macht- oder Geduldsspielchen.

> Ich habe Lust. Sehr große sogar. Wann soll ich dich abholen?

Jonas' Antwort kommt ebenso schnell. Er schreibt mir nur die Uhrzeit und seine Adresse. Ich muss unwillkürlich schmunzeln darüber, wie einig wir uns sind. Obwohl unausgesprochen, ist es nun eine Selbstverständlichkeit, dass ich ihn abhole und anschließend wieder nach Hause bringe. Jonas muss sich wegen mir nicht außerhalb seiner Orientierungskarte bewegen und irgendwelche Unannehmlichkeiten in Kauf nehmen. Dieser Gedanke bringt mich zum Lächeln.

Ich freue mich und werde vor der Türe auf dich warten!

Die Geschwindigkeit seiner Nachrichten überrascht mich und ich frage mich, wie er das hinbekommt. Mir ist wohl bewusst, dass es Apps zur Texterkennung gibt, die einem das Geschriebene dann vorlesen, und dass man ins Handy sprechen kann und die Worte in Text umgewandelt werden, trotzdem kann ich mir das alles nicht wirklich vorstellen. Kurz überlege ich, ihm meine Frage jetzt gleich zu stellen, beschließe dann aber, bis zu unserem nächsten Treffen zu warten. Vielleicht kann er mir das dann sogar gleich zeigen. Deswegen schreibe ich nur:

Ich freue mich auch! Ich wünsche dir eine gute Nacht. Schlaf schön!

Abwartend schaue ich aufs Display. Seine Antwort kommt nur wenige Sekunden später.

Ich bleibe noch etwas wach, muss noch was vorbereiten für nächste Woche und will mir dazu noch etwas durchlesen. Gib mir mal eine Entscheidungshilfe: Badewanne oder Terrasse?

Meine Finger tippen bereits die Antwort, während sich meine Gedanken darum drehen, was er denn vorbereiten will:

Nimm auf jeden Fall die Badewanne! Draußen ist es kalt und dunkel.

Dunkel? Ernsthaft?

Ich spüre, wie mir die Hitze in die Wangen schießt, als ich seine Antwort lese. Wie konnte ich das nur vergessen? Das war nicht nur ins Fettnäpfchen getreten, das war schon eine Bauchlandung mitten hinein …

Erleichtert atme ich auf, als er mir drei Tränenlach-Symbole hinterherschickt. Im ersten Moment will ich ihm schreiben, dass es mir leidtut, entscheide mich aber dann dafür, einfach mit ihm mitzulachen. Deswegen schicke ich ihm ebenfalls ein paar lachende Gesichter und führe unseren Dialog fort.

Na gut. Aber kalt ist es trotzdem!

Ich hab einen fantastischen Heizstrahler!

Ach, dann mach doch und setz dich raus! Dann kannst du wenigstens nicht ertrinken!

Schön, dass du dir Sorgen um mich machst! Das heißt, du kannst mich ganz gut leiden ;-) Ich dich übrigens auch. Gute Nacht, Kate. Bis auf bald!

Erneut spüre ich eine merkwürdige Hitze in meinen Wangen. Ich beschließe, nicht weiter auf seine Worte einzugehen.

Deswegen wünsche ich ihm nur noch eine gute Nacht, gehe ins Bad und setze mich anschließend wieder auf mein Bett, um zu warten, bis Andrew kommt. Schließlich haben wir noch etwas zu besprechen.

* * *

Es ist weit nach Mitternacht, als Andrew es endlich geschafft hat, sich von seinem PC-Spiel zu lösen und ins Schlafzimmer zu kommen. Für einen Moment glaube ich, er würde das Thema von vorhin noch mal aufgreifen, aber er legt sich schweigend hin. Entweder hat er bereits vergessen, dass er nicht weiß, wo ich heute den halben Tag war, oder es ist ihm schlichtweg egal.

Ich höre auf, mir vorzustellen wie weißes Licht alles in mir mit Liebe und Wärme füllt, und drehe mich langsam zu Andrew um.

»Wir müssen reden«, sage ich vorsichtig zu ihm.

»Nein, das müssen wir sicher nicht«, knurrt er mich an. »Das hättest du den ganzen Tag tun können, anstatt dir einen faulen Lenz zu machen und durch die Gegend zu pilgern. Mitten in der Nacht, wenn ich schlafen will, brauchst du dann auch nicht mehr damit anfangen!«

»Okay«, seufze ich ergeben. »Dann sag mir, wann es dir mal passt. Wir müssen uns nämlich dringend zusammensetzen und besprechen, wie es mit uns weitergehen …«

»Du bist so unglaublich respektlos«, unterbricht Andrew mich. »Ich sage dir gerade in diesem Augenblick, dass ich schlafen will, und du ignorierst es und laberst einfach weiter.«

»Weil es wichtig ist!« Ich spreche schnell und gehetzt, weil ich unbedingt noch loswerden möchte, um was es eigentlich geht. Aber es ist zu spät. Andrew steckt sich bereits die Ohrstöpsel seines Handys in die Ohren, setzt seine Schlafmaske auf und knurrt etwas davon, dass ich ihn in Ruhe lassen soll. Demonstrativ dreht er sich zur Seite, weg von mir.

»Alles klar«, sage ich laut, ohne zu wissen, ob er es überhaupt noch hört. »Dann trennen wir uns eben, ohne darüber zu sprechen.«

Ich schnappe meine Bettdecke, klemme mir mein Kopfkissen unter den Arm und mache mich auf den Weg ins Gästezimmer, das ursprünglich als zweites Kinderzimmer vorgesehen war. Dort ziehe ich die Schlafcouch aus und mache es mir gemütlich, in fast freudiger Vorahnung, mein gemeinsames Bett mit Andrew nie wieder zu benutzen.

Kapitel 15

Ich wache auf, kurz bevor mein Wecker klingelt. Wie jeden Tag. Und doch ist heute etwas anders. In mir breitet sich ein Gefühl aus, das ich schon lange nicht mehr gespürt habe: Vorfreude. Positive Aufregung. Nervös stelle ich fest, dass jene Schmetterlinge, die schon im Park in meinem Bauch herumgeflattert sind, plötzlich wieder da sind.

Ich freue mich darauf, Jonas wiederzusehen.

Ob es ihm auch so geht? Ja, ganz bestimmt. Aber wie sehen seine Gedanken dazu wohl aus? Denkt er in der gleichen Wortwahl wie ich? Vermutlich schon, denn er verwendet ja auch Worte wie »anschauen« …

Ich muss lachen über diesen albernen inneren Dialog, den ich hier mit mir selbst führe. Ich strecke mich und drehe mich zur Seite, in der Erwartung, Andrew zu sehen. Erst als ich gegen die hellgelbe Wand unseres Gästezimmers starre, merke ich, wo ich heute Nacht – wie schon die ganze Woche – geschlafen habe.

Man könnte erwarten, diese Erkenntnis würde mein inneres Lachen verstummen lassen, aber genau das Gegenteil ist der Fall. Meine Laune wird noch besser, meine Stimmung fast euphorisch:

Ich treffe heute Jonas!

Unser erstes Date.

Ist es überhaupt ein Date?

Ich schnalze mit der Zunge und schüttle den Kopf, als mir bewusst wird, dass ich schon wieder mit mir selbst spreche.

Ein weiteres Mal strecke ich mich, atme tief ein und stehe dann auf.

Unweigerlich spüre ich wieder dieses Flattern im Bauch. Es fühlt sich gut an. Dieses Flattern gefällt mir. Es bedeutet, etwas zu fühlen, das mich nicht hinunterzieht, sondern beflügelt. Dieses Flattern ist Energie. Positive Energie!

Das ist sie … Jene Energie, die nicht vom Essen oder Schlafen kommt.

Gedankenverloren gehe ich zu dem Hocker in der Zimmerecke, auf den ich bereits am Vorabend einen Stapel Kleider gepackt habe, die ich für heute im Sinn hatte. Solange Mia noch schläft, habe ich Zeit und Ruhe, kann Sachen anprobieren und neu kombinieren. Ich ziehe mir einen weiten, dunkelroten Pullover und eine hautenge Jeans an und in dem Moment, als ich in den Spiegel schaue, lache ich fast laut los.

Er kann dich eh nicht sehen, Kate …

Jonas ist es völlig egal, wie ich zu dem Treffen erscheine. Vermutlich ist ihm nur wichtig, dass ich komme.

Letztendlich entscheide ich mich für eine dunkelblaue Jeans, die blaue Bluse vom Treffen im Sonnenpark und meine schwarzen Sneakers.

Kaum hab ich alles für später auf den Sessel im Gästezimmer gelegt, ruft auch schon Mia nach mir. Sie sieht mich verschlafen, aber freudig an und reibt sich die Augen.

Mein Herz wird sofort erfüllt von Glück, als ich sie sehe. Zufrieden kuschle ich mich noch für ein paar Minuten zu ihr ins Bett.

Das nächste Mal muss ich sie mitnehmen zu Jonas! Sie muss ihn akzeptieren und mögen …

Der Satz ist ganz plötzlich in meinem Kopf und obwohl ich nicht weiter über ihn nachdenken will, weiß ich, dass ich ihn umgehend unter der Rubrik »mega wichtig!« abspeichern muss.

»Du gehst heute Abend wieder zu Charly«, flüstere ich ihr ins Ohr. »Du darfst heute sogar bei Samu übernachten.« Mein Puls beschleunigt sich bei diesen Worten. Ängstlich, fast panisch beginnt er zu rasen und mir den Schweiß auf die Stirn zu treiben. Denn ich weiß genau, wenn Mia sich weigert, dann muss ich meine Verabredung heute Abend absagen. Ich weiß nicht, wie lange dieser Poetry Slam geht, aber Mia schläft spätestens um einundzwanzig Uhr und ich kann sie ja kaum aus ihren Träumen reißen und dann mit nach Hause nehmen.

»Möchtest du bei Samu schlafen?«, hake ich nervös nach, weil von Mia keine Antwort kommt. Erleichtert atme ich auf, als sie nickt.

»Dann lass uns frühstücken und Sachen packen«, schlage ich ihr vor. »Wir können später noch auf den Spielplatz gehen und danach zu Charly.«

»Au ja!«, macht Mia, dreht sich zu mir um und schlingt ihre Arme um meinen Hals. Dankbar dafür, dass meine Tochter so ist, wie sie eben ist, drücke ich sie an mich.

* * *

Ich folge den Pfeilen des Navigationssystems zu der Adresse, die Jonas mir in seiner Nachricht geschrieben hat. Dass er in der Nähe des Sonnenparks wohnt, das habe ich bereits gewusst. Nun staune ich allerdings darüber, wie weit mich das Navi aus dem Ort hinausführt. Irgendwie bin ich davon ausgegangen, dass seine Wohnung viel zentraler liegt. Aber die Stadtmitte habe ich längst hinter mir gelassen und noch immer ist das

Ziel nicht in Sicht. Erst als ich in das noble Neubaugebiet am Ortsrand komme, erscheint die Zielfahne auf dem Display. Da ich mir nicht sicher bin, ob ich bei ihm direkt vor dem Haus parken kann, entscheide ich mich, das Auto eine Straße weiter abzustellen und die restlichen Meter zu laufen. Das ist mir lieber, als bei ihm die Straße auf und ab zu kurven oder vor seinen Augen einparken zu müssen.

Wieder fällt mir siedend heiß ein, dass er auch das nicht sehen könnte …

… aber ganz bestimmt würde er es hören!

Vielleicht verstaue ich deswegen so geräuschlos meinen Schlüssel in der Tasche, weil ich fürchte, das Klimpern könnte meine Ankunft verraten. Fast auf Zehenspitzen gehe ich die Straße entlang, um die Ecke herum bis zu dem Punkt, den mir das Navigationssystem angezeigt hat.

Jonas steht bereits vor dem Haus. Schon von Weitem fällt mir auf, dass er seine Gitarre dabeihat. Sie steht in einer schwarzen Instrumententasche an ihn gelehnt. Jonas selbst hat einen dunkelblauen Pullover an und eine schwarze Stoffhose. Die Ärmel sind hochgekrempelt, sodass man seine braun gebrannten, sehnigen Unterarme erkennt. Er macht definitiv Sport, welchen, das möchte ich heute herausfinden. In dem Moment fällt mir auf, dass ich noch nicht mal weiß, was er arbeitet.

So viele Fragen, die ich ihm stellen möchte …

Als könnte Jonas meine Gedanken hören, dreht er sich plötzlich in meine Richtung. Obwohl ich fast im selben Moment überrascht stehen bleibe, huscht ein Lächeln über sein Gesicht und er hebt kurz die Hand.

»Hallo, Katharina«, sagt er gerade so laut, dass ich es deutlich hören kann. Unweigerlich frage ich mich, wie er es geschafft hat, meine Entfernung so gut einzuschätzen und ihr die Lautstärke seiner Stimme exakt anzupassen.

»Hallo, Jonas«, antworte ich ihm und gehe noch immer vorsichtig weiter auf ihn zu, bis ich ihm direkt gegenüberstehe. Kurz überlege ich, ob ich ihn irgendwo berühren soll, um ihm zu zeigen, wo ich mich befinde. Aber das ist nicht nötig.

»Führst du mich zu deinem Auto?«, fragt Jonas und tritt an meine Seite. »Warum hast du nicht hier geparkt?«

»Ich stehe gleich um die Ecke«, erkläre ich ausweichend und setze mich in Bewegung. Er nickt knapp und hakt sich dann wie selbstverständlich in meinem Arm ein. Seine Gitarre hängt er sich auf die andere Seite.

»Wie geht es dir?«, will er wissen.

»Gut«, gebe ich zurück. »Woher wusstest du, dass ich in deine Nähe gekommen bin? Hast du mich laufen gehört?«

Er zuckt kurz mit der Schulter. »Ich habe dich gespürt.«

Gespürt? Meine Präsenz?

Noch mehr Fragen, die wild in meinem Kopf rotieren, als er neben mir hergeht. Sie alle werden allerdings durch seine Anwesenheit in den Hintergrund gedrängt und erscheinen mir auf einmal vollkommen unwichtig. Nichts zählt, nur die Tatsache, dass wir Seite an Seite nebeneinanderher gehen, als hätten wir nie etwas anderes getan.

* * *

Etwa eine halbe Stunde später werden wir von einer hübschen rothaarigen Kellnerin an unseren Platz geführt. Es ist ein kleiner runder Tisch an der Wand des großen Saales, in dem wir uns befinden. Es gibt nur noch eine Tischreihe vor uns, dann kommt schon die große Bühne. Ein heller, zweigeteilter Vorhang, ähnlich wie bei einer Kinoleinwand, verwehrt den Gästen noch den Blick darauf. Die Kellnerin zündet die große Kerze auf dem Tisch an und fragt uns lächelnd, was wir trinken möchten. Jonas stellt seine Gitarre neben sich auf den Boden und bestellt Wasser und Weißwein, während ich mich für eine Schorle entscheide.

»Magst du was zum Essen bestellen, bevor die Vorstellung losgeht?«, fragt er mich, während ich es mir gemütlich mache, meine Handtasche verstaue und mein Handy in die Hosentasche stecke. Einladend schiebt Jonas mir eine der Speisekarten zu, die vor uns auf dem Tisch liegen.

»Ja klar.« Ich nehme die Karte entgegen und klappe sie auf. »Was essen wir denn heute? Es gibt Ofenkartoffeln oder Lasagne im Tagesangebot.«

»Was gibt es noch?«, hakt er nach.

»Moment.« Für eine Minute studiere ich die Karte und überlege, was ihm schmecken könnte. Ich freue mich darüber, wie einfach alles zwischen uns ist. Unkompliziert und ungezwungen. Ein zynisches Lächeln huscht über meine Lippen, als ich kurz an Andrew denke und seine feste Überzeugung, dass ich aus allen Dingen ein Problem mache und immer das Haar in der Suppe suche.

Wenn er mich hier erleben könnte, würde er seine Denkweise dann ändern?

»Oh, ich hab es!« Mit dem Finger tippe ich auf die Karte. »Das hier. Das hier nehmen wir.«

»Klingt gut.« Jonas verzieht den Mund zu einer Grimasse und nickt zustimmend. »Das müssen wir unbedingt nehmen.«

Ich muss lachen. Ein ungezwungenes, fröhliches Lachen. »Prima, dann bestelle ich uns das.«

»Bestell das, was du willst, ich bezahle.« Sein Lächeln wird breiter und er verschränkt die Arme vor dem Bauch, als er sich bequem auf dem Stuhl zurücklehnt. »Ich bin gespannt.«

»Wir essen eine gemischte Platte mit Gemüse der Saison, Fleisch, Spätzle und Pommes«, kläre ich ihn auf. »Denke, da ist für jeden was dabei.«

»Das ist schon okay«, meint er. »Ich werde ohnehin nicht viel essen.«

»Oh«, mache ich verblüfft. »Warum das denn?« Kaum habe ich die Frage ausgesprochen, formiert sich schon die Antwort in meinem Kopf.

Blind essen ist eine Herausforderung und bestimmt für viele Betroffene ein empfindliches Thema …

Für eine Sekunde schließe ich die Augen und versuche, mir vorzustellen, wie das wohl sein muss, mit dem Besteck irgendwas auf dem Teller zu finden, von dem man nicht weiß, was es ist, und es zu schaffen, es in mundgerechten Happen zu verzehren.

»Weil es etwas sehr Intimes ist«, spricht Jonas das aus, was ich eben schon vermutet hab. »Eine blinde Aktivistin hat auf Twitter mal gesagt, man ist erst fest mit jemandem zusammen, wenn man vor ihm ohne Angst Spaghetti essen kann. Das kann ich tatsächlich so unterschreiben. Nicht gerade mit Spaghetti, das ist jetzt nicht das Riesenproblem, aber beispielsweise Kuchen.«

»Wir essen heute ja keinen«, sage ich mit einem Augenzwinkern, das er natürlich nicht sehen, aber ganz bestimmt raushören kann. Kurz überlege ich mir, ob ich ihm Hilfe beim Essen anbieten soll, beschließe dann aber, es zu lassen. Ich möchte nicht, dass Jonas das Gefühl bekommt, ich würde mich ihm überlegen fühlen oder gar denken, dass er auf fremde Hilfe angewiesen ist. Denn mir ist klar, dass er wunderbar allein klarkommt. »Kuchen gibt es dann erst wieder zu meinem Geburtstag!«

»Alles klar«, sagt Jonas und lacht. »Aber wenn ich meinen Teller nicht leer bekomme oder die Hälfte auf dem Tisch landet, dann sag ich einfach, du warst es.«

»So machen wir das!«

»Perfekt. Und jetzt sag, wie war dein Tag?«

Verblüfft starre ich ihn mit offenem Mund an und bin froh, dass er mich in dieser Sekunde nicht sehen kann. Seine Frage irritiert mich. Ich kann mich nicht daran erinnern, wann mich zuletzt jemand *wirklich* interessiert danach fragte, wie mein Tag war, und darauf auch tatsächlich eine ehrliche Antwort wollte.

»Mein Tag war gut«, lüge ich. Eine Standardantwort, wie ich sie immer gebe, weil sie von mir erwartet wird. »Erzähl mir von dir, Jonas. Ich weiß nicht einmal, was du beruflich machst.«

Ein Lächeln breitet sich in seinem Gesicht aus. Es wirkt warm und freundlich und mir wird klar, wie sehr ich es mag, wenn er lacht.

»Mein Job ist gar nicht so weit weg von deinem«, erklärt er mir. »Ich arbeite auch in einer Redaktion. Allerdings nicht als Journalist, sondern als Werbetexter.«

»Nicht dein Ernst«, sage ich erstaunt. »Du entwirfst Anzeigen?«

»Nicht ganz. Ich mache nur die Texte, die Slogans und gebe vor, wie sie in etwa einzusetzen sind. Das Design machen dann andere.« Er lächelt noch breiter und zwinkert mir kurz zu. »Wäre seltsam, wenn ich visuelle Anzeigen entwerfen würde, ohne sie sehen zu können, oder?«

»Da hast du recht.« Sein Lachen ist ansteckend und unwillkürlich muss ich mitlachen.

»Und Sport machst du auch, nicht wahr?«, frage ich ihn und streiche mir nervös eine Haarsträhne hinters Ohr. »Das sieht man nämlich.«

»Ach ja? Und? Welchen Sport mache ich?«

»Hm«, ich lege meinen Kopf schief und tippe nachdenklich mit dem Zeigefinger gegen meine Lippen, während ich ihn beobachte. Da mir keine Sportart einfällt, die ich blinden Menschen zuordnen könnte, beginne ich zu witzeln. »Ich hab keine Ahnung. Fechten vielleicht? Oder du bist ein Scharfschütze.«

Jonas lacht. Sein warmes, freundliches und ehrliches Lachen.

»Weder noch. Es ist völlig unspektakulär. Ich schwimme regelmäßig. Mindestens viermal die Woche gehe ich drei Kilometer schwimmen. Im Hallenbad.« Er räuspert sich kurz und erzählt dann weiter: »Ach ja, und ich mache Indoor-Skydiving. Wenn dir das was sagt.«

»Wow!«, erwidere ich und versuche, die Bilder, die ich zu dem Wort im Kopf habe, zu sortieren. Jonas, wie er mit ausgestreckten Armen im Windkanal fliegt … »Ist das nicht wahnsinnig gefährlich?«

»Ich kann dich gerne einmal mitnehmen!«, bietet er mir an. Obwohl ich weiß, dass ich das niemals ausprobieren würde, wünsche ich mir, ihm einmal dabei zusehen zu können.

»Erzähl mir davon«, fordere ich ihn auf und höre ihm dann aufmerksam zu. Wir finden leicht von einem Thema zum nächsten, reden über seinen Sport, seine Arbeit und unsere Redaktionen. Mit Jonas ist es einfach. Ich muss mich nicht verstellen oder Angst haben, etwas Falsches zu sagen, weil er mir das Gefühl gibt, dass nichts, was ich mache, falsch sein kann.

Ich spüre, wie ich mich fallenlasse und mich entspanne. Ein Grinsen entsteht auf meinem Gesicht und irgendwie scheint es genau dort bleiben zu wollen.

»Lächelst du?«, fragt er mich, mitten in unser Gespräch hinein.

Verwundert blicke ich von meiner Schorle hoch, die die Kellnerin irgendwann fast unbemerkt vor meine Nase gestellt hat.

»Ja, Jonas«, antworte ich ihm leise. »Ich lächle.«

Jonas merkt, dass ich nicht weiterreden werde. Er schweigt ebenfalls ein paar Minuten und hebt dann zaghaft seine leere Hand. Zögernd führt er sie in Richtung meines Gesichtes.

»Darf ich?«, fragt er leise. Ich merke, dass er mich berühren will. Vom Kopf her etwas, das ich absolut verstehe. Schließlich weiß ja jeder, dass Blinde mit den Händen sehen. Dennoch setzt mein Herz für einen Schlag aus, ohne dass ich weiß, warum eigentlich. Dafür rast es fast, als ich mich betont langsam nach vorne lehne, bis seine Fingerspitzen meine Wangen berühren.

Er beugt sich ebenfalls vor, stützt sich mit den Ellbogen am Tisch auf und umfasst schließlich mit beiden Händen mein Gesicht. Obwohl seine Hände angenehm warm sind, lösen sie eine Gänsehaut aus. Möglicherweise sind es auch nicht Jonas' Berührungen an sich, sondern dieser Moment, der plötzlich wahnsinnig innig ist. Wir sitzen uns reglos gegenüber, Jonas hält seine Finger ganz still und ich wage es kaum zu atmen. Ich schließe meine Augen und widerstehe dem Drang, mein Gesicht noch tiefer in die warmen und angenehmen Schalen sinken zu lassen, die seine Hände bilden. Es fühlt sich so gut an. Richtig.

Sanft fährt Jonas mit seinem rechten Daumen über meine Lippen, langsam und behutsam, zuerst über die Oberlippe, dann über die Unterlippe. Wieder jagt mir eine Gänsehaut über den Rücken. Es fühlt sich komisch an, auf diese Weise berührt und ausgekundschaftet zu werden. Befremdlich, und doch unheimlich intim.

»Kannst du dir jetzt vorstellen, wie ich aussehe?«, flüstere ich, um die Stille nicht zu zerstören. »Kannst du dir nun ein Bild von mir machen?«

»Ein Handbild, ja«, antwortet mir Jonas fast ebenso leise.

»Was heißt das?«

»Hmm«, macht er nachdenklich und zieht langsam seine Hände zurück. »Versuch dir mal eine Glasmurmel vorzustellen. Nicht das optische Bild, sondern den haptischen Eindruck.«

»Okay.« Ich ignoriere die plötzliche Kälte an meinen Wangen, die seine fehlenden Hände hinterlassen, und bemühe mich, seiner Aufforderung nachzukommen. »Hab ich.«

»Versuch dir vorzustellen, wie es sich anfühlt, wenn du die Murmel in der Hand hast.«

Automatisch schließe ich die Augen, um mich besser auf meine Vorstellung konzentrieren zu können. »Ja, das kann ich.«

»Das ist dann das Handbild«, erklärt Jonas mir. »Die Kontur, Form, die Oberfläche, die Beschaffenheit, Kälte oder Wärme, all die ganzen haptischen Eindrücke.«

»Und im Kopf habe ich keine Vorstellung?«

»Na ja, du vielleicht schon mit deinen ganzen gewohnten Gegenständen.« Jonas lächelt sanft. »Aber ich von dir nicht, nein. Vielleicht kommt das irgendwann, wenn ich oft genug fühlen kann.«

»Das darfst du jederzeit.« Allein der Gedanke daran, dass er das wieder tun möchte, mich wiedersehen möchte, erweckt die Schmetterlinge in meinem Bauch zum Leben. »Aber vermutlich ist dir das Bild im Kopf gar nicht so wichtig, oder?«

»Kommt drauf an, um was es geht. Bei Menschen ist es wichtig, zumindest mir, wenn die jeweilige Person mir wichtig ist. Die ganze Welt ist natürlich zu viel, um alles zu fühlen.« Jonas legt seine Hände flach auf den Tisch, als müssten sie sich ausruhen. Vielleicht ist das gleichzusetzen mit dem Augenschließen von sehenden Menschen. Ich habe das Gefühl, dass ich mich ganz allmählich in seinen Alltag hineintaste.

Unweigerlich muss ich lächeln bei dem Gedanken. Jonas bemerkt es sofort und beginnt ebenfalls zu lächeln.

»Du hast sicher schöne Zähne«, vermutet er. »Aber die fasse ich jetzt lieber nicht an.«

»Zehn Jahre lang Zahnspangen«, bestätige ich grinsend und füge dann hinzu. »Aber dein Lächeln ist schöner.«

»Danke«, sagt er. »Sogar ohne Zahnspange.«

Ich ertappe mich dabei, wie ich für einen kurzen Moment die Luft anhalte und die Gelegenheit nutze, ihn zu beobachten. Sein blondes Haar ist wirr und als er den Kopf etwas senkt, fällt ihm eine Strähne in die Stirn. Ich widerstehe dem Drang, sie zurückzustreifen.

Seine Augen kann ich noch immer nicht sehen, weil sie hinter dunklen Gläsern versteckt liegen. Aber es stört mich nicht mehr, denn ich weiß, dass er sie mir zeigen wird, sobald er so weit ist oder die Situation es ergibt.

Mitten in meine Erkenntnis hinein kommt die rothaarige Kellnerin und stellt uns die Essensplatte und zwei leere Teller auf den Tisch. Ich nicke ihr freundlich zu, beginne wie selbstverständlich zu erklären, was sich auf der Platte befindet, und frage Jonas, was ich ihm davon auf seinen Teller packen soll. In weiser Voraussicht habe ich darauf geachtet, dass sich genügend Auswahl an Fingerfood dabei befindet, und natürlich entscheidet sich Jonas für dieses. Ich schiebe es ihm mittig auf den Teller und lasse einen panierten Brokkoli bereits auf der Gabel aufgepickt, um es ihm leichter zu machen. Ob das wirklich nötig ist, weiß ich nicht. Jonas hat offenbar keine Probleme mit dem Essen, aber mir fällt auf, dass er nur wenige große Stücke von der Mitte des Tellers nimmt. Obwohl der Teller noch nicht leer ist, hört er auf zu essen. Ich beschließe, ihn nicht drauf hinzuweisen, sondern diesen Umstand einfach zu ignorieren, ihn nicht beim Essen zu beobachten, sondern mich auf meinen eigenen Teller zu konzentrieren. Das ist schwerer, als ich dachte, ich spüre, wie ich mit allen Sinnen bei Jonas bin, auf ihn höre und achte und mit jeder Faser meines Körpers seine Präsenz spüre.

Kapitel 16

Das Licht in dem großen Saal wird heruntergedimmt und irgendwo in den Ecken gehen Scheinwerfer an, deren sanfte Lichtkegel auf die Decke gerichtet werden. Die hellen Vorhänge der großen Bühne öffnen sich geräuschlos und ein älterer Herr tritt hinter ein Standmikrofon. Im selben Moment wird der Boden auf der Bühne mithilfe zweier Nebelmaschinen sanft eingenebelt. Das Stimmengewirr im großen Saal verstummt und es wird still.

Das Mikrofon knarzt kurz und gibt eine Rückkopplung von sich. Dann beginnt der Moderator in einem amerikanischen Dialekt zu sprechen. »Guten Abend, meine Damen und Herren. Ich darf sie heute herzlich begrüßen zu unserem alljährlichen Poetry Slam.«

Es setzt ein leichter Applaus ein. Ich klatsche mit und schaue neugierig zu Jonas. Er sitzt völlig entspannt da und eine Aura völliger Ruhe und Zufriedenheit umgibt ihn. Etwas, das ich bei Andrew immer vermisst habe …

Als ob Jonas auch diesmal spürt, dass ich ihn anschaue, schenkt er mir ein freundliches Lächeln. Der Moderator spricht inzwischen bereits weiter: »Ich danke Ihnen für unser volles Haus und verspreche Ihnen in den nächsten zwei Stunden erstklassige Unterhaltung. Lassen Sie sich auf einen spannenden, wilden, emotionalen und lustigen Abend ein.«

Die Besucher jubeln und jetzt klatschen sie nicht mehr halbherzig, sondern begeistert. Auch Jonas und ich stimmen erwartungsvoll ein.

Die erste Künstlerin, eine junge Frau mit einer Ukulele, tritt auf die Bühne und beginnt mit ihrem Vortrag. Sowohl Lied als auch Stimme sind überraschend gut und sorgen für Begeisterung im Publikum. Als Nächstes tritt ein Pärchen auf und stellt seine selbst geschriebenen Reime vor.

Ich beuge mich zu Jonas hinüber und sage leise über den Vortrag der Künstler hinweg: »Das ist echt großartig hier. Die Idee ist prima, woher wusstest du, dass es mir hier gefallen wird?«

»Ich wusste es nicht, ich habe es aber vermutet. Schließlich bist du Journalistin und arbeitest mit geschriebener Sprache. Warum sollte dir dann Poesie nicht gefallen?«

»Gut vermutet«, sage ich und nicke anerkennend. »Vielen Dank!«

Auf der Bühne singt gerade ein junger Mann einen sehr emotionalen Text und spielt am Klavier dazu. Wir sitzen einfach da und lauschen.

Nach dem nächsten Künstler ruft der Moderator plötzlich Jonas auf. Obwohl ich mir natürlich aufgrund seiner Gitarre bereits gedacht habe, dass er auch einen Beitrag bringen wird, bin ich trotzdem kurz überrascht. Jonas greift nach dem Instrument, das die ganze Zeit an seinem Stuhl gelehnt hat.

Die hübsche rothaarige Kellnerin kommt an unseren Tisch, hakt sich bei Jonas ein und führt ihn in Richtung Bühne. Mit gemischten Gefühlen blicke ich den beiden hinterher. Auf der Bühne wird ihm von einem Mitarbeiter ein Stuhl gereicht. Jonas macht es sich bequem, packt seine Gitarre aus und platziert sie auf seinem Schoß. Der Mitarbeiter dreht am Mikrofonständer und richtet ihn so tief, dass Jonas das Mikro im Sitzen direkt vor dem Gesicht hat. Dann klopft er Jonas aufmunternd auf die Schulter und verlässt die Bühne.

Jonas räuspert sich und wie schon bei den vorherigen Künstlern verstummt augenblicklich das Stimmengewirr im Saal.

»Hallo, mein Name ist Jonas«, beginnt er. Seine Stimme klingt fest und selbstsicher. Wenn er nervös ist, so merkt man ihm nichts davon an. »Ich habe heute mein erstes Date mit einer wundervollen Frau.« Bei diesem Satz verzieht er den Mund zu einem süffisanten Grinsen und die Leute im Publikum lachen. Auch ich muss schmunzeln. Jonas redet weiter und zieht bereits jetzt die Menschen in seinen Bann. »Ich habe mir überlegt, was wir heute machen könnten, und da bin ich auf dieses Event gestoßen. Ich war noch nie auf so einer Veranstaltung und konnte mir bis eben nicht vorstellen, wie es ist, auf so einer Bühne zu sein. Aber wir alle müssen uns täglich Herausforderungen stellen. Jeder auf seine eigene Weise. Jeder nach seinem eigenen Ermessen und jeder in seinem eigenen Maß. Deswegen bin ich heute hier oben und trage euch einen Song vor, den ich vor Kurzem geschrieben habe.« Jonas räuspert sich noch einmal, greift seine Gitarre fester und stimmt sie mit geübten Handgriffen nach. Dann beugt er sich ein Stück vor und spricht noch einmal ins Mikrofon: »Der Song heißt ›Fate‹. Er handelt von einem jungen Mann, der eine Frau kennenlernt, die ihn interessiert und ihn vor ganz neue Herausforderungen stellt. Aber hört selbst. Ich hoffe, das Lied gefällt euch.«

Ich klatsche, höre aber schlagartig damit auf, als die ersten Akkorde erklingen. Es gefällt mir, ihn zu beobachten, wie seine langen schlanken Finger sich um den Hals der Gitarre legen, Griffe setzen und die Saiten zupfen. Es ertönt eine sehr harmonische Melodie, irgendwie traurig, aber gleichzeitig lädt sie auch zum Träumen ein. Die Art und Weise, wie Jonas sie vorträgt, erweckt die Schmetterlinge in meinem Bauch wieder zum Leben. Sie spielen regelrecht verrückt und fliegen wie aufgescheucht hin und her. Auch die anderen Zuschauer im Publikum lauschen gespannt, eine Dame am Tisch gegenüber zeigt den ausgestreckten Daumen nach oben und neben mir zückt jemand sein Handy, um den Auftritt zu filmen.

Ich blende alles um mich herum aus und versuche, nur darauf zu hören, was Jonas auf Englisch singt, und bemühe mich, jedes Wort zu verstehen:

Lying awake, the night slowly speaks to me.
I don't believe in fate.
So how did I find you?

How do I know this is real.
And how can I show you how I feel?

Jeder im Saal kann Jonas' Leidenschaft für die Musik nicht nur sehen, sondern fühlen. Ich merke es daran, wie sich die Atmosphäre um uns herum verändert und wie das Publikum gebannt zu ihm auf die Bühne hinaufstarrt. Auch ich kann meine Augen kaum von ihm abwenden. Jonas hat ein Bein untergeschlagen, den Korpus der Gitarre fest an seine Brust gedrückt und tippt mit dem anderen Fuß den Rhythmus mit.

Ich versuche, mich nicht in der Melodie des Liedes zu verlieren, sondern weiterhin auf den Text zu achten. Jonas singt über Schicksal, darüber, den Mut nicht aufzugeben, und stellt sich die Frage, wie er seine Gefühle zum Ausdruck bringen kann.

My line is drawn,
I won't turn back, if you want me.
To quit is wrong

and not the man that I want to be.

How do I know this is real.

Ich halte den Atem an und frage mich, ob er dieses Lied nur für sich selbst geschrieben hat oder möglicherweise dabei an jemanden dachte.

Vielleicht an mich?

Als die letzten Akkorde verklingen, lässt Jonas seine Gitarre sinken und richtet sich im Stuhl auf. Sofort ertönt tosender Applaus. Ein Lächeln erscheint auf seinem Gesicht und er murmelt ein paar Dankesworte ins Mikrofon, die aber alle im Beifall der Menge untergehen. Die Dame, die vorhin den Daumen nach oben gestreckt hat, springt nun euphorisch auf. Überrascht stelle ich fest, dass die meisten anderen Zuschauer es ihr gleichtun. Also stehe ich ebenfalls auf …

Standing Ovation …. Wie schade, dass Jonas das nicht sehen kann!

Der kurze Anflug von Wehmut verschwindet sofort, als der Mitarbeiter von vorhin wieder auf der Bühne erscheint und zu Jonas geht. Er legt ihm eine Hand auf den Rücken und flüstert ihm etwas ins Ohr. Jonas' Lächeln wird noch breiter und seine Wangen röten sich. Er senkt den Kopf, um seine Verlegenheit zu verbergen. Der Mitarbeiter fasst Jonas am Arm und führt ihn langsam von der Bühne zurück an unseren Tisch, während die Besucher noch immer applaudieren. Ich kann nicht anders, als Jonas die letzten Schritte entgegenzugehen und ihn in Empfang zu nehmen. Ich nicke dem Mitarbeiter kurz zu, um ihm zu verstehen zu geben, dass ich Jonas zurück an unseren Tisch bringe, und greife nach seinem Arm.

»Du warst großartig«, rufe ich über den Applaus hinweg. »Die sind alle aus ihrem Sitz gesprungen und stehen immer noch.«

»Ja«, macht er nur, weil er das bereits weiß. Jedes weitere Wort, jedes Lob, das ich ihm eigentlich noch sagen wollte, wird verschluckt durch die Unmenge an Emotionen, die in mir hochkochen. Plötzlich kann ich nicht anderes. Aus einem Impuls heraus schlinge ich meine Arme um ihn. Es stört mich nicht, dass alle Augen auf uns gerichtet sind und die Menschen noch lauter klatschen und jubeln. Ich drücke Jonas an mich. Vergrabe meine Nase in seinem Pullover und rieche seinen Duft, den ich vom letzten Mal noch gespeichert habe. Er legt seine freie Hand auf meinen unteren Rücken. Die Wärme seiner Finger ist durch meine Bluse fühlbar. Ganz leicht zieht er mich an sich. Die Welt um uns herum versinkt, wird unbedeutend und trotz des Lärms rundum irgendwie still. Bewegungslos. So wie wir.

Für einen Augenblick stehen wir einfach nur da und genießen diesen Moment. Mehr als das. Wir *fühlen* ihn. Ich fühle nicht nur meine eigene Wärme in mir, sondern auch die von Jonas. So als würde sein Leuchten bis zu mir dringen. Ganz tief in mein Innerstes hinein, um dann aus mir hinauszustrahlen. Zum ersten Mal in meinem Leben habe ich wirklich das Gefühl, von innen heraus zu leuchten.

Viel zu früh schiebt Jonas mich sanft von sich. Unter dem abebbenden Applaus führe ich ihn zu unserem Platz und warte, bis er die Gitarre verstaut und sich gesetzt hat.

Mit einem tiefen Ausatmen setze ich mich ebenfalls, fahre mir mit den Händen über die Unterarme, um meinen Anflug von Gänsehaut abzurubbeln. Immer wenn ich emotional bin, stellen sich prickelnd die Härchen auf meiner Haut auf. Das war schon so, als ich noch ein Kind war.

»Kate?«, fragt Jonas leise. Seine Finger finden eine Serviette, die auf einem Stapel vor uns auf dem Tisch liegt. Er wischt sich damit die Handflächen ab. »Ist alles okay? Du bist so ruhig.«

»Ja«, sage ich und merke, wie Tränen in meinen Augen brennen, so gerührt bin ich über seine Frage. Auch ich greife nach einem der Papiertücher. Für alle Fälle. »Es ist alles gut. Das Lied war nur so unglaublich emotional!«

Jonas spielt mit der Serviette, die er in seinen Händen hält und zwischen den Fingern hin- und herdreht. Er wirkt gedankenverloren.

Habe ich vielleicht etwas Falsches gesagt? Waren meine Worte möglicherweise für sein Lied nicht stark genug und ich habe ihn gekränkt mit meiner Aussage?

Erst als die Stille bereits unbehaglich wird, fängt Jonas an zu reden.

»Ich mag Musik. Sehr sogar. Ich verliere mich in ihr. Ich kann Dinge mit meiner Musik ausdrücken, für die ich keine Worte finde. Musik macht etwas mit mir, gibt mir Leichtigkeit, gibt mir Sinn und Beständigkeit. Wenn man blind ist, so wie ich, dann ist Musik ein Weg, sich die Welt in Farben vorzustellen.« Er legt die Serviette zur Seite, greift nach seinem Glas und trinkt einen Schluck Wasser.

Ich warte stumm ab, weil ich ihn nicht in seinen Gedanken unterbrechen will. Jonas senkt den Kopf, seine Finger tasten suchend über den Tisch. Verstohlen schiebe ich ihm seine Serviette direkt vor die Hand. Er findet die Serviette und beginnt wieder damit zu spielen.

»Die Liebe zur Musik habe ich von meiner Mutter. Sie spielte jeden Abend bei uns zu Hause Klavier. Für mich war das immer unfassbar schön, denn ich habe mich so lebendig gefühlt dabei. Eine meiner ersten Kindheitserinnerungen ist, wie ich auf ihrem Schoß sitze, mit dem Rücken an sie gelehnt. Sie war wunderbar weich und roch so gut.« Jonas seufzt kurz und unterbricht sich dadurch. Die Tatsache, dass er von seiner Mutter in der Vergangenheitsform spricht, lässt mich ahnen, dass sie nicht mehr lebt. Mit leiser Stimme spricht er weiter: »Sie führte meine Hand über die Tasten des Klaviers, zeigte mir, wo ich hindrücken musste, damit ein bestimmter Ton erklang, und wie eine Melodie daraus wurde.« Erneut macht er eine Pause und legt den Kopf in den Nacken. Ich kann förmlich spüren, dass er mit den Gedanken ganz weit weg ist. »Es war ein unbeschreibliches Gefühl und hat mich so sehr mit meiner Mutter verbunden. Auch wenn ich ihre Welt nie sah, auf diese Weise konnte ich sie spüren.«

Ganz leise wische ich mir mit dem Handrücken über mein linkes Auge, weil es plötzlich merkwürdig feucht geworden ist.

»Das ist eine wunderschöne Erinnerung, Jonas«, sage ich mit belegter Stimme und versuche, den Kloß in meinem Hals hinunterzuschlucken.

»Ja, das ist es.«

Von uns unbemerkt haben weitere Künstler die Bühne betreten und bereits wieder verlassen. Nun steht ein hübsches junges Mädchen oben und spielt ein wehmütiges Lied auf einer Violine.

»Vermisst du deine Mutter sehr?«, will ich wissen. Es ist eine Frage, die sich tief in meinem Herzen formuliert hat und deren Antwort mir wichtig ist.

»Ja«, sagt er leise. »Das tue ich. Jeden Tag. Und kann es immer noch nicht glauben, dass sie nicht zurückkommen wird.«

»Das tut mir sehr leid.« Es muss erst vor Kurzem passiert sein, dass Jonas seine Mutter verloren hat. Ich will nicht weiter in dieser frischen Wunde bohren, deswegen presse ich meine Lippen fest aufeinander und schweige. Nachdenklich starre ich auf Jonas' Finger, die noch immer an der Serviette zupfen. Mittlerweile hat sie sich fast aufgelöst.

Aus einem Impuls heraus, den ich nicht ignorieren kann, nehme ich Jonas die Reste des Papiertaschentuches weg und lege meine Hand auf seine. Reglos lasse ich sie liegen, sorgsam darauf bedacht, keine streichelnde Bewegung zu machen.

»Es tut mir sehr leid!«, flüstere ich ihm zu.

Er nickt kurz, und ich kann sehen, dass auch er seine Lippen aufeinanderdrückt. So fest, dass sie zu einem blassen Strich werden. Es dauert einen Moment, bis er sich wieder entspannt.

»Was ist mit deinen Eltern?«, fragt er mich. Auch er lässt seine Hand ganz ruhig liegen. Obwohl ich wie immer echtes Interesse in seiner Frage merke, spüre ich, dass er mit seinen Gedanken noch in den Kindheitserinnerungen hängt.

»Meinen Eltern geht's gut«, sage ich deswegen nur. »Sie wohnen ein ganzes Stück weg, aber sie sind gesund.«

Gerade als Jonas etwas dazu sagen will, setzt erneut tosender Applaus ein. Es gab einen weiteren sehr bewegenden Auftritt, den wir aber überhaupt nicht mitbekommen haben. Neugierig blicke ich mich im Saal um, stelle aber fest, dass keiner der Zuschauer aufgestanden ist. Auch bei den darauffolgenden Auftritten bekommt keiner Standing Ovations. Dieses Privileg wurde nur meinem Jonas zuteil.

Meinem Jonas …

Schnell schüttle ich den Kopf, um diesen absurden Gedanken loszuwerden. Natürlich ist es nicht *mein Jonas*!

Er gehört mir nicht … aber er gefällt mir. Und irgendwo ganz in der Tiefe meines Seins, viel tiefer als dort, wo die Schmetterlinge fliegen, stelle ich mit erschreckender Klarheit fest, dass ich Jonas mag. Sehr sogar.

Worte, die meinen intensiven Gefühlen längst nicht mehr gerecht werden …

Am Ende des langen und wundervollen Abends gibt der Moderator bekannt, dass die Vorstellung nun vorüber sei und drei Teilnehmer verlesen werden, die einen Preis bekommen. Jonas ist dabei und gewinnt einen Essensgutschein in einem Restaurant seiner Wahl für zwei Personen.

Der Mitarbeiter von vorhin bringt ihm den Gutschein an den Tisch. Jonas bedankt sich leise und streckt die Hand in die Luft. Der Applaus um ihn herum verwirrt ihn und macht es ihm schwer, den Abstand zu dem Mitarbeiter abzuschätzen. Deswegen nehme ich wie selbstverständlich den Gutschein entgegen, begutachte ihn kurz und drücke ihn Jonas dann in die Finger.

»Der ist drei Jahre gültig«, sage ich, so als hätte ich den Gutschein nur genommen, weil ich danach schauen wollte, und nicht, weil Jonas eine Sekunde lang überfordert war. Bestimmt ein Zeichen dafür, dass es ihm hier zu anstrengend wird. Gerne würde ich ihm sagen, dass wir gehen sollten. Aber das könnte wie eine Art Bevormundung oder ein Bemuttern rüberkommen und das will ich auf keinen Fall.

Es ist mir unheimlich wichtig, dass Jonas nicht das Gefühl bekommt, mir in irgendetwas unterlegen zu sein. Denn das ist er nicht. Wir sind absolut gleichwertig und begegnen uns auf Augenhöhe, aber dennoch werde ich stets nicht nur sein Naturell, sondern auch seine körperliche Disposition berücksichtigen. Ich merke, dass ich immer besser darin werde, ihn zu lesen. So wie jetzt. Ich beschließe, eine kleine Notlüge anzuwenden.

»Lass uns bitte gehen«, sage ich zu ihm und winke einen Kellner heran, bevor Jonas mir widersprechen kann. »Mir wird das hier gerade zu viel. Irgendwie dreht sich alles in meinem Kopf. Ich brauche dringend etwas Ruhe und frische Luft.«

Fast erleichtert lächelt Jonas mich an. Er bezahlt die Rechnung mit einem einzigen Schein und verzichtet auf ein Rückgeld.

Dann nimmt er meinen Arm, den ich ihm darbiete, und lässt sich von mir nach draußen führen.

Als wir im Freien sind, weht mir ein frischer Frühlingswind ins Gesicht und ich ziehe die kühle Nachtluft tief in meine Lungen. Schnell schlüpfe ich in meine Strickjacke. Auch Jonas zieht sich seine Jacke an und greift dann nach seinem Blindenstock, den er mitsamt der Gitarre unter dem anderen

Arm hatte. Er will den Stock gerade ausklappen, aber ich halte ihn davon ab, indem ich seine Hand leicht nach unten drücke. »Den brauchst du nicht. Darf ich mich unterhaken und dich führen?«

»Danke«, sagt Jonas. Er atmet deutlich hörbar mehrfach ganz tief die Frühlingsluft ein und redet dann weiter. »Du weißt, was das bedeutet, oder?«

»Was denn?«

»Na, dass ich einen Gutschein für zwei gewonnen habe!«

»Ja, klar!« Mein Herz beginnt wie wild zu hüpfen. »Du brauchst eine Begleitung dafür. Jetzt hast du die Qual der Wahl.«

»Ich hab bereits eine Begleitung, Kate.« Jonas drückt meinen Arm fester. »Magst du dir eine Location für das nächste Mal aussuchen?«

Seine Worte scheuchen die Schmetterlinge in meinem Bauch aufs Neue aus ihrem Versteck hervor. Wild und unkontrolliert fliegen sie umher und ich habe das Gefühl, sie werden niemals mehr Ruhe geben.

Kapitel 17

Mit Jonas auf dem Beifahrersitz steuere ich meinen Ford Mondeo in das Neubaugebiet unseres Ortes. Es sind nur noch wenige Straßen bis zu seinem Zuhause. Jonas hat mich noch mal explizit aufgefordert, mir eine Location für das nächste Treffen auszusuchen und ihm Bescheid zu sagen, wenn mir etwas einfällt oder ich mir was Besonderes wünsche. Ob wir uns auch treffen, wenn ich ihm keine Location nennen kann, das sagt er mir nicht. Und trotzdem weiß ich, dass auch er mich wiedersehen will.

Ich setze den Blinker und schaue in den Rückspiegel, bevor ich in die Kurve biege. Gerade als ich den Blick schon wieder auf die Straße gleiten lassen will, huscht er noch mal zurück in den Spiegel.

Ist das ein schwarzer Geländewagen?

Wie gebannt starre ich in den Spiegel, kann aber nichts mehr erkennen. Fast hätte ich Jonas drum gebeten, einmal nach hinten zu schauen und zu gucken, ob da wirklich ein Geländewagen war. Eine Bitte aus dem Alltag, so normal und bei uns beiden doch unmöglich.

Ich schüttele den Kopf, um meine Gedanken zu vertreiben und meine Sicht zu klären. Der schwarze Geländewagen hinter uns ist verschwunden. Falls er denn jemals da war. Wahrscheinlich haben mir einfach meine Fantasie und mein schlechtes Gewissen einen Streich gespielt.

Du brauchst kein schlechtes Gewissen zu haben, Kate!, schimpfe ich im Stillen mit mir selbst. *Du bist nicht mehr mit Andrew zusammen und Jonas ist ohnehin nichts anderes als ein guter Freund!*

Ich seufze tief, weil ich weiß, dass nun wieder meine inneren Monologe anfangen.

Ein Freund, der Schmetterlinge in deinem Bauch hervorruft? Also bitte, Kate. Wen lügst du eigentlich an? Dich selbst?

»Was ist los?«, will Jonas wissen. Sofort hat er meine Anspannung bemerkt, mein Seufzen registriert. Aus einem plötzlichen Bedürfnis heraus beschließe ich, ihm die Wahrheit zu sagen. Es ist mir gleichgültig, ob das klug ist oder nicht, nichts widerstrebt mir mehr, als Jonas anzulügen.

»Ich glaube, ich habe eben das Auto von meinem Mann gesehen«, sage ich leise. Nur widerwillig lasse ich den Rückspiegel aus den Augen, um zurück auf die Straße zu schauen.

»Was?«, macht er verdutzt. »Wo denn? Hinter uns?«

»Ja genau. Nicht direkt hinter uns, ein paar Wagen weiter.«

»Bist du dir sicher?«

»Nein. Überhaupt nicht«, gebe ich zu. »Vielleicht hab ich mich einfach getäuscht.«

»Hm.« Mehr sagt Jonas nicht. Er macht nicht den Eindruck, als glaube er, dass ich mich getäuscht habe. Im Gegenteil.

»Er weiß nicht, dass wir uns treffen«, gebe ich zu.

»Ja, das habe ich mir gedacht.« Jonas macht eine kurze Pause und fügt dann nachdenklich hinzu. »Ist das mit der Trennung ernst für ihn?«

Seufzend zucke ich mit der Schulter. »Das weiß ich nicht, ehrlich gesagt. Aber ich werde gleich heute noch mal mit ihm reden.«

»Gut«, sagt Jonas. Nur ein einziges Wort und doch sagt es so viel aus. Viel mehr, als ich erwartet hätte.

Das Auto macht einen kleinen Ruck, als ich das Tempo drossle, um gleich darauf in eine Seitenstraße einzubiegen.

»Ich wünsche dir viel Erfolg für das Gespräch.« Jonas spricht leise. »Das wird bestimmt nicht einfach.«

»Danke!« Ich will überhaupt nicht darüber nachdenken, wie sehr er recht haben könnte. Vor Jonas' Haus halte ich an. Ich lasse den Motor laufen und schalte schon mal in den ersten Gang, um gleich wieder losfahren zu können. Noch bevor ich meine Hand vom Schaltknüppel wegziehen kann, spüre ich die von Jonas auf meiner. Überrascht zucke ich zusammen.

»Kate«, beginnt Jonas. Trotz meiner Reaktion macht er keine Anstalten, seine Hand wegzuziehen, sondern drückt meine Hand sogar noch fester. »Lass dich von deinem Mann nicht einschüchtern. In Deutschland ist es nahezu unmöglich, einer Mutter das Sorgerecht zu entziehen.«

Verwundert starre ich ihn an. Er sitzt reglos auf seinem Sitz, hat sich mir nicht zugewandt. Sein leerer Blick geht durch die Windschutzscheibe hinaus, obwohl seine Hand auf meiner liegt. Sie fühlt sich unerwartet warm an. Von Jonas' Fingern geht so eine Hitze aus, dass es mir heiß wird. Meine Wangen glühen. Ich versuche, mich auf das zu konzentrieren, was er gesagt hat.

»Wie kommst du denn darauf?«, hake ich nach.

Jonas zuckt eine Schulter. Erst jetzt wendet er mir sein Gesicht zu, was die ganze Situation irgendwie surreal wirken lässt.

»Diskutiere nicht mit ihm, du wirst nicht gewinnen können. Sag ihm, was Sache ist, und dann beende das Gespräch. Diskutiere nicht!« Er zieht seine Hand von meiner und tastet nach dem Autogriff. Kurz überlege ich, ihm zu helfen, aber

Jonas kommt wunderbar allein klar. Er öffnet die Tür und steigt aus.

»Machs gut, Kate«, ruft er ins Wageninnere. »Du bist eine unglaublich starke Frau. Lass ihn das spüren. Wir sehen uns. Bis bald!«

Bis bald!

Ich schaue ihm nach, wie er ohne Blindenstock bis an die Haustüre geht, sie öffnet und dahinter verschwindet.

Bis bald!

Mein Herz macht einen Sprung, allein wegen dieser beiden Worte.

Vor allem geben sie mir Kraft für das Gespräch, das ich noch heute mit Andrew führen will.

Kapitel 18

Andrews schwarzer Geländewagen steht in der Garage, als ich in der Einfahrt parke. Für einen Moment überlege ich mir, hinzugehen und zu fühlen, ob der Motor warm ist. Aber dann verwerfe ich diesen Gedanken wieder. Sollte Andrew mir tatsächlich hinterherspioniert und mich verfolgt haben, dann werde ich mich ganz sicher nicht auf dieses Niveau hinunterlassen und selbiges anfangen. Wenn es ihm Spaß macht, mir hinterherzufahren, dann soll er es tun. Nichts von allem, was er tut, wird die Entscheidung ändern, die mein Herz längst gefällt hat.

Unwillkürlich straffe ich die Schultern, bevor ich ins Haus gehe. Bereits im Flur sehe ich, dass im Wohnzimmer Licht brennt. Was durchaus ungewöhnlich ist, denn Andrew hält sich nur selten im Wohnzimmer auf, wenn er allein zu Hause ist. Meistens ist er dann im Büro oder er schläft. Also entweder hat er mal wieder vergessen, das Licht auszumachen, oder er wartet auf mich …

Ein Anflug von Übelkeit überkommt mich, als ich das Wohnzimmer betrete und Andrew auf der Couch sitzen sehe.

»Wo ist Mia?«, fragt er mich mit schneidender Stimme.

»Guten Abend«, antworte ich betont freundlich. »Mia übernachtet heute bei ihrem Kindergartenfreund Samu.«

»Warum sagst du mir das nicht?«

»Das habe ich!« Tief atmend staple ich das Geschirr von Andrews Abendessen, das noch auf dem Tisch steht, aufeinander und trage es zur Spülmaschine. »Es ist dein Problem, wenn du nicht zuhörst.«

»Wo warst du, Katharina?«

»Ich war essen auf einem Poetry Slam. Mit einem lieben Freund.« Ich bücke mich nach Andrews Schuhen, die mitten auf dem Boden liegen und mir verraten, dass er unterwegs gewesen ist. Schnippisch füge ich hinzu. »Wir hatten einen wundervollen Abend.«

»Betrügst du mich?« Andrews Stimme ist noch kälter, als sie noch vor wenigen Minuten war.

Mein Puls rast. Obwohl ich nichts in diese Richtung getan habe und die Frage ohne schlechtes Gewissen mit »Nein« beantworten könnte, fühle ich mich merkwürdig ertappt. Als hätte mich jemand dabei erwischt, wie ich etwas Verbotenes getan habe. Ich drehe mich weg, damit nichts in meiner Mimik meine Gefühle verraten kann.

Auf der Anrichte der Küche sehe ich ein bis zum Griff mit Nutella verschmiertes Streichmesser, das dort, wo es offenbar vorher lag, ebenfalls seine Spuren hinterlassen hat. Ich hebe es auf und halte es wütend in die Luft: »Kannst du deine Sachen denn nicht wegräumen?«

»Fängst du schon wieder an? Du kannst nichts außer meckern und an mir rumnörgeln und motzen und chronisch unzufrieden sein!«

»Chronisch unzufrieden sein?«, wiederhole ich. Mit einem inneren Lächeln blicke ich für eine Sekunde zurück auf den wundervollen Abend, den ich mit Jonas hatte. »Weil ich nicht dein Zeug wegräumen will? Ich bin doch nicht deine Putzfrau!«

»Nee, du bist keine Putzfrau«, höhnt Andrew abfällig. »So weit hast du es nicht gebracht. Du bist nur eine billige Nutte.«

»Pass auf, was du sagst!« Mein Herz hämmert hart gegen meinen Brustkorb. Ich unterdrücke den Impuls, ihm das Messer gegen den Kopf zu werfen. »So redest du nicht mit mir!«

»Ich rede mit dir, wie du es verdienst!« Andrew steht ruckartig von der Couch auf und geht einen Schritt auf mich zu. Seine Augen sind kalt und grau wie Steine. »Du betrügst mich!«

Sei stark und lass ihn das spüren …

Ich straffe die Schultern und grinse ihm ins Gesicht: »Ich *kann* dich überhaupt nicht betrügen, Andrew. Weil wir nicht mehr zusammen sind.«

»Du wirst mich nicht verlassen. Du bist meine Frau!« Er schreit mir die Worte so heftig entgegen, dass ich Speicheltropfen im Gesicht spüre. Eine dicke Ader pulsiert wild an seinem Hals. Am liebsten würde ich einen Schritt zurückweichen, aber ich bleibe stehen.

Sei stark und zeige es ihm!

»Ich bin nicht mehr deine Frau, Andrew.« Vor seinen Augen ziehe ich meinen Ehering vom Finger und lege ihn auf den Küchentresen. »Ich bin lediglich noch die Mutter unserer wundervollen Tochter. Bitte lass uns versuchen, weiterhin für Mia gute Eltern zu sein, wenn wir schon als Paar versagt haben.«

»*Ich* habe nicht versagt!«, brüllt er. Voller Wut nimmt er meinen Ring und schleudert ihn mir entgegen. »Du hast versagt! Du betrügst mich! Du bist die Schlampe! *Du* bist schuld!«

Der Ehering trifft mich irgendwo an der Schulter. Einen Aufprall, den ich nicht körperlich, wohl aber seelisch spüre. Immerhin habe ich diesen Ring jahrelang aus Liebe getragen. Nun fällt er klirrend auf die Fliesen, rollt über den Boden und verschwindet irgendwo unter dem Tisch. Ich schaue ihm nach, hebe ihn aber nicht auf.

»Du kannst mir die Schuld dafür geben, Andrew Benz«, sage ich leise und ignoriere den stechenden Schmerz in meiner Brust. »Ich werde mir diesen Schuh aber nicht anziehen. Denn ich habe dich immer geliebt und alles dafür getan, diese Ehe am Laufen zu halten. Doch jetzt bin ich müde und ausgebrannt. Irgendwann hätte auch mal etwas von dir kommen müssen. Eine Beziehung rettet leider nicht einer allein. Dazu gehören immer zwei.«

»Ich hab *alles* für dich gemacht!«, schreit er mich an. In seinen Worten liegt keine Trauer, nur Wut. »Ich hab dir ein Haus gebaut, gehe jeden Tag für dich arbeiten und schufte mir den Buckel krumm und …«

»Ich arbeite auch«, unterbreche ich ihn. »Das ist doch aber keine Grundlage für eine liebevolle Ehe!«

»Du und arbeiten? Wann denn? Ich kenne keinen Menschen, der so arbeitsscheu und faul ist wie du!« Andrews Stimme ist leiser geworden. Kalt und schneidend. »Du warst zu Hause und hast den halben Tag auf der Couch rumgelegen, wochenlang! Aber klar, das weißt du natürlich nicht mehr! Du drehst dir die Realität so hin, wie du sie brauchst. Merkst du das denn nicht? Merkst du nicht, dass du spinnst?«

»Wie bitte? Ich habe wochenlang auf der Couch gelegen?« Fassungslos starre ich ihn an: »Ich hatte ein neugeborenes Baby! Ich hab Mia gestillt, mit Brustentzündungen gekämpft. Mich Tag und Nacht allein um unser Frühchen gekümmert und …«

»Blablabla«, höhnt Andrew. Zu allem Überfluss macht er mit den Fingern auch noch das passende Handzeichen dazu. »Du hast immer eine Ausrede parat für deine Faulheit. Immer. Ich habe es so satt! Alles habe ich für dich gemacht und du siehst es nicht mal!«

»Ich habe mich jede Nacht um Mia gekümmert«, verteidige ich mich. Nur zu deutlich erinnere ich mich an die kräftezehrenden Nächte, die mich monatelang um den Schlaf gebracht haben. »Ich hab Mia stündlich gefüttert, während du am PC gespielt und nicht mal gemerkt hast, wie sie Nacht um Nacht schrie …«

Andrew schaut mich mit einem Blick an, der mir Angst macht. Er hebt die Hand und ich zucke zusammen, aber er deutet nur einen Scheibenwischer an.

»Du bist nicht ganz klar im Kopf«, zischt er gefährlich leise. »Diese Situationen gab es nie. Das bildest du dir ein!«

»Aha. Und Mia ist auch kein Frühchen? Oder gibt es Mia auch nicht?«

»Du hast auf der Couch gelegen, während ich Mia in den Schlaf getragen habe!«, brüllt Andrew mich jetzt wieder an. »Hör auf, die Realität zu verdrehen!«

In dieser Sekunde wird mir klar, warum ich all die Jahre so einer Auseinandersetzung immer aus dem Weg gegangen bin. Weil das, was Andrew sagt, für mich kaum aushaltbar ist und seine verquere Wahrnehmung mir zeigt, wie ausweglos das alles ist. Im selben Augenblick reißt mein Geduldsfaden und meine Wut platzt aus mir heraus.

»Ich weiß doch«, sage ich spitz. Mein Herz hämmert immer heftiger. »Du hast Mia gestillt und gewickelt, ich hab am PC gespielt und gepennt, ganz klar. Und die Wellensittiche wollte auch ich haben, deswegen hab ich sie auch gekauft und dir geschenkt!«

»Halt die Fresse!«, schreit er. Für einen Moment befürchte ich, er wird gleich überschnappen. »Hör auf, mich zu provozieren, sonst …«

Diskutiere nicht mit ihm …

Ich drehe mich auf dem Absatz um und verlasse hoch aufgerichtet die Küche. Im Flur bleibe ich noch mal kurz stehen.

»Ich werde die Scheidung einreichen«, verkünde ich so laut, dass er es problemlos hören kann. »Gleich nächste Woche kümmere ich mich darum.«

»Mach das«, brüllt er zu mir in den Flur hinaus. »Du kannst verschwinden. Interessiert mich nicht. Aber Mia bleibt hier!«

»Ganz sicher nicht!« Ganz tief in mir erwacht etwas und flattert durch meinen Bauch. Es sind nicht die Schmetterlinge, die ich von Jonas kenne. Es fühlt sich an, als hätte jemand einen schlafenden Drachen geweckt, der sich nun in mir aufbäumt und bereit ist, Feuer zu spucken. »Mia geht natürlich mit mir!«

»Katharina«, sagt Andrew mit einer Stimme, die mir eine Gänsehaut über den Rücken jagt. Es klingt, als würde er mit einem schwerbehinderten Kind sprechen. »Wir wissen *beide*, dass du nicht in der Lage bist, dich um Mia zu kümmern. Du erkennst ja nicht einmal die Realität.«

Schweiß tritt mir auf die Stirn. Es ist nicht seine versteckte Drohung, die mir Angst einjagt. Ich weiß, dass er damit nicht durchkommt. Es ist seine Bereitschaft dazu, mir Mia wegzunehmen …

Woher wusste Jonas das?

Ich wäre nicht einmal auf die Idee gekommen, dass Andrew so ein mieses Verhalten zeigen könnte.

»Das sehen wir dann«, antworte ich ihm knapp. Ich will nur noch weg hier.

»Ich werde alles dafür tun, dass du Mia nicht bekommst«, knurrt er.

»Das, mein lieber Ex-Mann, das wird dann ein Richter entscheiden!« Ich straffe ein weiteres Mal die Schultern, richte mich zu meiner vollen Größe auf und trete zurück ins Wohnzimmer, sodass er mich sehen kann. »Meine Entscheidung ist unwiderruflich. Für mich geht es nur noch darum, dass wir zusammen gute Eltern für Mia sind.«

Nach diesen Worten verlasse ich endgültig das Wohnzimmer, gehe mit steifen Beinen die Treppe hinauf und stürme, sobald ich außer Sicht und Hörweite bin, in das Gästezimmer, das nun mein Schlafzimmer ist. Ich mache mir nicht die Mühe, das Licht anzuschalten, sondern schließe die Türe hinter mir, lasse mich auf das Gästebett fallen und beginne zu weinen. Endlose

Minuten liege ich da und schluchze. Es ist nicht das Ende meiner Ehe, das ich beweine. Im Gegenteil, diese Tatsache erleichtert mich, freut mich fast schon. Ich weine, weil es auf diese Art enden muss. Mit Streit, mit Wut und mit dem Kampf um ein Kind, das für all das nichts kann. Mir wird immer mehr klar, dass ich mein Zuhause verlassen werde. Meine Gedanken darum, eine bezahlbare Wohnung zu finden, werden immer konkreter. Aus der Idee wird ein Vorhaben. Denn Andrew wird hier niemals weggehen und ich bin nicht mehr gewillt, mit diesem Menschen unter einem Dach zu leben. Mir ist bewusst, dass ich es nicht mehr so schön haben werde, mit Garten, mit eigenem Zimmer für Mia. Es wird eine große Umstellung für uns beide sein, aber es ist besser, als hier bei jemandem zu bleiben, den ich nicht mehr ausstehen kann.

Loslassen …

Ich versuche, mich zu entspannen, alles durch mich hindurchfließen zu lassen. Nichts von diesen bösen Worten kann an mir anhaften, mein Herz ist weit geöffnet und voller Liebe. Mit jedem Atemzug strömt weißes, warmes Licht in mich herein, heilt mich von innen und erfüllt mich mit Ruhe.

Mitten in meine Übungen hinein piepst mein Handy. Noch bevor ich darauf schaue, weiß ich, dass es Jonas ist, der wissen möchte, ob ich mit Andrew gesprochen habe und wie das Gespräch verlief.

Schniefend setze ich mich auf und taste im Dunkeln nach meinem Handy. Für wenige Sekunden bekomme ich ein vages Gefühl dafür, wie es Jonas im Alltag mit seiner Blindheit gehen muss. Ganz plötzlich weiß ich, wo ich mein nächstes Treffen mit ihm verbringen will: Vor geraumer Zeit habe ich etwas von einem Dark Dinner gelesen. Ein Restaurant in völliger Dunkelheit.

Entdecke deine Sinne neu mit diesem einmaligen Geschmackserlebnis …

Das ist ein Teil des Slogans gewesen. Im Dunkeln essen und sich ohne Licht zurechtfinden müssen. Das ist genau das, was ich gerne möchte. Wenn auch aus anderen Gründen als die meisten anderen Menschen. Mir geht es nicht um eine Geschmacksexplosion, nicht um kulinarische Highlights. Ich möchte einen Einblick in Jonas' Welt bekommen.

Meine Finger finden mein Handy und ich öffne die Nachricht von Jonas, um ihm zu antworten und ihm meinen Vorschlag zu nennen.

Verwundert blicke ich auf das, was Jonas mir geschrieben hat. Er fragt nicht, wie mein Gespräch war. Er schickt mir ein Bild mit einem Text, das er ganz offensichtlich im Internet gefunden hat. Ich lese den Spruch mehrfach durch:

Denkweise eines Narzissten:

Deine Wahrheit ist nicht meine, meine ist richtig, deine ist falsch.
Schuld hast immer du, nicht ich.
Und wenn doch, dann nur in deiner Vorstellung.
Denn du bist es, die ständig die Tatsachen verdreht.

Es dauert eine Weile, bis ich begreife, was er mir damit sagen will.

Andrew …

Ich erkenne das Verhalten meines Mannes in jedem dieser Sätze auf eine erschreckend bekannte Weise wieder. Ein eisiger Schauer läuft mir den Rücken hinunter und wie von unsichtbarer Hand wird mein Körper geschüttelt. Mit zittrigen Fingern tippe ich Jonas eine Antwort:

Du meinst, mein Mann ist ein Narzisst?

Ich habe mich noch nie näher mit diesem Thema beschäftigt, weiß aber, dass Narzissmus eine Persönlichkeitsstörung ist, die als unheilbar gilt. In erster Linie deswegen, weil davon betroffene Menschen sich niemals therapieren lassen würden, weil sie schlichtweg davon ausgehen, dass doch alle anderen schuld sind. Und ich weiß auch, dass die betroffenen Menschen nicht in der Lage sind, Empathie zu empfinden. Irgendwie wäre das die Erklärung für ganz vieles.

Jonas antwortet mir sofort:

Ich kann dir nicht sagen, ob er ein echter Narzisst ist. Ich kenne ihn nicht. Aber nach allem, was du erzählt hast, wäre es gut möglich. Wenn ihr heute miteinander sprecht oder das bereits getan habt, dann achte auf die Sätze, die er mit Aber beginnt, um sich zu rechtfertigen (falls er das überhaupt tut). Denn das ist das, was er dir wirklich sagen will!

Im Geiste gehe ich einige der Dialoge durch, die Andrew und ich geführt haben und über die ich mich so maßlos geärgert habe. Ein Satz, den Andrew erst vor Kurzem zu mir gesagt hat, schießt wie eine Pistolenkugel durch meine Erinnerung:

Es tut mir leid wegen gestern. Aber du hast mich mit deinem Verhalten dazu gebracht …

Mit einer Gewissheit, die ich nicht mehr ignorieren oder verleugnen kann, wird mir bewusst, dass Jonas mit seiner Vermutung den Nagel auf den Kopf getroffen hat. Mein Mann ist ein Narzisst. Vermutlich schon immer gewesen und über die Jahre ist es schleichend immer schlimmer geworden. Und jetzt, wo Andrew zu begreifen scheint, dass er mich verloren hat, fällt das letzte bisschen seiner Fassade von ihm ab. Kaum etwas an ihm erinnert mich noch an den Mann, den ich einst geheiratet habe. Im ersten Moment bin ich geneigt, im Internet zu recherchieren und zu googeln, um meine Erkenntnis zu erhärten. Dann beschließe ich, dass es egal ist. Es ist völlig unwichtig, warum Andrew so geworden ist. Ob das an einer psychischen Erkrankung oder an seinem miesen Charakter liegt. Und es spielt auch keine Rolle, ob er mir die Schuld dafür gibt. Er wird sich niemals einsichtig zeigen und zeitlebens keine psychologische Hilfe annehmen. Deswegen muss ich dieses Fass nicht mehr öffnen. Es ist Andrews Bier und seine Entscheidung, ob er es austrinken oder darin ersaufen will. Alles, was ich noch tun muss, ist schauen, dass ich das alles hier friedlich beende, um weiterhin zusammen mit Andrew für Mia da sein zu können.

Danke, Jonas. Wirklich lieb, dass du dich um meine Sachen bemühst. Und weißt du was? Ich habe eine Idee für unser Abendessen. Wir gehen in einen Dark-Dinner-Room. Was hältst du davon? Dann bekomme ich einen kleinen Einblick in deine Welt und du kannst dich den ganzen Abend unbefangen wohlfühlen, weil du weißt, dass auch ich nichts sehen kann.

Das ist eine ganz wundervolle Idee. Ich suche etwas für uns aus und buche einen Tisch. Ich freue mich drauf.

Wieder kam seine Antwort binnen weniger Minuten und dieses Mal beschließe ich, ihn zu fragen, was mir auf der Zunge brennt.

Wie machst du das? Wie schaffst du es, so schnell zu antworten? Über Spracheingabe? Kann ich mir kaum vorstellen, weil deine Texte alle so sauber und fehlerfrei sind.

Irgendwie kann ich mir auch nicht vorstellen, warum jemand in sein Telefon spricht, nur um diese Worte dann in Text umwandeln zu lassen. Warum dann nicht gleich die Nachricht als Voice abschicken? Aber möglicherweise ist das einfach nicht gängig und eine Textnachricht vielleicht auch unverfänglicher.

Seine Antwort kommt ebenso schnell wie auch überraschend:

> Ich tippe meine Texte. Ich kann zwar die Punktschrift, die Blinde lernen, aber ich benutze sie ganz selten. Meistens schreibe ich ganz normal auf dem Handy. Genauso wie ihr Sehenden lernt, auf einer Tastatur blind zu tippen, so kann ich das auf einem iPhone. Ich weiß, wo sich alle Buchstaben befinden, wie oft ich eine Taste drücken muss, um den gewünschten Buchstaben zu bekommen, und welches Wort sich dann daraus ergibt. Das alles ist eine Übungssache, die sich über die Jahre verselbstständigt und manifestiert hat. Zur Sicherheit lasse ich mir alle Texte, bevor ich sie abschicke, noch mal vorlesen. Dafür gibt es spezielle Apps für Blinde, die ich nutze.

Mit der Erklärung von Jonas kommt ein kleines Video. Ich klicke drauf und schaue mir anhand einer Demoversion an, wie das mit dem Vorlesenlassen funktioniert. Der Ton wird in geschätzt mehr als doppelter Geschwindigkeit abgespielt. Obwohl ich den Atem anhalte und nichts anderes mache, als mich nur auf die Worte zu konzentrieren, fällt es mir unglaublich schwer, das Gehörte zu verstehen. Es wäre mir unmöglich, in dieser Geschwindigkeit noch Wortfehler zu erkennen oder gar zu verbessern. Aber vermutlich ist es einfach so, dass die anderen Sinne viel mehr geschärft und trainiert werden, wenn ein Sinn fehlt. Gerade will ich Jonas eine Antwort tippen, dann entschließe ich mich dazu, ihm eine Sprachnachricht zu schicken. Ich räuspere mich kurz, drücke dann auf die Mikrofontaste und rede los: »Vielen Dank für das Erklärvideo. Ich finde das alles wirklich mega spannend. Wir können uns aber auch gerne Sprachnachrichten schicken, wenn es für dich einfacher ist. So, und jetzt gehe ich schlafen. Ich freue mich auf das Essen im Dark Room. Gute Nacht und bis bald.«

Noch bevor ich mein Handy weggelegt habe, wird schwungvoll die Türe zu meinem Zimmer aufgestoßen.

»Dark Room!«, brüllt Andrew mich an. Seine Hand klammert sich so fest um die Türklinke, dass seine Knöchel weiß hervortreten. Seine Stimme bebt vor Wut. »Du verabredest dich mit Typen in den Dark Room? Und behauptest, du würdest mich nicht betrügen? Du dumme Lügnerin!«

»Stopp! Du verstehst da etwas völlig falsch«, rufe ich und frage mich, ob das wirklich so ist. »Es ging um etwas völlig anderes.«

Doch Andrew hört mir längst nicht mehr zu und schreit mich weiterhin an. Sein Stresslevel ist so massiv in die Höhe geschossen, dass er bereits weit davon entfernt ist, noch etwas wahrzunehmen und zu verstehen. Jede weitere Erklärung von mir würde sinnlos sein, und plötzlich beschließe ich, dass auch das egal ist. So egal, wie die anderen Dinge, die ich vorhin festgestellt habe.

»Wir sind getrennte Leute, Andrew«, sage ich deswegen nur. »Und das wird sich nie wieder ändern.«

»Dann zieh aus! Verschwinde!« Wütend funkelt Andrew mich an. Seine Augen sind kalt und trotzdem scheinen sie zu sprühen vor Zorn. »Du hast vier Wochen, dann bist du hier weg.«

»Du wirst mir kein Ultimatum stellen!«, bestimme ich.

»Doch, denn das ist mein Haus!«

»Meins auch!«

»Solange du hier wohnst, zahlst du die Hälfte aller Kosten. Inklusive Strom und Hausrate. Und in vier Wochen bist du hier weg.« Mit einem heftigen Knall schlägt er die Tür hinter sich zu. Gerade als ich tief durchatmen möchte, öffnet sich die Türe ein weiteres Mal. »Mia bleibt natürlich hier!«

Erneut schlägt Andrew die Zimmertür hinter sich zu, noch schwungvoller und lauter als zuvor.

»Das war's«, sage ich zu mir selbst. Worte, die eigentlich etwas Gutes und Erleichterndes verkünden sollten, sich aber nun anfühlen wie das Gegenteil. Tränen steigen mir in die Augen, als mir bewusst wird, wie viel Stress und Kummer auf Mia zukommen, und dass ich keine Möglichkeit habe, sie davor zu schützen. All mein Hoffen auf eine friedliche Trennung und eine Einigung zum Wohl des Kindes ist soeben verpufft. Mir wird klar, dass ich dringend eine Wohnung brauche und dass die Zeit bis dahin wahnsinnig anstrengend werden wird. Vor allem, weil ich versucht bin, all das von Mia fernzuhalten und unsere Differenzen nicht vor ihr auszutragen. Dennoch weiß ich, dass ich nicht darum herumkommen werde, Mia zu sagen, dass wir ausziehen werden und sie mit mir mitkommen soll.

Kapitel 19

Die Woche vergeht quälend langsam und ich fühle mich, als wäre ich von einem bösen Zauberer in Trance versetzt worden. Ich bin gefühlt ganz weit weg von meiner eigentlichen Welt. Entfernt von allem, sogar von dem, was um uns herum passiert. Es ist seltsam, mit Andrew zusammen in einem Haus zu sein und doch komplett aneinander vorbeizuleben. Der ganze Alltag fühlt sich an wie ein wilder Tanz auf dünnem Eis. Wenn er nur in meine Nähe kommt, spüre ich, wie sich mein Herzschlag beschleunigt und mir kalter Schweiß auf die Stirn tritt. Also dreht sich alles, was ich tue, darum, dass wir einander nicht begegnen und er nichts von meiner Wohnungssuche mitbekommt. Ich habe das Gefühl, ständig agieren zu müssen, um alles von ihm fernzuhalten, damit nichts wieder seine Wut entfachen kann. Wobei natürlich alle Arbeit mit Mia an mir hängen bleibt, was mich unheimlich ärgert, weil es mit unausgesprochener Selbstverständlichkeit geschieht. Morgens frühstücke ich als Erstes mit Mia und schaue dann, dass wir bereits auf dem Weg in den Kindergarten sind, wenn Andrew von oben herunterkommt, um sich seinen Kaffee aus der Maschine zu lassen. Wenn ich Mia vom Kindergarten hole, mache ich ihr einen kleinen Snack, meistens richte ich dann auch für Andrew etwas her, er lässt sich aber nicht blicken. Er taucht nur auf, um sich sein Essen zu holen und sich wieder ins Büro einzuschließen. Wenn ich früher bereits dachte, dass Andrews Leben sich nicht noch mehr vor dem PC abspielen kann, dann werde ich nun eines Besseren belehrt. Erst abends, bevor Mia ins Bett geht, kommt Andrew heraus und geht zu Mia ins Zimmer. Er spielt mit ihr mit ihren Puppen, liest ihr vor, macht Quatsch und bringt sie zum Lachen. Sobald es an die anstrengenden Dinge wie Zähne putzen, waschen und bettfertig machen geht, verschwindet Andrew wieder und überlässt die Arbeit mir. Am schwersten fällt es mir, dass ich nichts mehr zu Andrew sagen kann und nichts mehr mit ihm absprechen. Wobei das bisher auch schon schwierig genug war. Aber früher hat Andrew wenigstens an den Tagen, an denen ich länger in der Redaktion bleiben musste, Mia vom Kindergarten abgeholt, sie nach Hause gebracht und ihr was zu essen gemacht. Auch ums Abendessen hat sich fast ausschließlich Andrew gekümmert. Nun bleibt auch das noch an mir hängen und ich fühle mich zunehmend überfordert. Auch wenn ich mich früher immer beschwert habe, dass Andrew nicht mitarbeitet, merke ich erst jetzt, wie es aussieht, wenn er völlig wegfällt. Immer mehr Wut macht sich in mir breit. Wut darüber, dass Andrew sich wie selbstverständlich aus der Verantwortung stiehlt und alles mir überlässt. Wie und ob ich das mit meinem Job vereinbart bekomme, ist ihm völlig egal. Dass das alles auch für mich sehr belastend ist und dass auch ich mich gerne einmal nur für mich zurückgezogen hätte, spielt für Andrew keine Rolle. Schließlich bin ja ich schuld an dieser Situation, weil ich mich mit fremden Männern treffe. Obwohl ich doch den perfekten Ehemann zu Hause habe …

Andrew wird nicht müde, mir genau das bei jeder Gelegenheit unter die Nase zu reiben und mir einen abfälligen, beleidigenden Spruch reinzudrücken. Mia zuliebe sage ich nichts, ignoriere es weitgehend und versuche, mein Lachen nicht zu verlieren. Bereits nach wenigen Tagen merke ich, wie viel Kraft es kostet, vor Mia gute Miene zum bösen Spiel zu machen und all das von ihr fernzuhalten, was sie nicht mitbekommen soll. Obwohl ich mehr Zeit als sonst mit Mia verbringe und mich wirklich bemühe, in ihrer Gegenwart stets betont gute Laune zu haben, merke ich, wie sie sich von mir distanziert. Sie spürt meine Abwesenheit und meine brennende Wut auf ihren Papa, der mit seiner abfälligen Stichelei tiefe Gräben zwischen uns schlägt. Eigentlich sollte man meinen, dass das Mutter und Kind näher zusammenbringt, aber das Gegenteil passiert: Genau wie Andrew gibt auch sie mir die Schuld an dieser Situation. Plötzlich wirft Mia mir Worte an den Kopf, die ich von meinem Kind noch nie gehört habe. Ironischerweise wird parallel dazu das Verhältnis von Mia zu Andrew immer enger. Noch nie hat sich Andrew so viel Zeit genommen, so intensiv und viel mit Mia zu spielen. Langsam überkommt mich der böse Verdacht, dass Andrew das ganz bewusst und absichtlich macht, weil er Mia für sich gewinnen will. Der Gedanke erschüttert mich zutiefst, weil ich mich auf einmal nicht nur in der Trennung befinde, sondern in einem bedauernswerten Kampf mit dem Menschen, der einmal versprochen hat, mich für immer zu lieben, in guten wie in schlechten Zeiten. Mit jeder Stunde, die vergeht, wird mir immer klarer, dass ich keine Zeit verlieren darf. Wenn ich nicht möchte, dass Mia auf die Zerreißprobe gestellt wird und zu Andrews Werkzeug wird, dann muss ich weg hier, und zwar ganz schnell.

Kapitel 20

Irgendwie habe ich es geschafft, die Woche hinter mich zu bringen. Das Durchsuchen von Wohnungsanzeigen hat mir neue Hoffnung gegeben. Eben habe ich bei vier Inserenten angerufen und für eine der ausgeschriebenen Wohnungen einen Besichtigungstermin für nächste Woche bekommen. Allerdings war der Vermieter alles andere als erfreut darüber, dass ich mit einem kleinen Kind einziehen will, und mir schwant bereits, dass sich die Wohnungssuche als wirklich schwierig herausstellen könnte. Mein Herz schlägt wie wild, als ich begreife, dass es nun wirklich ernst wird. Dass ich dieses Haus, das Andrew und ich im festen Glauben daran, hier alt zu werden, gebaut haben, verlassen muss und nie wieder hier wohnen werde. Tief in mir verkrampft etwas und gleichzeitig fühlt es sich an, als würde ich endlich meine Flügel ausbreiten und davonfliegen können.

»Mia?«, rufe ich nach oben ins Kinderzimmer, aber sie reagiert nicht. Seufzend mache ich mich auf den Weg ins Obergeschoss, weil mir klar ist, dass ich meine Tochter nur dann erreichen und sie aus ihrem Spiel holen kann, wenn ich persönlich bei ihr erscheine. Mit den Fingerknöcheln klopfe ich sacht an die Türe und öffne sie dann leise.

»Mia-Maus«, sage ich leise und versuche, den Blickkontakt mit ihr herzustellen. »Kommst du bitte runter? Wir müssen los.«

»Zu Samu?«, ruft sie und unterbricht ihren Monolog mit den Puppen.

»Ja genau. Du darfst wieder bei ihm schlafen«, verspreche ich ihr.

»Juchuh!« Mia springt auf, klemmt sich ihre Lieblingspuppe unter den Arm und rennt die Treppe hinunter. Während ich versuche, meiner Tochter unter Zeitnot ihre Schuhe anzuziehen, piepst mein Telefon und kündigt eine Nachricht an.

»Mäuschen, hilf doch etwas mit, bitte«, fordere ich sie auf, doch Mia wirkt nicht sehr hilfsbereit. Ich versuche, nicht hektisch zu werden, nur weil ich schnell meine Nachricht lesen will, von der ich instinktiv weiß, dass sie von Jonas ist.

Hoffentlich ist ihm nichts dazwischengekommen für heute Abend …

Mit einer Hand drücke ich den Klettverschluss von Mias Schuhen zu und mit der anderen ziehe ich mein Handy aus der Tasche. Es rutscht mir nach unten und knallt auf den Boden.

Mia lacht auf: »Mama, dein Handy braucht einen Helm, so oft, wie es dir immer runterfällt.« Automatisch lache ich mit, froh darüber, dass Mia und ich uns heute nicht wegen ihres Papas streiten. Ich hebe mein Handy wieder auf und reiche Mia ihre Jacke, in die sie sofort reinschlüpft.

Erleichtert atme ich auf, als ich Jonas' Text lese:

Du kannst dieses Mal direkt im Hof parken und dann kurz klingeln. Bis gleich.

Das Lächeln in meinem Gesicht wird so breit, dass auch Mia es nicht mehr übersehen kann. Sie schaut mir in die Augen und bemerkt den hellblauen Lidschatten, den ich heute aufgelegt habe. Sanft fährt sie mit den Fingerspitzen darüber.

»Du siehst so hübsch aus, Mama«, flüstert sie mir ins Ohr. »Ganz besonders, wenn du lächelst. Es ist toll, dass du wieder lachen kannst. Du bist seit Tagen so wütend.«

Ganz fest drücke ich Mia an mich und verspreche ihr stumm, sie so schnell wie möglich aus dieser unerträglichen Situation zu holen.

* * *

Ironischerweise habe ich Verspätung. Die ganze Woche habe ich mich auf diesen Abend gefreut und die verflixte Zeit hat sich wie Kaugummi gezogen, und nun, da es endlich Samstagabend ist, bin ich tatsächlich zu spät dran. Zu allem Überfluss fährt fast die ganze Strecke ein uralter silbergrauer Fiat mit einem Opi am Steuer vor mir her. Mehrere Ansätze für ein Überholmanöver bleiben erfolglos und so füge ich mich in mein Schicksal und zockle fluchend und schimpfend hinter ihm her. Ich versuche, ruhig zu bleiben und mich nicht stressen zu lassen, schon allein aus Angst, ich könnte durchgeschwitzt und abgekämpft bei Jonas ankommen.

Um 17.37 Uhr, und somit sieben ganze Minuten zu spät, fahre ich schließlich bei Jonas in die Einfahrt. Mit einem hörbaren Seufzen stelle ich den Motor ab und blicke mich um. Obwohl Jonas sagte, dass ich klingeln soll, hab ich irgendwie erwartet, ihn vor dem Haus vorzufinden. Ich atme ein letztes Mal tief durch, streife meine Haarsträhne nach hinten und steige aus. Mit steifen Beinen gehe ich durch einen sehr gepflegten Vorgarten mit kurz geschnittenem Rasen und sauber zurechtgestutzten Buchsbäumen und frage mich, wer hier wohl die Gartenarbeit übernimmt. An der Haustür angekommen, wundere ich mich darüber, dass nur ein einziges

Türschild angebracht ist, obwohl es ganz offensichtlich ein Zweifamilienhaus ist. Aber nur Jonas Nachnamen, »Pfeiffer«, steht auf dem weißen Zettel in einem Klingelschild. Das obere Klingelschildfach ist leer. Mit dem Zeigefinger drücke ich auf den Knopf neben Jonas' Nachnamen und lausche angespannt ins Innere des Hauses, während ich warte. Es dauert eine Weile, bis sich die Türe öffnet.

»Hey«, sagt Jonas und tritt einen unnötig großen Schritt zurück, um mir Platz zu machen. »Magst du noch auf einen Sprung hereinkommen? Es reicht eigentlich, wenn wir in einer halben Stunde losfahren.«

»Ja, sehr gerne!« Erleichtert atme ich auf, dass meine Sorge, zu spät zu sein, unbegründet war. Jonas hat mir nur gesagt, dass er einen Tisch reserviert hat, aber eben nicht auf wann. Ich bücke mich kurz, um meine Schuhe von den Füßen zu streifen, und richte mich dann auf. Mein Blick fällt auf Jonas, der vor mir steht und darauf wartet, dass ich ihn in seine Wohnung begleite. Er trägt keine Sonnenbrille. Ich kann nicht anders, als ihn unverhohlen anzustarren. Seine Augen sehen vollkommen normal aus. Die Augenpartie ist trotz seiner Blindheit perfekt ausgebildet und ich muss zugeben, dass ich froh um all das bin. Insgeheim hatte ich Angst, dass er keine Augen haben könnte und mir, wenn er die Sonnenbrille abnimmt, nur die leeren Höhlen entgegenstarren.

»Ungewohnter Anblick, oder?«, fragt mich Jonas, der natürlich bemerkt hat, dass ich ihn betrachte. Der Moment im Eingangsbereich hat viel zu lange gedauert und war viel zu still, als dass ich mit was anderem hätte beschäftigt sein können.

»Ähm ja, ähm, ich meine eigentlich nicht, nein«, stammle ich verlegen. Plötzlich fällt mir siedend heiß auf, dass ich meine Handtasche im Auto vergessen habe. Im Normalfall hätte ich mich jetzt nämlich an sie geklammert und sie vor Verlegenheit an mich gedrückt.

»Ist schon okay«, sagt Jonas und ich bin froh, dass er sich in Bewegung setzt, sodass ich das ebenfalls tun und ihm folgen kann. Mit einer schlafwandlerischen Sicherheit bewegt er sich ohne Blindenstock durch den Flur ins Wohnzimmer. Im Vorbeigehen betrachte ich eine Handvoll Bilder an der Wand. Zwei Familienfotos und zwei Fotos von Jonas und einem Blindenhund, den er offensichtlich einmal gehabt hat.

»Setz dich«, sagt Jonas und deutet mit der Hand in Richtung Couch. Ich schaue mich um und stelle fest, dass die Wohnung nicht nur absolut ordentlich, sondern auch akribisch sauber ist.

»Wow«, rufe ich staunend aus. »Wie schön hier alles ist! Deine Wohnung ist wirklich ganz toll!«

»Danke schön.« Jonas lässt sich in einigem Abstand neben mich auf die Couch fallen. »Ich habe eine Putzfrau, die regelmäßig kommt und mir hilft, alles sauber zu halten. Das ist für mich zuweilen nicht ganz einfach, weil ich Verunreinigungen nur fühlen und nicht sehen kann.«

Ich beobachte Jonas sehr genau, während er mit mir spricht. Er dreht den Kopf ganz bewusst in meine Richtung und doch geht sein Blick über mich hinweg. Bei genauem Hinsehen stelle ich fest, dass seine Augen minimal nach innen schielen. Nicht störend und auch nicht besonders auffällig, aber dennoch ein Zeichen dafür, dass mit seinen Augen etwas nicht stimmt.

»Die Tatsache, dass du eine Putzfrau hast, macht deine Wohnung nicht weniger schön«, sage ich lachend. »Ich kann übrigens den Dreck in meinem Haushalt wunderbar sehen und würde trotzdem gerne eine Putzfrau haben.«

Jonas stimmt in mein Lachen ein. Ich nutze die Gelegenheit, in der er mir ohne seine Sonnenbrille gegenübersitzt, um seine Augenfarbe auszumachen. Es gelingt mir nicht ganz. In dem einen Moment denke ich, dass sie ein ganz helles Blau haben, im nächsten Moment würde ich sie eher als grünlich bezeichnen. Jedenfalls sind sie ganz hell, fast farblos. Ich frage mich, ob das ein Zufall ist oder etwas mit seiner Blindheit zu tun haben könnte.

Ist die Farbe vielleicht mitsamt der Sehkraft ausgeblieben?

»Magst du etwas trinken?«, will Jonas wissen. Er hat die Hände in den Schoß gelegt und seine Finger ineinander verschränkt.

»Ja, sehr gerne«, gebe ich zurück. Es ist merkwürdig, mit jemandem zu sprechen, der einen nicht direkt anschaut beim Reden. Zugegebenerweise auch total irritierend für den Gesprächspartner und bestimmt der Grund dafür, warum Jonas lieber eine Sonnenbrille trägt.

»Schenk dir bitte selbst etwas zum Trinken ein«, sagt Jonas und schiebt mir einen Plastikbecher, eine Wasserflasche und einen Tetrapack mit Apfelsaft hin. »Ich weiß nicht, ob dir meine Methode so angenehm ist.«

Wortlos nehme ich die beiden Getränke und schütte sie zu gleichen Teilen in meinen Becher. Dann gebe ich Jonas die Wasserflasche in die ausgestreckte Hand. Interessiert beobachte ich, wie er seinen Trinkbecher ganz dicht unter die geöffnete Flasche hält, den Mittelfinger ein Stück in den Becher steckt und dann Wasser eingießt. So lange, bis er die Flüssigkeit an seiner Fingerkuppe spürt. Dann stellt er die Flasche vorsichtig auf den Holztisch, nimmt einen Schluck aus seinem Becher und stellt ihn anschließend mittig auf den Tisch.

»Gute Methode«, sage ich anerkennend. Neugierig schaue ich mich im Wohnzimmer um. »Das ist wirklich alles ganz hübsch eingerichtet. Hat dir jemand dabei geholfen?«

»Ohne meine Eltern wäre mir das nicht möglich gewesen«, gibt Jonas zu. »Sie haben mir immer bei allem geholfen. Sie haben früher auch hier im Haus gewohnt. Ein Geschoss höher, in der Wohnung über mir.«

»Und jetzt nicht mehr«, stelle ich fest. Durch seine Erzählung beim Poetry Slam weiß ich bereits, dass seine Mutter nicht mehr lebt. Und die Art, wie Jonas die Schultern anspannt und die Arme vor der Brust verschränkt, verrät mir mehr als Tausende Worte. Aber ich will nicht unhöflich sein und seine Erzählung ignorieren und deswegen bleibt mir nichts anders übrig, als auf seine Vorlage zu antworten und diesen Satz laut auszusprechen.

»Nein, jetzt leider nicht mehr.« Jonas holt tief Luft, als wenn er weiterreden möchte, und wird dann aber doch ganz still. Für einen Moment sitzt er einfach nur da, den leeren Blick über meinen Kopf hinweg gerichtet und schweigt. Noch bevor ich mich entscheiden kann, ob ich das Thema wechsle oder ihn mit einer gezielten Frage zum Weiterreden animiere, fährt er fort: »Meine Mutter ist vor vier Monaten an einem Herzstillstand gestorben.«

»Oh nein, das tut mir sehr leid«, sage ich aufrichtig. Ich ziehe ein Knie auf die Couch und rutsche ein Stück dichter an Jonas heran. So nah, dass ich wieder seinen typischen Geruch wahrnehmen kann. Tief einatmend sauge ich ihn in mir auf. »Und dein Papa? Musste er in ein Pflegeheim?«

»Nein.« Jonas schüttelt langsam den Kopf. Eine blonde Haarsträhne fällt ihm dabei in die Stirn. »Mein Papa ist vor drei Wochen gestorben. Auf der Intensivstation. Langsam und siechend. Er wollte einfach nicht mehr.« Jonas seufzt tief. »Er ist an gebrochenem Herzen gestorben.«

»Wie schrecklich! Und doch irgendwie unheimlich schön, dass es so was wie die wahre Liebe des Lebens noch gibt.« Automatisch strecke ich meine Hand nach der seinen aus, aber ich traue mich nicht, seine Arme aus der Verschränkung zu lösen. Deswegen lasse ich meine Hand wieder sinken und begnüge mich damit, noch ein Stück näher zu ihm zu rutschen.

»Hast du Geschwister, Kate?« Jonas' Brust hebt sich, als er tief einatmet. An seinem Tonfall erkenne ich, dass er mit dieser Frage auf etwas abzielt. Stumm schüttle ich den Kopf, füge dann aber ein leises »Nein, leider nicht« hinzu. »Hast du Geschwister?«

»Leider auch nicht.« Er tastet mit den Fingern nach seinem Becher, findet ihn innerhalb einer Sekunde und nimmt einen Schluck. »Fast hätte ich einen gehabt, denn ursprünglich waren wir Zwillinge. Wir wurden aber viel zu früh geboren und mein Bruder kam tot zur Welt.«

Ich schweige, weil ein weiteres »Es tut mir leid« sich viel zu schwach anfühlt für das, was er mir erzählt. Auch die Erwähnung, dass Mia ebenfalls eine Frühgeburt war, scheint mir nicht angebracht zu sein. Allmählich bekomme ich eine Vorstellung davon, was Jonas mit seiner Aussage meinte, dass auch er eine Geschichte hat.

»Bist du deswegen blind zur Welt gekommen? Weil ihr zu früh geboren wurdet?« Ich habe keine Ahnung, ob das als Grund überhaupt infrage kommt, aber ich möchte seine Geschichte hören.

»Ja und nein«, antwortet Jonas mir. »Denn weil ich viel zu früh auf die Welt kam, musste ich in einen Brutkasten. Dort war der Sauerstoffgehalt zu hoch, was zu einer nahezu kompletten Netzhautablösung führte. Ich wurde schließlich mit einer ganz geringen Sehfähigkeit auf dem linken Auge in die Welt gesetzt, konnte also schemenhaft Umrisse sehen. Das ließ aber mit den Jahren nach, bis es runterging auf ein Prozent und ich dann eben vollständig blind wurde.«

»Das heißt, es ist passiert, weil Ärzte einen Fehler gemacht haben?« Irgendwie schockiert mich diese Tatsache.

»Nein, es war kein Ärztefehler«, widerspricht Jonas. »Man konnte damals einfach die Sauerstoffzufuhr in den Brutkästen schlecht regulieren. Man wusste auch nicht viel darüber, hat also getan, was man konnte und was man für richtig hielt. Heute ist die Technik sehr viel moderner und so was passiert in der Regel nicht mehr.«

»Das hat dir aber leider nichts geholfen«, stelle ich nüchtern fest.

»Ich hadere nicht mit meinem Schicksal«, erklärt er mir in völlig nüchterner Tonlage. »Im Gegenteil. Ich bin froh und dankbar für alles, was ich habe und bin. Es hätte ganz anders kommen können.«

Wie bei deinem Zwillingsbruder …

»Ja, ich verstehe!«, sage ich und beobachte Jonas. Er ist bereits fertig angezogen für unser Essen heute Abend. Zu seiner dunkelblauen Jeans trägt er ein dunkles Sweatshirt, das eng um seine Schultern liegt und seine sportliche Figur betont. Unwillkürlich muss ich grinsen. »Du wirkst auch nicht wie jemand, der völlig verbittert sein Dasein fristet.«

»Oh, was ein schönes Kompliment!«, sagt er und grinst ebenfalls.

Wie schön er ist, wenn er lächelt …

Der Satz, den meine Tochter heute Morgen zu mir gesagt hat, trifft auch auf Jonas zu. Nicht nur wegen seiner makellosen Zähne, sondern weil sein Lachen sein ganzes Gesicht zum Strahlen bringt und alles um ihn herum zu erwärmen scheint. Man kann nicht anders, als ebenfalls zu grinsen und sich sofort wohlzufühlen.

»Apropos ›sein Dasein fristen‹«, sagt er. Sein Lächeln wird noch breiter. »Es hat einen Grund, warum ich nicht draußen gewartet habe.«

»Oje, jetzt kommt es!« Ich kann mir das Lachen nicht verkneifen und kann nicht anders, als meinen ersten Gedanken laut auszusprechen. »Du willst mir nun deine Briefmarkensammlung zeigen?«

Er lacht sein wunderbares helles und freundliches Lachen und schnalzt dann mit der Zunge. »Nein, sorry, meine Rote Mauritius zeige ich niemals her. Aber du darfst was anderes dafür sehen.«

»Jetzt bin ich neugierig.«

»Dann komm mit.« Er steht auf und bewegt sich genauso sicher wie ein Sehender durch seine Wohnung. »Folge mir unauffällig.« Mit der Hand macht er die passende Bewegung dazu.

»Keine Sorge, du wirst nicht sehen, dass ich hinter dir bin.« Es macht Spaß, in seiner Gegenwart so unbefangen und frei sein zu können. Etwas, das mir nicht nur die letzte Woche, sondern im Grunde schon seit Jahren fehlte.

Jonas geht zur Wohnungstür und überrascht stelle ich fest, dass er sie öffnet. Sockig folge ich ihm ins Treppenhaus. Gerade als ich mir überlege, doch meine Schuhe anzuziehen, weil wir nach draußen gehen könnten, schlägt er den Weg nach oben ein. Wir gehen die Treppe hoch und stehen dann vor der oberen Wohnungstür. Ohne einen Schlüssel zu benutzen, öffnet Jonas sie und stößt sie mit den Zehenspitzen weit auf. Dann macht er mit den Armen eine ausladende Geste in den Flur hinein.

Ich soll in die Wohnung seiner Eltern gehen?

Ein merkwürdiges Gefühl macht sich in meinem Bauch breit. Irgendwie fühle ich mich wie ein Eindringling. Jonas bemerkt mein Zögern sofort und deutet es offenbar richtig.

»Bitte, Kate, tritt ruhig ein, die Wohnung steht leer. Ich habe sie bisher nicht vermietet, weil ich das Geld nicht brauche. Es gab keine Notwendigkeit für mich, fremde Personen ins Haus zu holen.«

»Aber …«

»Geh bitte«, fordert er mich auf, und ich befolge seine Anweisung. Langsam, fast ehrfurchtsvoll betrete ich die leere, sonnendurchflutete Wohnung. Zu meiner Linken ist ein großes Bad mit Wanne und mein Blick fällt in den offenen Essbereich. Zögernd trete ich in einen großen Raum, der offenbar das Wohnzimmer ist, und bleibe unschlüssig stehen. Durch die doppelflügelige Balkontür fällt das Licht der untergehenden

Sonne direkt in mein Gesicht, sodass ich mit der Hand meine Augen abschirmen muss.

»Und jetzt?«, frage ich unschlüssig. »Was soll ich hier nun machen?«

»Vier Zimmer, Einbauküche, Stellplatz, Balkon und eine Badewanne«, beginnt Jonas aufzuzählen. »Du kannst sie haben.«

»Die Badewanne?«

»Nein!« Jonas schnalzt erneut mit der Zunge, schüttelt den Kopf und lehnt sich mit dem Rücken an den Türrahmen. »Die Wohnung. Völlig unabhängig von mir, unserer Freundschaft oder was auch immer daraus wird oder eben nicht wird … Du kannst die Wohnung haben und mit deiner Tochter hier einziehen, wann immer du magst. Ab sofort, wenn du möchtest.«

Was auch immer aus uns wird …

Verwirrt schüttele ich den Kopf und starre Jonas an. Ich finde seinen Blick, der sich nicht einfangen lässt. »Woher weißt du, dass ich eine Wohnung suche?«

»Ach, Kate.« Wieder lächelt Jonas. Dieses Mal nicht mehr belustigt, sondern sanft und freundlich. »Weißt du, wenn man nichts sehen kann, dann lernt man oft, besser zuzuhören. Genauer hinzuhören. Und Dinge zu erkennen, zu wissen und zu spüren. Ich sehe zwar nichts, aber ich *erlebe*. Mit all meinen verbliebenen Sinnen. Mit all meinen Fasern.«

»Du erlebst, dass ich eine Wohnung suche?«

»Ja. Ich weiß das. Ich erkenne deinen Stress. Ich kann mir vorstellen, wie schwierig deine Woche war und wie sich das alles zuspitzt bei euch. Oder liege ich etwa falsch?«

»Nein, du liegst absolut richtig.«

Viel zu richtig …

Jonas nickt, wie um sich selbst zu bestätigen. »Dann ist die Sache klar. Überleg es dir. Wenn du magst, kannst du hier einziehen. Unabhängig von mir. Wir machen regulär einen Mietvertrag.«

Die Sonne vor dem Fenster sinkt noch tiefer, und genauso allmählich wie das Licht schwindet, beginne ich zu begreifen, was mir hier gerade angeboten wird.

Die Chance auf einen Neuanfang …

»Und wie viel soll die Wohnung kosten?«

»Wie gesagt, es geht mir nicht ums Geld. Wir werden uns also ganz bestimmt einig«, verspricht er mir und legt dann sanft seine Hand auf meine Schulter. Wieder fühle ich diese wohlige Wärme in meinen Körper strömen. »Und nun komm, wir müssen los. Sonst kommen wir zu spät zum Essen.«

Danke!

Ich will dieses Wort sagen, rufen, in die Welt hinaus brüllen. Es bleibt unausgesprochen in meinem Hals stecken. Aber ich fühle es, tief in mir. Erlebe es. Spüre es. Überall in mir.

Und plötzlich lächelt Jonas mich an, als hätte er mein unausgesprochenes Wort gehört und meine Freude gesehen.

»Sollen wir los?«, frage ich ihn leise und er nickt mir zu.

Gemeinsam mit Jonas gehe ich die Treppe wieder hinunter und schlüpfe dort in meine Schuhe. Jonas zieht sich ein weißes Paar Sneakers an, das ganz an der Ecke des ordentlich sortierten Schuhregals steht, nimmt sich seine Sonnenbrille vom Haken und setzt sie auf.

»Bereit?«, frage ich und ziehe meinen Autoschlüssel aus der Jeanstasche.

»Bereit«, bestätigt Jonas und wir machen uns auf den Weg.

Kapitel 21

Es ist bereits fast halb acht, als ich zusammen mit Jonas zum Eingang des Dark-Dinner-Restaurants marschiere. Wir haben nur am äußersten Ende des Parkplatzes eine Lücke gefunden und mussten deswegen einen kleinen Spaziergang in Kauf nehmen. Mein Herz klopft, als wir vor der unscheinbaren Türe des Restaurants stehen. Zumindest von außen sieht alles normal aus.

»Bereit?«, fragt Jonas nun mich.

»Bereit. Lass uns reingehen.« Ich hake mich bei Jonas unter und wir betreten das Restaurant. Zu meiner Überraschung ist alles hell. Ein Kellner kommt sofort auf uns zu, begrüßt uns noch an der Tür und führt uns durch das Lokal. Mein Blick schweift über die moderne Inneneinrichtung mit den gemütlichen Eckbänken, die mit weinrotem Leder überzogen sind. An den Wänden sind goldene Kerzenhalter montiert, in denen dicke weiße Kerzen stecken, die allesamt brennen. Die Tische sind mit farblich passenden Servietten dekoriert und in der Mitte steht das passende Kerzengesteck dazu.

»Es ist alles beleuchtet, oder?« Es ist mehr eine Feststellung als eine Frage von Jonas.

»Ja, es ist noch hell«, zische ich ihm leise zu. »Warum auch immer. Ich hab doch auch keine Ahnung, wie das hier funktioniert.«

Der Kellner hört mich trotzdem und sagt lächelnd: »Lassen Sie sich überraschen. Wir erklären den Ablauf noch.«

Er führt uns zu einem Stehtisch für zwei Personen. Neben uns sind zwei weitere Stehtische, an denen jeweils ein Pärchen steht. Der Kellner wartet, bis wir am Tisch sind, und stellt uns dann eine große Flasche Sekt und zwei Gläser hin. Mit einer Hand auf dem Rücken schenkt er uns ein, reicht jedem von uns ein Glas.

Jonas hält es nach oben in meine Richtung, ich stoße mit meinem Glas dran, sodass ein leichtes »Pling« ertönt.

»Auf dich, Jonas«, sage ich feierlich. »Und auf unseren gemeinsamen Abend.«

»Auf dich, Kate«, gibt Jonas zurück. »Und auf deine neue Wohnung. Die du haben kannst, wenn du es denn willst.«

»Ich überlege es mir noch«, sage ich, obwohl ich insgeheim längst beschlossen habe, sie zu nehmen. Ich denke, im Grunde weiß Jonas das auch. Aber er möchte nichts über meinen Kopf hinweg festlegen. Die Entscheidung, die Wohnung zu nehmen, muss ganz allein von mir kommen. Dann, wenn ich bereit dazu bin …

»Ich habe die letzten Wochen sehr intensiv nach einer bezahlbaren Wohnung gesucht«, erzähle ich ihm und verschweige, wie wenige davon es für mich gab.

»Nächste Woche werde ich dir einen Mietvertrag erstellen. Den Betrag legen wir zusammen fest. Ob du dann unterschreibst, liegt allein an dir.«

Erleichterung macht sich in mir breit. Alles wirkt sehr professionell, wie ein Angebot unter Geschäftsleuten und nicht wie ein Almosen, das man mir aufdrückt, weil ich es so dringend brauche. Ich suche nach den passenden Worten, um Jonas zu sagen, dass ich sein Angebot annehmen werde, und wie froh ich darüber bin, dass es mir gemacht wurde. Doch in diesem Moment tritt ein Kellner mit einem Mikrofon in der Hand in den Saal und fängt an zu sprechen. Der Geräuschpegel um uns herum ebbt ab und kommt schließlich ganz zum Verstummen.

»Sehr geehrte Damen und Herren, meine lieben Gäste, ich freue mich sehr, Sie heute zu unserem ›Dinner in the Dark‹ begrüßen zu dürfen. Ich bitte Sie kurz um ihre Aufmerksamkeit, denn ich erkläre Ihnen nun den Ablauf: Wenn Sie während des Essens Hilfe benötigen oder Fragen haben, wenden Sie sich bitte an Ihre Kellnerinnen und Kellner. Sie sind größtenteils mit einer Nachtsichtkamera ausgestattet und stehen Ihnen die ganze Zeit über zur Verfügung. Generelle Regeln gibt es bei uns keine. Ob Sie mit Messer und Gabel essen oder einfach die Finger benutzen, bleibt allein Ihnen überlassen. Es ist wirklich alles erlaubt, und es darf und *soll* alles ausprobiert werden. Beobachten wird sie während des Dark Dinners jedenfalls niemand. Unsere Mitarbeiter werden sich diskret zurückziehen und nur bei Bedarf oder nach Aufforderung in Erscheinung treten. So wird das Dunkeldinner hoffentlich zu einem einmaligen Erlebnis für Sie.«

Die beiden Pärchen an den Nebentischen klatschen, also tun wir es ihnen gleich. Der Kellner spricht weiter: »Unser Abend hier wird also ein kulinarisches Experiment für Sie werden, denn der Wegfall des Sehens sorgt dafür, dass die anderen Sinne mehr zum Einsatz kommen. Dies wirkt sich hoffentlich explosiv auf Ihre Geschmacksnerven aus. Zusätzlich haben Sie hier die einmalige Gelegenheit zu erfahren, wie es ist, auf das Augenlicht verzichten zu müssen. Viele unserer Mitarbeiterinnen und Mitarbeiter, die sich vor und hinter den Kulissen um Sie und Ihre Lieben beim Dinner in the Dark kümmern und hier mitwirken, sind wirklich blind und stehen Ihnen gerne für alle Fragen zum Thema Blindheit zur Verfügung. So, damit bin ich schon am Ende meiner Rede angekommen. Unsere Mitarbeiter werden Sie nun in die jeweiligen dunklen Räume führen und ich wünsche Ihnen an dieser Stelle viel Spaß und eine gute Zeit in unserem Haus. Und natürlich einen guten Hunger. Lassen Sie es sich schmecken!«

Wieder folgt ein kleiner Applaus, gefolgt von einem leisen Lachen, das ziemlich nervös klingt. Auch ich spüre, wie sich mein Herzschlag beschleunigt, als der Kellner uns zu sich winkt. Ich hake mich bei Jonas ein und folge dem Kellner zu einer geöffneten Tür, hinter der eine Treppe in einen Keller führt. Schon von hier oben sehe ich die Dunkelheit, die uns entgegenstarrt wie ein weit geöffnetes Maul. Mit laut klopfendem Herzen trete ich ein, in das Dunkel, das mich gefangen nimmt und sich über mich legt wie ein dicker, schwerer Mantel, der mich aber nicht wärmt, sondern mich am Atmen hindert. Automatisch rutsche ich dichter an Jonas heran, umklammere seinen Arm fester.

»Hier entlang«, sagt der Kellner klar und deutlich. »Legen Sie die Hand auf meine Schulter und folgen Sie mir einfach.«

Unsicher setze ich einen Fuß vor den anderen. Mir wird plötzlich bewusst, wie dunkel Dunkelheit sein kann. Zu allem Überfluss löst Jonas seinen Arm aus meinem Griff. Für einen winzigen Moment fürchte ich, er könnte mich hier mitten im Schwarz allein stehen lassen. Doch dann umschließen seine warmen Finger die meinen. Erst vorsichtig, fast zaghaft. Tastend. Bis seine Finger sich mit den meinen verschränkt haben und mit ihnen verbunden sind.

Fast bin ich traurig, als wir unseren Tisch erreichen und ich Jonas wieder loslassen muss.

»Setzen Sie sich, bitte«, fordert der Kellner uns auf. Unsere Finger gleiten auseinander und ich nehme auf etwas Platz, was sich anfühlt wie eine breite Eckbank. Ganz automatisch rutsche ich bis ganz an die Wand, und taste nach dem Tisch vor mir. Ich versuche, Fixpunkte zu finden, an denen ich mich orientieren kann. Zu meiner Linken klappert Geschirr und irgendwas wird serviert. Hinter mir höre ich ein Gewirr an Stimmen von den anderen Gästen, die offenbar auch ihre Plätze gefunden haben. Es dauert ein paar Minuten, bis ich die Stimmen auseinanderhalten und etwas verstehen kann. Es ist geradezu greifbar, wie sich mein Gehör schärft und besser funktioniert, weil meine Augen ausfallen.

»Vor Ihnen stehen nun zwei Gläser, Ihre bestellte Flasche Weißwein und die Vorspeise«, erklärt der Kellner. »Möchten Sie, dass ich Ihnen die Gerichte nenne, oder möchten Sie selbst herausfinden, was es ist?«

»Wir machen das selbst«, beschließt Jonas. »Wenn wir Sie brauchen, dann melden wir uns. Vielen Dank.«

»Alles klar«, sagt der Kellner freundlich. »Dann einen guten Appetit und viel Spaß beim Tasten und Schmecken.«

»So schwer kann das ja wohl nicht sein«, sage ich und lache, ehe ich blind auf dem Tisch herumzusuchen beginne. Es dauert eine Weile, bis ich mein Glas gefunden habe. Triumphierend halte ich es in die Höhe. »Ha!«

»Gib her, ich mache es dir voll.«

Ich strecke Jonas mein Glas über den Tisch entgegen. Unsere Finger begegnen sich in der Luft. Für eine Sekunde verharren wir so und ich spüre erneut die Wärme, die von seiner Hand auszugehen scheint. Dann nimmt Jonas das Glas an sich und gibt es mir wenig später wieder zurück. Vorsichtig nippe ich dran. Es ist ein herber Weißwein.

»Guten Appetit«, sagt Jonas und ich höre, wie er mit der Gabel hantiert. Ich suche und finde meine Gabel ebenfalls und freue mich, dass ich es sofort schaffe, etwas aufzupicken. Langsam schiebe ich mir Bissen für Bissen in den Mund und kaue konzentriert darauf herum. Es gelingt mir nicht, eindeutig zu unterscheiden, ob es Salat oder Gurke ist. Lediglich Möhren und eine Tomate kann ich eindeutig identifizieren, wobei ich mir kaum vorstellen kann, dass das die einzige auf meinem Teller war.

»Wie viele Tomaten hattest du?«, frage ich Jonas, als ich höre, dass er seinen Salat zur Seite schiebt und das Besteck drauf legt. »Ich hab nur eine gefunden.«

»Drei«, antwortet Jonas. »Aber ich bin mir sicher, da waren noch welche. Salat zu essen ist unheimlich schwer, weil man überhaupt nicht abschätzen kann, ob noch etwas auf dem Teller liegt. Leichter würde es mit einer Schüssel gehen. Da kann man das Essen besser an den Rand schieben.«

Der Hauptgang gestaltet sich ähnlich schwierig. Zwar kann ich dieses Mal Besteck und Teller recht gut finden, aber ich habe keine Ahnung, was ich esse. Etwas enttäuscht muss ich feststellen, dass es nicht so funktioniert, wie man sich das vielleicht vorstellt: dass alles viel besser schmeckt, wenn man nichts sieht. Bei mir ist das definitiv nicht so. Ganz im Gegenteil: Ich habe weiterhin Mühe, die einzelnen Speisen auf dem Teller zu identifizieren. Würde Jonas mir nicht immer wieder verraten, was ich da eigentlich esse, so hätte ich vermutlich nur die Nudeln und das Fleisch erkannt. Die Nudeln an der Form und das Fleisch an seiner faserigen Konsistenz. Ich kaue endlos darauf herum, empfinde es als schwer zu essen und bin froh, als ich mit meiner Gabel ins Leere steche. Ein leichter Schweißfilm tritt mir auf die Stirn. Irgendwie gestaltet sich das Essen eher als Herausforderung anstatt als Genuss. Am Nachbartisch ertönt ein lautes Klirren, gefolgt von einem spitzen Schrei und leisem Gelächter. Es beruhigt mich, dass andere auch ihre Schwierigkeiten haben.

»Anstrengend, oder?«, fragt mich Jonas.

»O ja, sehr«, gebe ich zu und wische mir verstohlen den Schweiß von der Stirn, als könnte er ihn riechen und wüsste allein deswegen, wie es mir geht. Jonas beginnt, mir von der

Arbeit und seinen Kollegen zu erzählen, und ich schaffe es, mich aus meiner Gedankenwelt zu lösen und mich voll auf ihn zu konzentrieren. Er merkt es sofort.

»Darf ich noch mal fühlen?«, fragt er mich. Es dauert eine halbe Sekunde, bis ich begreife, was er meint. In der nächsten Sekunde fällt mir dann meine schwitzige Stirn ein, und ich hätte am liebsten verneint.

»Oh«, mache ich, vor allem um Zeit zu schinden, während ich mir mit einer Serviette erneut den Schweiß von der Stirn tupfe. »Wie oft muss man das eigentlich machen? Ist man irgendwann mal fertig, und das Handbild steht für immer?«

»Na ja, ganz so einfach ist das nicht«, sagt Jonas. »Es gibt Blinde, die wollen überhaupt nicht fühlen, denen ist das Aussehen anderer oft ziemlich egal. Leider ist ihnen dann auch das eigene Aussehen meistens nicht so wichtig. Andere bekommen überhaupt nicht genug vom Fühlen und wollen das immer und immer wieder machen.«

»Gehörst du zu denen?« Ich stecke die benutzte Serviette in meinen Hosenbund, für den Fall, dass ich sie später noch mal brauche.

Falls Jonas noch mal fühlen will …

»Na ja«, setzt Jonas an. »Bei mir ist das so, dass ich nur bei bestimmten Menschen fühlen will.«

»Bei welchen Menschen?« Mein Herzschlag beschleunigt sich und meine Finger tasten bereits meinen Hosenbund ab und suchen die Serviette.

»Bei Menschen, die ich mag.« Jonas spricht leise, fast zärtlich. »Wenn du jemanden magst, möchtest du ihn doch auch ständig anschauen, oder?«

»Ja, das stimmt, das möchte ich.«

»Also? Darf ich dich auch anschauen?«

»Ja.« Ich neige mich ein Stück über den Tisch, in die Richtung, in der ich Jonas vermute. So weit, bis ich seinen Duft rieche und seine Fingerspitzen auf meiner Wange fühle. Wie elektrisiert zucke ich zusammen. Nicht nur mein Gehörsinn scheint hier in der Dunkelheit besser zu funktionieren. Auch andere meiner Sinne sind geschärft, und mein Körper reagiert gewaltig auf diese Berührungen. Kleine, warme Lichtblitze schießen durch meine Haut in meinen Körper in Richtung Herz und lassen es schneller schlagen. Die Schmetterlinge in meinem Bauch erwachen zum Leben, jung und ungestüm wie nie zuvor.

Jonas' Finger gleiten über meine Wange, vor zur Nasenspitze und dann zurück bis hinter das Ohr. Langsam, fast zärtlich lässt er sie meinen Hals hinuntergleiten. Eine Gänsehaut jagt mir über den Rücken. Mir entgeht nicht, dass seine Erkundungen anders sind als das erste Mal. Nicht so tastend, sondern inniger. *Intimer …*

Die eine Hand von Jonas bleibt auf meiner Schulter liegen, die andere lässt er in meinen Nacken wandern und streichelt mich dort leicht. Mein Körper steht unter Hochspannung und fühlt sich an, als würde demnächst irgendwas in mir explodieren. Plötzlich verharren seine Finger in ihrer Position. Der Druck seiner Hand in meinem Nacken erhöht sich, zieht mich leicht in seine Richtung. Ich gebe dem Zug nach, lehne mich nach vorne. Plötzlich spüre ich Jonas warmen Atem in meinem Gesicht. Er streift meine Wangen, mein Kinn, meinen Mundwinkel … Obwohl es dunkel ist, schließe ich die Augen, strecke mich weiter zu ihm rüber. Seine Nasenspitze berührt die meine, Jonas' Lippen sind an meiner Wange und dann endlich finden sie meinen Mund. Für einen Augenblick verharren wir so, dann bewegt Jonas vorsichtig die Lippen, stößt sacht mit der Zunge gegen meine Mundwinkel. Ich öffne den Mund, entspanne mich und lasse ihn machen. Zugleich fühle ich, wie Jonas auf dem Tisch nach meiner Hand greift. Er umschließt meine Finger und verschränkt sie mit den seinen. Mit dem

Daumen streichle ich kurz seinen Handrücken und konzentriere mich dann wieder auf seine Zunge in meinem Mund. Das Stimmengewirr um uns herum wird leise, unbedeutend und verschwindet schließlich völlig im Dunkel.

Viel zu schnell und abrupt löst sich Jonas von mir. Für einen Augenblick hänge ich buchstäblich in der Luft, spüre die Kälte und die Leere, die an seine Stelle getreten sind. Einzig seine Hand, die noch immer auf meiner liegt, lässt mich spüren, dass ich nicht allein bin. In dieser Sekunde wird mir nun auch klar, warum Jonas aufgehört hat, mich zu küssen. Der Kellner ist an unseren Tisch getreten und stellt mit einem freundlichen »Lassen Sie es sich schmecken« das Dessert hin. Am liebsten würde ich ihm sagen, dass er es wieder mitnehmen kann. Kein Nachtisch der Welt kann besser schmecken als das, was ich eben hatte …

Jonas hat mich geküsst …

Ich spüre dem wohlig warmen Gefühl in mir nach. Meine Gedanken sind ganz weit weg, als ich nach dem Besteck und der Schüssel vor mich taste. Ich stoße mit dem Handrücken gegen die Weinflasche und sie fällt um. Zum Glück hat der Kellner sie in weiser Voraussicht gut verkorkt, sodass nichts auslaufen kann. Verlegen stelle ich die Flasche wieder hin.

Bedeutet dieser Kuss, dass wir jetzt zusammen sind?

Will ich das?

Die Antwort ist eindeutig. Jede Faser in mir schreit mir das »Ja!« entgegen. Jeder kleinste Zweifel wäre nichts als eine riesengroße Lüge.

Mia …

Die einzige Person auf der Welt, die für mich ein Grund wäre, das hier angefangene sofort wieder zu beenden. Sollte meine Tochter in irgendeiner Weise darunter leiden oder Jonas nicht mögen, was ich mir nicht vorstellen kann, dann ist die

Sache für mich erledigt. Aber dass Andrew keine Rolle bei dieser Entscheidung spielt, das steht für mich außer Frage.

Der Druck auf meine Hand verstärkt sich. Jonas' Stimme klingt warm und weich: »Ich mag dich so sehr, Kate. Ich hoffe, du fühlst dich hier trotz Dunkelheit einigermaßen wohl.«

»Das tue ich.« Langsam atme ich aus und versuche, meine Worte klug zu wählen. »Und zwar wegen dir! Es ist zwar alles so ungewohnt hier, aber du bist da und nur das zählt.«

»Das nächste Mal essen wir in einem normalen Restaurant«, verspricht Jonas mir. »Jetzt, da ich weiß, dass du mich gerne magst, können wir das wagen.«

»Woher willst du denn wissen, dass ich dich mag?«, frage ich neckisch und versuche, dabei nicht zu lachen.

»Och«, macht er. »Ich denke es mir einfach. Vielleicht hab ich ja ein bisschen recht …«

»Ein bisschen vielleicht«, gebe ich zu. Mein Körper straft mich ob dieser Lüge und treibt mir die Röte ins Gesicht. »Mini-bisschen!«

»Immerhin.« Jonas streichelt kurz meine Hand und zieht die seine dann zurück. »Ich mag dich nämlich auch. Bisschen. Vielleicht sogar ein bisschen mehr als ein bisschen.«

Ein Lächeln breitet sich auf meinem Gesicht aus und ich lasse es ungehindert zu. Die Dunkelheit hat auch ihre Vorteile, wenn man sich ein wenig mit ihr angefreundet hat. Sie ist nicht nur lähmend, sondern kann auch jener schützende Mantel sein, als den ich sie mir vorhin vorgestellt habe. Und so grinse ich unverhohlen vor mich hin, in dem Wissen, dass niemand mich sehen kann.

Ich höre, dass Jonas sich daran macht, das Dessert zu essen, und tue es ihm gleich. Mit dem Löffel steche ich in eine weiche, glibberige Masse, die ich als Pudding identifiziere. Mit Erschrecken stelle ich fest, dass ich nicht einmal sagen kann, ob es Schokoladenpudding oder Vanillepudding ist. Auch die

Frucht, die als Topping auf der Sahne platziert ist, kann ich nicht identifizieren. Es könnte sowohl Apfel als auch Birne sein. Ich mache mir nicht die Mühe, das herausfinden zu wollen oder Jonas danach zu fragen. Es spielt keine Rolle für mich. In meinem Bauch flattert ein ganzer Schwarm Schmetterlinge durch eine so wohlige Wärme, die ich seit vielen Jahren nicht mehr gefühlt habe. Da ist mir das Essen mitsamt dem Nachtisch völlig egal.

Kapitel 22

Andrew

Es ist draußen bereits stockdunkel, als Andrew die Kopfhörer abnimmt und von seinem Spiel aufschaut. Langsam erhebt er sich vom Schreibtisch, schließt seine Bürotür auf und öffnet sie. Er lauscht in die Stille und hört nichts. Wenn Katharina und Mia zu Hause wären, dann wäre es niemals so leise im Haus. Eins der vielen Dinge, die Andrew an Katharina überhaupt nicht leiden kann. Wo immer sie sich aufhält, ist sie laut und verbreitet eine Unruhe, die ihn stört. Allein schon, wenn sie die Geschirrspülmaschine ein- oder ausräumt, macht sie einen Riesenkrach. Oder sie rennt mit dem Staubsauger durchs Haus und saugt sogar oben im Kinderzimmer und im Flur, obwohl sie genau weiß, dass er im Büro ist und Ruhe braucht. Andrew ist überzeugt davon, dass Katharina das absichtlich macht, um ihn zu ärgern oder gezielt zu provozieren. Aus diesem Grund meckert sie auch ständig an ihm herum. Was an sich schon ein Unding ist. Aber Kate ist nicht in der Lage, zu kapieren, was er für die Familie leistet. Ständig sucht sie nach einem Haar in der Suppe, findet es und macht ihm dann Vorwürfe: belanglose Dinge wie liegen gelassene Sachen, irgendwo vergessener Müll oder ein paar Barthaare im Waschbecken. Leider hat Katharina im Laufe der Jahre immer mehr ihr wahres und extrem streitsüchtiges Ich herausgekehrt. Kleinigkeiten, etwa wenn Andrew sich mit den Straßenklamotten zu Mia ins Bett legt oder wenn benutzte Teller auf der Anrichte stehen bleiben, bringen sie bereits zum Ausrasten. Aber ihre Zickigkeit ist nicht alles, was Andrew belastet: Katharina ist nicht nur kleinlich, sondern fast schon pedantisch. Mit übertriebener Sorgfalt achtet sie darauf, dass Mia beim geringsten Windhauch nicht ohne Mütze oder Schal aus dem Haus geht, die richtige Jacke anhat und für jedes Wetter exakt die passenden Klamotten. Ständig bildet Kate sich ein, ihm sagen zu können, wo es langgeht. Andrew kann einfach nicht nachvollziehen, warum sie nach all den Jahren noch immer nicht begriffen hat, dass er ihre Anweisungen nicht braucht, weil er selbst genau weiß, was richtig ist. Trotzdem glaubt sie immer wieder, ihm etwas vorschreiben und ihn kritisieren zu können. Und das alles nur wegen ihres Kontrollwahns. Das geht sogar so weit, dass Katharina von ihm verlangt, Mia zu sagen, wann sie etwas trinken und wann sie zur Toilette gehen soll. Andrew kann darüber nur genervt den Kopf schütteln. Er findet es nicht schlimm, wenn Mia auch mal ohne Jacke das Haus verlässt, und es interessiert ihn nicht, ob sie vor dem Kindergarten zur Toilette geht oder eben nicht. Seine Frau nennt das Egoismus und Desinteresse und merkt dabei leider nicht, dass ihr Kontrollwahn krankhaft ist und deshalb ständig mit seinem völlig normalen Verhalten kollidiert.

Sie wird es nie kapieren …

Seufzend und mit einem Anflug von Selbstmitleid geht Andrew die Treppe hinunter. Es liegt wieder kein Zettel auf dem Tisch, wo Mia ist.

Hat Katharina mir das etwa gesagt?

Sosehr er versucht, sich an etwas Derartiges zu erinnern, es will ihm einfach nichts davon einfallen. Also hat seine Frau ihm mal wieder nichts gesagt, kein Wunder bei ihrem egomanischen

Verhalten, das immer schlimmer wird. Schon seit Tagen redet sie überhaupt nicht mehr mit ihm. Seit dieser lächerlichen Drohung von ihr, dass sie sich von ihm trennen will, übt sie sich in Schweigen. Andrew muss unwillkürlich lachen bei dem Gedanken an eine Scheidung. Er weiß, dass Katharina das niemals machen würde. Sie ist überhaupt nicht in der Lage, ohne ihn klarzukommen, und das ist auch gut so. Tief im Inneren weiß Andrew natürlich auch, dass Katharina ihn niemals betrügen würde. Welcher Typ wäre dumm genug, auf sie hereinzufallen? Trotzdem stinkt es ihm, dass sie es offenbar versucht. Andrew verspürt keine Eifersucht dabei, sondern Wut. Blanke Wut darüber, wie Katharina es wagen kann, an so was auch nur zu denken, wo er doch alles für sie getan hat. Enttäuschend genug, dass sie ihm nicht die Dankbarkeit entgegenbringt, die er verdient. Aber dass sie ihn zum Narren hält und glaubt, ihm Hörner aufsetzen zu können, was früher oder später nicht unbemerkt bleiben würde, das macht ihn richtig sauer.

Das muss ich auf jeden Fall unterbinden!

Gezielt geht Andrew zu Katharinas Laptop, der geöffnet auf dem Schreibtisch in ihrem minikleinen Büro neben dem Gästebadezimmer steht. Mit den Fingern fährt er über das Touchpad und der Bildschirm leuchtet auf. Wut flammt in Andrew auf, weil Katharina den Laptop wieder angelassen hat.

»Ist ja mein Strom, den kann man ja verschwenden«, knurrt er böse. Erneut schüttelt er den Kopf, weil man kein Passwort eingeben muss, um auf den Desktop zu gelangen. Ihm selbst würde das nämlich nie passieren. Er hat alles passwortgeschützt, Handy, Rechner und sämtliche Accounts, die er benutzt. Aber Katharina scheint das entweder nicht für nötig zu halten oder schlichtweg vergessen zu haben.

Schön dumm …

Gezielt durchsucht er ihren Posteingang, stöbert in den Fotos herum und liest sämtliche Nachrichten bei Facebook. Zu seinem Verdruss kann er nichts finden, das darauf hindeutet, dass Katharina sich mit einem anderen Typen trifft.

»Dich krieg ich schon noch«, murmelt er, als er das Büro wieder verlässt. Er macht sich nicht die Mühe, die geöffneten Tabs wieder zu schließen oder auf sonstige Weise seine Spuren zu verwischen. Auf dem Weg zurück in sein Büro überlegt er, ob es sinnvoll wäre, eine Spycamera im Haus zu installieren. Wird Katharina so unverschämt sein, ihren Typen mit nach Hause zu bringen? Oder ist es sinnvoller, ihr noch einmal hinterherzuspionieren? Mittlerweile weiß er ja ungefähr, wo dieser Kerl wohnt. Eine Tatsache, die wieder zeigt, wie unglaublich gerissen Andrew ist. Niemand macht ihm etwas vor und schon gar nicht seine Frau. Hat sie wirklich ernsthaft geglaubt, sie könne ihn hinters Licht führen? Lächerlich!

Es war ein Kinderspiel für ihn und es wird ein Leichtes sein, sie noch einmal zu finden. Dieses Mal wird er aber nicht mittendrin aufhören und nach Hause fahren, sondern sein Ziel bis zum Ende verfolgen.

Andrew klickt noch ein paarmal gedankenverloren in sein Spiel hinein und beschließt dann, ins Bett zu gehen. Ohne seinen Rechner hinunterzufahren oder das Licht zu löschen. Schließlich hat er jedes Recht dazu, sich so zu verhalten. Immerhin ist er es, der hier das hauptsächliche Geld verdient und dann auch verprassen darf, wie er will. Leider eines der vielen Dinge, die Kate nicht verstehen kann. Gähnend verlässt Andrew sein Büro und geht hinüber ins Schlafzimmer, um sich seinen wohlverdienten Schlaf zu gönnen.

Kapitel 23

Den Bauch voller Schmetterlinge und den Kopf voller Gedanken, komme ich an diesem Abend nach Hause. Es ist fast Mitternacht, ich bin hundemüde, aber glücklich wie schon lange nicht mehr. Wie gut, dass ich Mia erst morgen abholen muss und mich jetzt gleich ins Bett legen kann! Mich einfach hinlegen, und noch ein bisschen dem Glück nachspüren, das überall in mir ist und mich immer wieder wellenartig überrollt und gedanklich davonspült. Außerdem will ich nachdenken. Darüber, was das Beste an dem heutigen Abend war. Ob es unser Kuss war, meine neue Wohnung oder die Tatsache, dass Jonas und ich uns gleich morgen wieder treffen. Wir wollen gemeinsam mit Mia auf den Spielplatz gehen, damit die beiden sich kennenlernen können. Und ich möchte mir Gedanken über das wahnsinnig großzügige Angebot von Jonas machen. Weil ich es annehmen möchte und so schnell wie nur irgendwie möglich in die Wohnung einziehen will. Gleich morgen, nach dem Kennenlernen von Mia und Jonas, möchte ich mit Mia darüber sprechen. Dann werde ich mir einen Umzugstransporter und zwei Helfer mieten, einen Tag abwarten, an dem Andrew bis abends im Außendienst ist. Das kann ich in seinem Kalender einsehen und dann den Umzug über die Bühne bringen. Die

Tatsache, dass ich weder einen fixen Einzugstermin habe, noch Provision oder Kaution zahlen muss, macht die Sache fast unwirklich einfach. Die halbe Nacht liege ich wach im Bett, drehe und wende meine Gedanken hin und her, bis ich an dem Punkt angekommen bin, dass ich den Umzug so schnell wie möglich über die Bühne bringen muss. Gleich morgen, wenn ich Jonas sehe, werde ich ihn fragen, ob ich in zwei Wochen, zum Anfang des nächsten Monats, bei ihm einziehen darf. Mia wird natürlich erst einmal mit mir mitkommen, bis das Sorgerecht mit Andrew gerichtlich geklärt ist.

* * *

Wir haben vereinbart, uns direkt auf dem Spielplatz im Neubaugebiet zu treffen. Mia und ich sind hier noch nie gewesen, haben aber gesagt, dass wir dort hinkommen können, weil Jonas sich hier auskennt und ohne fremde Hilfe dorthin laufen kann.

Viel zu früh machen Mia und ich uns auf den Weg. Zum einen, weil die Stimmung zu Hause wieder unerträglich ist und Andrew einen Seitenhieb nach dem anderen platziert, und zum anderen, weil Mia es nicht mehr abwarten kann, den neuen Spielplatz zu erkunden. Vor Jonas dort zu sein, hat den Vorteil, dass Mia Zeit hat, sich zu orientieren und anzufangen zu spielen, dann ist nicht alles auf einmal neu für sie, wenn Jonas kommt, und sie kann sich ihm langsam annähern. Allerdings muss ich feststellen, dass Jonas den gleichen Gedanken gehabt zu haben scheint, dass er gern erst ein wenig Zeit allein in der ungewohnten Umgebung verbringen und sich sammeln wollte, bevor ich mit Mia eintreffe. Er sitzt bereits auf einer der Parkbänke ganz in der hintersten Ecke unter einem großen Baum und schaut in die Luft. Mia bemerkt ihn nicht. Obwohl ich ihr gesagt habe, dass wir hier einen Freund von mir treffen werden, den sie kennenlernen soll. Diesen Teil des Nachmittags scheint sie wieder vergessen zu haben, denn sie rennt direkt los zur großen Schaukel. Lächelnd schaue ich ihr hinterher und gehe dann hinüber zu der Parkbank, auf der Jonas sitzt.

»Hey, Jonas!«, rufe ich schon von Weitem, damit er weiß, dass wir auch schon da sind.

Jonas hebt die Hand und nickt in meine Richtung.

»Du bist aber früh dran!«, sage ich leise, als ich mich neben ihn setze. Für einen winzigen Moment überlege ich, ihm einen Begrüßungskuss zu geben. Aber zu groß ist meine Sorge, Mia könnte es sehen und sich wundern, und ich will Jonas auch nicht damit überrumpeln.

»Ich wollte mich zuerst ein bisschen mit der Umgebung vertraut machen«, gibt Jonas zu. »Ganz in Ruhe, ohne euch.«

»Hat das geklappt?«, will ich wissen.

»Ich denke schon.« Jonas nickt kurz und legt dann den Kopf schief. Ich merke förmlich, wie er nach Mia lauscht. Der Spielplatz ist ziemlich gut besucht, was nicht ungewöhnlich ist für einen sonnigen Sonntagnachmittag. Ich kann mir aber gut vorstellen, dass diese Tatsache für Jonas alles erschwert.

»Mia ist nicht bei uns«, erkläre ich deswegen. »Sie ist gleich schaukeln gegangen.«

»Hat sie mich schon gesehen?«

»Nein, ich denke nicht. Sollen wir gemeinsam hin oder soll ich sie zu uns rufen?«

»Lass sie spielen«, beschließt Jonas. »Sie wird schon kommen.«

Eine Weile sitzen wir einfach stumm nebeneinander. Ich beobachte meine Tochter, wie sie hoch in die Luft schaukelt, und frage mich, wie das für Jonas sein mag. Still in der Dunkelheit sitzen zu müssen, abgekapselt von der lauten und fröhlichen Welt um ihn herum. Schweigend legt sich meine Hand auf Jonas' Finger. Meine Sorge, er könnte seine Hand zurückziehen, erweist sich als vollkommen unbegründet. Wie selbstverständlich nimmt Jonas meine Hand und drückt sie sanft. Sofort fühle ich die vertraute Wärme, die überall in mich hineinzufließen scheint.

»Du wolltest mir noch mal Übungen zeigen«, erinnere ich ihn, als wäre mir das erst in dem Moment eingefallen. In Wirklichkeit denke ich allerdings ständig daran.

»Ich finde, du bist bereits viel entspannter«, lobt Jonas mich. »Du weißt doch, worauf es ankommt. Alles loslassen, was dich belastet oder in irgendeiner Form hinderlich für dich sein könnte.«

»Auch meine Träume, ich weiß.« Ich kann nicht verhindern, dass mich ein Anflug von Wehmut überkommt.

»Träume aufgeben klingt nicht gut«, stellt Jonas fest. »Das klingt nach Resignation und klein beigeben. Aber das ist es doch nicht. Du gibst deine Träume nicht auf, du fokussierst sie neu. Lässt die alten zurück und machst dir dafür neue, bessere zum Ziel.«

»Was, wenn ich keine neuen Träume habe?«

»Du hast aber einen Traum!« Jonas drückt meine Finger fest zusammen. »Du möchtest ans Meer. Was hältst du davon, wenn wir uns ein ganz konkretes Zeitlimit setzen?«

»Wie meinst du das?«

»Nächstes Jahr im Sommer!« Jonas' Blick wird wieder von seiner dunklen Sonnenbrille abgeschirmt, aber ich kann erahnen, dass er leicht über meinen Kopf hinweg geht. Seine Stimme dagegen klingt fest und überzeugend.

»Was ist nächstes Jahr im Sommer?«, frage ich nach.

»Da fliegen wir zusammen ans Meer«, antwortet Jonas mir. »Du, ich und Mia.«

»Ist das dein Ernst?« Völlig überrascht höre ich auf, Mia zu beobachten, und starre Jonas an. Nichts in seiner Mimik verändert sich, seine Haltung ist komplett reglos.

»Selbstverständlich ist es mein Ernst«, bestätigt er. »Wir werden uns etwas buchen und gemeinsam da hinfliegen. Als Paar, wenn du das möchtest. Als Freunde, wenn du das andere nicht möchtest. Aber wir werden auf jeden Fall zusammen hinfliegen.«

»Versprichst du mir das?«

»Ja.« Jonas zieht meine Finger an seine Lippen und gibt mir einen Kuss darauf. »Das verspreche ich dir!«

»Danke!« Da ist es wieder, dieses glückselige Zufriedenheitsgefühl ganz tief in meinem Bauch. Es wird durch das sanfte Flügelschlagen meiner Schmetterlinge in jede Faser meines Körpers gefächelt und lässt mich breit grinsen.

»Mama!«, ruft Mia und kommt auf mich zugerannt. Sofort lasse ich Jonas' Hand los, breite meine Arme aus und nehme Mia in Empfang.

»Na, Maus?« Ich drücke ihr einen Kuss auf die Stirn. »Genug geschaukelt?«

»Ich hab gesehen, dass du lachst!«, ruft Mia und strahlt mich an. »Das ist so schön, wenn du das machst.«

Liebevoll schiebe ich sie ein kleines Stück von mir weg. »Schau mal, das ist der Freund, von dem ich dir erzählt habe. Sein Name ist Jonas.«

Mia dreht sich um und starrt Jonas für ein paar Sekunden einfach nur an.

»Hallo, Mia«, sagt Jonas freundlich. »Wie schön, dich kennenzulernen!«

»Bist du der Blinde?«

Ich spüre, wie mir die Röte in die Wange schießt aufgrund Mias unverhohlener Frage. Aber Jonas lächelt und antwortet nur: »Ja, ich bin der Blinde. Und du bist das liebe kleine Mädchen, von dem ich schon so viel Gutes gehört habe, ja?«

Doch Mia ignoriert Jonas' Schmeichelei. Sie tritt ganz dicht an ihn heran, hält ihre Hand vor seine Augen und wedelt leicht damit auf und ab. Erst als Jonas keinerlei Reaktion zeigt, lässt sie ihren Arm wieder sinken.

Noch immer ist mir ganz heiß im Gesicht. Ich unterdrücke den Impuls, Mia zu sagen, dass sie das lassen soll.

»Du bist wirklich blind«, stellt sie mit einem seltsamen Anflug von Zufriedenheit fest.

»Komplett blind!«, bestätigt Jonas.

»Warst du schon immer so?«, fragt Mia. »Oder bist du so geworden?«

»Ich war schon immer so. Im Grunde wurde ich so geboren.«

»O nein! Dann kannst du jetzt gar nicht mit mir auf den Spielplatz gehen und spielen und schaukeln?« Mias Mundwinkel sinken nach unten und ihre Enttäuschung ist sichtbar.

»Wenn du mich zur Schaukel führst und mir alles zeigst, dann versuche ich es mal.« Jonas steht auf und streckt Mia seine Hand hin. »Hilfst du mir? Kannst du das?«

»Aber klar!« Mit großer Begeisterung springt Mia auf und schnappt sich Jonas' Hand. Gerade als ich rufen will, dass sie langsam machen soll, stelle ich fest, dass das überhaupt nicht nötig ist. Instinktiv geht Mia langsam, Schritt für Schritt, direkt vor Jonas her und lotst ihn zum Spielplatz.

»Achtung, Stufe!«, sagt sie laut. »Ganz langsam, mit diesem Fuß zuerst runter, ja so ist es gut. Super, du hast es geschafft!«

Jonas kommt heil bei der Schaukel an und Mia zeigt ihm mithilfe von Drücken und Schieben und lauten Anweisungen, wie er sich draufsetzen muss. Voller Freude applaudiert sie, als ihr Plan aufgeht.

»Ich schubse dich an, ja?«, quiekt sie vergnügt.

»Nicht so hoch, bitte«, sagt Jonas und jauchzt, als er in die Luft schwingt. Es ist schwer zu sagen, wer von den beiden mehr Freude daran hat. Möglicherweise bin sogar ich die Glücklichste von uns dreien, denn ich stehe da, schaue zu und kann nicht in Worte fassen, wie zufrieden ich bin.

»Lass mich wieder runter«, ruft Jonas lachend und Mia hört sofort auf, ihn anzuschubsen. Die Schaukel schwingt aus, und ich gehe auf Jonas zu.

»Vielen Dank, Mia«, sage ich freundlich zu meiner Tochter. »Du kannst spielen gehen, ich übernehme das.«

»Oki doki!« Mia wirft uns einen Handkuss zu, den nur ich sehen kann.

»Sie ist toll.« Jonas klopft sich den Staub von seiner Hose und hängt sich wie selbstverständlich bei mir ein.

»Und du bist verrückt!«, schimpfe ich lachend. »Gehst schaukeln und lässt dich von einer Sechsjährigen führen.«

»Kinder sind wundervoll«, schwärmt er. »Sie würden einen niemals in einen Abgrund führen oder irgendwo davor laufen lassen.«

»Wow!«, mache ich anerkennend. »Das nenne ich Vertrauen.«

»Es liegt einfach nicht in der Natur des Menschen, so etwas zu tun. Erst recht nicht bei Kindern. Ganz im Gegenteil, meistens sind gerade Kinder sehr achtsam und einfühlsam.«

»Das bedeutet, du lässt dich von jedem führen?« Ich spüre den kleinen Stich tief in meiner Magengrube. Dieser kommt nicht daher, dass Mia eben auf den höchsten Turm des Spielplatzes klettert, um zu rutschen, sondern von der Ernüchterung, dass es nichts mit Vertrauen zu tun hat, dass Jonas sich so bereitwillig von mir führen lässt.

»Das habe ich so nicht gesagt.« Tröstend greift Jonas meinen Arm fester und fügt lächelnd hinzu: »Außerdem sind manche Menschen echt schlecht im Führen. Nicht aus böser Absicht heraus, sondern weil sie es einfach nicht besser können. Das bedeutet für mich dann großen Stress, und so etwas wie sich nebenbei unterhalten ist dann nicht möglich, weil ich viel zu sehr mit meiner Umgebung beschäftigt bin.«

»Wir können uns dabei unterhalten, das bedeutet, ich mache das gut. Ich bin also ein Naturtalent«, witzle ich. Genau in dem Moment, als Jonas etwas darauf erwidern will, sehe ich etwas, das meine Aufmerksamkeit erregt und mich erschaudern lässt.

Andrew!

Mein Herz beginnt zu rasen, und ich bleibe so abrupt stehen, dass Jonas verstummt. Ich will die Richtung wechseln, umdrehen. Wegrennen. Ich will nicht weiter zur Rutsche gehen, sondern irgendwo anders hin. Weg von ihm. Aber meine Tochter ist da hinten, und das bedeutet, ich kann nicht weg. Deswegen bleibe ich einfach wie angewurzelt wortlos stehen.

Es wäre ohnehin zu spät. Binnen einer Minute steht Andrew vor mir. Hoch aufgerichtet, mit gestreckten Schultern, schaut er kopfschüttelnd zwischen Jonas und mir hin und her.

Jonas drückt meinen Arm fester, fühlt die Anspannung und ich spüre seine unausgesprochene Frage. Ich komme nicht dazu, ihm zu antworten.

»Du dumme Schlampe!«, zischt Andrew mir voller Abscheu zu. »Betrügst mich mit einem Krüppel.«

Die Luft um uns herum ist plötzlich schneidend kalt. Für eine Sekunde stehen wir einfach nur da, ich starre auf Andrews Brust, die sich viel zu schnell hebt und senkt, und lasse dann meinen Blick über den Spielplatz huschen. Innerhalb weniger Augenblicke versuche ich, Menschen zu finden, die uns helfen können, falls das hier eskalieren sollte.

»Hören Sie auf, uns zu belästigen!« Es ist Jonas, der letztendlich antwortet. Mit ruhiger und fester Stimme, ohne auch nur einen Millimeter vor Andrew zurückzuweichen. »Sonst rufe ich die Polizei.«

»Du hast mir gar nichts zu sagen!«, blufft Andrew ihn an. »Wenn du noch einmal meine Frau oder meine Tochter anrührst, dann bist du bald nicht nur blind, sondern zusätzlich auch im Rollstuhl. Haben wir uns verstanden?«

»Das reicht, Andrew!« Es kostet mich alle Willenskraft, nicht zu schreien. Am liebsten würde ich laut um Hilfe rufen, den fußballspielenden Vater neben uns um Beistand bitten, aber ich tue es nicht. Zu groß ist meine Angst, Mia könnte es sehen oder mitbekommen. Ich will sie da nicht mit hineinziehen.

Was macht es mit einem Kind, wenn es so eine Situation mitansehen muss?

»Lass uns gehen, Kate!« Jonas zieht an meinem Arm, versucht, mich seitlich in Bewegung zu setzen. Aber ich bleibe stehen.

Sei selbstbewusst und zeige ihm das!

»Wir sind geschiedene Leute, Andrew«, sage ich. »Wenn du noch einmal Drohungen aussprichst, werde ich dich anzeigen und bei der Polizei melden.«

Andrew schnappt hörbar nach Luft. Einen Moment lang fürchte ich, er werde ausholen und entweder Jonas oder mir eine reinhauen. Doch in derselben Sekunde kommt Mia von hinten angerannt. Kurz setzt mein Herz aus.

Bitte Andrew, nicht vor unserer Tochter!

»Papa!«, ruft Mia in die zum Zerreißen gespannte Luft. »Wo kommst du denn her?«

Wie gebannt starre ich Andrew an, die pulsierende Ader an seinem Hals und seine gestrafften Schultern. Er fixiert meinen Blick und legt all seine Wut und seinen Zorn hinein. Dann plötzlich wendet er sich abrupt ab, seiner Tochter zu.

»Mia-Mäuschen«, sagt er mit völlig veränderter Stimme und streckt die Arme nach ihr aus. Aus ihrem Lauf heraus nimmt er Mia auf den Arm und drückt sie. »Ich bin gekommen, um dich abzuholen.«

»Wo gehen wir hin?«

»In *dein* Zuhause!« Andrew legt die Betonung ganz gezielt auf dieses eine Wort, und ich verstehe, was er mir damit sagen will.

»Aber ich will noch mit Mama und Jonas hierbleiben!« Mia strahlt ihren Vater an und deutet mit dem Finger dann auf Jonas. »Er ist blind und kann ohne mich nicht schaukeln.«

»Wir gehen«, bestimmt Andrew und setzt sich bereits mit Mia auf dem Arm in Bewegung. »Du störst deine Mutter. Sie möchte lieber mit ihrem neuen Freund allein sein.«

»Das stimmt nicht«, rufe ich den beiden hinterher. »Mia kann immer bei mir sein und …«

»Kate …« Jonas drückt meinen Arm fester. »Das bringt jetzt nichts. Mia fühlt sich dann nur zwischen euch hin- und hergerissen und es wird immer schwerer für sie.«

»Aber es stimmt nicht, was er sagt!«

»Ich weiß das, Kate. Mia weiß es im Grunde ihres Herzens auch und sobald du bei ihr zu Hause bist, wirst du es ihr erklären.«

Ich kämpfe mit den aufsteigenden Tränen der Wut in meinen Augen und werfe Mia so lange Handküsse hinterher, bis sie mit Andrew aus meinem Sichtfeld verschwindet. Dann lasse ich resigniert die Hand sinken. Ich spüre förmlich, wie ich in mich zusammenfalle.

»Warum ist er so? Warum kann er sich nicht wenigstens unserer Tochter zuliebe zusammenreißen?«

Jonas gibt mir keine Antwort. Wir machen uns gemeinsam daran, den Spielplatz zu verlassen. Ich muss mir Mühe geben, meinen Schritt langsam zu halten und nicht meiner Tochter hinterherzurennen. Am Tor des Spielplatzes bleibe ich kurz stehen, drücke Jonas' Arm, um ihm anzuzeigen, dass es hier eine kleine Stufe hinuntergeht. Wir haben nie besprochen, ob dieses Verhalten für ihn tatsächlich gut und hilfreich ist, aber da er sich nie darüber beschwert hat, gehe ich einfach davon aus und führe es so fort.

Als wir schon fast an meinem Auto sind und ich nicht mehr mit einer Antwort rechne, sagt Jonas: »Ich denke, du hast das schon ganz richtig erkannt und gesagt.«

»Was meinst du jetzt?«, hake ich nach, ziehe meinen Autoschlüssel aus der Tasche und suche mit den Augen die Straße nach Andrews Geländewagen ab. Natürlich ist er längst verschwunden.

»Ich meine deinen Mann«, erklärt Jonas. »Er kann tatsächlich keine Rücksicht auf Mia nehmen. Er *kann* es nicht. Weil er ein Narzisst ist.«

»Du bist dir sicher, oder?« Obwohl ich insgeheim längst für mich beschlossen habe, dass es keine Rolle spielt, beschäftigt mich diese Frage. Es würde so viel erklären und es würde mir zeigen, dass, egal was ich getan hätte, nie eine Chance für meine Ehe bestand.

»Ich denke, dass er zumindest eine narzisstische Persönlichkeitsstörung hat«, sagt Jonas nachdenklich. Er bleibt neben mir stehen, hält aber weiterhin meinen Arm fest. »Und das bedeutet, dass du so schnell wie möglich von ihm wegmusst. Von zu Hause weg. Denn eure Trennung wirft ihn aus der Bahn. Sie zeigt ihm, dass du ihn nicht mehr liebst, verehrst und bewunderst. All das, von dem Narzissten leben. Er wird sauer werden. Aggressiv. Unberechenbar.«

Trotz der hellen Sonnenstrahlen, die warm auf meinen Nacken scheinen, läuft mir bei seinen Worten ein eisiger Schauer den Rücken hinunter.

»Hast du Angst vor ihm?«, flüstere ich.

»Ich? Nein. Nicht um mich. Aber um euch.«

»Denkst du, er würde uns was tun?«

»Ich denke nicht, dass er *euch* körperlich etwas antun würde, nein.« Jonas seufzt tief auf, löst seinen Arm aus meinem und klappt seinen Blindenstock auf. »Aber ich denke, dass er mit allen manipulativen Wegen, die er findet, Mia auf seine

Seite ziehen will, damit du am Ende die Böse bist und allein dastehst.«

»Du denkst, er will mich und Mia entzweien?« Mein Hals brennt und es fühlt sich an, als würde ich versuchen, einen dicken Ball hinunterzuwürgen. Ich beschließe, ehrlich zu Jonas zu sein und meine Frage laut auszusprechen. »Ich verstehe das alles nicht! Warum will der Mann, der mich einst aus Liebe geheiratet hat, mich plötzlich am Boden sehen?«

»Die Antwort bleibt dieselbe wie eben, Kate. Weil er ein Narzisst ist.« Jonas spricht noch immer ruhig, aber er klingt traurig. »Diese Menschen sind wahre Meister, wenn es darum geht, die Realität zu verdrehen. Er wird dir Mia entfremden und er wird es ohne Mühe schaffen, dir für alles, was geschehen ist und was noch kommen wird, die Schuld zu geben. Und am Ende wirst du es glauben und daran zugrunde gehen.«

»Aber ich weiß das doch jetzt. Mir ist doch klar, dass er es versucht, und ich werde nicht darauf reinfallen.«

»Er wird dich damit in den Wahnsinn treiben, Kate. Niemand hält das auf Dauer aus. Irgendwann bekommst du einen Nervenzusammenbruch.«

Ich beiße fest die Backenzähne aufeinander und verschweige ihm, dass ich jenen Nervenzusammenbruch längst schon hatte. Mir ist natürlich vollkommen bewusst, dass dieser sehr viel schlimmer hätte enden können, als nur im Straßengraben festzustecken.

»Du hast recht«, räume ich ein. »Aber was soll ich tun, Jonas?«

Abwartend schaue ich ihn an und bin plötzlich unendlich dankbar für diesen Freund an meiner Seite.

»Geht dein Mann morgen arbeiten?«

»Ja. Den ganzen Tag. Vor 18 Uhr wird er im Außendienst sein.«

»Gut.« Jonas nickt. Seine Hand schließt sich fest um den Griff seines Blindenstocks. »Sag mir, wo er arbeitet, ich werde mich erkundigen, ob er wirklich dort ist. Dann schicke ich dir um zehn Uhr einen Umzugswagen und zwei oder drei Helfer, die dir packen helfen. Mach dir heute Nacht eine Liste, was alles mitmuss. Nimm lieber zu viel mit als zu wenig. Rechne damit, dass er die Schlösser austauscht und du erst mal nicht mehr ins Haus kommen wirst. Wir müssen das alles morgen gleich über die Bühne bringen.«

»Ich soll morgen gleich umziehen?« Mein Herz klopft hart gegen meine Brust. »Ohne Vorwarnung?«

»Ja. Morgen sofort. Alles andere wird sich zeigen.« Er setzt sich in Bewegung, bleibt dann aber noch mal kurz stehen und fügt hinzu: »Mach dir keine Gedanken. Mia wird ohne Zweifel mit dir kommen.«

»Ja …« In meinem Kopf überschlägt sich alles. Ich weiß, dass Jonas recht hat und wir das alles sofort erledigen müssen. Ansonsten wird es nur noch komplizierter …

»Hast du Mia meinen Nachnamen verraten?«, unterbricht Jonas meine Gedanken.

»Nein. Ich habe ihn niemandem gesagt.« Ich verdränge den schwarzen Geländewagen, der mir damals folgte, aus meinen Gedanken, atme tief durch und beschließe dann, meine Sorge laut auszusprechen. »Was ist, wenn er dich findet?«

»Ich habe keine Angst vor ihm«, wiederholt Jonas seine Worte von vorhin. »Und selbst wenn ich welche hätte – es gibt keinen anderen Weg. Das weißt du.«

»Danke, Jonas«, sage ich und schaue zu, wie er davongeht. »Ich danke dir für alles.«

Er reagiert nicht mehr, aber ich bin mir sicher, dass er mich verstanden hat. Erneut seufze ich, entriegle meinen Wagen und setze mich hinter das Steuer, um zu meiner Tochter zu fahren. Sobald Andrew heute Nacht eingeschlafen ist, werde ich anfangen zu packen. Ich starte den Motor, fahre los und ignoriere das mulmige Gefühl in meinem Bauch.

Kapitel 24

Ziellos streife ich im Haus umher, nehme Sachen in die Hand und stelle sie wieder in den Schrank. Wider Erwarten schläft Andrew tief und fest, sodass ich ohne Schwierigkeiten die Dinge im Haus einpacken könnte, die ich damals mit in die Ehe brachte. Ich entscheide mich aber dagegen. Zum einen habe ich weder die Zeit noch die Nerven, Geschirr, Deko und sonstige Sachen nach »meins« und »deins« zu trennen, in Zeitungspapier zu wickeln und in meine wenigen Kartons zu packen. Zum anderen habe ich keine Lust, mich anschließend mit Andrew herumschlagen zu müssen, weil er behaupten wird, dass diese Gegenstände ja doch alle ihm gehören. Auch wenn es nicht wahr ist und ich noch so penibel darauf achte, nichts von ihm mitzunehmen. Mir ist völlig klar, dass er nichts, aber auch überhaupt nichts kampflos aufgeben wird. Weder Mia noch so was Belangloses wie Teller oder Tassen. Lieber werde ich alles auf einem Flohmarkt kostengünstig gebraucht erwerben und mir jede weitere Auseinandersetzung mit Andrew ersparen. Ich will nur noch weg von ihm. Jede Faser meines Körpers schreit förmlich danach, mich von ihm fernzuhalten.

Du wohnst dann bei Jonas im Haus. Er kann dir bestimmt mit den verschiedensten Dingen aushelfen …

Vielleicht können wir uns irgendwie miteinander arrangieren. Spontan kommt mir die Idee, für ihn zu putzen, den Garten und das Haus in Schuss zu halten, und er kann mir nach Bedarf den einen oder anderen Gegenstand ausleihen. Wichtig ist deswegen vor allen Dingen, die Sachen von Mia einzupacken und mitzunehmen. Wenn Mia schon so eine große Veränderung erlebt und sich an so viel Neues gewöhnen muss, dann soll sie wenigstens ihr Kinderzimmer so weit wie möglich behalten dürfen. Ihre Sachen müssen mit, ihre Möbel müssen in den Umzugslaster passen und ihre Spielsachen in die Kartons. Das werde ich morgen machen, wenn Mia im Kindergarten ist und die Helfer da sind. Mein Bett aus dem Gästezimmer und das Nötigste an Klamotten. Alles andere werde ich wohl zurücklassen müssen.

Erst als Andrew zu Kunden gefahren ist, ich Mia in den Kindergarten gebracht habe und gegen halb zehn ein weißer Lieferwagen vors Haus fährt, wage ich es, aufzuatmen. Es klingelt und ich öffne die Türe. Drei junge Männer stehen auf der Schwelle und grinsen mich an.

»Hey«, sagt einer von ihnen mit stark arabischem Akzent, wischt sich die Hand an seiner schmutzigen Jeans ab und streckt sie mir dann entgegen: »Ich bin Tamer. Wir sind Freunde von Jonas und helfen dir beim Umzug.«

»Oh, ja, ähm, danke sehr«, sage ich verlegen und schüttle ihm die Hand.

»Ist *er* da?«, will ein anderer wissen und streckt sich, um über mich drüber ins Haus sehen zu können. Ich registriere seine Größe, seine breiten Schultern und durchtrainierten Arme. »Müssen wir erst an ihm vorbei oder ist die Luft rein?«

»Er ist nicht da«, gebe ich schnell zurück und sehe, wie mein Gegenüber seine Kampfhaltung aufgibt. Ich habe keine Ahnung, was Jonas seinen Freunden über Andrew erzählt hat, aber ganz offensichtlich nichts Gutes. Ich bin mir nicht sicher, ob mich diese Erkenntnis beruhigt, weil ich mich durch das Mitwissen der drei Männer sicher fühle, oder ob es mich eher gruselt, weil Jonas Andrew für unberechenbar zu halten scheint. Dass ich mittlerweile selbst fast Angst vor Andrew habe, ist etwas, was ich mir nur ganz schwer eingestehen kann.

»Wo sollen wir anfangen?«, fragt der Mann, der sich mit dem Namen Tamer vorgestellt hat. »Sag uns, was wir einladen sollen. Jonas meinte, wir müssen alles in wenigen Stunden über die Bühne bringen.«

»Ja, das ist richtig. Kommt mit.« Ich trete beiseite, lasse die drei ins Haus und führe sie zuerst ins Kinderzimmer. Sie haben nicht nur jegliche Art von Werkzeug dabei und äußerst geschickte Hände, sodass die Möbel in Windeseile auseinandergeschraubt sind, sondern sie haben auch große Umzugskartons, in die ich nun Mias Sachen packe. Es ist mir ein Rätsel, wo Jonas von einem Tag auf den anderen ein so fähiges Team und den passenden Lieferwagen dazu herbekommen hat. Es dauert nur wenige Stunden, und alles ist verladen.

»Muss sonst noch was mit?«, fragt mich Tamer.

Erneut schaue ich mich suchend im Haus um, wissend, dass ich dieses Haus nicht mehr so schnell betreten werde, wenn ich nachher die Türe hinter mir zuziehe. Schon gar nicht allein. Sobald ich Mia vom Kindergarten abhole, fahren wir in unsere gemeinsame Wohnung und dort werden wir auch bleiben. Mit Mia habe ich gestern Abend noch gesprochen und ihr genau diesen Ablauf erklärt. Ich war froh, dass sie nicht geweint hat, bin mir aber sicher, dass das noch kommen wird.

Jetzt muss ich nur noch die Scheidung einreichen …

Ich habe mir bereits einen Anwalt gesucht, und einen Termin vereinbart. Es ist mir vollkommen klar, dass es kein Zurück mehr gibt.

»Kate?«, spricht Tamer mich erneut an und reißt mich aus meinen Gedanken. »Entschuldigung, aber sollen wir noch etwas einladen?«

Ich gebe mir einen Ruck und deute in die Ecke neben der Couch.

»Der Käfig muss noch ins Auto«, sage ich bestimmt. »Die Vögel müssen mit. Sie gehören meiner Tochter.«

Zwei der Männer heben den Käfig hoch und tragen die laut schimpfenden Wellensittiche nach draußen. Ich schnappe mir den Futtereimer, der neben dem Käfig steht, und folge ihnen nach draußen. Ich werfe einen Blick zum Nachbarhaus hinüber, in der Hoffnung, Alina irgendwo im Hof zu sehen, um mich von ihr verabschieden zu können, doch sie ist nicht da. Ein letztes Mal atme ich tief durch und dann ziehe ich die Haustüre hinter mir zu. Sie fällt mit einem lauten Rumms ins Schloss. Ich drehe mich nicht um, als ich die steinerne Treppe nach unten gehe und auch nicht, als ich mich in mein Auto setze, um dem weißen Lieferwagen zu folgen.

Kapitel 25

Knapp zwei Stunden später sitze ich zusammen mit Mia in meinem Auto und bin auf dem Weg zu Jonas' Wohnung. Meine sonst stets so gut gelaunte Tochter spricht kein Wort mit mir, sondern schaut mürrisch aus dem Fenster.

»Ich will nicht woanders wohnen«, sagt sie in Endlosschleife und ich höre an ihrer Stimme, wie es ihr geht. Mein Herz fühlt sich an, als würde es zu einem matschigen Klumpen zusammenschrumpfen, während mein Geduldsfaden immer unstabiler wird.

»Wir werden es schön haben, Mäuschen«, versuche ich, sie zu trösten. »Du hast auch dort dein eigenes Zimmer und wir können in den Garten hinaus und du kannst in deinem Kindergarten bleiben. Wir beide werden ganz viel Zeit miteinander verbringen und du wirst endlich die entspannte und glückliche Mama haben, die du verdienst. Ich verspreche dir, wir werden aus allem das Beste machen.«

»Und Papa?«, unterbricht sie mich. »Der bleibt allein?«

Glaub mir, das ist besser so …

»Papa bleibt da wohnen und passt auf das Haus und dein Kinderzimmer auf. Und du kannst ihn besuchen, wann immer du möchtest!«

Irgendein Teil tief in mir klammert sich vehement an die Vorstellung, dass Andrew mit dem Ganzen wie ein zivilisierter Familienvater umgehen wird. Ob es gesunder Menschenverstand ist oder eine naive Hoffnung, vermag ich nicht zu sagen.

»Ich habe dort dann kein Bett mehr«, mault sie. Ich kann förmlich hören, wie ihre Stimme bricht.

»Du schläfst dann bei Papa im großen Bett. Es gibt für alles eine Lösung, bitte mach dir keine Sorgen!« Ich setze den Blinker und parke in der Einfahrt auf dem Stellplatz, der in Zukunft meiner sein wird. Der weiße Lieferwagen steht direkt vor der Garage und die drei Männer sind noch immer damit beschäftigt, unsere Sachen hineinzutragen und oben gleich aufzubauen.

Jonas muss mich gehört haben, denn kaum stelle ich den Motor ab, tritt er in die Einfahrt heraus. Er wartet neben meinem Auto, bis ich ausgestiegen bin und Mia aus dem Kindersitz geholt habe.

»Wir schaffen das«, flüstert er mir zu. Unbemerkt greift er hinter meinem Rücken nach meiner Hand und drückt sie kurz. Nur eine winzige Geste, und doch sagt sie so viel aus. Noch bevor ich mir darüber Gedanken machen kann, wie Jonas so zielsicher meine Hand gefunden hat, lässt er sie bereits wieder los. Stattdessen wendet er sich Mia zu. Vorsichtig geht er zu ihr in die Hocke.

»Hallo, Große«, sagt er und streckt die Hand in ihre Richtung. »Du hast mir gezeigt, wie man schaukelt. Als Dankeschön hab ich ein Geschenk für dich. Magst du es sehen?«

»Ja!«, ruft Mia begeistert. Alle Betrübnis scheint zumindest für diesen Augenblick verflogen zu sein. Lächelnd beobachte ich, wie sie Jonas' Hand nimmt und sich suchend umsieht. »Wo ist es denn?«

»Komm, ich bringe dich hin.« Langsam richtet Jonas sich auf und dreht sich in Richtung Haus. »Mach die Augen zu, okay? Dieses Mal führe ich dich.«

»Das kannst du nicht, denn du kannst doch gar nichts sehen!« Mia lacht überrascht auf.

»Aber ich kenne mich hier aus. Vertrau mir.«

Jonas geht zielstrebig in Richtung Haus und lotst meine langsam gehende Tochter, die ganz offensichtlich wirklich die Augen zugemacht hat, hinter sich her. Gemeinsam gehen sie die Treppe ins Obergeschoss hinauf und ich muss lächeln bei dem rührenden Anblick, wie sie sich gegenseitig führen. In der Wohnung angekommen, bringt Jonas Mia in das hinterste Zimmer, das ebenfalls einen Zugang zum Balkon hat. Ich stelle mich auf Zehenspitzen und luge Jonas über die Schulter. In der Ecke steht bereits das weiße Kinderbett aufgebaut. Auch Mias großer Kleiderschrank ist bereits fertig. Ich staune, wie fix das alles ging …

Bei Andrew hätte das Wochen gedauert …

Ein spitzer Freudenschrei dringt zu mir herüber. Ich trete ins Zimmer und mein Blick fällt auf ein großes geschecktes Schaukelpferd, das vor Mias Bett steht. Es ist mindestens einen Meter hoch, mit kuscheligem Plüsch bezogen und einem Ledersattel auf dem Rücken.

»Wow«, mache ich anerkennend. »Das sieht toll aus. Wo hast du das denn so schnell her?«

»Ich möchte, dass sich Mia hier wohlfühlt!«, sagt Jonas und dreht sich dabei in meine Richtung. »Und deshalb wird sie alles bekommen, was dafür nötig ist.«

»Danke, Jonas!« Ich mache einen Schritt auf ihn zu, berühre ihn am Handgelenk und nehme ihn in den Arm. Nichts möchte ich in diesem Augenblick lieber machen, als diesen wundervollen Menschen ganz fest an mich zu drücken und mich bei ihm zu bedanken. Mia soll ruhig sehen, wie sehr ich Jonas mag und wie liebevoll wir hier miteinander umgehen werden. Etwas, das sie vermutlich von Andrew und mir überhaupt nicht mehr kennt und nun wundersamerweise erfahren darf.

»Komm her, Mia«, rufe ich. Sie löst sich von ihrem neuen Schaukelpferd und kommt auf uns zu. Wie selbstverständlich nehmen Jonas und ich sie in unsere Mitte. Mia atmet tief ein und schmiegt sich genüsslich an uns beide. Zu meiner Freude genauso an Jonas wie an mich.

»Es wird gut werden hier, Maus«, flüstere ich ihr ins Ohr und drücke ihr einen Kuss auf den Scheitel. »Wir machen es uns schön und wir werden es wunderbar haben. Das verspreche ich dir!«

* * *

Am späten Nachmittag sind die Umzugshelfer mit allem fertig und machen sich auf den Weg nach Hause. Ich sitze bei Jonas in der Wohnung auf der Couch und klammere mich an meiner dampfenden Tasse Kaffee fest, während Mia draußen im Garten auf Entdeckungstour geht. Die Terrassentür ist weit geöffnet, sodass ich sie beobachten kann und sie sich nicht allein fühlt.

Jonas hat sich ebenfalls einen Kaffee aus der Kaffeemaschine gelassen. Zu meinem Erstaunen war es für ihn kein Problem, ohne meine Hilfe das Pad in die Halterung zu stecken und den Startknopf zu finden. All diese Dinge geschehen mit einer Leichtigkeit, über die ich nur staunen kann.

»Das gehört zu meinen erlernten Skills«, erklärt Jonas mir, als er sich zu mir auf die Couch setzt. »Es gibt extra Trainer, die Blinden solche Dinge beibringen. Sie kommen ins Haus, zeigen einem die erforderlichen Handgriffe und die Wege, die man gehen möchte. Dann üben sie es immer wieder mit einem, bis man es sprichwörtlich blind kann. Diese Trainer sind zwar sehr teuer, aber es lohnt sich auf jeden Fall.«

Ich sage nichts dazu, sondern versuche, meine Dankbarkeit irgendwie in Worte zu fassen und sie Jonas zu erklären. Doch gerade als ich den Mund öffnen will, um zu sprechen, sehe ich, wie er den Kopf schief legt und in den Garten lauscht.

Nach meiner Tochter …

»Sie hat Spaß!«, erkläre ich ihm, anstatt meine Dankesrede auszusprechen. »Ich denke, wenn sie sich eingelebt hat, wird sie sich hier richtig wohlfühlen.«

»Das hoffe ich sehr«, gibt Jonas zurück und pustet auf seinen Kaffee. »Ich finde sie wirklich ganz toll!«

»Das ist sie auch. Aber wir hatten einen sehr schwierigen Start.« Meine Finger klammern sich fester um die große Tasse aus Porzellan. »Ich bin sehr dankbar, dass sie sich so entwickelt hat und nun alles so ist, wie es eben ist.«

»Was ist passiert?« Jonas sitzt im Schneidersitz neben mir und sein Blick geht durch die offene Terrassentür, so als würde auch er Mia beobachten. Vermutlich tut er das auch, nur auf eine völlig andere Weise als ich.

Kurz denke ich über seine Frage nach. Ob ich sie genau so beantworten soll, wie ich das immer bei anderen Menschen mache. Herunterspielen und sagen, dass nun alles gut ist und keine Rolle mehr spielt, weil die Leute in der Regel unseren Leidensweg ohnehin nicht nachvollziehen können. Aber ich entscheide mich für eine ehrliche Antwort, die ich sonst so niemandem gebe: »Die erste Zeit mit ihr hat mich oft an meine Grenzen gebracht. Sie war ein Schreikind, hat monatelang jede Nacht zwei bis drei Stunden geschrien. Ich stand oft kurz vor einem Nervenzusammenbruch und dachte, es lag an mir, weil ich einfach nicht belastbar war.« Ich seufze und füge dann etwas verlegen hinzu: »Sie ist ein Frühchen, genau wie du. Seit ich deine Geschichte gehört habe, weiß ich erst, wie viel Glück wir hatten und das es auch ganz anders hätte ausgehen können.«

»Dass sie dadurch ihre Sehkraft verliert wie ich«, vollendet Jonas meinen Satz, den ich irgendwie unausgesprochen in der Luft hängen lasse. »Du kannst offen darüber sprechen. Alle

Eltern wünschen sich ein gesundes Kind. Deswegen brauchst du doch kein schlechtes Gewissen zu haben.«

»Es ist so ungerecht«, sage ich zerknirscht. »Dass manche einfach Glück haben und andere nicht. Das Leben ist so unfair.«

»Weißt du, was wirklich unfair ist?«, will Jonas wissen. Er wartet nicht auf meine Antwort, sondern redet einfach weiter: »Dass die Menschen mit einer Sehbehinderung noch immer vor so vielen Schwierigkeiten stehen, die ihren Platz in der Gesellschaft und den Alltag betreffen. Dinge, die sich vermeiden ließen, wenn man mehr Zeit und Geld in die Forschung investieren würde. Es ist unfair, dass Behinderte oft aus dem System ausgeschlossen werden und deswegen weniger Chancen bekommen.«

»Ich glaube, ich weiß, was du meinst.« Ich nehme einen Schluck aus meiner Tasse und schaue zu, wie Mia sich mit ihren Stofftieren auf den kurz getrimmten Rasen setzt. »Es war bestimmt nicht leicht für dich und deine Familie. Du konntest ja auf keine normale Schule gehen, oder?«

»Ich war in einer Schule für Sehbehinderte«, erzählt Jonas. »Das war alles völlig in Ordnung für mich. Im Kindergarten war es schlimm, weil ich in einen normalen Kindergarten ging, mit sehenden Kindern. Und irgendwann hab ich gemerkt, dass ich eben anders war als alle anderen.«

»Wie hast du es gemerkt?«, will ich wissen. »Gab es eine bestimmte Situation?«

»Ich habe es gleich in der ersten Woche bemerkt.« Jonas trinkt seine Kaffeetasse leer und stellt sie fast geräuschlos auf den Tisch. »Allen Kindern wurde gesagt, an welchem Haken sie ihre Sachen aufhängen durften. Jedem Kind wurde ein Tier zugesprochen, und es durfte losrennen und seinen Platz suchen, der mit einem Bild seines Tiers gekennzeichnet war. Nur ich musste warten, wurde an die Hand genommen und hingeführt. Das war der Moment, in dem mir bewusst wurde, dass ich anders war. Dass die Welt auf die Menschen ausgelegt ist, die nicht im Dunkeln leben müssen.«

»Das tut mir sehr leid!« Ich greife nach Jonas' Hand und drücke sie fest.

»Das muss es nicht, Kate!«, sagt Jonas leise. »Ich bin glücklich, so wie ich bin, und zufrieden mit dem, was ich habe. Meine Welt bietet ganz viele Facetten, die euch verborgen bleiben.«

»Es ist toll, dass du so positiv geblieben bist.« Meine Stimme zittert leicht und mehr als ein Flüstern bekomme ich nicht heraus. »Ich schätze Menschen sehr, die trotz aller Umstände ihr Lachen nicht verlieren.«

»Auch du hast ein Schicksal, das du zu tragen hast, nur dass man deines nicht so offensichtlich erkennt. Aber ganz bestimmt war deine erste Zeit mit Mia alles andere als leicht. Und vermutlich hattest du nie Unterstützung von deinem Mann, oder?«

»Nein, die hatte ich nicht. Er wollte von all dem nichts wissen. Hat sich im Büro eingeschlossen und mich mit dem schreienden Kind allein gelassen. Mir immer das Gefühl gegeben, es liege an mir, dass Mia so viel schrie, weil ich nicht fähig war, sie zu beruhigen.« Es fröstelt mich, als ich diese Worte ausspreche und über die Zeit nachdenke, als Mia noch ein Baby war. Unendlich viele Nächte habe ich stumm vor mich hin geweint, weil ich mich so allein gelassen fühlte. Ich schließe die Augen und spreche weiter: »Er hat mir immer wieder sehr deutlich gesagt, dass andere Mütter das auch hinbekommen und ich nicht so ein Drama aus allem machen soll.«

»Wow!«, macht Jonas und ist sichtbar perplex. »Was für ein Arsch! Manche Menschen sollten echt keine Familie gründen.«

»Ja, vielleicht«, murmle ich nachdenklich.

Warum bin ich überhaupt so lange mit Andrew zusammengeblieben?

Mein Frösteln wird stärker. Es schüttelt mich geradezu und ich versuche, meine Gänsehaut von den Armen zu rubbeln.

»Zieht es dir?«, fragt Jonas und rutscht dichter zu mir heran. Wie um mich zu wärmen, legt er seinen Arm um meine Schultern und drückt mich an sich. In einem Augenblick des Wohlfühlens schließe ich die Augen und lasse meinen Kopf auf seine Brust sinken. Ich atme seinen Geruch und genieße seine Nähe, fühle mich geborgen und sicher.

»Es ist gut, dass du da bist, Kate«, flüstert Jonas mir ins Ohr. Die Gänsehaut verschwindet nicht, sondern wird stärker, als er weiterredet. »Auch dir soll es hier an nichts fehlen und du wirst alles von mir bekommen, was du möchtest und was ich dir geben kann.«

»Wie soll ich dir das nur jemals danken?«, frage ich leise, ohne die Augen zu öffnen. Ich spüre Jonas' Atem an meinem Ohr, seine Lippen erst an meinen Wangen, dann an meiner Stirn. Er gibt mir einen Kuss auf eine Augenbraue und ein weiterer Schauer jagt durch meinen Körper.

»Sei einfach bei mir«, antwortet er. »Mehr möchte ich gar nicht. Sei einfach nur bei mir.«

Mit geschlossenen Augen taste ich nach seinen Fingern, umschließe sie. Ich nicke stumm an seiner Brust. Eine Bewegung, die er nicht sehen, ganz bestimmt aber fühlen kann.

In derselben Sekunde höre ich Mia ins Wohnzimmer kommen. Es ist zu spät, um mich von Jonas zu lösen, und im Grunde will ich es auch gar nicht. Also klopfe ich nur auf die Couch neben mir, um Mia zu verstehen zu geben, dass sie sich neben mich setzen soll.

Sie setzt sich zu uns. In unsere Mitte, kuschelt sich an uns. Wie selbstverständlich lenkt Jonas seine Aufmerksamkeit von mir weg, hin zu Mia.

»Gefällt dir dein neuer Garten?«, fragt er sanft. »Wir können einen Sandkasten hineinstellen. Oder eine Schaukel. Was würdest du dir denn wünschen?«

»Ich will einen Pool«, ruft sie. »Kann ich einen Pool haben, bitte? Mit Sprungbrett und Wasserrutsche?«

»Einen Pool?«, hakt Jonas belustigt nach. »Das ist aber ein großer Wunsch.«

»Hmm«, macht Mia. »Okay, dann eben nur einen kleinen Pool. So einen zum Aufblasen.«

»Das lässt sich doch machen«, willigt Jonas ein. »Ein Planschbecken mit einer Rutsche hinein.«

»Ja! Oh, das wird toll!«, jubelt Mia. Sie legt ihren Kopf auf mich. Noch immer habe ich die Augen geschlossen. Ich kann mich nicht erinnern, wann wir zu Hause das letzte Mal so eine harmonische Situation hatten, in der wir zu dritt friedlich beieinandersaßen, ohne uns gegenseitig anzumotzen und ohne böse Seitenhiebe, die dann unweigerlich in Streit führten. Auch Mia scheint dies aufgefallen zu sein. Sie muss die Veränderung spüren, die auch in mir passiert ist.

»So mag ich dich, Mama«, flüstert sie mir ins Ohr.

»Wie *so*?«

Mia denkt kurz über meine Frage nach und sagt dann: »So ruhig und entspannt. Glücklich. Ohne dass du und Papa immer rumschreit. Ich kann das nicht leiden.«

»Ich weiß, Mia!« Ich stelle meine leere Kaffeetasse hinter mir auf die Couch, lege meinen Arm um Mia und drücke sie an mich heran. »Ich verspreche dir, hier wird niemand schreien oder laut werden.«

Ein Versprechen, das ich über Jonas' Kopf hinweg geben kann, weil ich ihn kenne und instinktiv weiß, dass er niemals rumschreien wird.

»Ehrenwort?«, fragt Mia mich und streckt ihre Hand aus, damit ich meine darauflegen kann, so wie wir es immer machen, wenn wir uns gegenseitig unser Wort geben.

»Ehrenwort!«, bestätige ich ihr.

»Du musst auch mitmachen«, sagt sie zu Jonas.

»Was muss ich dazu tun?« Jonas richtet sich ein wenig im Sitz auf. »Hilfst du mir dabei?«

»Ja, klar!« Mia nimmt seine Hand und legt sie auf die unseren. »Du musst auch versprechen, niemals herumzuschreien und immer lieb zu sein!«

»Ich verspreche es!«, sagt Jonas feierlich und ich spüre den Druck auf meiner Hand.

»Schön!«, jubelt Mia begeistert. »Ihr dürft euch jetzt küssen!«

»Was?« Überrascht setze ich mich auf und werfe dabei die Kaffeetasse um, die hinter mir auf der Couch steht. Zum Glück ist sie bereits leer. »Wie kommst du denn auf so eine Idee?«

»Das machen Menschen doch so, wenn sie verliebt ineinander sind.« Mia verschränkt die Arme vor der Brust und blickt uns herausfordernd an. »Das ist doch der Grund, warum du und Papa euch nie geküsst habt. Weil ihr nicht verliebt seid. Deswegen habt ihr ja nur noch gestritten.«

»Aha«, mache ich, weil mir zu mehr die Worte fehlen. In solchen Momenten wirkt meine Tochter immer sehr altklug und doch bin ich erstaunt, wie viel Wahrheit in ihrer Erkenntnis steckt.

»Ich hab recht, oder? Ihr seid verliebt ineinander.« Sie macht eine kurze Pause und beginnt dann zu lachen. »Du wirst voll rot, Mama.«

Hilfe suchend schaue ich Jonas an und ignoriere die Wärme in meinen Wangen. Ein leichtes Lächeln huscht über Jonas' Mundwinkel, aber er hüllt sich in Schweigen. Womöglich vor allem deswegen, weil er mir in nichts vorgreifen und vor meiner

Tochter nichts verraten will. Tief seufzend beschließe ich, Mia die Wahrheit zu sagen. Es ist ein guter und passender Moment dafür und ich möchte keine Lügen zwischen uns haben.

»Ja, Mia«, sage ich leise zu ihr. »Genauso ist es. Wir sind verliebt ineinander. Und wir sind gerne zusammen.«

»Seid ihr zwei dann jetzt ein Paar?«

»Ja, das sind wir«, antworte ich. Weil sich alles andere, was ich darauf sagen könnte, vollkommen falsch und daneben anfühlen würde. »Zumindest versuchen wir es, denn wir lernen uns ja gerade erst kennen.«

»Ich habe also recht!«, triumphiert sie. Nichts in ihrer Stimme deutet darauf hin, dass irgendetwas an dieser Tatsache sie stören könnte.

»Nicht ganz«, unterbricht Jonas ihren Freudenjubel. »Wir sind nämlich nicht nur zu zweit, sondern zu dritt. Du gehörst ja auch zu uns.«

Da ist es wieder. Diese Wärme in meinem Herzen und dieses unbeschreibliche zufriedene Gefühl ganz tief in mir.

Kapitel 26

Die ersten Nächte sind angenehmer und einfacher, als ich es mir vorgestellt habe. Ich schlafe in dem kleinen Schlafzimmer auf dem mitgenommenen Gästebett und Mia in ihrem Kinderzimmer. Nur die ersten beiden Nächte schleicht sie sich zu mir rüber ins Bett, dann hat sie sich an die neue Umgebung gewöhnt und schläft problemlos allein. Auch ihre Stimmung hat sich verglichen mit letzter Woche deutlich gebessert und sie ist mir gegenüber lange nicht mehr so gereizt, sondern so lieb, wie ich sie kenne. Ich habe das Gefühl, dass es zum ersten Mal seit langer Zeit in meinem Leben wieder aufwärtsgeht. Die chronischen Bauchschmerzen, die ich morgens immer verspürt habe, aus Angst vor meinem Tag, sind nahezu weg. Dafür fliegen immer wieder die Schmetterlinge, vor allem dann, wenn ich Jonas im Treppenhaus oder in der Einfahrt begegne. Oder unten bei ihm klingle, weil ich was fragen möchte oder so alltägliche Dinge brauche wie einen Haarföhn oder einen Schneebesen. Weil ich an all diese Gegenstände bei meinem Umzug nicht gedacht habe und nicht alles sofort nachkaufen kann. Mein Angebot, dafür als Gegenleistung für ihn zu putzen, hat er allerdings ausgeschlagen. Ich nehme mir aber fest vor, bei Gelegenheit damit noch mal auf ihn zuzugehen.

Von Andrew habe ich wider Erwarten nichts gehört. Das Beratungsgespräch bei meiner Anwältin ist recht ernüchternd gewesen. Bevor ich die Scheidung einreichen kann, brauchen wir ein Trennungsjahr. Da wir bis zu meinem Auszug in einem gemeinsamen Haushalt gelebt haben und, obwohl es schon so lange keine körperliche Nähe mehr gab, als Paar gegolten haben, fing das besagte Jahr erst mit meinem Auszug an.

Meine Anwältin meinte, wenn Andrew bestätigen würde, dass wir ein Jahr getrennt geschlafen haben und ich nicht für ihn gekocht, gewaschen oder geputzt habe, könnte man die Zeit eventuell verkürzen. Mir ist aber völlig klar, dass Andrew dazu nicht bereit ist. Nicht nur, weil es nicht stimmt und er dafür lügen müsste, sondern weil er nie etwas tun würde, das mir in die Hände spielt. So bleibt mir nichts anderes übrig, als mich in Geduld zu üben und bis dahin »gesondertes Wohnrecht« zu beantragen. Das ist nötig, falls Andrew auf die Idee kommt, mich wegen Kindesentführung oder Ähnlichem anzuzeigen. Nie hätte ich das für möglich gehalten, aber ich muss zugeben, dass ich das meinem Mann mittlerweile zutraue. Ohne den Beistand eines Anwaltes werde ich bei Andrew wohl nicht weit kommen. Wer von uns dann zu welchen Zeiten Mia »haben« darf, wird dann ebenfalls von Juristen geregelt werden. Ein Umstand, der mir überhaupt nicht passt. Allein die Vorstellung, dass fremde Menschen darüber entscheiden, wann und wie lange ich meine Tochter sehen darf, versetzt mich in Panik.

So gerne hätte ich das mit Andrew friedlich und außergerichtlich gelöst. Seufzend schreibe ich ihm nun die vierte Nachricht in den fünf Tagen, seit ich mit Mia unser gemeinsames Haus verlassen habe:

Andrew,

noch ein weiteres Mal zum Verständnis: Mein Auszug dient NICHT dazu, dir Mia wegzunehmen! Sie wird immer UNSERE gemeinsame Tochter bleiben, und du kannst sie sehen, wann immer du möchtest. Sie möchte das auch. Sie BRAUCHT dich ebenso wie mich!

Bitte melde dich bei mir, dann können wir einen Treffpunkt vereinbaren. Gerne kann Mia auch einen Tag am Wochenende zu dir kommen. Ich bringe sie morgens zu dir nach Hause und hole sie abends wieder ab.

Melde dich bei mir.

Ich seufze tief. Wenn ich gewusst hätte, wie viel da dranhängt und dass alles so kompliziert wird, dann hätte ich niemals geheiratet. Die letzten beiden Sätze bereiten mir Bauchschmerzen. Ich muss zugeben, dass ich Angst davor habe, Mia morgens bei Andrew abzuliefern. Es ist nicht so, dass ich ihm die Kinderbetreuung über den Tag nicht zutrauen würde, auch wenn ich weiß, dass er sehr unachtsam ist in vielen Dingen. Aber Mia ist groß genug, um zu sagen, was sie braucht und was sie möchte. Vielmehr habe ich Panik davor, dass ich abends wiederkomme, um sie zu holen, und Andrew ist mit ihr über alle Berge geflohen. Auch das würde ich ihm mittlerweile zutrauen. Dass er sich meine Tochter nimmt und mit ihr abhaut.

Im Grunde habe ich ja nichts anderes gemacht …

Allerdings würde Andrew sich dann vermutlich nicht bei mir melden und mir anbieten, mein Kind sehen zu können, wann immer ich will.

Mein gesamter Körper kribbelt und vibriert, als ich über all diese Dinge nachdenke.

Liegt es an mir, dass ich ihm so überhaupt nicht vertraue? Oder ist das begründet?

Möglicherweise steigere ich mich ja in die Sache hinein, aber es ist offensichtlich, dass auch Jonas mehr als skeptisch ist. Er hat mir ganz klar und eindeutig geraten, mir einen richtig guten Anwalt zu suchen und jeden Schritt, den ich unternehme, mit diesem abzusprechen. Vor allen Dingen ihn über jeden Schritt zu informieren, den Andrew mit Mia macht …

Ein weiteres Mal seufze ich und schüttle heftig den Kopf, als könne ich damit meine rotierenden Gedanken abschütteln.

Entschlossen greife ich nach dem Telefon, um meine im Seniorenheim lebenden Eltern anzurufen und ihnen von der Trennung zu erzählen. Mein Vater wird es vermutlich kommentarlos hinnehmen, so wie er alles hinnimmt, ohne es zu hinterfragen. Was völlig in Ordnung ist, denn aufgrund seiner Demenz hat er es ohnehin wenige Tage später wieder vergessen. Er möchte schon lange nichts Neues mehr wissen oder erfahren, sondern will einfach nur in Ruhe leben und am besten mit nichts behelligt werden. Meine Mutter hingegen wird insgeheim aufatmen. Sie spürt schon so lange, dass Andrew mir nicht guttut, und hat mir immer wieder auf subtile Weise zu suggerieren versucht, dass ich eine Trennung in Erwägung ziehen soll. Aber ich wollte davon nichts hören und sie wollte sich nicht einmischen und auch meinen Vater nicht aufregen. Es fiel mir schwer, als sie kurz vor Mias Geburt sagte, dass sie mit meinem kranken Vater ins dreihundert Kilometer entfernte Wohnheim an der Ostsee ziehen würde. Aber ich konnte ihre Entscheidung verstehen und auch nachvollziehen. Die Distanz und mein kranker Vater führten dazu, dass wir selten über meine Eheprobleme sprechen, sondern eher in tiefem Verständnis gemeinsam schweigen. Denn das innige Verhältnis zu meiner Mutter und das gegenseitige Verstehen sind durch die Distanz nicht verschwunden, nur anders geworden.

So haben wir oft geschwiegen, uns angelächelt und getan, als ob alles okay wäre, obwohl wir beide Bescheid wussten. Seit ich denken kann, ist es zwischen meiner Mutter und mir so gewesen. Natürlich habe ich die Eheprobleme meiner Eltern mitbekommen. Schon als Kindergartenkind stand ich oft heimlich hinter verschlossener Tür und habe die Streitereien mitangehört. Die Worte meiner Mutter waren wie Peitschenhiebe für mich: »Ich nehme Katharina und verlasse dich!« Anfangs hatte ich Angst davor, später hab ich es mir innig gewünscht. Doch wann immer ich meine Mutter darauf angesprochen habe, hat sie auch hierzu geschwiegen. Als ich älter wurde, habe ich sie oft gefragt, warum sie eigentlich noch mit Papa zusammenlebte, wenn sie doch immer nur stritten. Ihre Antwort war stets dieselbe und hat sich ganz tief in meine Seele eingebrannt: »Das wird schon wieder, Kind. Es ist nur eine Phase. Manchmal braucht man eben Geduld und dann lösen sich die Dinge von ganz allein.«

Diese Erinnerungen jagen mir eine Gänsehaut über die Arme und wie immer versuche ich, sie abzurubbeln.

Gerade als die Verbindung aufgebaut wird, klopft es an die Wohnungstür. Schnell lege ich das Telefon wieder auf, bevor es am anderen Ende bei meinen Eltern anfängt zu läuten.

»Komm rein«, rufe ich nach draußen. Niemand anderes als Jonas kann ins Haus kommen, deswegen ist meine Wohnungstür immer unverschlossen. Für Jonas würde ich meine Hand ins Feuer legen, nicht nur in diesem, sondern auch in allen anderen Bereichen.

Es dauert ein paar Minuten, bis Jonas bei mir im Wohnzimmer steht. Wie immer bewegt er sich in den eigenen vier Wänden ohne Blindenstock und dennoch staune ich, dass er gleich wusste, in welchem Zimmer ich mich aufhalte.

»Wie hast du mich gleich gefunden?«, frage ich ihn deswegen.

»Dein Auto steht vor der Tür«, gibt er verwundert zurück. »Wo sollst du denn sonst sein außer in der Wohnung?«

»Nein, ich meine, woher wusstest du, in welchem Zimmer ich bin?« Neugierig beobachte ich ihn. Er trägt im Haus nie seine Sonnenbrille und ich habe mich längst daran gewöhnt, dass seine hellen Augen mich nicht direkt anschauen, wenn ich mit ihm rede. Sie gehen zwar immer gezielt in meine Richtung, doch sein Blick kann mich nicht fixieren.

»Na, wo sollst du denn sonst sein?«, wiederholt er lächelnd. »Wärst du unter der Dusche, hättest du mich bestimmt nicht reingerufen. Und im Kinderzimmer hätte ich dich ebenfalls gefunden.«

»Okay«, räume ich lächelnd ein. »Überzeugt. Was gibt es denn?«

»Ich wollte dich fragen, ob wir am Wochenende zusammen ausgehen wollen. Hat dein Mann sich gemeldet? Wegen Mia?«

»Nein, ich habe nichts von ihm gehört. Und, ehrlich gesagt, möchte ich Mia aktuell nicht zu meiner Freundin bringen. Sie soll sich erst mal hier einleben.« Ich seufze das dritte Mal in Folge und füge dann hinzu: »Sei mir nicht böse. Du weißt, dass ich sehr gerne mit dir irgendwohin gegangen wäre.«

Ich schlage die Augen nieder und verschweige ihm, wie gerne ich mich mit ihm getroffen hätte und wie sehr ich unser Erlebnis von unserem letzten Date fortsetzen würde.

»Ich bin dir nicht böse, ich verstehe das doch«, räumt Jonas sofort ein. »Ich habe damit auch schon gerechnet und mir eine Alternative ausgedacht.«

»Oha!«, erwidere ich und versuche, meine tatsächliche Überraschung mit gespielter Überraschung zu überlagern. »Jetzt bin ich aber gespannt. Erzähl!«

Jonas legt den Kopf schief, macht eine dramatische Pause und sagt dann verschwörerisch: »DVD-Abend. Bei mir. Mia kann oben schlafen und wir legen das Babyfon in meine Wohnung runter.«

»Woher weißt du denn nun schon wieder, dass ich ein Babyfon mitgebracht habe? Sag bloß, du stalkst mich?«

»Vielleicht.« Er grinst. Ein schelmisches Lächeln, das ihn locker fünf Jahre jünger macht. »Kleiner Scherz. Einer meiner Kumpels hat deine Sachen ausgepackt und mich gefragt, ob das Babyfon ins Kinderzimmer soll.«

»Gut aufgepasst, Sherlock«, gebe ich anerkennend zu. »Und dann *schauen* wir bei dir DVD, ja?« Ich lege meine Betonung extra und ganz bewusst auf dieses eine Wort. Weil ich neugierig bin, wie Jonas das gemeint hat, und weil es zwischen uns völlig normal ist, dass jeder frei und bedenkenlos aussprechen kann, was er denkt. Zwischen uns ist alles friedlich, harmonisch und wunderbar. Jonas käme nie auf die Idee, sich von meinen Worten angegriffen zu fühlen, wie Andrew das immer tut.

Andrew fühlt sich sogar angegriffen, wenn ich falsch oder zu laut atme …

»Wir schauen DVD«, unterbricht Jonas meine Gedanken. »Das heißt, du schaust und ich höre.«

»Du meinst, nur den Ton? Und da kann man einer Handlung dann folgen, ja?«

»Es gibt extra Filme mit Untertiteln für Blinde«, erklärt er. »Da wird dann quasi eingespielt und erklärt, was gerade passiert. Und dann kann ich der Handlung folgen, ja.«

»Na, wenn das auch in dreifacher Geschwindigkeit gesprochen wird wie die Apps, die du mir gezeigt hast, dann Mahlzeit. Das schafft mein Gehirn nicht.«

»Du guckst ja den Film.« Jonas hat sich langsam umgedreht und macht sich auf den Weg aus der Wohnung. »Ich erwarte dich dann am Samstagabend bei mir unten. Komm einfach runter, wenn Mia schläft.«

»Alles klar, Chef.«

»Ich suche den Film aus«, ruft er aus dem Flur ins Wohnzimmer. »Du wirst begeistert sein.«

Kapitel 27

An diesem Samstagabend ist Mia ewig wach. Möglicherweise spürt sie meine Unruhe, die ich unbewusst ganz tief in mir habe. Zum einen, weil ich von Andrew die ganze Woche nichts gehört habe, was ich ganz sicher nicht als gutes Zeichen nehmen kann, und zum anderen natürlich, weil ich weiß, dass Jonas einen Stock tiefer auf mich wartet.

Wann immer ich mich aus dem Zimmer schleichen will, ist Mia plötzlich wieder hellwach, greift nach meinem Arm und bittet mich, dass ich bei ihr bleiben soll. Um 22 Uhr bin ich so weit, mit ihr ins Bett zu gehen und einfach zu schlafen. Weil ich spüre, dass es bei Mia immer weniger klappt, je mehr ich mich drauf fixiere, zu gehen. Gerade in dem Moment, als ich Jonas eine Nachricht schreibe, dass das heute doch nichts wird, schläft Mia schließlich doch ein. Sanft und liebevoll schiebe ich sie ein Stück weg von mir, ganz nach hinten in ihr Bett, und decke sie zu. Aus meiner Nachricht an Jonas, dass ich heute nicht mehr komme, mache ich »Es ist spät geworden, aber jetzt komme ich gleich«.

Nahezu geräuschlos stelle ich das Babyfon an das Kopfende ihres Bettes und schalte es ein. Ich habe am Vortag extra geprüft, ob die Reichweite bis nach unten geht, was sie problemlos tut. Früher, als ich noch in unserem Haus wohnte, bin ich in einsamen Nächten manchmal mit Babyfon bis zu meiner Nachbarin Alina rübergegangen. Sogar bis ins Haus nebenan blieb die Verbindung der beiden Geräte problemlos bestehen.

Auf Zehenspitzen schleiche ich mich aus dem Zimmer, schließe lautlos die Tür und husche dann noch schnell unter die Dusche. Ich habe nicht vor, mich noch zu schminken oder anderweitig aufzustylen, da wir ohnehin nur auf der Couch herumgammeln werden …

… und er dich nicht sehen kann.

Aber zumindest sauber und frisch will ich sein für ihn. Nachdem ich mich abgetrocknet habe, schlüpfe ich in meine bequeme Jogginghose, einen weiten Pullover und werfe noch einen prüfenden Blick in Mias Zimmer. Erst als ich mich vergewissert habe, dass sie tief und fest schläft, nehme ich den Empfänger vom Babyfon, stecke ihn in meine Tasche und tappe leise auf Socken hinunter zu Jonas. Mein Herz klopft wild, als ich die Türe zu seiner Wohnung öffne. Auch seine Wohnungstür ist immer unverschlossen, und ich darf hineingehen, wann immer ich möchte. Dennoch habe ich irgendwie das Gefühl, etwas Verbotenes, Verruchtes zu tun. Der Gedanke bringt mich zum Lächeln. Ohne das Licht anzumachen, gehe ich zu ihm ins Wohnzimmer. Der Geruch von frischem Popcorn schlägt mir entgegen und ich sehe bereits die große Schüssel auf dem Tisch stehen. Dazu zwei kleine Flaschen Coca-Cola. Der Fernseher ist auf Standbild eingestellt, sodass das Zimmer in leicht diffuses Licht getaucht ist.

Jonas sitzt auf der Couch, hat das Handy in den Fingern und lässt sich irgendeinen Text in so rasanter Geschwindigkeit vorlesen, dass ich nur Bruchstücke davon verstehe. Obwohl er darein vertieft ist, hört er, wie ich hereinkomme.

»Hallo, Kate«, sagt er freundlich. »Schön, dass du da bist.«

Nichts in seiner Stimme deutet auf Unmut hin, weil ich ihn so lange habe warten lassen.

»Mia war ewig wach«, murmle ich dennoch entschuldigend und setze mich auf die Couch. Gerade so dicht, dass wir uns nicht berühren, aber dass ich ihn trotzdem riechen kann. Ganz offensichtlich ist auch er frisch aus der Dusche gekommen. »Was schauen wir uns an?«

»Lass dich überraschen.« Jonas drückt auf »Play«, und der Vorspann startet. Er zieht seine Beine auf die Couch und streckt einladend seinen Arm aus. Für einen Moment starre ich einfach nur darauf, nicht wissend, ob es eine Einladung oder Zufall ist.

»Komm her«, flüstert er.

Ich ziehe das Babyfon aus meiner Tasche, schalte es an und stelle es gut sichtbar auf den Couchtisch. Dann folge ich Jonas' Aufforderung und kuschle mich an seinen Arm. Völlig entspannt lasse ich meinen Kopf gegen seine Schulter sinken und vergrabe meine Nase in seinem weichen Pullover. Zeitgleich mit seinem Geruch strömt Ruhe in mich herein und ich schließe automatisch die Augen. Plötzlich kommt mir die Idee, dass auch ich den Film nur anhören könnte. Um eine kleine Vorstellung davon zu bekommen, wie es für Jonas sein muss. Die Stimmen der Darsteller kann ich ganz gut auseinanderhalten, aber ich merke schnell, dass ich der Handlung nicht folgen kann. Da nützen auch die Untertitel für Blinde nichts, die Jonas mir ja bereits angekündigt hat. Ich höre und verstehe zwar akustisch, was da erklärt wird, aber es geht viel zu schnell, als dass ich mir das passende Setting dazu vorstellen kann. Bereits nach wenigen Minuten lässt meine Konzentration nach. Ich kann weder sagen, was gerade in dem Film passiert, noch worum es eigentlich geht. Mir ist klar, dass Jonas diese Fähigkeit im Laufe seines Lebens erlernt hat, einfach weil ihm keine andere Wahl blieb. Was ich aber nicht verstehe, ist der Sinn dahinter.

Was gibt es ihm, auf diese Art einen Film zu schauen? Ist das wirklich das gleiche Erlebnis, wie eine sehende Person es hat, oder tut er es einfach nur aus Mangel an Alternativen?

»Willst du Popcorn?«, fragt Jonas in meine Gedanken hinein und ich schüttele den Kopf. Viel lieber verharre ich in meiner kuscheligen Position bei ihm, als mich wegen des Popcorns zu bewegen.

Ich schiebe meine Hand unter mein Kinn, so als würde ich sie benötigen, um meinen Kopf zu stützen. In Wirklichkeit will ich dabei meine Finger auf ihn legen, ihn anfassen, spüren und berühren. Wie zufällig lasse ich meine Hand zentimeterweise von meinem Kinn weggleiten, hin zu seiner Brust, wo ich sie dann liegen lasse. Sein Herz schlägt gegen meine Hand und ich fühle seine gut definierten Brustmuskeln, die garantiert vom Schwimmen kommen. Am liebsten hätte ich seinen Körper ausgekundschaftet, aber ich zwinge mich zur Reglosigkeit.

Jonas' Lippen streifen plötzlich sanft meine Schläfe, meine Wangenknochen. Sofort beginnen die Schmetterlinge in meinem Bauch wild mit den Flügeln zu schlagen. Ich fühle Jonas' Atem an meinem Ohr.

»Du darfst tun, was immer du magst«, flüstert er. »Ich weiß, dass du fühlen und mich anschauen magst. Das möchte ich bei dir doch auch.«

Die Hitze schießt mir in die Wangen. Mein Kopf fühlt sich auf einmal an, als hätte ich hohes Fieber bekommen. Ich fühle mich ertappt und unterdrücke den albernen Impuls, ihm zu widersprechen und meine Gedanken zu leugnen.

»Okay«, sage ich stattdessen nur und überlege, ob ich es wagen kann, meine Hand unter seinen Pullover zu stecken …

Wieder spüre ich Jonas' Lippen an meiner Schläfe. Dieses Mal wandern sie aber nicht in Richtung Ohr, um mir etwas hineinzuflüstern, sondern hinunter zu meiner Nasenspitze. Ich drehe mich ein Stück um, strecke mein Kinn nach oben und recke mich ihm entgegen. Seine Lippen finden meine. Noch immer halte ich die Augen geschlossen, lasse Jonas machen und konzentriere mich auf den Kuss. Eine warme Hand legt sich auf meine Hüften, zieht mich dicht an ihn. Dieses Mal sind wir allein, ungestört und wir vertiefen unseren Kuss. Gerade als ich es schaffe, mich fallenzulassen und zu versinken, schiebt Jonas mich ein Stückchen zur Seite und richtet sich auf. Die Stimmen der fremden Personen aus dem Film verstummen schlagartartig, als er die Fernbedienung findet und den Ausschaltknopf betätigt. Vermutlich stören ihn die Hintergrundgeräusche noch viel mehr als mich. Nahezu geräuschlos legt er die Fernbedienung auf den Tisch und zieht seinen Pullover aus. Seine Finger tasten nach meinen Armen, finden sie und ziehen sie sanft nach oben. Ich verstehe seine Aufforderung, strecke meine Hände in die Luft und lasse mich von ihm ausziehen, bis ich oben herum nur noch im BH bekleidet vor ihm sitze. Mein Herz hämmert in immer schneller werdendem Takt, beschleunigt sich, wie ein galoppierendes Rennpferd kurz vor der Ziellinie seinen Lauf beschleunigt.

Er kann dich nicht sehen …

Trotz dieses Wissens fühle ich mich seltsam, so halb nackt vor ihm zu sein und nicht zu wissen, was ich als Nächstes tun soll. Die Tatsache, dass Jonas blind ist, setzt mich auf eine surreale Weise unter Druck, macht mich unsicher. Irgendwie ist mir klar, dass nun jeder weitere Schritt von mir abhängt, aber ich fühle mich komplett unbeholfen. Die letzten paar Male, als ich mit Andrew Sex hatte, sind für mich nur noch verletzend gewesen. Es gab keine Zärtlichkeiten mehr, keine Wertschätzung, sondern es ging ihm allein um seine körperliche Befriedigung, sodass ich mich nur noch benutzt und unwohl fühlte und nicht mehr bereit war, das mitzumachen. Seit Jahren schon bin ich mit keinem Mann mehr intim geworden.

»Kate«, flüstert Jonas und holt mich damit aus meiner Starre. Es ist nur ein einziges Wort, leise und so liebevoll, dass es mir in die Glieder fährt und überall auf meiner Haut eine kribbelnde Gänsehaut hinterlässt.

Ich unterdrücke den Impuls, sie abzurubbeln, und schaue ihn stattdessen erwartungsvoll an, in der Hoffnung, dass er weiterredet. »Ja?«

»Darf ich dich anschauen, Kate? Überall?«

»Ja«, wiederhole ich mit fester Stimme, nun nicht mehr als Frage formuliert. Ich schließe die Augen, als ich seine Finger auf meinen Unterarmen fühle, und versuche, mich zu entspannen. Seine Hände gleiten nach oben auf die Schultern, tasten sie ab, als gäbe es dort etwas Wunderbares zu sehen. Noch nie in meinem ganzen Leben hat jemand meinen Schultern so viel Aufmerksamkeit geschenkt. Die Gänsehaut auf meinem Körper verwandelt sich zu wohligen Schauern. Gerade als ich mich an seine Hände gewöhnt habe, mich entspannen kann, lässt er sie auf meinen Rücken wandern. Wie Schmetterlingsflügel huschen sie federleicht meine Wirbelsäule hinab und hinterlassen auch dort wohlige Schauer, die sich wellenartig über meinen Körper ausbreiten. Seine Hände kommen erst auf meiner Hüfte zum Liegen. Automatisch zucke ich kurz zusammen, hoffe, dass er seine Erkundungstour fortsetzt und nicht gerade dort verweilt, wo zu viele Pfunde sitzen. Er tut mir diesen Gefallen nicht. Nahezu hoch konzentriert schaut er mich auch dort an, macht sich Handbilder, die sich für immer in seinen Kopf brennen werden. Mein Puls beschleunigt sich. Natürlich merkt Jonas es. Langsam beugt er sich vor, tastet sich mit den Lippen auf meine Taille und küsst jeden Zentimeter meiner Haut. Warme, trockene Küsse, die mir Hitzewellen in den Bauch und in meinen Schoß jagen.

»Entspann dich, Kate«, flüstert er mir zu. »Es ist alles gut.«

Ich denke an die Bilder, die er mir im Sonnenpark vermittelt hat. Das Herz öffnen, sich auf das Wesentliche konzentrieren und die Liebe fühlen.

Loslassen, fallen lassen …

Jonas' Hände wandern an meinen Seiten hoch, streifen nur flüchtig meine Brust, als gäbe es dort nichts Interessantes zu sehen, und legen sich zurück auf meine Schultern. Sanft, aber bestimmt drückt Jonas mich nach hinten, ohne seine Hände von mir wegzunehmen. Noch während ich mich nach hinten in die Kissen sacken lasse, finden seine Lippen wieder die meinen. Unsere Zungen umkreisen sich, spielen miteinander. Federleicht und doch wild und ausgelassen, wie zwei Schmetterlinge, die in der Luft miteinander tanzen. Ich schließe erneut die Augen, die ich irgendwann unbemerkt geöffnet habe, und lasse mich fallen. Jonas hat die Führung übernommen und ich kann und darf loslassen …

Loslassen …

Meine Muskeln entspannen sich und mein Körper sinkt tiefer in das weiche Polster seiner Couch. Ein leichtes Stöhnen entfährt mir, als Jonas unseren Kuss beendet und seine Lippen an meiner Halsseite hinabgleiten lässt. Er küsst mein Schlüsselbein, lange und hingebungsvoll, während eine Hand sich wieder auf meine Hüfte legt.

»Du bist wunderschön, Kate«, flüstert er mir ins Ohr. Seine Stimme zittert. Ich höre seine Erregung in jedem Wort und ich fühle sie, als er sich auf mich legt und seine Hüften gegen meine drückt.

Minutenlang liegen wir so da, machen nichts anderes, als uns zu küssen und auf unseren Atem zu lauschen. Ich lege meine Hand an Jonas' Wange, spüre die leichten Bartstoppeln auf meiner empfindlichen Haut. Mit geschlossenen Augen versuche ich, mir dieses Gefühl einzuspeichern, ein Bild mit meinen Händen zu machen … Doch ich schaffe es nicht, mich darauf zu konzentrieren. Hastig wandern meine Finger tiefer, ziehen an dem Saum seines T-Shirts, bis Jonas sich von mir löst und sich aufrichtet. Er zieht sich das Shirt über den Kopf, schüttelt sich die Haarsträhnen aus der Stirn und beugt sich wieder über mich. Während sein Kuss sanft auf meinem Mundwinkel landet und schließlich wieder meine Lippen findet, habe ich endlich die lang ersehnte Gelegenheit, ihn nach Herzenslust anzufassen. Meine Finger gleiten über seine trainierte Brust, bis hinunter zum Bauch, fühlen die harte Muskulatur unter seiner weichen Haut. Ich spüre die schwachen Kontraktionen der Muskeln, wenn er sich bewegt.

Mit dem Handrücken fahre ich an seinen Lenden hinunter, freue mich über seine Gänsehaut, die dabei entsteht, und finde den Bund seiner Jogginghose. Für einen Augenblick legen sich meine Hände auf seinen Hintern, rutschen über seine Oberschenkel nach vorne. Jonas legt den Kopf in den Nacken und stöhnt auf. Mit einer fließenden Bewegung ziehe ich seine Hose hinunter, er schiebt sie mit dem Fuß bis an die Knöchel und streift sie schließlich ab. Dann beugt er sich nicht wieder über mich, sondern fasst an den Bund meiner Hose. Mühelos zieht er sie mir hinunter und lässt sie zu seiner auf den Boden fallen. Seine Hände finden meine Füße, meine Knöchel und wandern schließlich über die Waden hinauf zu meinen Oberschenkeln. Ohne die geringste Eile streichelt er mich dort, lässt seine Finger zu meinem Hintern und schließlich zwischen meine Beine gleiten. Noch nie in meinem ganzen Leben hat sich ein Mann so viel Zeit fürs Vorspiel, Streicheln und Liebkosen genommen. Und noch nie war ich so heiß darauf, einen Mann in mir zu spüren. Doch als ich meine Schenkel öffne und ihn an mich ziehe, macht Jonas mir einen Strich durch die Rechnung. Er legt seinen Arm um meine Hüfte, lässt sich auf den Rücken sinken und zieht mich mit sich. Mit beiden Händen packt er mich an der Taille, hebt mich kurz an und auf sich drauf. Ganz langsam lasse ich mich auf ihn sinken. Jonas stöhnt laut auf, was mich zu noch mehr Langsamkeit anspornt. Hörbar atme ich aus, als wir endlich ganz miteinander vereint sind. Jonas' Hände tasten sich meinen Rücken hinauf und finden den Verschluss meines BHs. Geschickt öffnet er ihn, streift ihn mir ab und lässt ihn auf die Couch fallen, ohne sich von mir abzuwenden.

Ich öffne meine Augen, um ihn anzuschauen, und mir wird schlagartig klar, dass er mich überhaupt nicht sehen kann. Dies ist der Moment, in dem mir bewusst wird, wie sehr mir der Blickkontakt zwischen uns fehlt. Tiefe, vertraute Blicke, sich gegenseitig anschauen, um sich zu zeigen, dass alles gut ist. Ich versuche, diese fehlende Komponente zu überspielen, eine Ersatzhandlung zu finden.

Doch gerade als ich mich über Jonas beugen will, setzt er sich unerwartet auf. Er legt beide Arme an meine Seite, verschränkt die Finger über meiner unteren Wirbelsäule. Ich spüre das Muskelspiel an seinen Armen, als er mich noch dichter an sich zieht. So nah, dass meine Brust die seine berührt, unser Schweiß sich miteinander verbindet, unser Atem zu einem wird. Wir sind so nah beieinander, dass man keine Hand mehr zwischen uns schieben kann. Zu nah, um Blickkontakt haben zu können.

Jonas beginnt sich langsam zu bewegen. Wir wiegen uns rhythmisch vor und zurück, wie auf einer Schaukel. Erneut schließe ich die Augen und lasse mich von Jonas mitnehmen. Erst vorsichtig, bis wir unseren Takt gefunden haben, und dann immer schneller und wilder schaukeln wir uns dem Höhepunkt entgegen. Mein Atem beschleunigt sich und plötzlich fühle ich Jonas' Hände an meinen Wangen. Seine Daumen legen sich ganz sacht auf meine Wimpern, fühlen das Flattern meiner Augenlider, meine angespannte Kiefermuskulatur, als ich mir auf die Lippe beiße. Sofort beginnt auch Jonas schneller zu atmen, sich anzuspannen. Schauer laufen durch seinen Körper, als wir gemeinsam den Höhepunkt erreichen. Wir verharren noch eine Weile tief atmend in unserer Position, bis wir uns schließlich gemeinsam nach hinten auf die Couch sinken lassen. Noch immer lösen wir uns nicht voneinander. Wir wollen uns nicht trennen von der angenehmen und wohligen Wärme, die vom jeweils anderen ausgeht.

Jonas angelt mit einem Zeh nach der Baumwolldecke, die am Fußende liegt, und wirft sie über uns drüber. Ich rutsche trotzdem nicht von ihm weg, sondern lege sogar noch meinem Arm um seine Hüften. Nur für eine winzige Sekunde öffne ich die Augen, um mich zu vergewissern, dass das grüne Licht vom Babyfon noch leuchtet und anzeigt, dass das Gerät empfangsbereit ist. Erleichtert, dass alles in Ordnung ist, spüre ich, wie meine Augenlider schwer werden und nach unten sinken. Zufrieden seufzend und mit meiner Wange auf Jonas' Schulter wehre mich nicht mehr gegen den kommenden Schlaf, der sich zusammen mit der Dunkelheit über mich legt wie ein warmer, schützender Mantel.

* * *

Es ist weit nach Mitternacht, als ich wieder wach werde. Mein erster Blick geht zu dem grünen Licht und dann zu Jonas. Er hat die Augen geschlossen, seine Wimpern berühren seine Wangen, die blonden Haare stehen zerzaust nach allen Seiten ab. Er hat den Kopf auf seinen angewinkelten Arm gelegt und liegt bedrohlich nahe am Rand der Couch. Er scheint tief zu schlafen, denn seine Atemzüge sind ruhig und gleichmäßig. Eine Weile liege ich einfach so da und frage mich, wovon er wohl träumt. *Wie* er träumt … Wie kann man träumen, ohne jemals gesehen zu haben? Träume ohne Bilder und ohne Farben? Oder ist die Fantasie in der Lage, etwas zu erfinden, obwohl man nicht mal weiß, dass es existiert?

Vermutlich träumt er genauso, wie er lebt: mit allen seinen anderen Sinnen. Er träumt von Geräuschen, Gefühlen und Handbildern. Möglicherweise träumt er sogar von den Bildern, die er sich von mir gemacht hat …

Ganz vorsichtig schiebe ich ihn von meinem Arm hinunter. Jonas wacht sofort auf. Seine Augenlider zucken und er öffnet reflexartig die Augen. Sein Blick streift mich und geht dann über mich hinweg ins Leere.

»Hey«, flüstere ich ihm zu und lege meine Hand an seine Wange. Um ihm zu zeigen, dass ich da bin und dass alles gut ist zwischen uns beiden.

»Wir sind eingeschlafen«, stellt er fest, als wäre er darüber sehr überrascht. »Du musst zu Mia, oder?«

»Ja, ich gehe hoch. Willst du rüber ins Schlafzimmer oder schläfst du hier?«

»Du kannst gehen«, beantwortet er meine indirekte Frage. »Ich komme klar.«

»Okay.« Liebevoll hauche ich ihm einen Kuss auf die Lippen und stehe auf. Im Dunkeln suche ich meine Klamotten zusammen und lege ihm die seinen ordentlich über die Lehne der Couch, damit er sie mühelos finden kann. Ich schlüpfe in mein Shirt und mache mich mit meinen Sachen im Arm auf den Weg nach oben. Erleichtert stelle ich fest, dass Mia tief und fest schläft. Für eine Sekunde überlege ich, mich zu ihr ins Bett zu legen, entscheide mich dann aber dagegen. Irgendwie hätte ich es ihr gegenüber nicht fair gefunden, weil ich gerade eben von einem Mann komme, der nicht ihr Vater ist …

Ich schüttle den Kopf, versuche, mir klarzumachen, dass es keinen Grund gibt, ein schlechtes Gewissen zu haben. Die Beziehung zu Jonas tut Mia vermutlich mehr gut, als es meine Ehe mit Andrew in all den Jahren getan hat.

Leise schleiche ich mich hinüber in mein Schlafzimmer und kuschle mich in meine Decke. Krampfhaft versuche ich einzuschlafen, aber das Bett ist zu groß, zu leer und zu kalt. Jetzt, da ich nach vielen Jahren wieder gemerkt habe, wie schön es ist, Arm in Arm einzuschlafen, kann ich mir kaum vorstellen, dass ich es jemals wieder allein tun will.

* * *

Die ganze nächste Woche verläuft erstaunlich ruhig. Mia scheint sich immer mehr einzuleben. Doch sie fragt jeden Tag nach ihrem Vater und jeden Tag gebe ich ihr dieselbe Antwort: dass er einfach noch Zeit braucht, mit der Situation klarzukommen, und sie ganz bald holen wird, um mit ihr gemeinsam etwas zu unternehmen. Inständig hoffe ich, dass ich recht habe mit dem, was ich sage. Ich muss aber zugeben, dass sich mein ungutes Gefühl nahezu stündlich steigert. Jeden Morgen renne ich mit klopfendem Herzen zuerst zum Briefkasten, in der Erwartung, einen Brief von einem Anwalt zu finden, der mir sagt, wann ich mein Kind sehen darf und wann ich Mia zu Andrew bringen muss. Noch schlimmer ist die Vorstellung, dass ich ein Schreiben bekomme, in dem mir mitgeteilt wird, dass Andrew das alleinige Sorgerecht haben will. Obwohl ich mich beim Familiengericht und bei meiner Anwältin genauestens und sorgfältig erkundigt habe und weiß, dass Andrew das alleinige Sorgerecht niemals bekommen wird, macht diese Vorstellung mir Angst. Ich möchte nicht vor Gericht ziehen müssen und ich möchte auch keinen Kampf gegen meinen Mann führen. Weder wünsche ich ihm etwas Böses noch möchte ich ihm Mia wegnehmen. Alles, was ich will, ist, dass es Mia gut geht und sie die Möglichkeit hat, weiterhin zu ihrem Vater zu können, auch wenn sie bei mir wohnt. Doch Andrew meldet sich weder bei mir noch bei Mia. Auch der Briefkasten bleibt leer. Nachdem eine Woche vergangen und einfach nichts passiert ist, wächst mein ungutes Gefühl zu einer Art Panik heran.

Kapitel 28

Jonas

Die Woche verging für ihn wie im Flug. Auf der Arbeit ist viel zu tun gewesen und Jonas kam oft erst am späten Abend nach Hause. Obwohl sein Herz ihn jedes Mal in die obere Wohnung zog, ist er nie unangekündigt zu Kate hoch gegangen. Entweder sie verabreden sich gezielt auf einen Kaffee oder sie treffen sich zufällig irgendwo im Haus. Diese Zusammentreffen könnten nicht harmonischer sein, und doch will Jonas Kate genügend Zeit und Raum geben, um sich ihrer Gefühle klar zu werden und ihre Ehe hinter sich zu lassen. Er will sie nicht bedrängen und ihr nicht das Gefühl geben, er würde irgendwas erwarten oder verlangen, dafür, dass sie mit ihrer Tochter hier so kostengünstig wohnen darf. Jonas weiß, wie schwer alles für Kate ist, und er gönnt ihr dieses bisschen Glück, das er ihr schenken konnte, von ganzem Herzen.

An diesem Donnerstagabend liegt er lange wach. Alle paar Minuten lässt er sich von seinem Handy die Zeit ansagen und kontrolliert, ob nicht doch eine Nachricht reinkam. Irgendetwas macht ihn nervös. Es ist eine Unruhe ganz tief in seinem Bauch, die er nicht benennen oder erklären kann. Möglicherweise liegt es auch daran, dass Kate sich wegen des kommenden Wochenendes nicht bei ihm gemeldet hat. Sie hat ihm weder Bescheid gegeben, ob sie mit ihm ausgehen möchte, noch ob sie und Mia ein weiteres Mal zu ihm in die Wohnung kommen. Insgeheim weiß er, dass zwischen ihm und Kate alles gut ist, und doch wird er dieses ungute Gefühl nicht los.

Seufzend dreht Jonas sich auf die Seite und beschließt, gleich morgen nach der Arbeit bei Kate zu klopfen und sie und Mia für Sonntagmittag zum Essen einzuladen.

* * *

Ein leises Geräusch lässt ihn erschrocken zusammenzucken. Ruckartig hebt Jonas den Kopf und lauscht angestrengt in die anhaltende Stille. Er ist sich nicht sicher, ob er wieder lebhaft geträumt oder tatsächlich etwas gehört hat. Um ihn herum ist alles ruhig. Auch von oben aus Kates Wohnung sind keine Schritte und keine Stimmen zu hören. Aus einem Instinkt heraus nimmt er sein Handy, das nachts stets auf dem Nachttisch liegt, und schiebt es unter das Kopfkissen der unbenutzten Bettseite.

Dann lässt er sich wieder in sein Kissen sinken, konzentriert sich auf die Stille im Zimmer und döst nach einer Weile wieder ein.

Plötzlich wacht Jonas erneut auf. Mit absoluter Sicherheit weiß er, dass jemand bei ihm im Zimmer ist. Es sind nicht die leisen Schritte, die das verraten, sondern menschliche Präsenz, die er spürt. Sein erster Gedanke, es könnte Kate sein, erweist sich bereits in der nächsten Sekunde als leere Hoffnung.

Es sind drei Männer …

Er weiß es. Er hört es.

Jonas kann jeden einzelnen von ihnen atmen hören, erkennt die unterschiedlich schweren Schritte auf seinem Teppich, spürt, wie sie um sein Bett schleichen. Sein Puls schießt rasant in die Höhe. Gerne hätte er sich auf die rechte Seite gedreht, um den Herzschlag in seinem Körper weniger zu hören und sich auf die Männer konzentrieren zu können, aber er wagt es nicht, sich zu bewegen.

Auf Jonas' Nachttisch liegt auch sein Schlüsselbund. Krampfhaft überlegt er, wie er es schaffen kann, ihn mit einem Handgriff zu finden. Dann kann er ihn um seine Finger streifen, ihn als Schlagring benutzen. Mit einem gut platzierten Fausthieb könnte er zumindest einen von den Typen ausschalten. Er traut sich das durchaus zu, schließlich hat er jahrelang Selbstverteidigung trainiert. Wenn er einen von ihnen ordentlich verletzt, reicht das möglicherweise aus, um die anderen abzuschrecken …

Vielleicht könnte es ihm auch gelingen, unbemerkt an sein Handy zu kommen und einen Notruf abzusetzen. Dazu müsste er aber sehr schnell sein und trotzdem bemerken sie es spätestens dann, wenn die Displaybeleuchtung angeht. Was, wenn sie ihm gewaltsam das Handy entreißen und ihn danach außer Gefecht setzen?

Bleib einfach liegen und stell dich schlafend …

Sollen sie sich nehmen, was immer sie möchten, und wieder verschwinden. Jonas' Herz hämmert so laut, dass er Angst hat, es könnte den anderen verraten, dass er längst wach ist …

Er schreit auf, als ihn ein dumpfer Schlag in den Rücken trifft. Es dauert den Bruchteil einer Sekunde, bis er realisiert, dass er getreten wurde. Bereits im nächsten Augenblick wird er am Kragen seines T-Shirts gepackt und aus dem Bett gezerrt. Mit einem harten Aufprall landet er auf dem Boden. Geistesgegenwärtig greift Jonas nach dem Schlüsselbund und bekommt ihn auf Anhieb zu fassen. Doch er hat keine Zeit, ihn sich um die Finger zu streifen. Ein heftiger Fußtritt trifft ihn in die Seite. Ein glühender Schmerz jagt von seinen Eingeweiden bis hoch in seinen Kopf. Sofort ist Jonas klar, dass er gerade ernsthaft, vielleicht sogar lebensbedrohlich verletzt wurde. In der nächsten Sekunde begreift er, dass es hier nicht um einen Raubüberfall geht. Diese Typen wollen nichts anderes, als ihn gezielt zu verletzen. Panik wallt in ihm auf, gepaart mit dem Adrenalin, das er zuvor verspürt hat.

»Er ist allein«, sagt eine raue Stimme dicht neben ihm. Jonas nutzt die Chance, greift das Schlüsselband am Ende und holt in Richtung der Stimme aus. Der Schlüssel saust surrend durch die Luft und trifft sein Ziel mit einem knackenden Geräusch. Einer der Angreifer heult auf. Jonas hält noch immer das Bund in den Fingern, zieht den Schlüssel zurück, um seine Taktik zu wiederholen. Aber es ist zu spät: Ein harter Gegenstand trifft seinen Hinterkopf. Er spürt, wie seine Sinne schwinden. Kraftlos sinkt er in sich zusammen, rollt sich ächzend auf dem Teppich zusammen. Weitere dumpfe Fußtritte folgen in seine ohnehin schon schmerzende Seite. Gleißende Schmerzblitze jagen durch seinen Körper. Leise wimmernd zieht er die Knie an den Bauch und versucht verzweifelt, sich irgendwie zu schützen.

Plötzlich wird es hell hinter seinen Augen. Im ersten Moment glaubt Jonas, das grelle Licht käme von dem Schlag auf seinen Kopf. Dann realisiert er, dass jemand ihn mit einer Taschenlampe anleuchtet. Wie gebannt starrt er dem Licht entgegen, während sein Körper vor Schmerzen glüht.

»Eh, warte, warte«, ruft einer der Männer seinem Kameraden zu. Die Fußtritte hören auf und eine Sekunde lang folgt eine atemlose Stille.

»Wir sind hier falsch!«, zischt ein anderer. »Falsches Haus. Deswegen ist die Alte nicht hier.«

»Wir sind definitiv richtig.«

»Der Typ ist blind!« Die Stimme klingt wütend. »Wir wurden verarscht.«

Jonas schafft es nicht mehr, der Unterhaltung der Männer zu folgen. Die Taschenlampe vor seinen Augen wird zu seinem drehenden Kreisel aus Schmerz und Licht. Er merkt, dass ihm die Sinne zu schwinden drohen.

Wach bleiben, wach bleiben …

Immer wieder ruft er sich im Geiste diese Worte zu und klammert sich mit letzter Kraft an sein Bewusstsein. Er wartet, bis die Männer fluchend aus seiner Wohnung verschwunden sind. Unter glühenden Schmerzen richtet er sich auf die Knie auf und krabbelt auf allen vieren zur anderen Seite des Bettes. Mit zitternden Fingern tastet er nach seinem Handy unter dem Kopfkissen. Erleichtert atmet er auf, als er es findet. Ein Atemzug, der so heftig schmerzt, dass er glaubt, seine Lungen würden zerreißen. Auf Knien verharrend drückt Jonas eine Kurzwahltaste. Bereits nach einmal Klingeln ist die Verbindung mit der Rettungsstelle aufgebaut. Jonas wartet nicht, bis sich am anderen Ende jemand meldet.

»Ich brauche einen RTW«, keucht er tonlos. »Dringend.«

»Was ist passiert?«, fragt eine junge Frau in der Notrufzentrale.

Ohne auf die Frage zu antworten, gibt Jonas seine Adresse durch. In kurzen, abgehackten Worten, weil zu mehr seine Kraft nicht reicht. Noch bevor die Dame die Adresse wiederholen oder den Notruf bestätigen kann, rutscht Jonas das Telefon aus seinen zitternden Fingern. Das Zimmer um ihn herum dreht sich, das Licht hinter seiner Stirn ist plötzlich überall in seinem Kopf, dann sinkt er bewusstlos zu Boden.

Kapitel 29

Ein leises Geräusch lässt mich erschrocken zusammenzucken. Es klingt wie ein Schrei. Ruckartig hebe ich den Kopf und lausche angestrengt in die anhaltende Stille. Ich bin mir sicher, dass ich wieder lebhaft geträumt habe. Um mich herum ist alles ganz ruhig und friedlich. Trotzdem schlage ich die Bettdecke zurück und schleiche mich barfuß hinüber zu Mia ins Zimmer. Sie schläft tief auf der Seite, mit ihrem riesigen Plüschhund im Arm. Mein Blick geht über den Fußboden und ich entdecke das dicke Buch mit dem Tierstimmen-Imitator aufgeklappt vor dem Bett liegen. Bestimmt hat Mia es irgendwo auf sich liegen gehabt und sich dann umgedreht. Dabei muss es auf den Boden gefallen sein und ein Geräusch von sich gegeben haben. Seufzend hebe ich es auf und sehe, dass die Katzenseite aufgeschlagen ist. Wenn man das Fell der Katze streichelt, miaut sie jämmerlich. Ich fand die Stimme der Katze schon immer gruselig. Eine Mischung aus Kreissäge und Babygeschrei. Sorgsam darauf achtend, dass ich den Sensor nicht berühre und das Tier aktiviere, mache ich das Buch sanft zu und räume es oben auf Mias Regal. Gähnend lege ich mich zurück in mein Bett, ziehe mir die Bettdecke über den Kopf, als könnte dies alle unerwünschten Träume von mir abhalten, und versuche, an nichts mehr zu denken. Erleichtert merke ich, dass ich sofort zurück in den Schlaf gleite und lasse mich fallen.

* * *

Die Sirene eines Einsatzfahrzeuges weckt mich ein zweites Mal in dieser Nacht auf. Automatisch konzentriere ich mich darauf, versuche herauszuhören, ob es die Feuerwehr oder ein Rettungswagen ist. Eisige Kälte breitet sich in meinem Bauch aus, als ich registriere, dass das Einsatzfahrzeug sich in unserer Straße befindet und direkt vor unserem Haus stehen bleibt. Das Martinshorn verstummt und ich lausche atemlos in die Stille.

Plötzlich klingelt es an der Haustür. Wie in Trance bleibe ich liegen. Mein Herz hämmert. Erst als es ein zweites und drittes Mal klingelt, begreife ich, dass ich die Tür öffnen muss. Auf einmal bin ich hellwach, renne durch die Wohnung und drücke auf den Türöffner. Ein kurzes Summen ertönt, dann wird die Haustür aufgedrückt.

»Hallo«, donnert eine tiefe Männerstimme durchs Treppenhaus hinaus. »Wir haben einen Notruf aus Ihrem Haus erhalten. Wo müssen wir hin?«

Mein Puls rast, als mein Gehirn die Zusammenhänge verknüpft.

Jonas!

Ich reiße die Wohnungstür auf. »Ins Erdgeschoss unten«, rufe ich zurück.

Ein Notarzt und zwei Sanitäter rennen den Flur entlang. Es ist kein Gehen und auch kein schnelles Laufen.

Es ist ein Rennen!

In meinem Hinterkopf meldet sich ganz vage eine Information, aus längst vergangenen Zeiten: Einsatzfahrzeuge fahren im Ort nie mit Sirene …

Es sei denn, es geht um Leben und Tod!

Die beiden Sanitäter verschwinden zusammen mit dem Notarzt durch die stets offene Tür in Jonas' Wohnung, während ich immer noch am selben Fleck stehe und mich selbst darüber wundere, mit was für Gedanken sich mein Gehirn beschäftigt.

Das ist der Schock!

Mit dieser Erkenntnis kommt Bewegung in mich. Ich mache auf dem Absatz kehrt, renne ins Kinderzimmer, ohne zu wissen, was ich hier eigentlich will. Als ich mich im Bruchteil einer Sekunde vergewissert habe, dass Mia schlafend im Bett liegt, stürme ich die Treppe hinunter. Die Wohnungstür steht sperrangelweit offen und ich renne zielstrebig ins Schlafzimmer. Noch bevor ich einen Blick hinein erhaschen kann, kommt mir einer der Sanitäter entgegen.

»Wer sind Sie?«, fragt er mich atemlos. Sein Blick ist gehetzt und es ist deutlich erkennbar, dass er im Stress ist. »Sie dürfen hier nicht rein!«

»Ich bin seine Freundin!« Mit dem Finger zeige ich in das Schlafzimmer, in dem ich Jonas vermute. »Und ich habe Sie eben ins Haus gelassen.«

Der Sanitäter gibt mir den Blick auf das Geschehen im Zimmer nicht frei. »Haben Sie den Notruf abgesetzt?«, will er wissen, ohne seine Position im Türrahmen aufzugeben.

»Nein, das habe ich nicht. Sonst wüsste ich ja, was los ist!« Es gelingt mir nicht ganz, freundlich zu bleiben. »Sagen Sie mir doch einfach, wie es ihm geht!« Hektisch stelle ich mich auf die Zehenspitzen und versuche, ihm über die Schulter zu schauen. Jede Faser in meinem Körper vibriert und ich habe das Gefühl, dass gleich irgendetwas in mir explodiert.

»Das darf ich Ihnen leider nicht sagen.« Die Stimme des Sanitäters klingt aufrichtig und ich entdecke echtes Mitleid in seinen dunklen Augen. »Bitte seien Sie so freundlich und lassen Sie uns unsere Arbeit machen. Ansonsten helfen Sie ihm nämlich überhaupt nicht.«

»Okay«, gebe ich knapp zurück und trete einen Schritt nach hinten. Das Letzte, was ich möchte, ist einer Hilfe für Jonas im Weg zu stehen. Der Sanitäter geht zurück ins Schlafzimmer und beugt sich runter zu dem Notarzt, der am Boden kniet. Er hat mir den Rücken zugekehrt, deswegen sehe ich nicht, was sie machen. Ich kann aber erkennen, dass der andere Sanitäter einen Tropf nach oben hält.

»Er ist blind!«, sage ich leise ins Zimmer hinein, als würde das irgendetwas ändern oder auch nur ansatzweise eine Rolle spielen.

Niemand achtet auf mich. Auch von Jonas selbst höre ich kein Wort, weshalb ich davon ausgehe, dass er bewusstlos ist. Warum auch immer. Vor allem, wie hat er es dann geschafft, den Notarzt zu rufen?

Irgendetwas ist hier passiert …

Diese Erkenntnis schlägt glühend heiß in meinen Verstand ein, wie ein Blitz in einen Baumstumpf, und hinterlässt unauslöschliche Spuren. Geistesgegenwärtig schaue ich mich im Zimmer um. Die Bettdecke ist halb aus dem Bett gezerrt, und zwar auf der anderen Seite, nicht dort, wo sich der Notarzt und der Sanitäter befinden. Mehrere Dinge auf dem Nachttisch wurden umgeworfen, darunter das kleine Radio. Der Teddybär, der immer am Bett saß, ist umgefallen und auf der Nase gelandet, eine Packung Papiertaschentücher liegt mitten auf dem Boden. Beide Kopfkissen sind zerknüllt und befinden sich nicht mehr an ihrem eigentlichen Platz. Jonas' Haustürschlüssel liegt auf dem Teppich. Ein hochfloriger Teppich, der völlig zertrampelt wurde. Langsam trete ich ins Zimmer, gehe in die Knie, strecke meine Finger aus und ziehe sie dann ruckartig wieder zurück. Ich entdecke die Abdrücke von einem Schuhprofil im Teppich, so wie es aussieht von einem schweren Arbeitsstiefel.

Jonas trägt nie Schuhe im Haus!

Schon gar keine Stiefel und niemals im Schlafzimmer.

»War jemand von Ihnen auf dieser Seite des Bettes?«, frage ich die drei Einsatzkräfte, die soeben Jonas auf eine Liege hieven. Sie geben mir keine Antwort, es ist aber auch nicht nötig. Warum hätten sie denn hier herüberkommen sollen, wenn Jonas doch auf der anderen Seite lag?

Hier hat ein Kampf stattgefunden!

Die zweite Erkenntnis in dieser Nacht, von der ich ungeprüft weiß, dass sie stimmt. Millimeterweise suchen meine Augen den hellen Teppich ab und wandern schließlich über das Laken. Zwei kleine Blutstropfen befinden sich darauf. Ein weiterer auf dem Boden. Alle drei nicht größer als ein Daumennagel und doch unverkennbar vorhanden. Mit klopfendem Herzen gehe ich rückwärts wieder aus dem großen Schlafzimmer hinaus und warte, bis die drei Rettungskräfte mit Jonas auf der Trage herauskommen. Ich greife nach dem Arm des Sanitäters, der als Letztes herauskommt und nicht die Trage schleppen muss, sondern den Tropf nach oben hält.

»Sie können uns mit dem Auto in die Klinik hinterherfahren«, sagt er. »Wir fahren ins Sonnenpark-Hospital. Bitte melden Sie sich dort an der Pforte.«

»Funken Sie die Polizei her«, weise ich ihn an, ohne auf seine Worte einzugehen. »Bitte. Hier ist ein Überfall passiert.«

»Wissen wir«, sagt einer der Sanitäter und mir wird bewusst, dass den Einsatzkräften längst klar ist, was mir eben wie Schuppen von den Augen fiel. »Bitte verlassen Sie den mutmaßlichen Tatort. Wenn die Polizei Sie braucht, wird sie sich bei Ihnen melden.«

Mit steifen Beinen folge ich ihm ins Treppenhaus hinaus, sorgfältig darauf achtend, nichts mehr anzufassen. Wir lassen die Wohnungstür geöffnet, ich gehe an den Einsatzkräften vorbei und öffne ihnen die Haustür. Endlich habe ich Gelegenheit, einen Blick auf Jonas zu werfen. Mein Herz schnürt sich schmerzhaft zusammen und mein Magen fühlt sich an, als würde auch da ein Blitz einschlagen. Ein eiskalter Blitz, der alle meine Eingeweide sofort vereist: Jonas ist auf der Trage festgeschnallt. In Mund und Nase stecken Schläuche, die Flüssigkeit des Tropfes wird mithilfe einer Kanüle in die Vene seiner linken Hand geleitet. Über seinen Brustkorb ist ebenfalls ein Gurt gespannt, der Jonas' Arme an seinen Körper fixiert. Äußerlich sind keine Spuren eines Kampfes oder einer Gewalttat sichtbar und doch ist Jonas' Miene schmerzverzerrt. Seine blinden Augen starren ziellos in den Himmel, der Blick leer wie immer. Eine Tatsache, die es mir unmöglich macht zu erkennen, ob er ohnmächtig oder bei Bewusstsein ist.

Barfuß trete ich hinaus in die dunkle Nacht, schaue zitternd zu, wie Notarzt und Sanitäter zusammen die Trage hinten in den Rettungswagen verladen. Der Sanitäter, mit dem ich vorhin gesprochen habe, zieht sein Funkgerät vom Gürtel ab und nickt mir kurz zu.

»Rettungsleitstelle?«, spricht er leise in das Gerät. »Wir brauchen einen Streifenwagen. Hier ist vermutlich eine Straftat passiert.« Er hebt seine freie Hand und deutet einen Abschiedsgruß in meine Richtung an. Noch während er Jonas' Adresse durchgibt, steigt er in den Rettungswagen und schließt die Türen. Die Kälte, die ich noch immer in meinen Eingeweiden spüre, kriecht nun auch vom Boden herauf in meine nackten Füße, meine Knie, meine Oberschenkel. Sie verbindet sich mit jener Kälte aus meiner Mitte, die mich erstarren lässt, als der Rettungswagen das Blaulicht samt Martinshorn einschaltet. Mit viel zu hoher Geschwindigkeit brettert er die schmale Straße entlang durch das Neubaugebiet und entschwindet schließlich meinem Blick. Nur wenig später wird die Sirene von der dunklen Nacht verschluckt. Ich löse meine durchgefrorenen Füße von den Pflastersteinen und steige mit steifen Knien die Stufen hinauf in meine Wohnung. Gerade als ich mir ein Paar Socken übergestreift habe und in meine Turnschuhe schlüpfen will, fällt mir siedend heiß ein, dass ich überhaupt nicht ins Krankenhaus fahren *kann*! Denn hier in dieser Wohnung sitzt kein Andrew in seinem Büro vor dem PC und passt auf die schlafende Mia auf.

Ich muss sie wecken und mitnehmen!

Mitten im Flur drehe ich mich einmal um die eigene Achse, gehe in die eine Richtung und dann wieder in die andere. Irgendwie hab ich für einen Moment völlig die Orientierung verloren.

Ich stoße die Kinderzimmertüre auf und blicke auf meine fest schlafende Tochter. Sie hat noch immer ihr Kuscheltier im Arm und bekommt nichts von meinem Eintreten mit.

Ich kann sie doch nicht aus dem Schlaf reißen und mitnehmen!

Vermutlich würde sie den ganzen Weg weinen und im Krankenhaus nur quengeln und nach Hause zurück in ihr Bett wollen.

Verständlicherweise. Sie ist Jonas nicht nahe genug, um ihr so was zuzumuten.

In einem Moment der völligen Überforderung greife ich mir in die Haare und drehe mich ein weiteres Mal im Kreis. Die ganze Situation ist mir gerade zu viel und ich wünschte, ich würde noch immer in meinem Bett liegen und friedlich schlafen.

Schlafen …

Dieses Wort hat plötzlich eine ungeheure Anziehungskraft und ich würde in diesem Augenblick nichts lieber tun, als mich diesem quälenden Wunsch hinzugeben und einfach zu schlafen, und wenn ich wieder aufwache, ist meine Welt wieder in Ordnung.

Wann ist sie das denn jemals gewesen?

Wie unter Schock gehe ich ins Schlafzimmer, ignoriere die imaginären Lockrufe meines Bettes und hole stattdessen mein Handy aus der Schublade. Mit einem eiskalten Zeigefinger drücke ich die Wiederwahltaste. Obwohl es mitten in der Nacht ist, geht Charly bereits nach dem zweiten Klingeln ran.

»Kate?« Ihre Stimme klingt hellwach. »Was ist passiert?«

Auch ich rede ohne Begrüßung einfach drauf los: »Wo ist Samu?«

»Er ist dieses Wochenende bei seinem Vater. Warum? Was ist passiert?«

Erleichtert atme ich auf.

»Gut!« Eine Welle warmer Dankbarkeit wabert durch meinen Körper. »Bitte, kannst du herkommen? Zu Jonas' Wohnung?«

»Ich komme!« Charly ist bereits in Bewegung. Ich höre, wie sie schwer ins Telefon atmet, dann ihren Schlüssel nimmt und schließlich die Türe ins Schloss fallen lässt.

»Danke!«

»Ich fahre jetzt los«, ruft sie. Zeitgleich startet der Motor ihres Wagens. »Bin gleich da. Rühr dich nicht von der Stelle!«

»Charly«, sage ich. »Ich bin nicht da, wenn du kommst. Es ist ein Überfall passiert. Jonas musste ins Krankenhaus. Die Polizei kommt.«

Mehr Erklärungen sind nicht nötig, um uns zu verstehen.

»Scheiße!«, flucht Charly. »Okay, hör zu: Zieh dich an, leg den Schlüssel unter die Matte, setz dich ins Auto … und fahr los, sobald ich um die Ecke komme.«

»Lass sie nicht aus den Augen, bis die Polizei da ist!«

»Versprochen! Ich passe auf!«

»Danke.« Mein Blick geht auf die Uhr und ich entscheide, dass ich in zehn Minuten hinunter ins Auto gehen kann. So wie ich Charly kenne, wird sie den ganzen Weg hierher düsen und garantiert nicht länger als zwanzig Minuten brauchen.

Obwohl sie fährt, hat Charly noch nicht aufgelegt. Ich höre, wie sie den Blinker setzt.

»Was ist mit Jonas?«, fragt sie plötzlich. »Wie geht es ihm?«

»Ich weiß es nicht. Wir haben nicht gesprochen. Ich habe geschlafen, als das passiert ist und …« Ich verstumme, als ich merke, wie blöd das klingt.

»O nein!« Charly schreit fast in den Hörer. »Ist er niedergestochen worden?«

»Es war ein Einbruch, denke ich. Ein Überfall. Ein …« Was genau will ich Charly hier sagen, wo ich doch selbst nicht weiß, was es eigentlich war.

Charlys Schweigen dauert gefühlt mehrere Minuten. Ich rede mir ein, dass sie ihre Hände zum Lenken und Schalten braucht, und deswegen gerade nicht weiterreden kann. Aber ich weiß, dass es nicht so ist. Sie denkt nach. Über die Antwort auf ihre Frage. Eine Antwort, die ich ihr nicht geben kann.

»Kate«, stammelt sie plötzlich.

»Was ist?« Mein Puls schießt schon wieder in die Höhe. Die Unruhe in mir wird immer größer. Erneut blicke ich auf die Uhr.

»Ich gehe gerade zum Auto«, teile ich meiner Freundin mit. »Was wolltest du mir gerade sagen?«

»Denkst du, es war Andrew?«, platzt sie heraus.

Auf einen Schlag ist die Kälte wieder da. Alles in mir, was langsam zu tauen begonnen hat, ist durch ein einziges Wort wieder zu Eis gefroren. Kurz darauf sehe ich Charlys Cabrio um die Ecke biegen.

»Ich fahre jetzt los«, stammle ich ins Telefon. »Danke noch mal.«

»Du traust es ihm auch zu, oder?«

Nein!

»Ich melde mich, sobald ich kann!«, sage ich mit monotoner Stimme.

»Alles klar! Kümmere dich nun zuerst um Jonas. Viel Glück!« Die Leitung wird unterbrochen. Charly fragt nicht lange nach. Wie immer versteht sie mich sofort und sie weiß, dass ich gerade nicht in der Lage bin, mich mit dem, was sie gesagt hat, auch nur annähernd auseinanderzusetzen. Mein Gehirn hat den Hinweis längst wieder verdrängt, der ihm eben zugespielt wurde.

Während ich mein Auto entriegele und mich hinter das Steuer setze, aktiviere ich mein Navigationssystem und fahre dem weißen Pfeil hinterher in Richtung Sonnenpark-Hospital.

Kapitel 30

Es ist stockdunkel, als ich im Laufschritt vom Parkplatz zum Klinikeingang haste. Erst als ich an der Anmeldung stehe, fällt mir siedend heiß ein, dass ich keine Angehörige von Jonas bin und vermutlich nicht einmal Auskunft bekommen werde. Mir ist auch nicht klar, ob ich außerhalb der Besuchszeiten so einfach zu Jonas reindarf. Der Sanitäter, der mich dazu aufgefordert hat, mit Jonas ins Krankenhaus zu fahren, wird natürlich nicht mehr auffindbar sein, sodass ich mich nicht auf ihn berufen kann.

Was habe ich mir dabei nur wieder gedacht?

Nichts vermutlich. Ich bin einfach meinem Herzen gefolgt.

Obwohl es mitten in der Nacht ist, ist die Anmeldung am Eingang besetzt. Mit flehendem Blick gehe ich zu dem jungen Mann hin, der hinter der hohen Glasscheibe sitzt.

»Hallo«, sage ich atemlos. »Mein Partner ist hier eben mit dem Krankenwagen eingeliefert worden. Ich sollte mit dem Auto hinterherfahren.«

»Bitte einmal den Namen des Patienten?«, fordert mich der Angestellte auf und wendet sich seinem PC zu.

»Jonas Pfeiffer«, sage ich atemlos und schaue zu, wie der Mann die Worte auf der Tastatur tippt. »Vielleicht ist er noch gar nicht im System. Er dürfte noch nicht allzu lange da sein.«

»Einen Moment, ich überprüfe das eben.«

»Er ist überfallen worden!«, füge ich hinzu. Es besteht für mich keinerlei Zweifel mehr, dass es so gewesen ist. »Die Polizei ist informiert. Bestimmt kommt sie bald auch hierher, um uns zu befragen.«

»Herr Pfeiffer wird gerade von den Ärzten untersucht«, sagt der junge Mann knapp. »Da wird sich die Polizei gedulden müssen.«

»Untersucht?«, mein Herz beginnt schon wieder zu rasen. »Was hat er?«

»Darüber darf ich leider keine Auskunft geben, tut mir leid.«

Schwer atmend lehne ich mich vor, so dicht an die Scheibe wie möglich und versuche, Blickkontakt zu dem Angestellten aufzubauen.

»Bitte«, hauche ich tonlos. Meine Lippen formen das Wort mehr, als dass sie es aussprechen. »Ich flehe Sie an! Ich bin wirklich krank vor Sorge!«

»Er ist nicht in Lebensgefahr. Mehr weiß ich leider selbst nicht. Nach der Untersuchung kommt er in das Zimmer 127. Sie können dort auf ihn warten.« Der Angestellte nickt mir aufmunternd zu. »Vielleicht bekommen Sie oben auf der Station nähere Auskünfte. Viel Erfolg!«

»Ich danke Ihnen.«

Kurz blicke ich mich um und folge dann den Hinweisschildern zum Fahrstuhl, drücke in der Kabine auf den Knopf für den ersten Stock und finde den Eingang zur Unfallstation. Es ist fast niemand da, nur eine einzige Nachtschwester, und irgendwie scheint es sie nicht zu kümmern, dass ich wie selbstverständlich die Station betrete. Ich möchte sie grüßen und ansprechen, aber sie eilt an mir vorbei, zu einem Zimmer, vor dem die Notfalllampe brennt. Also gehe ich weiter und stelle mich an den Empfangsschalter der Station, um zu warten, bis sie zurückkommt. Nachdem sie nach zehn Minuten immer noch nicht wieder aufgetaucht ist, beschließe ich, das zu machen, was der Angestellte am Eingang zu mir gesagt hat, und gehe in das Zimmer 127. Es steht zwar ein Bett darin, aber es ist unbenutzt. Der Platz für ein weiteres Bett am Fenster ist leer. Still und leise setze ich mich auf einen der Stühle an der Wand und tue so, als wäre ich nicht da, in der leisen Hoffnung, dass niemand mich bemerkt oder ich zumindest nicht hinausgeworfen werde. Aus den anderen Zimmern ertönt immer wieder ein leises Piepsen und von draußen dringt ein konstantes Surren herein. Von irgendwoher ertönt ein dumpfer Schmerzensschrei, der mir in die Eingeweide fährt und mich von meinem Stuhl reißt. Es ist mir unmöglich, hier sitzen zu bleiben. Ich springe auf, trete aus dem Zimmer und spähe in den schwach beleuchteten Flur. Die Unruhe in mir ist zu groß, um sie zu ignorieren. Im Stechschritt laufe ich bis zum Ende, drehe an den großen Fenstern um, laufe zum Eingang und wieder zurück. Auf dem ganzen Weg begegnet mir niemand und auch als ich aus dem Fenster auf den beleuchteten Parkplatz hinausschaue, entdecke ich keine Menschenseele. Ein grünes H ist mittig auf dem Platz aufgemalt und zeigt den Hubschrauberlandeplatz an. Über einer der Zimmertüren leuchtet plötzlich die rote Lampe auf und zeigt an, dass ein Patient den Notruf betätigt hat. Aber es ist niemand hier, der nachsehen könnte, ob dringend Hilfe benötigt wird …

»Was machen Sie hier?«, fragt eine schneidende Stimme.

Erschrocken zucke ich zusammen. Ich habe mich so an die Stille gewöhnt, dass ich nicht mehr damit gerechnet habe, angesprochen zu werden.

»Ich, ähm«, stammle ich verwirrt und schaue in graue Augen hinter dicken Brillengläsern. »Ich warte auf meinen Lebensgefährten, Jonas Pfeiffer. Er kam per Rettungswagen und soll nun hier aufs Zimmer.«

»Wir haben ihn gerade untersucht«, sagt der weißhaarige Arzt mit dicker Hornbrille. »Wie ist das denn passiert?«

»Das, ähm, weiß ich selbst nicht genau.« Sofort wird mir klar, dass ich eben zu viel gesagt habe, denn wäre ich wirklich seine Lebensgefährtin, hätte ich vermutlich neben ihm im Bett liegen müssen. Ich unterdrücke den Impuls, weiter zu lügen, um mich aus der Situation zu retten, sondern entschließe mich zur Wahrheit. »Wir leben nicht zusammen, ich wohne einen Stock über ihm.«

»Also doch nicht die Lebensgefährtin.« Der Arzt zwinkert mir wissend zu und erkennt sofort meine Intention hinter meiner Lüge. »Dann darf ich Ihnen leider auch keine Auskunft geben.«

»Kann ich zu ihm, wenn er in sein Zimmer kommt?« Zum zweiten Mal in dieser Nacht schaue ich einen fremden Mann flehend an. »Bitte? Nur ein paar Minuten?«

Der weißhaarige Arzt legt seine dicken Finger aneinander und mustert mich über den Rand seiner Hornbrille hinweg. Sein Kittel spannt über dem runden Bauch und die Knöpfe sehen aus, als würden sie jeden Moment abspringen.

Hinter ihm hastet die Nachtschwester vorbei und öffnet die Türe mit der brennenden roten Lampe, um endlich nach dem Patienten zu sehen, der sie rief.

»Bitte«, wiederhole ich an den Arzt gewandt. »Nur ganz kurz. Ich bin extra hergefahren und habe jemanden beordert, um auf meine Tochter aufzupassen und …«

»Zehn Minuten«, knurrt er, in einem Tonfall, der keinen Widerspruch duldet. »Und keine Sekunde länger.«

Noch bevor ich mich bei ihm bedanken kann oder nachfragen, wann Jonas denn ins Zimmer gebracht wird, dreht sich der Arzt um und geht davon.

Ich seufze tief, als ich wieder allein dastehe. Gerade als ich mir überlege, ob ich doch lieber im Zimmer warten soll, wird die große Flügeltür am Anfang des Ganges aufgestoßen. Zwei Krankenschwestern schieben ein Bett hindurch.

Jonas …

Ich unterdrücke den Drang, ihm entgegenzurennen, und zwinge mich dazu, stehen zu bleiben und zu warten, bis sie ins Zimmer abgebogen sind, damit ich nicht wieder jemandem im Weg stehe. Ungeduldig warte ich, bis die beiden Krankenschwestern das sperrige Bett ins Zimmer manövriert haben und gehe dann mit steifen Beinen hinterher.

»Ich hab die Erlaubnis vom Arzt, ihn kurz zu sehen«, erkläre ich mich, noch bevor eine der beiden Damen etwas sagen kann. »Ich verspreche, ich gehe in zehn Minuten wieder.«

Die ältere der beiden Krankenschwestern nickt mir zu und verlässt mit ihrer Kollegin das Zimmer. Ich bleibe allein zurück und trete langsam ans Bett heran. Meine Beine fühlen sich an, als würde ich durch matschige Butter waten.

»Jonas«, sage ich leise, um ihn vorzuwarnen. Erst als ich ganz dicht neben ihm stehe, kann ich sein Gesicht erkennen. In seiner Nase steckt noch immer ein Schlauch, der Tropf über seinem Kopf läuft durch und neben uns piept ganz leise die Maschine für die Vitalüberwachung.

»Jonas?«, wiederhole ich. Doch er reagiert nicht. Seine Augen sind weit geöffnet, sein Blick geht trüb und leer an die Decke. Dies macht es mir unmöglich zu sagen, ob er wach ist oder nicht. Möglicherweise ist er bewusstlos oder schläft mit offenen Augen. Vielleicht ist er aber auch wach und versteht mich und ist nur zu schwach, um auf mich zu reagieren. Getauschte Blicke hätten normalerweise gereicht, um diese Frage zu klären, aber Jonas' Blindheit verwehrt uns diese Möglichkeit.

Mein Blick fällt auf den Überwachungsmonitor über dem Fußende des Bettes. Ich studiere die drei Linien, beobachte ihre Ausschläge und versuche, die Zahlen und Symbole der jeweiligen Bedeutung zuzuordnen.

Die obere, rote Linie, zeigt den Herzschlag an. Die beiden blauen Zahlen den Blutdruck. Es dauert eine Weile, bis ich verstehe, dass die grüne »98« die Sauerstoffsättigung im Blut ist. Alle drei Werte sehen unauffällig aus, zumindest würde ich als Laie es so einordnen.

»Ich bin da!«, sage ich leise, aber deutlich zu Jonas. Vorsichtig strecke ich meinen Arm über den Rausfallschutz des Krankenhausbetts und greife nach der Hand von Jonas, in der kein Schlauch steckt. Seine Finger fühlen sich kühl an und anders als sonst. Leblos.

Er ist bewusstlos …

»Ich bin da«, wiederhole ich meine Worte von eben. Fest, aber liebevoll drücke ich seine Finger.

Es ist nur eine Andeutung, ein Hauch, aber ich spüre, wie Jonas den Druck meiner Hand erwidert und den Kopf in meine Richtung dreht. Vielleicht bilde ich es mir ein, aber für den Bruchteil einer Sekunde glaube ich, ein Lächeln über seine Mundwinkel huschen zu sehen.

Jonas hat meine Worte gehört und verstanden, und allein dafür hat es sich gelohnt zu kommen. Ich beuge mich zu ihm ins Bett und gebe ihm einen sanften Kuss auf die Wange. »Morgen komme ich wieder. Wir stehen das gemeinsam durch. Versprochen!«

Kapitel 31

Charly

Es stehen bereits zwei Streifenwagen vor dem Haus, als Charly ankommt. Sie nimmt das Handy vom Armaturenbrett, schaltet das Navigationssystem aus und steckt das Telefon in die Gesäßtasche ihrer Jeans. Mit langsamen Schritten geht sie auf das Haus zu und schaut sich mit akribischer Sorgfalt den Vorgarten an. Allerdings deutet nichts auf etwas Ungewöhnliches hin. Doch für Charly ist vollkommen klar, dass es sich beim Angriff auf Kates Freund nicht um einen zufälligen Überfall handelte. Es ist mehr als ein intuitives Gespür, es ist ein tiefes Wissen. Was immer Jonas widerfahren ist, es war geplant und vorsätzlich.

Ein Racheakt …

Charly beugt sich nach unten, hebt die Fußmatte hoch und findet die zwei Schlüssel. Gleich der erste ausprobierte Schlüssel passt und Charly tritt ein. Zu ihrer Linken ist der Treppenhausaufgang in den ersten Stock, in dem sich Kates Wohnung befinden muss. Ihre Freundin hat von ihrer schönen Wohnung mit Balkon und traumhafter Aussicht geschwärmt, deswegen weiß Charly, dass Kates Wohnung nicht im Erdgeschoss liegen kann. Trotzdem fällt ihr Blick auf die untere

Wohnungstür und Charly stellt fest, dass diese nur angelehnt ist. Aus dem Inneren dringen die Stimmen der Polizisten.

Charly hält kurz den Atem an, lauscht in den ersten Stock hinauf und als sie sich sicher ist, dass Mia weder weint noch suchend nach ihrer Mutter ruft, wendet sich Charly wieder der angelehnten Wohnungstür zu, die sie magisch anzuziehen scheint.

Nervös streicht sie sich mit den Fingern durch die Haare, die sie in der Eile nicht zu einem Zopf gebändigt hat. Anschließend streicht sie ihr Shirt glatt, um halbwegs ordentlich auszusehen. Diese kleine und banale Handlung hilft ihr, sich wie ein Mensch zu fühlen und den Schock, den sie seit Kates Anruf definitiv hat, ein wenig in den Hintergrund zu drängen.

Charly räuspert sich kurz, streckt sich und geht dann mit gestrafften Schultern und hochaufgerichtetem Kopf auf Jonas' Wohnung zu. Zaghaft klopft sie mit den Fingerknöcheln an. Die Tür öffnet sich einen Spalt.

»Hallo?«, ruft Charly ins Innere. »Ist jemand da?«

Es dauert keine Minute, bis einer der Polizisten zu ihr kommt. Er hat dunkle Locken und einen Schnauzbart. An beiden Händen trägt er schwarze Handschuhe aus glattem Leder.

»Wer sind Sie?«, fragt er Charly, ohne sie wirklich anzusehen. Er scheint mit den Gedanken ganz woanders zu sein. »Gehören Sie in diese Wohnung?«

»Ja und nein«, antwortet Charly mit sanfter Stimme. Eine Gänsehaut läuft ihr den Rücken hinunter bei dem Gedanken, was da in dieser Wohnung geschehen ist. Nervös fährt sie sich wieder durch die Haare und schenkt dem Polizisten ein Lächeln. »Ich bin die beste Freundin.«

»Von dem Herrn, der hier wohnt?«

»Von seiner Lebensgefährtin. Ich bin quasi eine Insiderin.« Trotz der Situation fällt es Charly leicht, den Polizisten anzulächeln. Irgendwie fühlt es sich fast vertraut an und sie hat das merkwürdige Gefühl, ihn schon einmal gesehen zu haben. »Haben Sie schon eine Spur gefunden?«

»Wir haben Haare gefunden«, sagt der Polizist mit dem Schnauzbart. »Die werden wir jetzt ins Labor bringen und schauen, ob sie dem Eigentümer gehören.«

»Welche Farbe haben die Haare? Herr Pfeiffer ist blond.« Wieder lächelt Charly ihn an. »Aber das wissen Sie sicher bereits.«

»Sind Sie immer so spitzfindig?«, möchte der Polizist wissen. Zum ersten Mal, seit Charly hier steht, sieht er sie wirklich an. Ein warmes Lächeln breitet sich auf seinem Gesicht aus. »Wir kennen uns doch, oder?«

»Ehrlich gesagt, hab ich mich das auch gerade gefragt!« Charly legt die Stirn in Falten und versucht krampfhaft, sich daran zu erinnern, wo sie ihn schon einmal gesehen hat. Es gelingt ihr nicht. »Aber ich stehe so unter Schock, dass ich nicht mehr weiß, wo.«

»Aber ich weiß es.« Der Polizist grinst sie an und tippt sich mit dem Zeigefinger an die Stirn. »Personengedächtnis. Sie waren mit einer Freundin auf einem Doppel-Blind-Date. Ich war das Date Ihrer Freundin.«

»Ah ja, jetzt fällt es mir wieder ein!« Dieses doppelte Blind Date war die Idee ihrer Freundin und ging völlig in die Hose. Wobei sich Charly damals gefragt hat, warum eigentlich. Sie konnte nicht nachvollziehen, warum ihre Freundin das Ganze plötzlich albern fand und schlagartig beendet hat. Charly runzelt nachdenklich die Stirn, bevor sie weiterredet. »Aber ehrlich gesagt habe ich gerade überhaupt keinen Kopf dafür. Ich will wissen, was hier passiert ist. Und warum.«

»Ja natürlich«, sagt der Polizist und gibt sich einen Ruck. »Warum sind Sie denn heute überhaupt hier?«

»Um auf das Kind der Freundin aufzupassen.« Charly zeigt mit ihrem perfekt manikürten Fingernagel an die Zimmerdecke. »Es schläft oben.«

»Dann halte ich Sie nicht weiter auf.« Wieder lächelt er. »Vielleicht begegnen wir uns per Zufall ein drittes Mal und können dann an dieser Stelle weiterreden?«

»Es war ein Gewaltverbrechen.« Charlys Worte kommen kurz und abgehackt und wirken nicht wie eine Frage, eher wie eine Feststellung. Der Einwurf des Polizisten hat sie aus der Situation gerissen und nun versucht sie, sich wieder auf das Hier und Jetzt zu konzentrieren.

»Woher wissen Sie das?« Der Schnauzbart des Polizisten zuckt und er mustert Charly nun mit unverhohlenem Interesse.

»Meine Freundin hat Blutspuren gefunden. Sie hat große Angst und traut sich kaum noch heim. Wissen Sie schon, wie die Täter ins Haus kamen?«

»Im Keller ist ein Fenster eingeschlagen worden. Da sind die Männer eingestiegen.«

»Geräuschlos ein Fenster eingeschlagen? Ehrlich? Oha!« Nachdenklich wickelt sich Charly eine Haarsträhne um den Finger, ohne dabei den Polizisten aus den Augen zu lassen. Wenn sie sich sehr interessiert zeigt, bringt sie ihn damit vielleicht zum Weiterreden. »Wie bitte geht das? Für mich ist das alles Neuland, müssen Sie wissen.«

»Die Scheibe wurde mit einem Klebeband abgeklebt und mit einem dumpfen Gegenstand zerschmettert.« Bedauernd legt der Polizist den Kopf schief. »Mehr Informationen darf ich Ihnen leider nicht geben.«

»Wahnsinn!«, macht Charly übertrieben überrascht, weil gezeigtes Interesse bei Menschen erfahrungsgemäß immer zieht. Diese neigen dann dazu, alles besonders genau zu erklären und dafür weit auszuholen. »Und dann ist der Typ einfach ins Haus eingestiegen?«

»Sie sind durch das Fenster rein, ja.«

»Um dort zu klauen, ja, ich verstehe.« Sie setzt ihren unschuldigen Blick auf und schaut den Polizisten mit großen Augen an. »Haben sie viel mitgenommen?«

»Das wissen wir nicht. Es wurde aber offensichtlich nichts durchwühlt.«

»Sie haben ihn einfach nur angegriffen, oder?«

»Ich kann mich nur wiederholen: Mehr Infos kann ich Ihnen nicht geben!« Der Polizist schaut Charly durchdringend an. Dann wird seine Mimik wieder weich: »Kann ich Ihnen sonst noch irgendwie behilflich sein?«

»Wer weiß«, sagt Charly, wohl wissend, dass sich das Gespräch dem Ende zuneigt. Irgendetwas an diesem Gedanken stört sie. Ohne groß nachzudenken, sagt sie den Satz, der ihr als Erstes in den Sinn kommt: »Wollten Sie nicht mit mir an anderer Stelle weiterreden? Warum auf einen Zufall warten?«

»Müssen wir nicht.« Der Polizist räuspert sich etwas verlegen. »Wenn Sie das möchten, können wir das sehr gerne tun.«

»Nicht hier und jetzt, aber generell können wir das schon machen, ja.« Charly lächelt ihn nun völlig unverhohlen an. »Vielleicht kann ich Ihnen noch weitere Informationen geben! Ich weiß nämlich einiges.«

»Ach ja?« Der Polizist zieht eine Augenbraue hoch und schaut Charly von unten nach oben an. »Geben Sie mir, was immer Sie wollen. Von Ihnen nehme ich alles gerne an.«

»Jack?«, donnert eine tiefe Stimme aus dem Inneren. »Machst du heimlich eine Rauchpause oder bist du im Flur eingeschlafen?«

»Moment, ich komme gleich«, ruft Jack zurück. »Ich habe hier eine wichtige Befragung.«

»Jack.« Charly kräuselt belustigt die Nase. »Ja, jetzt fällt es mir wieder ein. Meine Freundin hat sich nämlich so lustig gemacht über den Namen. Jack Daniels, Jack Russell … Nicht sehr erwachsen.«

»Ach, wie schön«, macht Jack gespielt beleidigt und grinst breit unter seinem Schnauzbart. »Mir war von Anfang an klar, dass Sie eindeutig einen besseren Humor haben als Ihre Freundin.«

»Er ist sehr schwarz, aber tadellos einwandfrei.« Für einen Moment lachen sie beide. Dann kehrt der Polizist schlagartig zu seiner Professionalität zurück. »Sie sagen, Sie haben Informationen für mich?«

»Ja. Einen Augenblick, ich muss kurz nach oben hören, ob die Kleine noch schläft.« Charly löst sich von dem Türrahmen, an dem sie gelehnt hat, und geht mit steifen Beinen zur Treppe. Kurz hält sie den Atem an und vergewissert sich, dass oben alles ruhig ist. Jack ist ihr bereits bis in den Flur gefolgt. Mit einer Mischung aus Ungeduld und echtem Interesse schaut er sie an.

»So, Jack«, macht Charly und fixiert seinen Blick. »Ich habe keine Ahnung, ob Sie dem Verdacht einer jungen Frau nachgehen, aber ich würde Ihnen raten, es zu tun. Denn wir liegen instinktiv oft richtig.«

»Na los, verraten Sie mir Ihren Verdacht, Miss Sherlock Holmes. Ich bin ganz Ohr.«

»Wissen Sie, dass die Freundin des Opfers verheiratet ist? Und ihr seltsamer und cholerischer Ehemann mit der Trennung nicht einverstanden ist?«

»Nein, das wusste ich in der Tat noch nicht«, gibt Jack zu.

»Ich habe diesen Mann als eifersüchtig, kontrollsüchtig und aggressiv kennengelernt«, erzählt Charly weiter. »Meine Freundin hat sich unter anderem aus diesen Gründen von ihm getrennt.«

»Sie denken also, der Ehemann der Freundin könnte der Täter sein?«

»Für mich ist es durchaus im Bereich des Möglichen.« Charly rümpft nachdenklich die Nase. »Aber was weiß ich schon. Ich bin schließlich keine Polizistin. Es kann ja nicht jeder der starke Arm des Gesetzes sein, nicht wahr?« Diesmal strahlt Charly ihn ganz offen an, zwinkert ihm erneut zu und lächelt ihn an.

»Haben Sie Name und Adresse dieses Mannes?«, fragt Jack und klopft seine Taschen ab. Falls er nach einem Notizblock sucht, so wird er nicht fündig. Stattdessen zieht er sein Handy hervor.

»Er heißt Andrew Benz. Wohnt im Birkenweg 51. Brauchen Sie auch die Telefonnummer?«

»Danke, die finden wir selbst heraus. Aber ich kann Ihnen meine Nummer geben.«

Für eine halbe Sekunde herrscht Schweigen. Dann lächelt Jack, wirft Charly einen auffordernden Blick zu und fügt schnell hinzu. »Falls Sie weitere Informationen für mich haben. Oder Interesse daran, das Gespräch von vorhin fortzusetzen und mir mehr von Ihrem tadellosen schwarzen Humor zu zeigen.«

»Einverstanden.«

Jack reicht ihr eine Visitenkarte. »Hier können Sie mich erreichen, wenn Ihnen noch etwas einfällt oder Sie noch Fragen haben. Für alles andere gebe ich Ihnen meine Privatnummer.«

»Das ist gut. Ich werde mich melden.«

»Beruflich oder privat, völlig egal«, sagt Jack und nennt seine Handynummer. »Sie dürfen mich jederzeit anrufen. Und sei es auch nur, dass Sie Sorge haben oder nicht schlafen können.« Er zwinkert ihr unmissverständlich zu.

»Alles klar!«, sagt Charly und lächelt in sich hinein. Dass ihr der Polizist so in die Hände spielt, damit hätte sie nicht gerechnet. Grinsend dreht sie sich um und geht davon. Bei jedem Schritt sorgsam drauf achtend, dass ihr Hintern im Takt wiegt und ihr Haar locker hin und her schwingt.

Nachdenklich geht sie die Treppe nach oben. Der Flirt mit dem Polizisten ist spontan gewesen, weil sie sein Interesse bemerkt hat. Nicht weil der Mann ihr auf den ersten Blick gefallen hat, sondern aus der Hoffnung heraus, an weitere Informationen darüber zu kommen, was hier genau passiert ist. Und vor allem, warum. Außerdem kann es nie schaden, wenn man bei derartigen Ermittlungen ein paar Bonuspunkte bei der Polizei hat. Schließlich weiß man nie, wozu man diese noch gebrauchen kann. Erst jetzt, wo der Polizist weg ist und Charly allein, merkt sie, wie der Schock zurückkommt. Ihr Gehirn kann kaum begreifen, was in dieser Wohnung geschehen ist. Fast fluchtartig geht sie in Kates Wohnung und schließt sorgfältig die Türe hinter sich ab.

Kapitel 32

Wieder einmal ziehen sich die Stunden in die Länge wie ein Kaugummi zwischen Schuhsohle und Asphalt. Charly hat mir drei Nachrichten geschrieben, in denen sie mir immer wieder ausschweifend von ihrem Gespräch mit einem der Polizisten in Jonas' Wohnung berichtete und versicherte, dass sie mir dringend mehr dazu erzählen muss. Trotz meines schlechten Gewissens schaffe ich es nicht, mit ihr zu telefonieren und mich auf ihre drängenden Berichte zu konzentrieren. Ich möchte erst zu Jonas und mit ihm sprechen und erfahren, was passiert ist. Vor allem will ich wissen, was genau er hat und wie es ihm geht. Vorher ist mein Kopf zu voll für andere Dinge. Zweimal habe ich im Krankenhaus angerufen, aber niemand war bereit, mir Auskunft zu seinem Gesundheitszustand zu geben. Man sagte mir nur, Jonas sei wach und ich könne am Nachmittag während der Besuchszeit kommen. Ein Zeitintervall, das mir ewig weit weg erscheint.

Auch Jonas anzurufen war nicht möglich, da er noch kein Telefon auf dem Zimmer hat. Auf seinem Handy erreiche ich nur die Mailbox. Entweder hat Jonas sein Handy nicht dabei oder der Akku ist leer und er hat keine Möglichkeit, ihn aufzuladen. Es könnte aber auch sein, dass Jonas' Telefon irgendwo in seinem Schlafzimmer lag und die Polizei es gefunden und konfisziert hat. Was auch immer es ist, mir bleibt nichts anderes übrig, als bis nach dem Mittagessen zu warten und zur Besuchszeit ins Krankenhaus zu fahren. Ich seufze tief. Da ich weder eine Verwandte von Jonas bin noch mit ihm verheiratet, ist es nahezu unmöglich, irgendwelche Informationen zu den Geschehnissen oder seinem Gesundheitszustand zu erfahren. Außer ihm selbst wird mir da wohl niemand eine Auskunft geben können. Die Tatsache, dass er sich nicht bei mir meldet, lässt mich schier wahnsinnig werden. Was, wenn er so schwer verletzt ist, dass er körperlich einfach nicht in der Lage dazu ist?

Vielleicht hat er auch einfach vergessen, sich bei dir zu melden.

Ein Gedanke, der mich eigentlich erleichtert, aber dennoch einen schmerzhaften Stich in meiner Magengrube hinterlässt.

Ich zucke wie vom Blitz getroffen zusammen, als das Telefon klingelt. Obwohl ich schon den ganzen Vormittag nur darauf warte, kommt es plötzlich trotzdem unerwartet.

»Benz?«, melde ich mich fragend, weil ich die Nummer auf dem Display nicht kenne. Ich sehe nur, dass es dieselbe Ortsvorwahl wie meine ist, und hoffe auf einen Anruf vom Krankenhaus.

»Polizeistation, mein Name ist Jack Heine«, meldet sich eine freundliche Stimme. »Spreche ich mit Katharina Benz?«

»Ja.« Meine Hoffnung fällt steil ab und landet irgendwo in einem tiefen Gewölbekeller. Trotzdem stelle ich die Frage, die sich in meinem Kopf schon formuliert hat. »Haben Sie etwas von Herrn Pfeiffer gehört?«

»Nein, leider nicht. Tut mir sehr leid. Aber ich bearbeite diesen Fall und muss Ihnen ein paar Fragen dazu stellen. Wäre es möglich, dass Sie nächste Woche zu uns auf das Revier kommen?«

»Ja, natürlich«, willige ich ein. »Es liegt mir doch auch am Herzen, dass die Täter gefunden werden.«

»Was passt Ihnen denn besser? Montag, siebzehn Uhr? Oder lieber Dienstag, um zehn Uhr?«, fragt Jack Heine mich. Während ich überlege, fällt mir auf, dass er mir gezielt zwei Termine zur Auswahl gegeben hat. Es stellt sich nicht die Frage, *ob* ich komme, sondern *wann* …

Als stünde ich unter Verdacht …

Schnell verwerfe ich den absurden Gedanken und versuche, mir meinen Terminkalender vor Augen zu führen. Es hat keinen Sinn, ich kriege kein Bild davon zustande.

»Dienstagvormittag«, beschließe ich einfach aus dem Bauch heraus. »Da ist meine Tochter im Kindergarten, da kann ich allein kommen. Wo muss ich hin?«

Jack Heine nennt mir die Adresse der Polizeistation und ich krame hektisch in meiner Schreibtischschublade nach Zettel und Kugelschreiber, um mir den Termin zu notieren.

»Dann sehen wir uns am Dienstag um zehn Uhr«, beendet Jack das Gespräch. Ich schreibe die Uhrzeit hinter die Adresse und will den Zettel gerade an meine Wand heften, als mein Handy klingelt. Es dauert eine Sekunde, bis ich registriere, dass ich eben mit dem Festnetz telefoniert habe und nun das Handy klingelt.

Das muss Jonas sein … Endlich …

Ich renne ins Wohnzimmer, stolpere dabei fast über meine eigenen Füße und entdecke mein Handy auf der Couch. Mit zitternden Fingern greife ich danach und starre auf die Nummer auf dem Display.

Es ist Charly …

»Was ist los?«, knurre ich ins Telefon. »Ich warte auf einen Anruf von Jonas.«

»Sorry, Süße«, sagt Charly hektisch. »Wollte nur wissen, ob ich dir was mitbringen soll. Brezeln? Kaffee? Einen Döner?«

»Du kommst her? Warum?«

»Damit ich auf Mia aufpassen kann und du allein zu Jonas ins Krankenhaus kannst.« Charly klingt empört. So als hätte ich eine dämliche Frage gestellt. »Willst du was haben?«

»Nein, ich habe keinen Hunger. Vielen Dank.« Ohne ein weiteres Wort lege ich auf und gehe zu Mia ins Schlafzimmer. Ich habe ihr dort einen Film auf meinem Laptop angemacht, um sie zu beschäftigen. Nicht die optimale Lösung für ein Kind, aber heute die beste für mich. Es ist mir einfach nicht möglich, mich auf Mia zu konzentrieren.

»Hey, Zaubermaus«, sage ich jetzt zu ihr. »Du kannst deinen Film zu Ende schauen, dann machst du den Computer bitte aus. Charly kommt her und kümmert sich um dich und ich fahre zu Jonas, okay?«

Mia nickt und wedelt mit der Hand in Richtung Tür. Wenn sie ihren Pferdefilm anschaut, dann möchte sie nicht gestört werden. Dass sie den Film bereits an die fünf Mal gesehen hat, spielt da keine Rolle.

Seufzend schließe ich die Türe wieder und schlüpfe in meine Sneakers. Es klingelt und ich drücke auf den Türöffner. Keine zwei Minuten später steht meine Freundin Charly in der Wohnung. Dankbar falle ich ihr um den Hals.

»Du bist echt ein Schatz, weißt du das eigentlich?«, flüstere ich ihr ins Ohr, während ich sie an mich drücke. »Ohne dich wäre ich aufgeschmissen.«

»Kate«, sagt Charly beschwörend. Sie schiebt mich ein Stück von sich und ihr Blick durchbohrt mich, während sich ihre Fingernägel in meinem Oberarm graben. »Ich habe Angst um dich!«

»Um mich? Wieso das denn?«

»Kate!« Charly seufzt tief und schaut mich fast sorgenvoll an. »Jonas war kein zufälliges Opfer. Verstehst du?«

»Nein!« Mit einer ruckartigen Drehung löse ich mich aus Charlys Griff. Irgendwas in mir sträubt sich, diese Unterhaltung zu führen. Ich möchte zu Jonas ins Krankenhaus, wissen, wie es ihm geht, und ihn ganz fest an mich drücken …

»Das Kellerfenster wurde abgeklebt und eingeschlagen. Geräuschlos. Um Jonas im Schlaf zusammenschlagen zu können.«

Verwundert starre ich Charly an. Ich kenne ihre Vorliebe für Krimis und ihren Hang zur Dramatik, und trotzdem ist mir klar, dass sie sich so was niemals ausdenken würde. »Woher weißt du das?«

»Ich hab doch mit einem der Polizisten geredet.« Sie verdreht gespielt genervt die Augen. »Schon vergessen?«

»Am Dienstagmorgen habe ich einen Termin auf dem Revier. Bestimmt kann man mir dort mehr Informationen geben.« Ich lächle meine Freundin an und greife dann nach meinem Autoschlüssel. »Du wirst sehen, es wird sich alles als ein ganz normaler Einbruch herausstellen.«

»Bei wem hast du den Termin?«, will Charly wissen. Sie öffnet mir die Wohnungstür, als ich meine Handtasche vom Haken nehme.

»Weiß ich nicht mehr. Ich hab mir doch den Namen nicht gemerkt.« Ich greife nach meiner Jacke und trete aus der Tür. »Mia schaut den Film zu Ende und dann muss sie den Laptop ausmachen.«

»Heißt der Typ zufällig Jack Heine?«

»Ja, genau. Hast du mit dem gesprochen?«

»Ich habe heute Abend sogar eine Verabredung mit ihm!« Charly strahlt übers ganze Gesicht. »Du wirst es nicht glauben, aber wir kennen uns und haben ausgemacht, wir treffen uns noch mal.«

Verwirrt halte ich inne und starre kopfschüttelnd meine Freundin an. »Ihr kennt euch? Woher denn? Das ist ja witzig.«

»Er war mal mit meiner Freundin aus, sie hielt ihn aber binnen kurzer Zeit für einen Idioten. Ich dagegen finde ihn sympathisch und möchte mir gerne eine eigene Meinung bilden.« Sie zuckt die Schultern und schickt sich an, die Wohnungstüre zu schließen. Verschwörerisch beugt sie sich zu mir und zischt mir zu: »Außerdem ist es immer gut, ganz nah am Fall dran zu sein und einen starken und wichtigen Verbündeten zu haben.«

»Du bist so irre!« Ich lächle, um meinen Worten die Schärfe zu nehmen, aber ich weiß, dass sie versteht, wie ich das meine.

»Ja, das stimmt wohl! Zudem bin ich eine Krimi-Liebhaberin, die ein Date mit einem Polizisten hat! Ich hab alles Recht der Welt, mich zu freuen!«

»O Mann! Du bist echt irre!«, wiederhole ich.

»Jetzt fahr ins Krankenhaus. Ich halte hier die Stellung. Sag Jonas einen Gruß von mir!«

»Ja, richte ich gern aus. Danke!« Ich werfe meiner Freundin einen angedeuteten Handkuss zu und mache mich eilig auf den Weg die Stufen hinunter.

»Ich hab dich auch lieb«, ruft sie mir hinterher und schließt mit Nachdruck die Wohnungstür. »Sehr sogar. Bis später! Pass auf dich auf!«

* * *

Eine gute halbe Stunde später befinde ich mich am Eingang zur Unfallstation. Mein Kopf dröhnt wegen all der vielen Gedanken, die darin sind, und weil ich kaum geschlafen habe. Mit jedem Schritt, den ich näher an Jonas' Zimmer komme, hämmert mein Herz lauter und ich habe das Gefühl, mein Kopf könnte jeden Moment explodieren. Bisher ist es mir ganz gut gelungen, mein Katastrophendenken weitgehend unter Kontrolle zu halten, aber jetzt merke ich, wie es wieder mit mir durchgehen will.

Ich weiß nur, dass er nicht in Lebensgefahr schwebt …

Eine Information, die sich möglicherweise längst geändert hat. Vor der Tür seines Zimmers bleibe ich stehen und lausche ins Innere. Ich höre das gleichmäßige Piepen der Monitoringmaschine. Zum einen beruhigt mich dieses Geräusch, weil es mir anzeigt, dass Jonas kontinuierlich überwacht wird.

Er ist nicht in Lebensgefahr …

Zum anderen macht es mich wahnsinnig nervös, weil sich offenbar nichts geändert hat. Noch immer liegt Jonas an die Maschine angeschlossen, seine Vitalfunktionen *müssen* also noch überwacht werden. Möglicherweise bedeutet das, dass sich sein Zustand nicht gebessert hat – zumindest nicht wesentlich. Ein letztes Mal hole ich tief Luft und trete dann schließlich hinein. Wie bereits gestern Nacht ist das Bett an der Tür unbelegt und ich gehe betont langsam zu dem Bett am Fenster, damit Jonas Gelegenheit hat, mich zu hören. Doch er zeigt keine Reaktion.

»Jonas?« Zaghaft trete ich zu ihm ans Bett. Vorsichtig berühre ich mit den Fingern seine Wange und er zuckt kurz zusammen. Ein Zeichen dafür, dass er geschlafen hat.

»Guten Morgen!«, sage ich leise. »Rate mal, wer da ist.«

»Kate!« Seine Stimme klingt belegt, aber freudig. Sofort dreht er den Kopf in meine Richtung und wie immer geht sein Blick ganz leicht über mich hinweg. Ich muss lächeln, als mir bewusst wird, wie normal das für mich geworden ist. Mittlerweile kommt es mir manchmal schon seltsam vor, wenn andere Menschen mir direkt in die Augen starren.

»Wie geht es dir?« Liebevoll streichle ich noch mal seine Wange und lasse meine Hand dann hinunter zu seinen Fingern gleiten.

»Ich werde es überleben«, sagt er trocken. Nichts in seiner Stimme oder seinen Worten deutet darauf hin, ob er das ernst meint oder ob es in irgendeiner Form sarkastisch gemeint ist.

»Wirklich?«, hake ich deswegen nach.

Ich nehme den Stuhl, der an dem kleinen Holztisch steht, stelle ihn ganz dicht neben Jonas' Bett und setze mich darauf. Das alles, ohne seine Hand auch nur eine Sekunde loszulassen.

»Ich habe starke Prellungen in der Bauchgegend. Zum Glück ohne innere Blutungen, deswegen muss es nicht operiert werden.« Jonas macht eine Pause und schnappt nach Luft. Es ist deutlich spürbar, wie sehr das Sprechen ihn anstrengt. »Ein paar Rippen sind angebrochen und meine Lunge hat auch einen Schlag abbekommen, ist aber zum Glück nicht verletzt. Tut nur weh. Aber es wird alles gut heilen.«

»So viele Verletzungen?« Meine Gedanken überschlagen sich, als ich versuche, das alles zu sortieren, was er mir eben gesagt hat. »Was wollten diese Typen denn von dir?«

»Sie wollten mir zeigen, dass ich im Weg bin.«

Die Luft um mich herum wird plötzlich so schneidend kalt, dass mir das Atmen wehtut. Es fühlt sich an, als würden meine Lungen von innen heraus vereisen.

»Aber das ist doch Unsinn!« Meine nachfolgenden Worte fühlen sich sogar für mich selbst an wie eine Lüge. »Es war doch einfach ein normaler Einbruch. Die Kerle dachten, da gebe es was zu holen und …«

»Nein, Kate«, unterbricht Jonas mich. »Es war kein gewöhnlicher Einbruch. Ich habe die Typen reden gehört. Sie dachten, ich bin bewusstlos und haben miteinander geredet. Es war ein Überfall. Ein Angriff auf mich.«

»Wie kannst du wissen, was sie meinten?« Mein Herz schlägt dumpf und schwer, als müsste es mit jedem Schlag gegen das Eis in meinem Körper ankämpfen.

»Sie waren verwundert, dass ich blind bin. Überrascht darüber.«

»Na also!«, rufe ich triumphierend. Die Erleichterung kommt angenehm und warm über mich. »Sie können dich nicht gemeint haben! Sonst hätten sie das doch gewusst.«

»Nein, Kate«, wiederholt Jonas geduldig. Wieder drückt er meine Hand. Schwächer als vorhin. Seine starken Schmerzen sind ihm deutlich anzumerken. Man kann förmlich zusehen, wie seine Kräfte schwinden und er müde wird. »Sie wussten es nicht, weil sie belogen wurden.«

»Das verstehe ich nicht. Aber es ist auch nicht wichtig. Du musst dich ausruhen.«

»Bitte, Kate! Hör mir einfach zu.« Bereits nach diesem kurzen Satz schnappt Jonas nach Luft. »Sie wussten es nicht, weil es ihnen nicht gesagt wurde.«

»Nicht gesagt wurde? Von wem?«

»Das ist die Frage, die geklärt werden muss. Du musst die Polizei informieren!« Erneut drückt Jonas meine Hand und lässt dann seinen Kopf zur Seite sinken. »Diese Typen wurden geschickt. Um mir zu verstehen zu geben, dass ich unerwünscht bin. Sie wollten mich aus dem Weg räumen. Es war kein einfacher Einbruch!«

»Aber warum?« Noch immer hämmert mein Herz viel zu schnell. Wieder einmal kriecht eine kribbelnde Gänsehaut über meinen Rücken und meine Arme und ich widerstehe dem Drang, sie wegzurubbeln. »Wer sollte dir etwas Böses wollen?«

»Das … weißt … du.« Seine Worte klingen abgehackt, wie drei einzelne Sätze. Mir ist nicht klar, ob es absichtlich ist, weil er sie mit Nachdruck aussprechen will, oder ob ihm einfach die Luft fehlt zum Sprechen.

Ich schließe die Augen und versuche, das Gehörte zu verstehen. Zu verinnerlichen und es zu begreifen. Es gelingt mir nicht. Alles in mir weigert sich, auch nur den geringsten Gedanken in diese Richtung zuzulassen.

»Jonas«, sage ich ganz langsam. »Ich verstehe dich. Du stehst unter Schock und versuchst, eine Erklärung zu finden. Und ich weiß, an was du denkst. Aber das ist doch Unsinn.«

»Ist es das? Warum?«

»Weil das rauskommen würde, Jonas! Du siehst doch, dass der Verdacht sofort auf ihn fällt. Das weiß er doch, er ist doch nicht dumm!«

»Dumm ist er nicht«, räumt Jonas ein. »Aber er ist ein Narzisst. Er hat kein Empfinden für Unrecht. Für ihn ist es richtig, was er tut.«

»Jemanden zu überfallen ist für ihn richtig?«

»Jemanden zu beseitigen, der ihm im Wege steht. Denn in seiner Welt dreht sich alles nur um ihn.« Jonas' Augenlider flattern und sein Kopf sinkt zur Seite. Seine Brust hebt und senkt sich immer schneller.

Er hat Schmerzen …

»Bitte ruh dich aus«, flüstere ich ihm zu und lege sanft meine Hand auf seinen Oberarm, als wolle ich ihn am Aufstehen hindern. »Wir reden ein anderes Mal drüber.«

»Kate.« Jonas Stimme klingt flehend. »Sie dachten, du bist bei mir. Vielleicht wollten sie dir auch was tun.«

Für eine Sekunde ist sie wieder da. Die eisige Kälte, die sich über mich legt und mein Herz zum Erstarren bringt.

»Andrew würde mir niemals etwas tun«, sage ich mit fester Stimme. Kaum hab ich die Worte ausgesprochen, wird mir klar, dass sie nicht stimmen. »Ich bin doch die Mutter seiner Tochter.«

»Bitte«, wiederholt Jonas. »Informiere die Polizei!«

»Sie ist bereits informiert! Ich werde die Schwester rufen, okay? Sie soll dir etwas zum Schlafen geben.« Ich warte seine Antwort nicht ab, sondern drücke den roten Knopf an seinem Bett.

Jonas wendet mir sein Gesicht zu und für einen winzigen Moment bilde ich mir ein, Dankbarkeit in seinen hellen Augen zu sehen.

… und Liebe!

Ich versuche, seinen leeren Blick zu fangen und mit all meiner Zuneigung und Liebe für ihn zu erwidern. Mit meiner

Hand, die ich auf seine Brust rutschen lasse, meinem Blick und der ganzen Atmosphäre, die uns umgibt.

Aus der eisigen Gänsehaut von vorhin wird ein wohlig warmer Schauer. Jede Faser in meinem Körper schreit plötzlich nach Jonas' Nähe und ich kann nicht anders, als mich mit dem Oberkörper über ihn zu lehnen.

Die Türe geht auf und eine Krankenschwester tritt ins Zimmer. Kurz glaube ich, dass sie mit mir schimpfen wird, weil ich halb in Jonas' Bett liege, aber sie lächelt mir nur freundlich zu.

»Können Sie ihm was zum Schlafen geben?«, frage ich sie. Meine Lippen formen die Worte mehr, als dass ich sie ausspreche.

»Mache ich«, flüstert sie zurück. »Ich hab schon was dabei.«

Ich sehe zu, wie sie sich an dem intravenösen Zugang an Jonas' Hand zu schaffen macht, den Schlauch kurz herauszieht und eine Flüssigkeit in die Kanüle spritzt. Es dauert nur eine knappe Minute und alles ist erledigt. Die Krankenschwester lächelt mir noch mal zu und verlässt leise den Raum. Ich wende mich wieder Jonas zu.

»Ein Gutes hat die Sache«, flüstere ich ihm ins Ohr.

»Hm?«, macht er müde. Seine Atemzüge werden bereits tiefer und gleichmäßiger und ich spüre, dass es nicht mehr lange dauern wird, bis er in den Schlaf gleitet.

»Ich habe etwas festgestellt in den beiden letzten Tagen.«

»Und was?« Jonas' Stimme ist nur noch ein Hauch.

Kurz halte ich inne und überlege, ob ich ihm meine Gefühle mitteilen soll und wie viel davon. Dann beschließe ich, dass er die Wahrheit verdient hat.

»Es war für mich so furchtbar, als du ins Krankenhaus kamst«, beginne ich leise. »Als würde man mir ein Stück von meinem Herzen herausreißen und von mir fortnehmen. Ich war krank vor Sorge. Wirklich, ich bin schier irre geworden.«

»Ich konnte dich nicht anrufen«, murmelt Jonas schläfrig. »Sie haben mich hier unter Medikamente gesetzt. Ich war nicht klar und …«

»Ich weiß, mach dir darüber bitte keine Gedanken«, unterbreche ich ihn liebevoll. So gerne hätte ich ihm noch mehr gesagt, ihm meine Gefühle offenbart, doch ich bringe es nicht über meine Lippen. Irgendetwas tief in mir sperrt sich dagegen, weil ich befürchte, ich könnte mich dadurch angreifbar machen.

Verletzlich …

Deswegen schweige ich und schaue zu, wie Jonas' ohnehin schon abwesender Blick noch weiter in die Ferne rückt. Sein Kopf kippt vollends auf die Seite und seine Atemzüge werden immer tiefer und gleichmäßiger. Genauso wie das konstante Piepsen der Überwachungsmaschine, das ebenfalls langsamer und ruhiger zu werden scheint. Plötzlich hört es ganz auf und im Krankenhauszimmer ist es komplett still …

Die Kälte ist schlagartig wieder da. Sie nimmt mich in ihren Besitz und lähmt mich. Wie paralysiert starre ich auf die rote Herzlinie am Monitor, die auf einmal nicht mehr ausschlägt, sondern nur noch gerade durchläuft. Die beiden Blutdruckzahlen sind zu horizontalen Strichen geworden und die Sauerstoffsättigung ist auf null.

Wo ist die Krankenschwester von eben hin?

Obwohl es mir wie Minuten vorkommt, dauert es in Wirklichkeit nur eine einzige Sekunde, bis ich realisiere, was ich da sehe. Dann kommt Bewegung in mich. Ohne auch nur einen einzigen Blick auf Jonas zu werfen, drücke ich den roten Alarmknopf, erinnere mich blitzartig daran, wie lange es gestern Nacht dauerte, bis eine Schwester nachsehen kam, und renne in den Flur.

Rechts oder links …

Hastig blicke ich mich um. Innerhalb eines Wimpernschlags muss ich mich entscheiden und ich renne den Flur hinauf in Richtung der Fenster.

»Hilfe!«, rufe ich. Nur ein einziges Wort, aber es ist so laut, dass es von den Wänden hallt und in meinem Kopf dröhnt.

Hilfe!

Jeder Laufschritt, den ich mache, hämmert das Wort in meinen Kopf.

Hilfe!

Innerhalb der paar Sekunden, in denen ich durch den Krankenhausflur renne, zieht die ganze Vergangenheit mit Jonas an mir vorbei.

Weil ich ihn verliere …

Panik macht sich in mir breit und ich spüre Tränen in meine Augen schießen.

Warum habe ich ihm nicht wenigstens gesagt, dass ich ihn liebe?

Geistesgegenwärtig öffne ich die Türe von irgendeinem Zimmer und sehe eine Krankenschwester, die gerade mit einem Patienten spricht.

»Jonas braucht Hilfe!«, rufe ich in den Raum. »Kommen Sie schnell!«

Noch bevor die Krankenschwester irgendetwas sagen oder antworten kann, drehe ich bereits auf dem Absatz um und stürme zurück in den Flur. Ein Blick über die Schulter zeigt mir, dass die Schwester mir folgt.

»Was ist denn passiert?«, will sie atemlos wissen.

»Es zeigt keine Aktivitäten mehr an!«, stammle ich und merke selbst, wie wirr mein Satz klingt. »Er braucht Hilfe. Schnell!«

»Es gibt keinen Grund zur Panik«, versucht mich die Krankenschwester zu beruhigen. Sie hat mich längst eingeholt und läuft nun neben mir. »Das ist meist ein technischer Fehler. Welches Zimmer ist es denn?«

Technischer Fehler …

Ein Funke Hoffnung keimt in mir auf. Ich lasse die Frage unbeantwortet, denn wir haben das Zimmer bereits erreicht und ich biege um die Ecke hinein.

Mit dem Finger zeige ich auf das Bett von Jonas und trete dann zur Seite, damit die Krankenschwester sich einen Überblick verschaffen kann. Sie beugt sich über Jonas, legt zwei Finger an seinen Hals und schaut dann zum Monitor. Mit beiden Händen packt sie das Gerät an der Seite und rüttelt kräftig daran. Kurz piepst es und dann flackert etwas auf dem Bildschirm auf. Zwei Sekunden später sind die Linien und Zahlen wieder da. Eine Welle der Erleichterung wabert über mich hinweg.

»Wackelkontakt«, sagt die Krankenschwester entschuldigend und lächelt mich aufmunternd an. »Bitte machen Sie sich keine Sorgen, es ist alles in Ordnung.«

»Oh«, mache ich und beiße mir stumm auf die Lippen. Die Erleichterung verpufft genauso schnell, wie sie gekommen ist, und macht einem anderen Gefühl Platz: Verlegenheit. Ich komme mir plötzlich unglaublich dumm vor.

Die Krankenschwester nickt mir freundlich zu und verlässt dann wieder das Zimmer. Ich trete an Jonas' Bett und beobachte ihn stumm. Ein heißer Strom der Liebe durchflutet mich, als mir klar wird, dass ich ihn nicht verlieren werde. Dass wir eine Zukunft zusammen haben können … Und trotzdem hat dieses Erlebnis eben etwas mit mir gemacht. Mich gefestigt. Mir eine Erkenntnis geschenkt.

Das Leben ist endlich …

Obwohl jeder Mensch das weiß, ist es etwas völlig anderes, es hautnah zu spüren. Zu erleben. Ich nehme mir ganz fest vor, Jonas bei der nächsten Gelegenheit alles zu sagen, was in mir vorgeht.

Vorsichtig berühre ich mit meinen Fingern seine Wange und seinen Hals. Seine Haut fühlt sich warm und weich an und ich spüre, wie das Leben unter meinen Fingern pulsiert. Es ärgert mich, dass ich diesen Handgriff nicht bereits vor ein paar Minuten gemacht habe, denn dann wäre mir einiges an Angst erspart geblieben.

Jonas zuckt nicht einmal mit der Wimper, als ich ihn streichle. Er schläft so fest, dass er von der ganzen Aufregung um sich herum nichts mitbekommen hat, und das, obwohl er normalerweise jeden Windhauch hört, der ums Haus zieht. Vermutlich hat er weit mehr Schmerzmittel bekommen, als er vorhin zugegeben hat, und ich hoffe inbrünstig, dass er mich nicht angeschwindelt hat, was die Schwere seiner Verletzungen betrifft, nur weil er mich vielleicht vor einer Wahrheit schützen will, von der er glaubt, dass ich sie nicht ertragen kann.

Kapitel 33

Irgendwie vergeht die Zeit. Quälend langsam, aber sie vergeht. Minuten werden zu Stunden und die Stunden zu Tagen. Jonas ruft mich nicht an, was mir zeigt, dass es ihm noch immer nicht viel besser geht. Er hat sein Handy nicht bei sich, kann mir also nicht mal eben eine Nachricht oder eine Voice schicken. Gerne wäre ich noch mal zu ihm ins Krankenhaus gefahren, aber am Sonntag war es nicht möglich, weil Samu bei mir und Mia übernachtet hat, damit Charly sich ein weiteres Mal mit Jack Heine treffen konnte. Natürlich ist es für mich selbstverständlich gewesen, auf ihren Sohn aufzupassen und ihn am Montag früh in den Kindergarten zu bringen und von dort wieder abzuholen. Ich freue mich sehr für meine Freundin, dass sie jemanden kennengelernt hat, und hoffe, dass sie das Treffen genießen kann und nicht nur versucht, das Recht auf ihre Seite zu ziehen.

… das Recht auf ihre Seite zu ziehen.

Natürlich weiß ich, dass das Unsinn ist, denn schließlich *ist* das Recht ja auf unserer Seite. Dennoch komme ich nicht umhin, zugeben zu müssen, dass ich nervös bin. Ich bin nervös vor dem morgigen Termin bei der Polizei und ich habe Angst vor dem, was ich dort erfahren könnte. So bescheuert und unnötig ich Charlys Dates mit Jack gestern noch fand, so froh bin ich heute darüber, dass sie stattgefunden haben. Wer weiß, vielleicht kann sie mir nachher bereits was erzählen, wenn sie Samu abholen kommt. Mit jeder Minute, mit der Charlys Ankunft näher rückt, wächst meine Neugier. Die beiden Kinder spielen ganz vertieft miteinander in Mias Zimmer und ich hänge am Küchenfenster, starre auf die Einfahrt und warte. Ich bereue es bereits, dass ich meiner Freundin nicht schon gestern Abend eine Nachricht geschrieben habe mit der Frage, ob sie was herausgefunden hat. Irgendwie hat das mein Stolz nicht zugelassen, nachdem ich Charly ja immer wieder versichert hatte, wie unnötig ich ihre Flirterei mit dem Polizisten fand.

Ich springe förmlich vom Stuhl, als Charlys Cabrio endlich in die Einfahrt biegt.

»Kinder, ich bin kurz im Keller«, schwindle ich und stürme die Treppe hinunter. Ich will Charly abfangen, bevor Samu seine Mutter sieht und sie in Beschlag nimmt und ich dann warten muss, bis meine Neugier endlich gestillt wird.

Noch ehe Charly klingeln kann, reiße ich die Haustüre auf. Meine Freundin steht bereits mit dem Zeigefinger am Klingelknopf vor der Türe und schaut mich wissend an.

»Aha!«, macht sie triumphierend und wirft einen ihrer langen Indianerzöpfe zurück. »Sind wir also doch ein wenig neugierig?«

»So ein Quatsch«, sage ich freundlich lächelnd und verdrehe übertrieben die Augen. »Ich wollte gerade die Wäsche aufhängen und da hab ich dich gehört.«

»Ach? Was ein Zufall!«

»Ja, nicht wahr?« Ich packe meine Freundin an ihrem nackten Ellbogen und ziehe sie ins Haus. »Und nun erzähl!«

»Ist mit Samu alles gut gewesen?« Charly schließt die Haustüre hinter sich. »Hat er mich vermisst?«

»Ja, alles gut!«, unterbreche ich sie ungeduldig. »Hab ich doch geschrieben. Was hat der Polizist gesagt?«

Charly brennt viel zu sehr darauf, mir alles zu erzählen, als dass sie mich weiter auf die Folter spannen könnte. Ihre Wangen glühen, was ihr noch mehr das Aussehen einer Häuptlingstochter verleiht.

»Du wirst es nicht glauben!«, platzt sie heraus. »Andrew hat sie bezahlt dafür, dass sie Jonas zusammenschlagen.«

»Was? Das hat die Polizei gesagt?«, frage ich ungläubig. »Das ist doch unmöglich!«

»Nein, das sage *ich*!«, korrigiert Charly mich. »Man weiß nicht, wer der Auftraggeber ist. Noch nicht. Aber die Polizei hat die Täter gefunden!«

»Nicht dein Ernst! Wie das denn?« Ich muss mich setzen, weil ich das Gefühl habe, dass meine Knie mein Gewicht nicht mehr tragen können. Mit einem hörbaren Ausatmen lasse ich mich auf die Treppe sinken. »Wieso weißt du das überhaupt alles schon?«

»Ich kann sehr überzeugend sein«, sagt sie frech grinsend und zwinkert mir zu. »Aber du wirst es morgen auch erfahren, keine Sorge.«

»Sag schon, bevor die Kinder mitkriegen, dass wir hier im Treppenhaus hocken!«

»Es waren drei Typen. Einer von ihnen ist vorbestraft und war in der Verbrecherkartei. Man konnte ihn anhand seiner Blutspuren ausfindig machen.«

»Blutspuren von den Tätern? Hat Jonas sich etwa gewehrt?« Irgendwie lässt dieser Gedanke ein leichtes Gefühl von Stolz durch mich hindurchfließen. Es würde auf jeden Fall zu Jonas passen, sich zu verteidigen.

»Ja, das hat er.« Verblüfft schaut Charly mich an. »Warum weißt du nichts davon? Hast du mit ihm noch nicht darüber gesprochen?«

»Nicht wirklich viel, nein. Nur ein paar Sätze. Es ging ihm nicht gut, als ich bei ihm war. Er stand unter Medikamenten und er musste schlafen«, sage ich hektisch und mache dann eine wedelnde Handbewegung. »Los, rede weiter!«

»Der Typ wurde festgenommen und bei der Polizei verhört, hat aber nicht geredet. Vermutlich haben seine Kumpane aber mitbekommen, dass er unter Tatverdacht steht. Denn ein weiterer von ihnen hat sich freiwillig gemeldet.«

»Hat er gestanden?« Mit einem Ohr horche ich nach oben in die Wohnung, in der Hoffnung, dass die Kinder noch nicht realisiert haben, dass ich immer noch im Keller bin. »Hat er gesagt, wer ihn dazu angestiftet hat?«

»Er wusste nicht, wer ihn angestiftet hat, Kate!« Charlys Augen glühen nun ebenso heftig wie ihre Wangen. Ich habe das Gefühl, dass sie voll in ihrem Element ist. »Es wurde anonym abgewickelt. Wie, weiß ich nicht genau. Über eine E-Mail-Adresse, die es nun wohl nicht mehr gibt und die nicht nachvollzogen werden kann. Das Geld wurde über einen Onlinetransfer überwiesen und auch hier ist der Eingang nicht nachvollziehbar!« Charly holt kurz Luft und redet dann nahtlos weiter. »Der Typ hat aber angeblich aus Reue gestanden. Er wusste nicht, dass Jonas blind ist, und ihm tat es wohl entsetzlich leid, dass sie auf einen, ähm …« Den Rest ihres Satzes verschluckt sie und schaut mich abwartend an.

»Dass sie auf einen Behinderten losgegangen sind!«, vollende ich ihren Satz trocken.

»Ja.« Verlegen schlägt Charly die Augen nieder und wickelt einen ihrer langen Zöpfe um den Zeigefinger.

»Das passt ganz genau zu dem, was Jonas mitbekommen hat …«

»Mama?«, brüllt Mia durchs Treppenhaus. »Mama? Wo bist du?«

»Auf dem Weg nach oben, Mäuschen«, rufe ich zurück und stehe auf. Langsam gehe ich nach oben. Charly folgt mir in dem gleichen lahmen Tempo.

»Jonas ist sich sicher, dass sie ihn umbringen wollten«, flüstere ich ihr zu. Eine eisige Gänsehaut läuft mir den Rücken hinunter.

»Vielleicht nicht umbringen«, gibt Charly ebenso leise zurück. »Aber einschüchtern auf jeden Fall.«

»Wie geht es nun weiter?« Wir sind fast oben und ich verlangsame mein Tempo noch mehr. »Suchen sie den Auftraggeber?«

»Ja. Du wirst morgen dazu befragt werden!« Charly bleibt ruckartig stehen und schaut mich verschwörerisch an. »Ich habe eine Idee. Einen Plan. Was wir machen können, um der Polizei einen entscheidenden Hinweis zu liefern.«

»Oh nein«, stöhne ich. »Erzähl.«

»Gleich. Erst die Kinder.« Mit zwei großen Schritten ist Charly oben angekommen und betritt meine Wohnung. Mia ist bereits wieder ins Kinderzimmer verschwunden. Ungeduldig starre ich Charly an, aber diese breitet ihre Arme aus und geht in die Knie.

»Samu!«, ruft sie freudig. »Komm! Mama ist wieder da!«

Es dauert keine zehn Sekunden und Samu flitzt zusammen mit Mia um die Ecke auf Charly zu und ich weiß, dass meine Freundin und ich uns vorerst nicht weiter unterhalten können. Meine beste Freundin schließt ihren Sohn in die Arme und verschwindet mit ihm in Mias Kinderzimmer und meine Tochter und ich folgen ihnen.

Kapitel 34

Winkend schaue ich zu, wie Charly mit Samu und Mia auf dem Rücksitz ihres Wagens aus der Einfahrt fährt. Kaum sind sie aus meiner Sichtweite verschwunden, setze ich mich ins Auto und mache mich auf den Weg zu meinem ehemaligen Zuhause.

Mein Kopf ist voll von dem Vorhaben, das Charly mir vorhin ausführlich erklärt hat, und obwohl der Plan wirklich sehr einfach ist, bin ich mir nicht sicher, ob ich es hinbekomme.

Vor allem bin ich mir nicht sicher, ob ich Charlys und Jonas' Theorie wirklich und wahrhaftig glaube. Möglicherweise befinde ich mich in einer Art Schockzustand, und es wäre meinem Verstand überhaupt nicht möglich, den Gedanken zuzulassen, selbst wenn ich es wollen würde. Was ich allerdings sicher weiß, ist, dass ich der Polizei absolut vertraue und davon überzeugt bin, dass sie den Auftraggeber auf jeden Fall zu fassen kriegt, komme, was da wolle.

Du bist so naiv, hat Charly dazu gesagt. *Weißt du eigentlich, wie viele ungeklärte Kriminalfälle es gibt?*

Da ich mich noch nie mit diesem Thema beschäftigt habe und es mich auch noch nie interessiert hat, weiß ich es tatsächlich nicht, daher halten sich meine Sorgen in Grenzen. Trotzdem habe ich in Charlys Plan eingewilligt. Vor allen Dingen aber deswegen, weil es mich schon seit Tagen zu Andrew zieht, den ich fragen will, wann er sich endlich bei Mia zu melden gedenkt. Ich finde es unmöglich von ihm, meine Tochter so lange warten zu lassen, und meine Wut hat sich mit jedem Tag gesteigert. Mittlerweile bin ich so weit, dass ich ihm einfach nur noch sagen will, wie daneben ich ihn finde.

Schon von Weitem sehe ich, dass die Rollläden überall im Haus geschlossen sind. Es fühlt sich seltsam an, als ich auf den Stellplatz fahre.

Nicht so, wie nach Hause kommen …

Meine Knie sind weich, als ich aussteige und die steile Steintreppe zur Haustüre hinaufgehe. Mit zitternden Fingern stecke ich den Schlüssel ins Schloss, drehe ihn um und trete ein.

Die Schlösser sind nicht ausgetauscht worden …

Es ist dunkel im Flur und ein leicht muffiger Geruch schlägt mir entgegen. Kurz bleibe ich stehen und lausche, ziehe mein Handy aus der Gesäßtasche, werfe einen prüfenden Blick darauf und stecke es dann wieder ein.

»Andrew?«, rufe ich laut. Niemand antwortet mir, also gehe ich in den oberen Stock. Schon beim Hinaufgehen fällt mir auf, dass überall verstreut Klamotten herumliegen. Auf der Ablage im Flur stehen eingetrocknete Tassen mit Kaffee oder Tee, schmutzige Teller mit Resten von Nudeln mit Soße und ein gammeliger Käse. Kopfschüttelnd gehe ich dran vorbei, froh, mich über all das nicht mehr ärgern zu müssen. Ein Blick durch die geöffnete Badezimmertür zeigt mir, dass auch in diesem Raum weder aufgeräumt noch geputzt wurde. Die dreckige Wäsche sammelt sich in der Dusche und auf dem Boden, Handtücher liegen stapelweise auf der Toilette und der Wasserhahn tropft. Fast überall brennt das Licht. Ich wage es nicht, in Mias ehemaliges Kinderzimmer zu schauen. Es reicht mir schon zu sehen, wie mein geliebtes Haus innerhalb so kurzer Zeit so vernachlässigt wurde. Zögernd hebe ich die Hand und klopfe an Andrews Bürotür, die geschlossen ist, obwohl niemand außer ihm im Haus gewesen sein dürfte. Ob sie auch verschlossen ist, prüfe ich nicht, sondern klopfe erneut dagegen, um einiges lauter dieses Mal.

»Andrew!«, brülle ich. Gerade als ich mir überlege, doch einfach einzutreten, reißt er die Türe auf.

»Was soll das?«, schreit er mich an. »Kannst du nicht klingeln wie jeder normale Mensch?«

»Hab ich gemacht, aber du hast es nicht gehört.« Ich habe keine Lust, mich zu rechtfertigen. Allein die Tatsache, dass Andrew mich anstelle einer Begrüßung einfach nur anschreit, zeigt mir, dass ich alles richtig gemacht habe. Die Erleichterung, von dieser Person weg zu sein, vermischt sich mit Abscheu. Andrew selbst ist mindestens genauso verwahrlost wie sein Haus. Die Haare sind strähnig, er hat sich ganz offensichtlich seit mehreren Tagen nicht mehr rasiert und auf seinem weißen Shirt befinden sich Flecken. Über seinen Arm hinweg kann ich in das Büro schauen und mich entsetzt, was ich dort drin sehe: Der Schreibtisch ist vollgestellt mit leeren Flaschen, Pizzakartons, Joghurtbechern und Chipstüten. Auf seinen beiden Bildschirmen läuft ein PC-Spiel, der Schreibtischstuhl ist mit Kleidung behängt und auf dem Boden ist kein Zentimeter mehr frei.

Andrew bemerkt meine prüfenden Blicke und schließt die Türe ein Stückchen weiter.

»Was willst du?«, grunzt er mich an.

»Deine Tochter wartet auf dich«, sage ich und versuche, mir nichts von dem Aufruhr in meinem Inneren anmerken zu lassen. »Willst du sie nicht mal besuchen?«

»Ganz sicher nicht bei diesem Krüppel«, gibt Andrew zurück. Seine Augen sind genauso kalt wie seine Stimme. »Du kannst mir Mia bringen. Musst halt deinen Hintern mal bewegen, aber zumindest das wirst du ja wohl hinkriegen, oder?«

»Gut. Dann bringe ich sie dir am Samstagmittag.« Ich verschränke meine Arme fest vor der Brust. Nichts von all dem, was Andrew sagt, soll an mich herankommen können. »Für drei Stunden. Dann hole ich sie wieder ab.«

»Du hast nicht zu bestimmen, wie lange ich meine Tochter sehen darf!«

»Stimmt!«, bestätige ich, ohne mit der Wimper zu zucken. »Das wird das Gericht tun. Und zwar bald. Die Scheidung läuft. Du wirst von meinem Anwalt hören.«

»Das sehen wir dann«, grunzt Andrew. »Ich habe genug Leute, die bezeugen können, dass du nicht ganz dicht im Kopf bist.«

»Bezahlte Leute?« Herausfordernd starre ich ihn an. Die Zeiten, in denen ich mich von ihm habe einschüchtern lassen, sind längst vorbei.

»Gute Freunde.« Andrew erwidert meinen Blick. »Jeder weiß, dass du nicht in der Lage bist, Kinder großzuziehen.«

Du hast überhaupt keine Freunde!

»Meine beste Freundin Charly wird das Gegenteil bezeugen.« Kaum habe ich diesen Satz ausgesprochen, ärgere ich mich bereits, dass ich auf seine Provokation eingegangen bin. Aber es gibt mir wenigstens Gelegenheit, in die Richtung zu gehen, in die ich will: »Mein Partner Jonas weiß auch, wie gut es Mia bei mir geht.«

»Du meinst den Krüppel?«

»Ja, genau den.« Es ist mir völlig gleichgültig, wie Andrew ihn nennt. Wichtig ist, das auszuführen, was Charly mir aufgetragen hat. »Er ist im Krankenhaus, wusstest du das? Raubüberfall.«

»Dumm gelaufen!« Andrew zuckt mit einer Schulter. »Noch was?«

»Nein, das war's. Mia ist dann am Samstag um fünfzehn Uhr bei dir.«

»Von mir aus.«

»Prima!« Ich schicke mich an zu gehen, bleibe dann aber doch stehen. »Ach ja, außer du bist bis dahin in U-Haft. Die Polizei hat dich im Verdacht wegen des Raubüberfalls.«

»Als hätte ich es nötig, so einen armen Hanswurst auszurauben.« Andrew verzieht keine Miene. Sein Gesicht ist starr wie eine Maske und es ist unmöglich für mich, auch nur ansatzweise etwas darin zu lesen.

»Ich weiß, dass du das nicht nötig hast«, beruhige ich ihn. »Werde das der Polizei morgen auch sagen. Dass du zu so was gar nicht in der Lage bist.«

»Zu was bin ich nicht in der Lage?«

»Jonas zu überwältigen. Der hat nämlich echt was auf dem Kasten. Der hätte dich platt gemacht.« Ich zucke mit den Schultern. »Sportler gegen Nerd. Ziemlich eindeutige Sache, denkst du nicht auch?«

»Halt doch das Maul«, raunzt er mich an. »Und jetzt verpiss dich und geh zu deinem Krüppel.«

Innerlich seufze ich. Es hätte mir klar sein müssen, dass es so einfach nicht wird. Aber ich denke nicht ans Aufgeben.

»Mein Krüppel?«, entgegne ich auflachend. »So ein Unsinn! Das ist doch nicht mein Krüppel!«

»Du stehst doch auf den.« Erneut zuckt Andrew mit den Schultern, als würde ihn das alles überhaupt nichts angehen. »Warum auch immer.«

»Wenn du meinst«, sage ich betont lässig. Erst jetzt bemerke ich, dass meine Arme irgendwann aus meiner Verschränkung gerutscht sind. Ich stütze die Hände auf die Hüften, einfach weil ich nicht weiß, wohin ich sie sonst tun soll. »Ehrlich gesagt denke ich nicht, dass es etwas Dauerhaftes ist mit ihm. Ich hab jemand anderen kennengelernt und treffe mich morgen mit dem.«

»Tja.« Andrew geht einen Schritt zurück und will die Tür schließen. »Einmal Schlampe, immer Schlampe. Da ist wohl was Wahres dran.«

Mein Herz klopft wild und ich merke, wie sich die Wut in meinem Bauch zu einem schmerzhaften Ball zusammenzieht. Aber ich lasse mir nichts anmerken, sondern grinse Andrew ins Gesicht.

»Kannst ja froh sein, dass du mich los bist!« Ich staune selbst, wie leicht plötzlich alles geht. Von meiner eingeschüchterten Unterwürfigkeit meinem Ehemann gegenüber ist nichts mehr übrig geblieben. Im Gegenteil: »Allerdings ist es mit dem Typen morgen was Ernstes. Hab mich nämlich in ihn verliebt.« Grinsend lasse ich meine Arme sinken und gehe einen Schritt zurück, weg von der Tür. »Du Idiot hast den Falschen verprügeln lassen.«

»Ach, Kate!« Andrew lacht plötzlich auf. Ein freudloses, widerliches Lachen. »Denkst du wirklich, es ging um den Krüppel?«

»Nein, das denke ich nicht. Es ging um mich!« In dem Moment, in dem ich diese Worte ausspreche, weiß ich, dass sie die Wahrheit sind. Gleichzeitig wird mir klar, dass ich das immer gewusst habe und mein Verstand mich nur schützen wollte, vor einem Wissen, das zu abscheulich ist, um es zulassen zu können. »Du wolltest nur *mir* schaden, weil du mir die Butter auf dem Brot nicht gönnst und nicht zulassen kannst, dass ich glücklich werde!«

Weil Narzissten das nicht ertragen können, wenn andere glücklich sind!

»Mich verarscht niemand, Kate.« Andrews Stimme ist plötzlich kalt und eisig. Sie jagt mir eine Gänsehaut den Rücken hinunter. Aber ich bleibe stehen und starre ihn weiterhin an, als er sagt: »Es ist völlig egal, wie viele neue Typen du dir suchst. Das ist mir schnurzegal. Aber du vögelst mit niemandem, solange du mit mir zusammen bist.«

»Sonst passiert was genau?« Langsam und unbemerkt taste ich mit spitzen Fingern nach meinem Handy in der Hosentasche, um mich zu vergewissern, dass es noch da ist und das macht, was es tun soll.

»Sonst hat das Konsequenzen, Kate!« Andrew verzieht sein unrasiertes Gesicht zu einer Fratze. »Dein Typ hat bekommen, was er verdient hat. Und ich würde mit jedem immer wieder das Gleiche tun. Mich verarschst du nicht!«

»Du bist krank, Andrew. Krank im Kopf!« Ich beiße mir auf die Zunge. Kaum hab ich meinen Satz ausgesprochen, ärgere ich mich schon über mich. Mia zuliebe wollte ich keinen Streit mit Andrew anfangen.

Andrew erwidert nichts auf meine Aussage, sondern schlägt mit einem Knall die Bürotür zu.

»Denk an Mia«, sage ich lahm und stehe noch immer reglos vor der geschlossenen Tür.

Er war es!

Drei Worte, die in meinem Kopf rotieren, meine Gedanken explodieren lassen und gleichzeitig mein Gehirn lahmlegen.

Mia!

Meine Tochter ist das Einzige, an das ich noch denken kann. Sie wartet schon so lange darauf, dass ihr Vater sich bei ihr meldet, und ich möchte nicht, dass sie sich von ihm verlassen fühlt … Doch im Hinblick auf das, was ich eben erfahren habe, bin ich mir nicht mehr sicher, ob ein rigoroser Kontaktabbruch nicht doch das Beste wäre.

Mit steifen Beinen gehe ich die Treppe hinunter. Das Holz knarzt unter meinen unbeholfenen Schritten. Erst als ich die Haustür hinter mir zugezogen habe, wage ich es, mein Handy aus der Tasche zu ziehen und einen Blick darauf zu werfen:

Erleichtert atme ich auf. Die Audioaufnahme läuft immer noch und ist mittlerweile bei zweiundzwanzig Minuten angekommen. Ich stoppe sie, speichere sie sorgfältig ab und renne ins Auto, ohne zu wissen, warum ich es so eilig habe. Schließlich weiß ich genau, dass Andrew in seinem Büro sitzt und nicht mal auf die Idee kommen würde, mich zu verfolgen. Trotzdem wage ich es erst, als der Motor läuft, in die Audioaufnahme hineinzuhören.

Ich klicke irgendwo ins Ende, halte das Telefon ans Ohr und lausche. Andrews Stimme ist zwar leise, weil das Handy die ganze Zeit in meiner Hosentasche war, aber deutlich zu verstehen.

Charly wird begeistert sein!

»Das hast du gut gemacht, Kate!«, sage ich laut zu mir selbst und klopfe mir imaginär auf die Schulter. Dann lege ich den Rückwärtsgang ein und fahre zurück nach Hause, um auf Charly und meine Tochter zu warten.

* * *

Es ist bereits nach neunzehn Uhr, als Charly und die beiden Kids zurückkommen. Sie sind nach dem Besuch auf dem Spielplatz noch in ein Fast-Food-Restaurant gefahren und haben dort zu Abend gegessen. Zum zweiten Mal an diesem Montag warte ich unten in der Einfahrt auf meine beste Freundin.

Schon als sie vorfährt, sehe ich ihre prüfenden Blicke über mein Gesicht wandern. Eine Art Triumph wabert durch meinen Körper, als mir klar wird, wonach sie sucht. Charly hält schließlich an und drückt hastig die Autotür auf.

»Du hast es!«, ruft sie atemlos und starrt mich mit offenem Mund an. Es ist keine Frage, sondern eine Feststellung. Sie kennt mich so gut, dass sie mir meine Emotionen mühelos schon von Weitem ansehen konnte.

»Ich hab es«, bestätige ich. Mein kurzer Anflug von Euphorie ist schon wieder verschwunden und macht jener schweren Leere Platz, die mich bereits den ganzen Nachmittag begleitet hat.

»Oh, Kate!« Charly fällt mir um den Hals und drückt mich fest an sich. »Es tut mir so sehr leid. Ich hätte mir gewünscht, es wäre anders.«

»Ich weiß. Ich auch.« Ich löse mich aus Charlys Umarmung, um Mia zu drücken, die eben ausgestiegen ist und auf mich zukommt.

»Du musst der Polizei morgen alles sagen!«, ermahnt Charly mich. »Wirklich alles. Du darfst nicht denken, dass du ihn irgendwie beschützen musst, und darfst dich auch nicht wie eine Verräterin fühlen.«

Ich gehe in die Knie, gebe Mia einen Kuss auf die Stirn und schweige. Es ist schon erstaunlich, wie gut Charly mich kennt und ganz genau weiß, was in mir vorgeht.

»Geh schon mal nach oben, Mia«, sage ich zu meiner Tochter. »Ich komme gleich nach.«

Mia nickt, winkt Samu zu, der im Auto sitzen geblieben ist, und tritt dann ins Haus. Allerdings geht sie nicht nach oben, sondern bleibt im Treppenhaus sitzen.

»Kate, bitte!« Charly greift nach meiner Hand und drückt sie. »Ich weiß, er ist der Vater deiner Tochter und ich weiß, dass ihr einmal aus Liebe geheiratet habt. Aber das darf alles keine Rolle spielen! Er hat einen Menschen verletzt.«

»Verletzen lassen«, murmle ich bitter.

»Noch schlimmer!«, knurrt Charly. »Anstiftung zu gefährlicher Körperverletzung. Gemeinschaftstat.«

»Triffst du dich weiterhin mit Jack?«, will ich wissen. Vorsichtig ziehe ich meine Hand zurück, um Samu zu winken, der mich durch die geschlossene Scheibe anschaut.

»Ja, wir treffen uns weiterhin.« Charlys Augen leuchten. »Ich glaube, ich mag ihn wirklich.«

»Das freut mich für dich. Sehr sogar! Ich allerdings würde mir wünschen, ihn morgen früh nicht treffen zu müssen.«

»Du schaffst das!«, sagt Charly und wendet sich zu ihrem Auto. »Mach dir keine Gedanken. Er ist total nett. Du kriegst das hin.«

»Danke!«, murmele und gehe, noch immer winkend, zum Haus. Ich ignoriere meinen schmerzenden Bauch und versuche, nicht an morgen zu denken.

Kapitel 35

»Möchten Sie den Kaffee mit Milch und Zucker oder schwarz?«, fragt mich der Polizist. Er hat sich mir mit dem Namen »Heine«, vorgestellt, aber auch ohne das hätte ich sofort gewusst, dass es sich hier um Charlys Datingpartner handelt. Er hat ein sympathisches Lächeln und etwas an sich, dass sehr gut zu Charlys Vorlieben passt.

»Ähm, ja, Entschuldigung.« Erschrocken gebe ich mir einen Ruck. Die Antwort auf seine Frage hat ohnehin viel zu lange gedauert, weil ich es einfach nicht geschafft habe, ihn nicht gedankenversunken anzustarren. »Wie es weniger Umstände macht. Es ist mir wirklich egal.«

»Sie sollen den Kaffee so bekommen, wie Sie ihn mögen.« Jack Heine lächelt mich freundlich an. Er setzt sich mir gegenüber an den Schreibtisch, an dem mir mein Platz zugewiesen wurde, und zwinkert mir schelmisch zu. »Es macht mir keine Umstände, denn das erledigt ohnehin meine Kollegin für mich.«

»Ach, so ist das.« Unwillkürlich muss ich zurücklächeln. Ich fühle mich sofort wohl in seiner Gegenwart. Wenn es Charly nur annähernd so geht wie mir gerade, dann kann ich absolut verstehen, warum sie sich weiterhin mit diesem sympathischen Mann treffen möchte.

»Also?«, fragt er mich und zieht abwartend eine Augenbraue hoch.

»Milch und Zucker, bitte«, sage ich und verkneife mir ein Lächeln, als Jack Heine eine Taste am Telefon drückt und meine Bestellung durchgibt. Allmählich löst sich die Anspannung in mir und ich bin mir sicher, dass genau das Sinn unseres Small Talks war. Denn plötzlich wird mein Gegenüber ernst. Er legt die Fingerspitzen aneinander und schaut mich unter seinen buschigen Augenbrauen hervor an.

»So, Frau Benz«, beginnt er. »Jetzt müssen wir leider zu dem unangenehmen Teil kommen. Können wir gleich anfangen?«

»Ja, das geht in Ordnung.« Die Art und Weise, wie Jack Heine das Gespräch beginnt, lässt mich bereits erahnen, dass er meinen Mann unter Tatverdacht hat.

Warum würde er sonst so vorsichtig anfangen?

Bilder von Andrews und meiner Vergangenheit schießen mir in den Kopf. Unsere Hochzeit, die Flitterwochen, die Geburt von Mia …

»Können Sie mir bitte so genau wie möglich erzählen, was in der Nacht von Freitag auf Samstag geschehen ist? Was haben Sie gehört oder gesehen?«

»Also, gesehen habe ich überhaupt nichts«, beginne ich zögernd. »Nur etwas gehört. Wobei ich nicht mal genau sagen kann, was es war. Ein Geräusch, das mich geweckt hat. Ich dachte dann aber, es sei ein Traum gewesen.«

»Sie sind nicht hinuntergegangen in die Wohnung zu Ihrem Freund? Um nachzuschauen, ob er was braucht?« Die Stimme des Polizisten ist neutral, ohne jegliche Spur einer Anklage, und doch krampft sich etwas in meinem Bauch zusammen.

»Nein, auf die Idee kam ich überhaupt nicht. Ich bin zu meiner Tochter ins Zimmer, und da sie ruhig schlief, bin ich davon ausgegangen, dass das, was ich gehört hatte, nur im Traum gewesen war.«

Die Zimmertüre öffnet sich leise, und eine junge Frau bringt meinen Kaffee herein. Wortlos lächelnd stellt sie ihn vor mich auf den Tisch.

»Danke«, flüstere ich und wende mich dann wieder meinem Gegenüber zu. »Erst als der Krankenwagen kam, habe ich realisiert, dass etwas nicht stimmte. Dann bin ich runter und hab gesehen, was passiert war.«

»Was genau war denn passiert?«

»Jonas wurde überfallen. Von diesen fremden Typen.« Ich stocke kurz und spreche dann eine Vorstellung aus, die ich bisher eisern versucht habe zu vermeiden. »Sie haben ihn schlafend aus dem Bett gezerrt und zusammengeschlagen.«

»Wie kommen Sie denn darauf?« Wieder verrät die Frage des Polizisten nichts. Ich weiß nicht, ob er sich absichtlich ahnungslos stellt, um mich zum Erzählen zu bringen. Aber ganz plötzlich spüre ich eine heiße, brennende Wut in mir. Eine Wut, die schon ganz lange da ist und die sich soeben ihren Weg ins Freie bahnen will.

»Er lag auf dem Boden vor seinem Bett, als ich reinkam. Und da waren Blutflecken auf dem Bett und auf dem Boden!« Erst jetzt, als ich das erzähle und alles noch mal durchlebe, merke ich, wie sehr ich bisher unter Schock gestanden habe. Meine Worte lösen die angestauten Emotionen in mir und auf einmal brennen Tränen in meinen Augen. »Sie wollten ihn ganz bewusst verletzen! Er hat innere Verletzungen.«

»Das ist uns bekannt. Wir haben mit den Ärzten gesprochen.«

Und vermutlich weit mehr Informationen bekommen als ich …

»Er wird es überleben«, sage ich, völlig aus dem Kontext gerissen, hauptsächlich deswegen, weil ich eine Bestätigung dafür möchte. Und sei es von einem Polizisten, statt von einem Arzt. Besser als nichts.

»Ja, das wird er«, sagt er freundlich, aber mit Nachdruck.

»Was ist, wenn sie es wieder versuchen? Weil es nicht den gewünschten Erfolg hatte?« Meine Augen brennen, als ich Jack Heine anstarre. Ich mache mir nicht die Mühe, meine Tränen wegzublinzeln. Er soll ruhig sehen, wie es mir geht.

»Versuchen? Wie kommen Sie denn zu der Annahme, dass es ein Mordanschlag war?«

»Versuchen, ihn einzuschüchtern«, sage ich stockend. »Ich rede nicht von umbringen.«

»Wer möchte ihn einschüchtern, Frau Benz?« Wieder legt der Polizist seine Fingerspitzen aneinander und beugt sich zu mir, um mir besser in die Augen sehen zu können. »An wen denken Sie?«

Ich schlage die Augen nieder, greife nach meiner Kaffeetasse und nippe daran, um mich den prüfenden Blicken zu entziehen. Während der heiße Kaffee meine Kehle hinunterrinnt, spüre ich in mich hinein. Ganz tief in meinem Herzen ist es immer noch da. Das Bedürfnis, meinen Mann zu schützen.

»An wen denken Sie?«, wiederholt Jack Heine. »Wer hat Ihrem Freund das angetan?«

Ich schweige.

Deine Tochter braucht ihren Vater!

»Wir wissen, dass es Anstiftung zur gemeinschaftlichen gefährlichen Körperverletzung war!«, sagt der Polizist in ruhigem Ton. »Und wir haben die Täter. Alle drei. Einer hat bereits gestanden, die andern hadern noch mit sich.«

»Welche Strafe werden sie bekommen?«

»Das kann ich Ihnen nicht sagen. Das Strafmaß ist da sehr breit und am Ende wird das dann ein Richter entscheiden.«

»Das bedeutet«, sage ich nachdenklich. »Dass so was nicht wieder vorkommen *kann*, weil die Täter gefasst sind?«

»Es sei denn, der Anstifter beauftragt neue Täter.« Wieder sucht Jack Heine meinen Blick. »Deswegen suchen wir ja den Anstifter so dringend. Jeder, der ein Motiv hat, wird überprüft. Haben Sie ein Motiv, Frau Benz?«

»Ich?« Mein Puls beginnt zu rasen und Schweißtröpfchen bilden sich auf meiner Stirn. Jede Art von Schuldzuweisung macht mich nervös.

Das hat Andrew aus dir gemacht!

Jahrelang bin ich sein Sündenbock für alles gewesen und nun stelle ich fest, dass ich dies einfach nicht mehr ertragen kann.

»Frau Benz?«, wiederholt Jack Heine und fängt meinen Blick ein. »Wenn *Sie* kein Motiv haben, wer hat denn dann eins?«

Ich schaue dem Polizisten offen in die Augen und weiß, dass er die Antwort bereits kennt.

»Mein Mann hat ein Motiv.« Ich atme tief durch, versuche, mich auf die Wut zu konzentrieren, die noch immer tief in meinem Bauch steckt. Sie will nach draußen, ist aber unfähig, sich ihren Weg zu bahnen.

Lass sie los. Lass sie frei …

Ganz bewusst katapultiere ich mich gedanklich zurück in Jonas' Schlafzimmer, stehe wieder vor seinem Bett, höre sein leises Wimmern und sehe die roten Blutstropfen auf Bett und Teppich. Ich gehe zu einem anderen Tag in meiner Erinnerung und sehe mich selbst verzweifelt auf dem Boden knien, nachdem Andrew versucht hat, mir einzureden, dass ich die Vögel haben wollte. Und ich sehe mich noch weiter in der Vergangenheit zusammen mit der weinenden Mia in einem vollgespuckten Bett sitzen, während der Vater des Kindes nebenan schläft …

… lass mich schlafen! Das wirst du ja wohl allein hinkriegen!

Diese Erinnerung holt die Wut wieder hoch und gibt den Ausschlag. Warum sollte ich jemanden beschützen, der jahrelang nicht für mich da war, mich immer im Stich ließ?

»Sie denken, Ihr Mann könnte aus Eifersucht gehandelt haben?«

»Nein.« Der Anfang ist gemacht und plötzlich fällt es mir leicht, weiterzusprechen. »Er hat aus Bosheit heraus gehandelt. Er gönnt mir mein Glück nicht.«

»Hm«, macht der Polizist nachdenklich. Langsam lehnt er sich in seinem Sessel zurück und durchleuchtet mich mit seinen Augen. »Es handelt sich also um eine vorsätzliche Einschüchterung, meinen Sie?«

»Mein Mann ist krank im Kopf.« Es tut so gut, einmal laut auszusprechen, was ich mir schon ganz lange denke. »Es muss keinen Sinn ergeben. Er hat sich betrogen gefühlt, weil ich mich von ihm getrennt habe und zu einem anderen gegangen bin. Das ist Grund genug für ihn.«

»Müsste er Ihnen dazu nicht sagen, dass er es war? Sonst wissen Sie doch nicht, dass es sich um einen Racheakt handelt.«

»Oh, er hat es mir gesagt. Mit der Androhung es wieder zu tun.« Jetzt ist der Moment gekommen, in dem ich nicht mehr zurückkann. Hastig krame ich in meiner Handtasche herum, die ich die ganze Zeit auf dem Schoß hatte, und ziehe mein Handy hervor. Ich lege es mitten auf den Tisch, neben meine Tasse mit dem kalten Kaffee. »Bitte hören Sie sich diese Aufnahme an.«

»Von wann ist sie?« Mit seinen dunklen Augen beobachtet er wachsam meine Mimik, während ich die Audioaufnahme heraussuche und auf »Play« drücke.

»Von gestern. Ich bin zu unserem Haus gefahren, weil ich ihn an seine Pflichten als Vater erinnern wollte.« Ich drehe das Display kurz zu mir, klicke auf die richtige Stelle in der Aufnahme und schiebe es dann wieder zu dem Polizisten hinüber. »Bitte achten Sie ganz genau auf seine Wortwahl.«

Auch ich höre zu. Außer dass ich die Aufnahme auf ihre Qualität geprüft habe, habe ich sie mir nicht mehr angehört. Umso geschockter bin ich jetzt. Aufs Neue geschockt. Ich schlinge die Arme um meinen Körper und friere.

»Danke, dass Sie mir das mitgebracht haben.« Jack Heine nickt mir freundlich zu. »Vor Gericht wird das leider kein gültiges Beweismittel sein, weil die Aufnahme ohne sein Einverständnis aufgenommen wurde und …«

»Was?« Ich beiße mir auf die Lippen, weil ich gerade einen Polizisten unterbrochen habe. »Aber Sie haben es doch gehört, nicht wahr?«

»Ja, ich habe es gehört«, beruhigt er mich. »Wir wollten Ihren Mann selbstverständlich sowieso verhören. Nun haben wir aber den Beweis vorliegen, dass es sich um einen dringenden Tatverdacht handelt.«

»Was passiert nun?«

»Wir werden ihn holen und vernehmen. Unter Umständen mehrfach und im Kreuzverhör. Irgendwann wird er schon reden.«

»Sind Sie sicher?« Nervös lasse ich mein Handy in die Tasche gleiten, prüfe mehrfach, ob ich den Reißverschluss auch wirklich geschlossen habe. Ich kann mir beim besten Willen nicht vorstellen, dass Andrew sich beim Verhör verplappern wird und irgendwas erzählt, was er nicht sagen will.

Auf dich ist er doch auch reingefallen und hat sich provozieren lassen …

»Ich bin mir sicher, dass wir alles aus ihm herausbekommen, was er zu sagen hat!« Jack Heine steht auf und bedeutet mir, ihm zur Tür zu folgen.

»Bitte melden Sie sich bei mir, wenn Sie etwas wissen«, flehe ich und reiche ihm die Hand.

»Das machen wir.« Er öffnet mir die Tür und geleitet mich hinaus. »Bis zum nächsten Mal.«

Kapitel 36

Der Termin auf dem Polizeirevier ist weit schneller erledigt, als ich gedacht habe. Ein Blick auf die Uhr in meinem Auto zeigt mir, dass ich noch zwei Stunden Zeit habe, bevor ich Mia aus dem Kindergarten abholen muss. Zum Glück war mein Chef in der Redaktion so nett und verständnisvoll, mir heute kurzfristig freizugeben. So habe ich Zeit genug, um zu Jonas ins Krankenhaus zu fahren und nach ihm zu schauen. Ohne Zwischenstopp fahre ich direkt hin, freue mich über den Parkplatz vor dem Eingang und fahre mit dem Lift zur Unfallstation in den ersten Stock. Die Zimmertüre steht offen, dennoch klopfe ich laut gegen den Türrahmen.

»Herein«, ruft Jonas.

Mein Herz macht einen freudigen Sprung, weil er wach ist, und ich trete ins Zimmer. Jonas hat das Kopfteil seines Bettes nach oben gestellt. Er sitzt nun aufrecht vor dem Fenster, sodass die Sonnenstrahlen von draußen genau auf sein Gesicht scheinen. Zwar kann er sie nicht sehen, aber ich weiß, dass er sie fühlen kann.

»Hey«, sage ich leise. Der Schlauch in seiner Nase ist weg und seine Gesichtsfarbe sieht deutlich besser aus als das letzte Mal. Meine Hand greift nach seiner. »Wie geht es dir?«

»Besser. Ich habe dir doch gesagt, ich werde es überleben.« Er lächelt mich an und mit einem Schlag fällt alle Spannung von mir ab. Der ganze Stress und die Anspannung der letzten Stunden, die Wut in meinem Bauch, alles ist wie ausgelöscht. Ohne drüber nachzudenken, beuge ich mich über Jonas, ziehe ihn an mich und gebe ihm einen langen Kuss. Sofort legt er seine Hände an meine Wange und lässt seine Fingerspitzen an meinen Kieferknochen entlangwandern.

»Ich hab dich so lange nicht mehr gesehen«, haucht er. »Und ich habe dich so sehr vermisst.«

»Ich hab dich auch vermisst.« Meine Arme schlingen sich um seinen Hals und ich lege mich halb zu ihm aufs Bett. Ganz zufällig fällt mein Blick auf die Überwachungsmaschine neben ihm. Sie zeigt zuverlässig alle Vitalfunktionen an und erinnert mich an den Schock vom Wochenende.

Irrwitzigerweise muss ich lächeln.

»Weißt du«, beginne ich leise. »Eine gute Seite hatte die Sache auf jeden Fall.«

»Ach ja?«, macht Jonas gedehnt. »Da bin ich aber gespannt. Welche denn?«

Verlegen kaue ich auf meiner Lippe herum. »Na ja, ähm …«

»Ja?«

Ich schaue Jonas an. Für jeden anderen wäre es seltsam, in dieser Situation keinen tiefen, auffordernden Blick von seinem Gegenüber zu bekommen. Für mich ist es normal geworden. Mir reicht es, dass Jonas seinen Kopf in meine Richtung gedreht hat und seine warmen Finger auf meiner Wange liegen.

»Weil ich dadurch festgestellt habe, wie wichtig du mir bist.« Ich schlucke den Kloß hinunter, der plötzlich in meinem Hals ist. »Und dass ich ohne dich nicht mehr sein möchte.«

… nicht mehr sein kann.

»Oh, Kate!« Jonas legt den Arm fester um mich, zieht mich an sich, so dicht, dass sich unsere Nasenspitzen berühren. Ich fühle seinen warmen Atem auf meinem Gesicht, spüre, dass seine Fingerspitzen auf meiner Haut zittern.

Er holt tief Luft, wie um etwas zu sagen, aber ich komme ihm zuvor. Schnell lege ich meinen Zeigefinger auf seinen Mund.

»Schhh«, mache ich. »Lass mich reden.«

Er gehorcht und nickt.

»Jonas«, setze ich an. Meine Fingerspitze berührt noch immer seine Lippen. »Ich liebe dich. Nicht nur ein bisschen, sondern mit all meinen Sinnen. Mit jedem Winkel meines Herzens. Ich fühle mich bei dir nicht nur unheimlich wohl und geborgen, sondern ich fühle mich *gesehen*. Ich spüre dein Leuchten in mir. Und das ist wundervoll. Es ist so viel mehr, als ich die letzten Jahre in meiner Ehe hatte.«

»Wenn ich hier raus bin, dann packen wir unsere Sachen, nehmen Mia und fliegen für drei Wochen ans Meer. Was hältst du davon? Einfach raus, alles hinter uns lassen und neu anfangen? Wir beide und Mia.«

»Ja!« Es ist nur ein Wort, weil ich mehr nicht sagen kann. In mir tobt ein Sturm vor lauter Freude. »Aber vorher rufe ich bei der Polizei an und frage, ob sie bereits etwas herausgefunden hat.«

»Du warst dort?« In seiner Stimme liegt Erleichterung.

»Ich habe vorhin meine Aussage gemacht.« Ich schlucke schwer. Der Kloß in meinem Hals ist immer noch da, aber nicht mehr so dick wie zuvor. »Sie werden Andrew vernehmen.«

»Ich muss auch zur Polizei und eine Aussage machen. Es wird eine Gegenüberstellung geben. Ich habe die Täter ja reden hören.«

»Wirst du sie anhand der Stimmen identifizieren können?« Noch bevor ich meine Frage zu Ende gestellt habe, weiß ich bereits die Antwort. Natürlich kann er das!

»Ja«, bestätigt er mir. »Und sobald ich das gemacht habe, wird uns hier nichts mehr halten können. Dann fliegen wir ans Meer und erfüllen deinen Traum.«

»Danke, Jonas. Für alles. Von Herzen danke.«

»Weil ich dich liebe, Kate.« Er gibt mir einen sanften Kuss auf die Stirn. »Ich liebe dich von ganzem Herzen und das wird sich niemals ändern.«

Kapitel 37

Pünktlich stehe ich wie vereinbart um fünfzehn Uhr mit Mia vor dem quietschgelben Haus, das einmal meine Heimat gewesen ist. Mein Herz klopft bis zum Hals und die ganze Fahrt über war ich schweigsam und hibbelig. Wann immer Mia mich ansprach, reagierte ich gereizt, weil ich es einfach nicht schaffe, meine Nervosität zu unterdrücken. Ich habe nicht mehr mit Andrew gesprochen und bin mir überhaupt nicht sicher, ob er Mia nun in Empfang nehmen wird oder ob er es einfach vergessen hat. Auch das Treffen selbst sehe ich mit sehr gemischten Gefühlen. Ich bin hin- und hergerissen zwischen dem Gedanken, dass er Mias Papa ist und immer nur das Beste für sie will, und dem Wissen, dass er der Verantwortliche für das ist, was Jonas angetan wurde. Sobald die Vernehmungen mit ihm abgeschlossen sind und ich weiß, was da herauskam, werde ich mich mit dem Jugendamt in Verbindung setzen und hoffen, dass die Leute dort mir helfen können.

»Was ist los mit dir, Mama?«, reißt Mia mich aus meinen Gedanken. »Freust du dich nicht, dass ich zu Papa gehe?«

»Doch, klar freue ich mich«, sage ich schnell und zwinge mich zu einem Lächeln. »Ich bin nur mit den Gedanken woanders und heute einfach sehr müde. Es hat nichts mit Papa und dir zu tun.«

Sie schaut mich skeptisch an. Meine Tochter ist sehr viel aufmerksamer und feinfühliger, als ich oft denke, und mir wird klar, wie sehr ich aufpassen muss, dass sie nichts von meinen Sorgen mitbekommt.

»Jetzt geh schon«, fordere ich sie auf. »Papa wartet bestimmt schon.« Inständig hoffe ich, dass er das tatsächlich tut.

»Okay, bis später.« Mia steigt aus, rennt die Treppe zur Haustüre hoch und klingelt. Erleichtert atme ich auf, als Andrew sie hineinlässt. Zumindest ist er zu Hause und nimmt sie in Empfang. Ich habe Mia versprochen, dass ich sie in drei Stunden hier wieder abhole. Aber kaum ist sie im Haus verschwunden, wird mir klar, dass ich hier nicht weggehen werde. Solange die Sache mit Jonas nicht aufgeklärt ist, werde ich nicht zulassen, dass Andrew mit meiner Tochter irgendwo allein hingeht. Ich setze mich zurück in mein Auto, verschränke die Arme vor der Brust, starre hoch zum Hauseingang und warte.

* * *

Pünktlich drei Stunden später ist Mia wieder bei mir im Auto. Zum zweiten Mal an diesem Nachmittag atme ich auf.

»Hey, Maus,« begrüße ich sie betont freundlich. »War es gut?« Ich schaue meine Tochter an und weiß die Antwort bereits. Sie strahlt über das ganze Gesicht.

»Voll gut!«, antwortet sie und schnallt sich an. »Ich besuche ihn nächste Woche wieder.«

»Was habt ihr denn gemacht?«

»Wir haben mit meinen Puppen gespielt. Sie waren krank und wir haben sie wieder gesund gemacht.«

»Ah, das klingt doch schön.« Früher hab ich mich immer geärgert, wenn Andrew auf diese Weise mit Mia spielte. Unfähig, sie in den Alltag zu integrieren, mit ihr nach draußen zu gehen oder etwas Produktives zu machen, setzte er sich am liebsten zu ihr auf den Boden und spielte mit ihren Kuscheltieren und Puppen. Die Arbeit und alle anstrengenden Aufgaben ließ er immer mir. Aber heute bin ich froh, dass sie nur gemeinsam auf dem Boden gespielt haben.

»Sollen wir noch kurz Jonas besuchen?«, frage ich Mia. Sie nickt und wir machen uns auf den Weg ins Krankenhaus, um zu erfahren, wann Jonas entlassen wird.

* * *

Am Montag drauf kommt Jonas aus dem Krankenhaus zurück. Man hatte ihn zur Überwachung noch etwas länger dabehalten, aber seine Prellungen heilen schnell und unkompliziert ab. Die angebrochenen Rippen bereiten ihm deutlich mehr Probleme, vor allem nachts, weil er nicht richtig liegen kann. Die Ärzte rieten ihm, sich trotz der Schmerzen auf die verletzte Seite zu legen, weil der Druck, der dabei entsteht, bei der Heilung hilft. Jonas beschwert sich nicht drüber und ich höre ihn nie jammern, aber ich sehe ihm seine Schmerzen an. Er ist noch die ganze Woche krankgeschrieben und ich ertappe ihn mehrfach dabei, wie er, wenn ich nachmittags nach der Arbeit zu ihm runterkomme, im Internet surft und sich Hotels und Urlaubsangebote vorlesen lässt.

»Du meinst das echt ernst, oder?«, frage ich ihn an diesem Mittwochnachmittag. »Du willst wirklich mit Mia und mir ans Meer fliegen?«

»Ich habe es dir doch versprochen …«

Mitten in seinen Satz hinein klingelt mein Handy. Wie elektrisiert zucke ich zusammen und auch Jonas sitzt plötzlich stocksteif da. Wir wissen beide, auf welchen Anruf wir so verzweifelt warten.

»Ja, hallo?«, rufe ich ins Handy. Schon an der Nummer habe ich erkannt, wer dran ist.

»Hier ist Heine von der Polizei«, meldet sich Jack Heine. »Wir sind einen Schritt weiter. Können Sie zur Wache kommen?«

»Ja. Heute Nachmittag noch? Ich hab Zeit.« Fragend schaue ich Jonas an. Ich tippe ihn vorsichtig am Oberschenkel an.

»Das würde gehen. Um siebzehn Uhr?«

»Einen Moment.« Ich halte mein Handy ein Stück weg und zische Jonas zu: »Kannst du eine Stunde auf Mia aufpassen? Ich muss zur Polizei.«

Er nickt. Ich nehme das Telefon wieder an mich, bestätige den Termin und springe dann auf.

»Ich muss mich fertig machen«, sage ich hektisch zu Jonas. »Mia ist oben in ihrem Zimmer. Ich schicke sie dir runter, okay?«

»Okay, alles klar.«

Gerade als ich Jonas' Wohnung verlassen will, halte ich noch mal kurz inne.

»Kommst du wirklich klar mit Mia?«, will ich wissen.

»Ja, keine Sorge.« Er lächelt sanft. »Ich hüte sie wie meinen besten Schatz.«

»Das weiß ich.« Auch ich muss lächeln, als mir klar wird, dass ich Mia mit einem weit besseren Gefühl bei Jonas lasse, als ich das am Samstag bei Andrew getan habe.

Kapitel 38

Dieses Mal steht mein Kaffee schon auf dem Tisch, als ich zu Jack Heine ins Büro komme. Er lächelt mich freundlich an und gibt mir mit einer Handbewegung zu verstehen, dass ich mich hinsetzen soll.

»Wie geht es Ihnen, Frau Benz?«, will er von mir wissen. Mit durchdringendem Blick schaut er mich an. Plötzlich beginnt mein Herz zu rasen. Panik wallt in mir auf.

Was, wenn Andrew es geschafft hat, alle Tatsachen zu verdrehen und am Ende mich *als Täter hingestellt hat?*

Ich würde es ihm zutrauen. Vermutlich würde ich ihm alles zutrauen …

»Nicht gut«, gebe ich zu. »Ehrlich gesagt, habe ich Angst, dass mein Mann wieder einmal versucht, mich zum Sündenbock zu machen. Wäre nichts Neues.«

»Ihr Mann hat die Tat gestanden.«

»Was?« Ich höre die Worte, aber ich bin unfähig, sie zu verstehen. Es dauert eine Weile, bis sie in meinem Verstand ankommen.

»Andrew Benz hat zugegeben, dass er in Auftrag gegeben hat, Jonas Pfeiffer zu verletzen«, wiederholt der Polizist es langsam für mich.

»Wow«, mache ich. »Und was sagt er, wieso hat er das getan?«

»Er ist der Meinung, dass es richtig gewesen ist. Hat sehr viel Geld dafür bezahlt. Die Rückverfolgung des Geldflusses läuft noch.«

»Wow«, sage ich wieder. Es ist mir völlig gleichgültig, wie viel Andrew dafür bezahlt hat und ob das Geld irgendwie konfisziert werden kann. Die Tatsache, dass er *wirklich* der Auftraggeber ist, zieht mir den Boden unter den Füßen weg. Es dauert mehrere Minuten, bis ich das Gehörte in meinem Kopf sortiert habe.

»Und nun?«, will ich wissen. »Wie geht es nun weiter? Was ist mit meiner Tochter? Soll ich ihm das Umgangsrecht entziehen? Kann ich das überhaupt?« Ich stütze mein Kinn in meine Hände und massiere mir die Schläfen. So viele Fragen, die mich völlig überfordern.

»Ganz langsam«, versucht Jack Heine, mich zu beruhigen. Ich bin froh, dass er da ist. Er strahlt eine angenehme Ruhe aus und ich vertraue ihm. »Wir werden alles Schritt für Schritt angehen.«

»Mit welchem fangen wir an?«

»Wir werden das Jugendamt informieren. Das wird vermutlich einen Sozialarbeiter stellen, der sich der Sache annimmt und Mias Entwicklung beim Umgang mit dem Vater überwacht und zumindest anfangs auch bei den Besuchen anwesend sein wird.«

»Das ist gut«, murmle ich. »Sehr gut. Da würde ich mich viel sicherer fühlen.«

»Vermutlich wird Ihr Mann auch in eine Therapie müssen, wenn er weiter das Besuchsrecht für Mia möchte.« Jack Heine schaut mich aufmerksam an und schiebt mir den Kaffee rüber. »Machen Sie sich keine Sorgen, das bekommen wir alles hin.«

»Eine Therapie.« Mit einer Mischung aus Belustigung und Überraschung schnaube ich durch die Nase. Ich weiß, was Andrew von »Seelenklempnern« hält, und befürchte, dass er sich völlig querstellen wird. »Dazu bekommen Sie ihn nie.«

»Es kann ein Teil des Urteils sein«, sagt der Polizist. Er schiebt meine Kaffeetasse näher zu mir her. »Dann wird er es müssen.«

Ich greife nach dem Kaffee und nippe daran. »Was genau hat er denn gesagt, als er bei Ihnen war?«

»Darüber darf ich Ihnen leider keine Auskunft geben«, sagt er bedauernd. »Aber wir sehen uns ja am Wochenende noch mal. Bis dahin kann ich Ihnen zumindest sagen, wie es weitergehen wird.«

»Sie sehen meinen Mann am Wochenende?« Verwirrt blicke ich den Polizisten an.

Er lacht. »Sie und ich. Wir sehen uns am Wochenende. Hat Charly Ihnen noch nichts gesagt?«

»Nein.« Innerlich verdrehe ich die Augen. »Aber ich ahne es bereits.«

»Wir gehen essen«, verrät er mir. »Am Mittag, Sie und Ihr Freund, Charly und ich und die Kinder.«

»Ah ja«, mache ich und verkneife mir ein Schmunzeln, obwohl ich eigentlich heulen könnte, denn in mir ist vorhin ein Teil zerbrochen.

Mein Mann ist ein Anstifter zur gefährlichen Körperverletzung …

»Wird er ins Gefängnis kommen?« Jetzt ist die Frage raus und es gibt kein Zurück mehr. »Wie lautet bei so was das Urteil?«

»Das kann ich so nicht sagen«, gibt Jack Heine zu. »Das kommt auf den Richter an und wie Andrew Benz sich im Gerichtssaal gibt. Zwischen einem Jahr und fünf Jahren ist alles möglich. Es handelt sich hier um gefährliche Körperverletzung, höchstwahrscheinlich wird das nicht zur Bewährung ausgesetzt.«

»Was meinen Sie mit: wie er sich im Gerichtssaal gibt?«, frage ich nach. »Den Eindruck, den er dort macht?«

»Wenn er der Richterin oder dem Richter deutlich klar machen kann, wie sehr ihm das alles leidtut, hat er sehr gute Chancen, mit einer milden Strafe davonzukommen.«

»Das wird er nicht tun.«

»Dann wird er ins Gefängnis gehen.« Jack Heine schiebt ein paar Papiere zusammen, legt sie in den offenen Ordner vor sich und klappt diesen dann zu, als wolle er damit sagen, dass das Gespräch beendet ist. Ich trinke meinen Kaffee aus.

»Muss er in U-Haft bis zur Verhandlung?«

»Da keine Annahme zur Flucht noch Verdunklungsgefahr besteht, nein. Aber es wird ihm zeitnah der Prozess gemacht werden.«

»Muss ich irgendwas tun? Mich beim Jugendamt melden?« So lautlos wie möglich stelle ich meine leere Tasse zurück auf den Tisch und greife nach meiner Handtasche.

»Nein, das müssen Sie nicht. Das geht alles seinen Gang. Es wird auch ein psychologisches Gutachten geben, wegen des Sorgerechts und der Frage, inwiefern ihm da jemand vom Jugendamt zur Seite gestellt wird.« Jack Heine beugt sich zu mir vor und schaut mich aufrichtig an. »Bitte verlassen Sie sich auf uns. Es wird alles gut werden!«

Es wird alles gut werden!

So gerne würde ich den Worten des Polizisten glauben.

»Ich habe Angst«, sage ich leise zu ihm. »Was ist, wenn er es wieder versucht?«

»Aktuell gibt es dafür keinerlei Anzeichen.« Jack Heine holt so tief Luft, dass die Uniform über seiner Brust spannt. »So, wie er klang, hält Andrew Benz es nicht für nötig. Er ist ziemlich zufrieden mit dem, was er tat.«

»Zufrieden?«, höhne ich fassungslos.

»So klang es auf jeden Fall.« Die Mimik des Polizisten verrät nichts. »Er weiß auch, dass er unter strenger Beobachtung steht, und ihm wurde zudem gesagt, dass ihm das alles angelastet werden kann, wenn es um den Sorgerechtsstreit geht.«

»Sie glauben, selbst wenn er will, traut er sich nicht, noch mal so was zu machen?«

»Das hoffen wir.«

»Er hat keine Spur von Reue gezeigt, oder?« Irgendwie ist mir das völlig klar gewesen. Vermutlich ist Andrew zu so was überhaupt nicht fähig.

»Nein, das hat er nicht.« Der Polizist steht auf und reicht mir über den Tisch hinweg die Hand. »Ich darf Ihnen leider nicht mehr sagen. Aber bitte verlassen Sie sich auf uns. Es wird alles gut werden.«

Kapitel 39

Überraschenderweise ist Jonas begeistert davon, zusammen mit Charly und ihrem neuen Freund essen zu gehen. Er liebt es, neue Leute kennenzulernen, und ist neugierig auf meine beste Freundin. Obwohl ich all das wusste, ist seine Reaktion für mich vollkommen neu. Es ist prägend, wenn man, so wie ich, jahrelang mit einem manipulativen Narzissten zusammengelebt hat.

Und nun sitzen wir hier zu viert zusammen in einem Biergarten, vor uns auf dem Tisch unsere Getränke, während die beiden Kinder auf dem dazugehörigen Spielplatz herumtoben.

Charly sitzt mir gegenüber und mir entgeht nicht, dass sie die ganze Zeit an Jacks Arm hängt oder seine Hand hält. Sie sieht selig aus. Es zaubert mir ein Lächeln ins Gesicht, meine Freundin so glücklich zu sehen. Ihre Zuneigung zu ihm ist nicht zu übersehen und auch er scheint sie sehr zu mögen. In all den Jahren, in denen ich mit Andrew zusammen war, haben wir nie gemeinsam mit meiner Freundin etwas unternommen. Umso mehr genieße ich jetzt das Zusammensein. Allerdings ist es sehr seltsam für mich, nun mit dem Polizisten an einem Tisch zu sitzen und ein Bier zu trinken, obwohl ich erste letzte Woche bei ihm zur Vernehmung war. Jetzt sind wir beim »Du« und unterhalten uns über den anstehenden Urlaub am Meer, den Jonas und ich planen.

»Können wir denn überhaupt fliegen, bevor die Verhandlung abgeschlossen ist?«, will ich von Jack wissen.

»Ja, aber selbstverständlich«, antwortet er mir. »Sobald die Gegenüberstellung von Jonas vorbei ist, seid ihr frei.«

»Jack macht das schon«, wirft Charly grinsend ein und tätschelt ihm den Oberarm. »Der bringt deinen gestörten Mann hinter Gitter.«

»Das kann ich leider nicht, das ist der Job von einem Richter«, erwidert Jack und lächelt verlegen. »Aber wie bereits versprochen, ich tue mein Bestes und ich lasse Andrew Benz nicht aus den Augen.«

»Hast du gehört, Kate?«, fragt mich Charly. »Das bedeutet, ihr könnt übernächste Woche in Urlaub fliegen. Haut ab. Bringt mir ein bisschen Meerwasser mit. Du kannst unbesorgt fliegen. Jack kümmert sich um den Fall.«

* * *

Zwei Wochen später sitzen wir im Flugzeug nach Griechenland. Mia drückt sich die Nase an der Fensterscheibe platt und staunt über die dicken weißen Wolken, die unter uns schweben. Ich habe den Platz in der Mitte und Jonas sitzt am Gang. Er trägt wie immer seine Sonnenbrille und ist im Gegensatz zu mir tiefenentspannt. Während es für mich die erste Flugreise meines Lebens ist, war Jonas schon oft außerhalb von Deutschland in Urlaub. Manchmal mit Kumpels, die ihn mitgenommen haben, früher mit seinen Eltern oder sogar mit speziellen Reisegruppen.

Ich seufze tief und greife nach seiner Hand. Wie selbstverständlich schließt er die Finger um meine und drückt sie sanft. Etwas, das zu einer Routine zwischen uns geworden ist. Erneut seufze ich tief und blicke ebenfalls aus dem Fenster. Es ist seltsam und zugleich wunderschön, so hoch über den Wolken zu sein.

Schweben … Losgelöst!

So fühlt es sich für mich an. Insgeheim nehme ich mir vor, genau das zu tun: loslassen und meinem alten Leben davonfliegen und mit Jonas zusammen ein neues beginnen.

Die Zeugenaussage von Jonas ist gut verlaufen und die Gegenüberstellung erfolgreich gewesen. Er konnte anhand der Stimme zwei der Täter sicher identifizieren und der dritte war der, der seine Tat bereits gestanden hatte.

Laut Jack müssen alle drei Männer mit einer Haftstrafe rechnen. An Bewährung glaubt er nur beim jüngsten von ihnen, der die Tat mittendrin abbrach, als er bemerkte, dass sein Opfer blind war, und sich selbst reuevoll bei der Polizei stellte. Obwohl Jack sich nicht dazu hinreißen lässt, eine Strafe zu prophezeien, geht er doch ganz klar davon aus, dass auch Andrew ins Gefängnis muss. Nichts an seiner Haltung zeigte auch nur den Hauch einer Reue.

»Narzissten sind nicht in der Lage dazu, Fehler einzugestehen oder mit anderen Menschen mitzufühlen«, erklärte Jonas immer wieder. »Sie kennen keine Empathie. Das ist einfach ein Teil ihrer Persönlichkeitsstörung.«

Mittlerweile und viele Artikel später bin ich zu dem Entschluss gekommen, dass Jonas einfach recht hat. Andrew hat eine narzisstische Persönlichkeitsstörung, die sogar als unheilbar gilt, weil die Betroffenen überhaupt nicht dazu fähig sind, sich einzugestehen, dass sie Hilfe brauchen könnten. Schließlich sind sie unfehlbar und wenn sie mit anderen Menschen nicht klarkommen, dann liegt es niemals an ihnen selbst, sondern immer am Gegenüber. Erst jetzt, mit einigem Abstand zum Geschehen, wird mir bewusst, dass das mit Andrew nie echte Liebe war, sondern dass ich manipuliert wurde.

Immerhin hat Andrew die Scheidungspapiere sofort unterschrieben und auch mein Antrag auf mein gesondertes Wohnrecht ist problemlos durchgegangen. Da Mia ganz klar sagt, dass sie bei mir wohnen möchte, steht auch diese Frage überhaupt nicht zur Debatte. Obwohl Jack meinte, dass es noch Zeit hat, habe ich das Jugendamt bereits informiert. Dort riet man mir, Andrew als Vater in die Pflicht zu nehmen und ihn auch ganz deutlich darüber zu unterrichten, was seine Aufgaben sind. Sollte er sich weigern, so könne ich das sogar gerichtlich von ihm einfordern. Dem Herrn vom Jugendamt offenbarte ich auch ganz offen meine Bedenken. Meine Angst ist nicht, dass Andrew Mia gegenüber gewalttätig wird, sondern dass er versuchen könnte, sie zu manipulieren und gegen mich oder gegen Jonas aufzuhetzen. Um dies zu verhindern, gibt es nun Gespräche mit Mia und Elterngespräche mit Andrew und mir. Zum ersten Mal seit längerer Zeit wieder fühle ich mich sicher. Geborgen.

Epilog

»Ich liebe dich, Katharina«, sagt er, als er seinen braun gebrannten Arm um meine Schultern legt. »Ich werde immer für dich da sein.«

Gibt es etwas Wichtigeres im Leben, als sicher zu sein? Sich im Schutze eines anderen Menschen geborgen fühlen zu dürfen? Muss man dieses Bedürfnis wirklich aufgeben, nur weil man einmal Schreckliches erlebt hat?

Ich schließe die Augen und recke mein Gesicht gen Himmel, spüre die Wärme der Sonne auf meinen Wangen und den sanften Wind in den Haaren. Wie oft schon saß ich früher so da und habe mir vorgestellt, ich sei am Meer?

Die salzige Luft um mich herum vermischt sich mit dem leisen Plätschern der Wellen, die an den Strand rollen.

Ich höre, dass Mia zurückkommt, sich neben mich auf die Decke setzt und in der Kühltasche wühlt. Den halben Vormittag hat sie mit anderen Kindern aus unserer Hotelanlage am Wasser Sandburgen gebaut. Nun ist sie wieder hier, vermutlich weil sie Hunger hat. Ein Lächeln huscht über mein Gesicht. So hab ich es mir immer gewünscht. Mia kann hier frei sein, spielen, sich entfalten und Neues erleben …

Der Arm über meiner Schulter wird weggezogen, aber es beunruhigt mich nicht, denn ich weiß, er kommt wieder. Die Sicherheit bleibt, denn auf Jonas kann ich mich blind verlassen. In seiner Gegenwart fühle ich mich nicht nur geborgen, sondern ich kann sein, wie ich eben bin. Ohne Angst haben zu müssen, dass ich dafür kritisiert, herabgesetzt oder gedemütigt werde. Erst jetzt im Nachhinein wird mir klar, wie oft Andrew das getan hat und wie sich das Ganze im Laufe der Jahre automatisierte.

Kurz überlege ich, wie es ihm wohl gehen mag im Gefängnis. Ob er sich gut führt und nach ein paar Monaten entlassen wird. Vermutlich nicht. Er wird wieder jedem anderen außer sich selbst die Schuld an seinem Schicksal geben. Ich seufze tief und bin froh, dass nicht mehr ich diese Schuld abbekomme und mein Herz endlich heilen kann.

Die leisen Stimmen von Jonas und Mia reißen mich aus meinen Gedanken. Mein Lächeln wird noch breiter, als mir klar wird, was die zwei tun:

Sie liest ihm eine Geschichte vor. Oder er schaut mit ihr ein Bilderbuch an. Ganz wie man es nimmt. Denn die beiden haben ihre ganz eigene Weise entwickelt, wie sie das schaffen.

Mia beschreibt Jonas, was sie auf den Bildern sieht. Und Jonas denkt sich dazu eine kleine Geschichte aus, die er meiner Tochter dann erzählt.

Mein Lächeln wird breiter und Wärme durchfließt mich. Wärme, die nicht von der Sonne kommt, sondern ganz tief aus meinem Herzen.

Vorsichtig öffne ich die Augen und sehe meine Liebsten Schulter an Schulter im Sand sitzen. Vor ihnen aufgeschlagen ein großes Bilderbuch.

Wäre es nicht schön, wenn Mia ein Geschwisterchen hätte?

Der Gedanke kommt aus dem Nichts, manifestiert sich zu einem Bild. Ein Baby, das anstelle des Buches auf Jonas' Schoß liegt.

Es ist so viel wert, Träume zu haben. Ziele, die man verfolgt …

Es sind Jonas' Worte, an die ich mich erinnere. Ich schließe meine Augen wieder, gebe mich meinem Tagtraum hin, spüre ihm nach und lasse ihn entstehen, während ich sanft in den Schlaf gleite.

Danksagung

An erster Stelle möchte ich dem wunderbaren Matthias Kühr von Amazon danken! Dafür, dass dieses Buch entstehen durfte und natürlich auch für die tolle und unkomplizierte Zusammenarbeit. Es hat einfach riesig Spaß gemacht und ich hab mich von Anfang bis Ende wohl und bestens aufgehoben gefühlt! Vielen Dank!

Ein weiteres dickes Dankeschön geht an die großartige Angela Kuepper, die das Buch lektoriert hat. Vom ersten Satz dieser Geschichte an wusste ich, dass am Ende alles noch einmal durch erfahrene Hände geht, sodass ich mich stets sicher fühlte, was mein Schreiben anging. Danke dafür!

Auch meinem Agenten Tim Rohrer möchte ich danken, dafür, dass er mich mit Rat und Tat durch das Buch begleitet hat.

Wie üblich gebührt auch meiner Mutter eines der größten und wichtigsten Dankeschöns. Schließlich war sie es, die immer wieder zu mir ins Haus zog und tagelang meine kranken Kinder hütete und pflegte, kochte, spielte und bespuckte Bettwäsche wusch, damit ich schreiben konnte.

Ein kleines Dankeschön geht auch an meine liebe Nachbarin Alina, die mich so oft aufgebaut hat, wenn bei mir zu Hause wieder die Welt zusammenbrach und ich verzweifelte. Immer und immer wieder sagte sie mir, wie toll meine Bücher sind und dass ich trotz des ganzen Kranke-Kinder-Stresses niemals das Schreiben vergessen darf.

Ein sehr gerührtes Dankeschön geht an meinen Sohn Fabian, der mich so oft daran erinnerte, alles liegen zu lassen und an meinem Buch weiterzuarbeiten. Danke auch für die vielen Stunden »Kinderbetreuung« und das Kümmern um die kranke Schwester, damit ich arbeiten konnte. Ganz toll war das »Morgens-leise-aufstehen-und-um-Mara-Kümmern, damit Mama noch ein bisschen schlafen kann«. So toll!

Natürlich geht auch ein Dankeschön an meine Tochter Mara, die mit ihren vier Jahren schon so verständnisvoll ist, dass sie viele Nachmittage lang allein still spielte, während ich neben ihr an meinem Buch gearbeitet hab. So lieb!

Eines des größten und wichtigsten Dankeschöns geht natürlich an meine Leser, ohne die ich meine Bücher nicht schreiben könnte! Vielen Dank, ihr seid super!!

Bei jedem Schreiben denke ich an euch, frage mich, was euch gefallen könnte, was ihr mögt und womit ich euch emotional erreichen kann. Ich hoffe, es ist mir auch dieses Mal gelungen!

So, und das letzte und vielleicht bedeutendste Dankeschön geht an Jonny Random, der eigentlich anders heißt. Jonny, mein Plothäschen, hat mich mit den Wahrnehmungen blinder Menschen, ihren Erwartungen und Ansprüchen an das tägliche Miteinander etwas vertrauter gemacht. Er hat mir meine nie endenden Fragen zu jeder Tages- und Nachtzeit beantwortet und nie die Geduld mit mir verloren! Danke dafür!

Danke für alle Erklärungen, Ausführungen, Videos, Links und Hinweise. Danke für die langen Gespräche (die stellenweise Wort für Wort in meinem Buch wiederzufinden sind), danke für alle fachlichen Informationen und vor allem danke schön für deine persönlichen Erfahrungen!

Ich bin sehr froh, dich gefunden zu haben!

Danke an alle Menschen, die sich um andere sorgen und kümmern!

Folge der Autorin auf Amazon

Wenn dir dieses Buch gefallen hat, folge Jessica Koch auf Amazon. Dann erhältst du eine Benachrichtigung, wenn die Autorin ihr nächstes Buch veröffentlicht. Um der Autorin zu folgen, gehe bitte folgendermaßen vor:

Desktop:

1) Suche auf Amazon.de oder in der Amazon App nach dem Namen der Autorin.
2) Klicke auf den Namen der Autorin, um auf die Autorenseite zu gelangen.
3) Klicke auf den »Folgen«-Button.

Smartphone und Tablet:

1) Suche auf Amazon.de oder in der Amazon App nach dem Namen der Autorin.
2) Klicke auf einen Titel der Autorin.
3) Klicke auf den Namen der Autorin, um auf die Autorenseite zu gelangen.
4) Klicke auf den »Folgen«-Button.

Kindle eReader und Kindle App:

Wenn du dieses Buch auf einem Kindle eReader oder in der Kindle App liest, wird dir automatisch angeboten, der Autorin zu folgen, nachdem du die letzte Seite des Buches gelesen hast.